DAVOSBLUES

Dieses Buch ist ein Roman. Handlungen und Personen sind frei erfunden. Ähnlichkeiten mit lebenden oder toten Personen sind nicht gewollt und rein zufällig.
Im Anhang findet sich ein Glossar.

SILVIA GÖTSCHI

DAVOSBLUES

Kriminalroman

emons:

Bibliografische Information der Deutschen Nationalbibliothek
Die Deutsche Nationalbibliothek verzeichnet diese Publikation in der Deutschen Nationalbibliografie; detaillierte bibliografische Daten sind im Internet über http://dnb.d-nb.de abrufbar.

FSC www.fsc.org
MIX
Papier aus verantwortungsvollen Quellen
FSC® C083411

Umschlagmotiv: marcelkessler/Pixabay.com
Umschlaggestaltung: Nina Schäfer, nach einem Konzept von Leonardo Magrelli und Nina Schäfer
Umsetzung: Tobias Doetsch
Gestaltung Innenteil: DÜDE Satz und Grafik, Odenthal
Lektorat: Irène Kost, Biel/Bienne, Schweiz
Druck und Bindung: CPI – Clausen & Bosse, Leck
Printed in Germany 2021
ISBN 978-3-7408-1119-8
Originalausgabe

Wenn man nachfragen muss, was Jazz sei,
wird man es nie wissen.
Louis Armstrong (1901–1971)

«Eins und zwei und drei und vier und fünf und sechs und sieben – acht, ein Hut, ein Stock, ein Regenschirm.» Der Kindervers wollte sie nicht mehr loslassen. Seit dem frühen Morgen sass er in ihrem Kopf fest. «Ach Kindchen, so werden wir nie vorwärtskommen.» Sie lächelte in sich hinein. «... und vorwärts, rückwärts, seitwärts, marsch.» Immerzu wollte sie spielen.

Die Menschentraube am Ende der Strasse vergrösserte sich, während sie mit ihrem Einkaufstrolley Richtung Bahnhof schritt. Vielleicht war es bloss eine optische Täuschung an diesem Tag, an dem zum ersten Mal seit bald einer Woche der bissig kalte Wind ausgesetzt hatte. Die Wetterprognosen hatten für die nächste Zeit ein Hoch mit viel Sonne und warmen Temperaturen gemeldet. Das wollte sie ausnutzen und für ein Picknick am Sonntag einkaufen gehen. «Eins und zwei und drei und vier ...» Spielen. Immerzu.

Vor sieben Jahren hatten sie sich eine Wohnung in Davos gekauft. Mit Blick auf das Landwasser und das Tinzenhorn im Süden. Und einem Spielplatz direkt vor dem Haus.

So viele Touristen, obwohl die Sommersaison kaum begonnen hatte. Sie blockierten die Strasse, ein Auto stand quer. Anstatt wie üblich miteinander zu palavern, schwiegen die Leute, standen bloss da und schauten auf etwas, was ihnen offensichtlich die Sprache verschlug. «... fünf und sechs und sieben – acht.»

Heute würde sie etwas Leichtes, Unkompliziertes kochen, damit sie sich nach dem Mittagessen wieder an ihre Arbeit setzen konnte. Bis in zwei Wochen musste sie mit der Garderobe für die Hauptakteure einer Theatertruppe, die in Chur spielte, fertig sein. Die Roben waren aufwendig und pompös. Obwohl sie für die Herstellung der Kostüme keinen Allerweltlohn bekam, befriedigte die Arbeit sie. Sie hatte das Handwerk der hohen Schneiderkunst gelernt und liebte es, ihre eigenen Ideen schöpferisch umzusetzen. «... ein Hut, ein Stock, ein Regenschirm.»

Ein rasch anschwellendes Martinshorn passte nicht zu diesem Tag. Über die Brämabüelstrasse schoss ein Rettungswagen. Er stoppte unmittelbar neben der Menschengruppe, die auseinanderstob.

Überrascht und neugierig blieb sie stehen. Sie beobachtete, wie zwei Frauen in gelben Westen aus dem Wagen sprangen, wie die eine einen Koffer mit sich trug, die andere einen Defibrillator. Jemand musste ohnmächtig geworden sein, hatte einen Kreislaufkollaps oder einen Herzinfarkt. Nicht alle vertrugen die Höhe von tausendfünfhundert Metern über Meer.

Sie ging weiter. Ob sie es mochte oder nicht, sie musste die Stelle passieren, wollte sie zum Einkaufsladen gelangen. «... und vorwärts, rückwärts ...» Falls etwas Gravierendes geschehen war, würde sie nicht hinschauen wie alle die Leute. Niemals würde sie sich am Leid anderer ergötzen. Sie würde nicht helfen können. Dafür waren die Sanitäter zuständig. Trotzdem erhaschte sie einen Blick auf den Körper am Boden. «... seitwärts, marsch.»

Eine Sekunde nur war es, die ihr Leben abrupt veränderte.

Zwischen den Beinen eines Mannes sah sie es aufblitzen, ein Stück hellblauen Stoff, ein wenig ausgefranst, schmutzig jetzt vom Strassenstaub. Sie hatte das Kleid zum ersten Schultag genäht. Aus Baumwolle war es. Knielang mit ausgestelltem Saum und auf der rechten Tasche unterhalb der Taille prangte eine Disney-Figur.

Sie träumte. Natürlich träumte sie.

Die Lichtreflexion musste ihr einen Streich spielen. Das Flimmern auf dem Asphalt.

Doch da war etwas, das sie irritierte. Etwas Dunkles, das sie nicht zu benennen vermochte.

War es Blut?

Sie stürzte nach vorn auf die Knie, kroch zwischen den Beinen des Mannes durch, auf ihren Ellenbogen, und erreichte das blaue Kleid.

In diesem Moment ging die Welt unter.

Sie rappelte sich vor dem reglosen Körper auf, starrte auf

den hellblauen Stoff. Gleichzeitig sackte alles von ihr weg. Der Asphalt unter ihr begann sich zu drehen. Da war nur mehr sie, die nach dem Kind griff, es an sich zog, es in ihrem Schoss weich bettete und über den dunklen Lockenkopf streichelte. «Ich verspreche dir, wir werden spielen … immer weiterspielen, eins … ein Hut, ein Stock … du liebst es, dieses Spiel, das uns nie ans Ziel bringt … der Regenschirm. Ich werde dir einen Regenschirm kaufen, und wir werden in Pfützen hüpfen.»

Über ihr riss der blaue Himmel auf, als sie schrie, und es war ihr, als öffnete sich das Universum und zöge ihr das Leben fort, die Liebe. Alles, für das es sich zu leben gelohnt hatte.

Jemand nahm sie von dem Kind weg, half ihr auf die Beine. Sie ging rückwärts, sah den Mann am Auto stehen, eingeschüchtert, blass.

Wie er dastand. Jemand sprach auf ihn ein, schien ihn zu beruhigen.

Ihre Blicke begegneten sich. Da waren dieser Blitz im Kopf, ein Zischen hinter ihrer Stirn und die Stimme, die ihr Befehle erteilte. «Tu es!»

«Du hast mein Kind getötet!» Sie riss sich los, rannte auf den Mann zu, warf sich ihm entgegen. «Du hast mein Kind getötet. Ich werde dich umbringen!»

EINS

Dave Casutt bog mit seinem dunkelblauen SUV in die Sackgasse ein. Es war ein Freitag, Anfang Juli, und die Hitze raubte ihm den Atem. Einen Moment lang glaubte er, sich trotz des eingebauten Navigationsgeräts verfahren zu haben. Die Villa, die vor ihm inmitten eines alten Baumbestands auftauchte, konnte unmöglich die gesuchte Adresse sein. Er hielt an und vergewisserte sich, ob der Strassenname und die Nummer auf seiner Notiz mit der elektronischen Karte übereinstimmten. Kein Zweifel: Er war angekommen, in einem sonnigen Quartier von Chur, das er nicht einmal vom Hörensagen kannte. Villa «Sommerau», wie ein Juwel am Rande einer Häuserzeile, die wahrscheinlich nur den Gutbetuchten vergönnt war. Ein blassrosafarbenes Schloss mit einem Turm, an dem sich Glyzinien emporrankten. Dave fuhr wieder an, mündete auf den Parkplatz ein, auf dem mindestens vier Wagen Platz gefunden hätten. Er stellte den Motor ab und liess sich Zeit mit Aussteigen. Bis zum vereinbarten Termin blieben ihm noch fünf Minuten, die er dem diskreten Augenschein widmete.

Die Fassade wirkte sauber, als hätte man sie neu gestrichen. In den mit Sprossen verzierten Fenstern spiegelten sich die Schönwetterwolken. In den hellen Pflanzentrögen gediehen weisse Geranien in starkem Wuchs. Neben der Eingangstür, die mit einem Messingklopfer bestückt war, stand eine Sitzbank mit Kissen, auf die Rosen gemalt waren.

Die Tür ging auf, und auf der Schwelle erschien eine Frau, die die sechzig überschritten haben musste. Sie wirkte ebenso gepflegt wie das Haus. Ihre grau melierten Haare hielt sie knabenhaft kurz, Augen und Lippen waren dezent geschminkt. Sie winkte Dave zu, bedeutete ihm, auszusteigen und zu ihr zu kommen.

Dave verwunderte es, dass sie weder Mantel noch Tasche trug. Möglicherweise war sie noch nicht parat. Aber das störte ihn nicht. Hauptsache, er war pünktlich hier angekommen. Er stieg aus, nachdem er sich vergewissert hatte, dass der Beifahrersitz makellos war. Er hatte das Wageninnere erst noch gesaugt und feucht abgewischt. Die Karosserie wusch er nach jedem Einsatz.

Vor einem Jahr hatte er sich selbstständig gemacht und sein eigenes Taxiunternehmen gegründet. Obwohl es eine Ein-Mann-Show geblieben war, konnte er sich wegen fehlender Aufträge nicht beklagen. Sein Geschäftsmodell hatte sich schnell herumgesprochen. Wer ihn buchte, suchte das Besondere, wollte nicht bloss von A nach B gebracht, sondern auf dem Weg dorthin mit allen Annehmlichkeiten versorgt und verwöhnt werden. Getränke und Snacks waren genauso selbstverständlich wie zwei kleine Bildschirme auf den Rückseiten der Vordersitze. In der Mittelkonsole gab es eine überschaubare Auswahl an Filmen auf DVD. Für die Gäste, die auf dem Rücksitz nicht gestört werden wollten, bestand die Möglichkeit, eine akustisch und sichtgeschützte Scheibe herunterzulassen und sich von dem Fahrer abzugrenzen. Wer mit Dave unterwegs war, durfte auf grosse Diskretion zählen.

«Sind Sie Herr Casutt?» Die Frau trat einen Schritt über die Schwelle.

«Ja, der bin ich, Madame. Sie haben mich angerufen und um meinen Fahrdienst gebeten. Leider haben Sie vergessen, mir Ihren Namen mitzuteilen. Im Telefonbuch habe ich Sie an dieser Adresse nicht gefunden. Ich bin beruhigt, Sie hier zu sehen.»

«Das ist richtig. Heutzutage kann man sich eintragen lassen, wenn man das wirklich will. Bitte, treten Sie ein. Ich bin Cäcilia Favre.» Sie streckte ihm die Hand zum Gruss entgegen. Sie hatte nicht nur Stil im Umgang mit Mitmenschen, sondern auch gepflegte Hände. «Sie dürfen die Schuhe anbehalten», sagte sie, als Dave im Begriff war, diese auszuziehen. Er kannte mittlerweile die seltsamen Gepflogenheiten der Upperclass und staunte, wie unkompliziert Cäcilia Favre war.

Das Entrée erwies sich als eine einladende Halle, in der verschiedene asiatische Souvenirs in Form von Buddhas, Holzbildern und einem handgewebten Teppich dominierten. Die Wände waren mit einem zarten Tapetenmuster gestaltet, den Durchgang zum Wohnzimmer schmückten zwei fünfarmige Kerzenleuchter. Ein dezenter Geruch nach Zitronengras und Melisse lag in der Luft.

«Ich lebe nur sporadisch hier. In letzter Zeit etwas mehr als gewöhnlich. Bitte setzen Sie sich. Ich hole meine Tochter.» Cäcilia Favre wies auf eines der drei eleganten Sofas, die um einen gläsernen Salontisch platziert waren. Auf der Glasplatte strahlte eine Kristallvase mit einem Rosenbouquet um die Wette.

Dave blieb stehen. Sein Blick blieb an der Wand über dem Cheminée hängen. Dort waren zwei gerahmte Bilder angebracht. Auf einem der Fotos erkannte er einen gut aussehenden Mann, auf dem andern ein etwa achtjähriges Mädchen. Beide lachten in die Kamera. Im Wohnzimmer hingen keine weiteren Gemälde. Dafür gab es wunderschöne Bodenvasen, in denen nicht nur echte Blumen waren. Künstliche Rosen schienen eine Passion der Hausbewohner zu sein.

Dave ärgerte sich darüber, weil er bei der Hausglocke nicht nach dem Namen geforscht hatte. Wenn Cäcilia Favre nicht dauernd hier wohnte, mit wem hatte es Dave dann zu tun? Sie hole ihre Tochter, hatte sie ihm gesagt. Er lauschte. Nebst dem regelmässigen Ticken einer Pendule war in einem Zimmer nebenan ein leises Rumoren zu vernehmen. Stimmen zweier Frauen.

Cäcilia Favre kam allein zurück. «Solea ist noch nicht ganz fertig.» Sie überreichte Dave eine Karte. «Sie sollte heute zu dieser Adresse gefahren werden. Frau Dr. Schwegler erwartet sie in einer halben Stunde.»

Dave nahm die Karte entgegen, sah auf den Ortsnamen Bad Ragaz, auf die Strasse und die Nummer. Er kannte den Ort. Er war dort aufgewachsen und zur Schule gegangen. «Das sollte ich in einer Viertelstunde schaffen.»

«Überschätzen Sie sich nicht.» Cäcilia Favre schenkte ihm ein Lächeln, das gleich wieder verschwand. In ihren Augen lag eine grosse Melancholie, was ihm schon bei seiner Ankunft aufgefallen war. Auch spürte er eine Bedrücktheit in diesem Haus.

Es lag etwas Undefinierbares zwischen den Mauern. Es legte sich wie ein Nebel nieder, ein Schemen, welchen man nicht zu greifen vermochte. Dave spürte, wie sich seine Nackenhaare aufstellten und ein Schaudern über seinen Körper fuhr.

Ein Geräusch riss Dave aus seinen Gedanken. Am hinteren Ende des Korridors war die Tür aufgegangen. Instinktiv ging er darauf zu, wollte helfen. Die junge Frau, von Cäcilia Favre Solea genannt, quälte sich verbissen auf einem Rollstuhl in Richtung Wohnzimmer.

Sie also war der Grund, weshalb er nicht gleich hatte losfahren können. Die Frau litt unter einer körperlichen Beeinträchtigung. Dass ihr Geist wach war, bewiesen ihre Augen, welche die Melancholie der Mutter noch steigerten. Es war, als hätte sich das Schicksal in ihren dunklen Iriden stigmatisiert. Solea war von zerbrechlicher Gestalt. Blass wirkte ihr Gesicht, in dem man eine verloren gegangene Schönheit ahnte. Dave studierte jeden Zentimeter an ihr. Die Wangen waren eingefallen, die Knochen stachen scharf ab, und um die Augen lagen Schatten. Dennoch gewahrte Dave etwas, das ihn an einen Lebenswillen erinnerte. Da war ein gewisser Stolz, der früher einmal ungebrochen gewesen sein musste. Irgendetwas hatte die junge Frau nicht nur in die Knie gezwungen, sondern gehbeeinträchtigt. Gut möglich, dass ein schwerer Unfall der Auslöser dafür gewesen war und sie bei Dr. Schwegler zur Kontrolle gehen musste.

«Das ist meine Tochter Solea Morell», sagte Cäcilia Favre. «Sie wird ab heute jeden zweiten Tag nach Bad Ragaz zur Therapie fahren müssen, vorab jedoch zu ihrer Vertrauensärztin. Ich kann es leider nicht selbst bewerkstelligen, da ich einen Blumenladen besitze und hundert Prozent arbeite.»

«Mam, lass gut sein.» Solea wandte sich an Dave. «Würden mich meine Beine tragen, ich führe selbst.» Es schien, als überlegte sie, denn sie krauste ihre Stirn. «Aber dann müsste ich nicht zur Therapie.»

Dave versuchte, emotionslos zu bleiben, was ihm schwerfiel. Auf Soleas Gesicht erkannte er, dass sie kein Mitleid brauchte. Er hatte einen Auftrag. Er würde diesen gewissenhaft ausführen.

Trotzdem zog es seinen Herzmuskel zusammen. Zu gern hätte er gewusst, was Solea widerfahren war.

«Ich würde Sie gern für die ganze Zeit engagieren», sagte Cäcilia Favre an Dave gewandt. «Wir können gern einen Preis aushandeln, auch für die Zeit, in der Sie tatenlos herumsitzen müssen.»

«Mam!» Soleas Stimme klang anklagend. «Das werde *ich* mit ihm aushandeln.» Sie sah Dave herausfordernd an. «Mein Mann hat mich verlassen, das sollten Sie wissen. Über alles andere rede ich nicht.»

Dave hatte im letzten Jahr nie versucht, sich einem Kunden anzunähern. Er erledigte seinen Job. Nur dafür wurde er bezahlt. Tief in seinem Innern spürte er, dass dies mit Solea unmöglich werden könnte. Die Einsamkeit schien aus ihren Augen geradezu zu schreien. Vermutlich wartete sie darauf, auf ihr Schicksal angesprochen zu werden.

Dave warf einen Blick auf seine Armbanduhr. Wenn er in den nächsten fünf Minuten nicht losfuhr, konnte er nicht garantieren, pünktlich in Bad Ragaz zu sein.

Als hätte Cäcilia Favre ihm seine Bedenken angesehen, schlug sie vor, ihm beim Aufladen des Rollstuhls behilflich zu sein. Während sie sprach, schob sie ihre Tochter vor das Haus.

Dave öffnete die Beifahrertür, packte Solea wie selbstverständlich um die Taille und hievte sie auf den Sitz. Wie leicht sie war. Wie eine Feder, zart und fragil. Er fürchtete sich davor, ihr wehzutun. Solea hatte nur kurz ihre Arme um seinen Nacken gelegt. Er roch ihren Körper, ein zartes Parfum. Ein puderiger Duft, der sich in ihrem kurzen Haar fortsetzte.

«Anschnallen kann ich mich selbst», sagte sie, als Dave ihr die Sicherheitsgurte umlegen wollte. «Sie können mich wie eine normale Erwachsene behandeln.»

Dave bat um Entschuldigung, ohne zu wissen, warum. Ihr Gebrechen war wohl der Grund, weshalb sie sich ihm gegenüber kratzborstig gab.

Cäcilia Favre faltete indessen den Rollstuhl zusammen und packte ihn in den Kofferraum. «Zum Glück besitzen Sie einen geräumigen Wagen», sagte sie, als Dave den Kofferraumdeckel schloss. «Und bitte», ihre Stimme war ein Flüstern geworden, «wenn Sie zurück sind, werden wir uns um das Geschäftliche kümmern. Lernen Sie meine Tochter erst etwas kennen. Sie hat einen liebenswerten Kern. Im Moment ist alles noch schwierig. Die Trennung von ihrem Mann und … von Hannah.» Beim Namen Hannah wischte sich Cäcilia Favre eine Träne aus dem Gesicht. «Sie dürfen nichts forcieren. Aber ich bin mir sicher, Sie werden sie verstehen lernen.»

Falls sie sich ihm gegenüber öffnen würde. Dave behielt es für sich. Er war Taxifahrer und kein Psychologe.

***

«Mein Gott, jeden zweiten Tag zur Therapie.» Solea stocherte in ihrem Teller herum. Sie hatte noch immer keinen Appetit, obwohl Mam sich grosse Mühe gab, jeden Mittag etwas Ausgewogenes zu kochen. Dafür kam sie extra zu ihr nach Hause, obwohl die Mittagszeit kaum ausreichte. Am liebsten wäre Solea gestorben. Somit wäre sie für ihre Mutter keine Belastung mehr gewesen. Was nützten ein grosses Haus, ein Umschwung mit Garten, schöne Kleider, teure Schuhe und Handtaschen oder Fünf-Sterne-Menüs, wenn sich das Leben verabschiedet hatte?

«Du grübelst schon wieder.» Mam liess auch ihr Essen stehen.

Solea kannte sie. Sie ass nur der Gesundheit willen, nicht weil es ihr schmeckte oder Spass machte. Diese Zeiten waren vorbei, als sie zu viert um den Küchentisch gesessen hatten, in dieser gemütlichen Landhausküche, die keine Wünsche offenliess. Solea und Mam hatten vor allem an den Wochenenden gemeinsam gekocht. Manchmal hatte sogar Valentin Hand angelegt und unvergessliche Nachspeisen wie aus dem Ärmel gezaubert. Nur Hannah hatte sich gesträubt mitzuhelfen. Sie sass dann lieber in ihrem hellblauen Mädchenzimmer und übte auf der Geige Mozart. Seit ihrem vierten Lebensjahr hatte sie die Violine für sich entdeckt, obwohl weder Valentin noch Solea sie dazu motiviert hatten.

«Ihre Tochter ist ein musikalisches Ausnahmetalent», hatte der Musiklehrer geschwärmt und sie im ersten Jahr umsonst in den Geigenunterricht aufgenommen. Dabei hatte es ihnen nie an finanziellen Mitteln gefehlt. Valentin hatte den Betrieb seines Vaters übernehmen können, nachdem sich dieser frühzeitig von der Arbeitswelt verabschiedet hatte. Die Schlosserei rentierte mehr denn je. Solea hatte mit einem nicht geringen Vermögen aus dem Erbe ihres Vaters für den Hauskauf beigesteuert. Es hätte alles so märchenhaft weitergehen können wie bis zu diesem verhängnisvollen Tag.

Solea sprach nicht gern darüber. Überhaupt versuchte sie, das Grauen in der tiefsten Seele zu verbergen, in der Hoffnung, dass es irgendwann einmal komplett aus ihrem Leben verbannt wäre. Die nächtlichen Alpträume vermittelten es ihr anders, dazu kam diese Appetitlosigkeit, die ihr die letzten Reserven von den Knochen frass.

Ihre Ärztin hatte sie erst kürzlich in die Klinik einweisen lassen, wo man sie mittels Infusionen mit flüssiger Nahrung, Vitaminen und Spurenelementen versorgte. Dass bei Verweigerung des Essens im schlimmsten Fall die Organe versagen könnten, hatte Solea nicht beeindruckt. Das Sterben hatte an Schrecken verloren. Sie stellte sich sogar vor, wie im Jenseits wieder das Glück auf sie warten würde, wenn es im Diesseits nicht mehr möglich war.

Solea hätte ihre Mam nur erschreckt mit ihren Gedanken, wusste sie doch, dass das Erlebte auch an ihr nicht ohne Spuren zu hinterlassen vorbeigegangen war. Mam konnte einfach nur anders damit umgehen. Manchmal beneidete Solea sie um diese Kraft. Mam sah in allem oft nur das Positive, versuchte selbst einem schweren Schicksalsschlag das Gute abzuringen. «Kind», sagte sie dann, «der liebe Gott bürdet uns das auf, was wir tragen können.»

Solea glaubte längst nicht mehr an den lieben Gott. Er hatte ihr alles genommen. Jeden Morgen von Neuem.

«Du weinst?» Mam schob die Essensreste von einem Teller auf den andern.

Lange Zeit hatte sie keine Tränen gehabt. Umso erstaunter war Solea, als sie es aus ihren Augen fliessen spürte.

«Weinen befreit», sagte Mam und trug das Geschirr auf die Küchenablage neben dem Herd. «Ich bin froh, kannst du es endlich.»

«Was?»

«Deinen Gram ausschütten.» Mam kam zum Tisch zurück. «Wie stellt er sich an?»

«Wer?»

«Ich spreche von Dave Casutt. Scheint mir ein angenehmer Mensch zu sein.»

«Er ist Taxifahrer.» Warum verschwendete Mam einen einzigen Gedanken an diesen Mann? Wieso wich sie dem eigentlichen Thema aus?

«Seine Art gefällt mir.»

«Er ist ganz okay.» Solea stemmte ihre Arme auf der Rollstuhllehne ab, brachte sich in eine andere Sitzposition. Vom vielen Sitzen waren Po und Oberschenkel wund geworden. «Solange er mich nicht aushorcht, kann er meinetwegen bleiben.» Sie machte eine Pause, in der sie ihre Mutter anstarrte. «Wie bist du mit ihm verblieben? Du wolltest partout nicht vor mir mit ihm sprechen.» Wieder wartete sie. «Hast du's ihm etwa erzählt?»

«Nein.»

«Hat er gefragt?»

«Nein, dazu ist er viel zu anständig.»

«Warum ausgerechnet er?»

«Seine Website hat mir gefallen und das, was er anbietet, und er ist sehr sympathisch.»

«Warum hast du hinter meinem Rücken entschieden?»

«Ich hatte keine andere Wahl.»

«Ja, die hat man wirklich nicht.» Wieder spürte Solea die heissen Tränen. «Dass es dir beschissen geht, dies entscheiden andere.»

«Wie war es in der Therapie?»

«Frau Henseler hat mich gequält. Ich musste zwischen zwei

Stangen gehen. Zum Glück habe ich noch etwas Kraftreserve in den Armen.»

«Die hättest du auch in den Beinen, wenn du es nur wolltest.»

«Ja, Mam, ich weiss, und essen sollte ich auch. Aber ich bringe nichts runter. Ich kann einfach nicht. Dr. Schwegler hat mir deswegen noch eine Infusion gelegt. Sie will das jetzt jede Woche einmal tun, bevor ich zu Frau Henseler gehe.» Solea verschwieg, dass die Ärztin ihr geraten hatte, in ihrem Haus wieder Spiegel aufzustellen, und dass sie versuchen sollte, sich selbst wieder zu lieben.

«Solea, es ist zwei Jahre her.»

«Zwei Jahre zu viel, Mam. Wenn ich den Mut hätte, von dieser Welt zu gehen, würde ich es auf der Stelle tun.» Sie erschrak selbst über diese kalten Worte. Mam hatte das nicht verdient. «Tut mir leid, Mam. Ich wollte das nicht sagen. Das Leben hält mich fest im Griff.»

«Weil es vielleicht noch etwas Schönes für dich bereithält.» Mam schien den vorhergehenden Satz auszublenden. «Eines Tages wirst du wieder lachen können.»

«Lachen heisst vergessen. Und vergessen werde ich nie.»

«Du bist nicht die einzige Frau, der ein solches Schicksal widerfahren ist. Man muss ihm die Stirn bieten. Das Leben geht weiter. Auch meines. Denk einmal an mich. Wie gern hätte ich mich vor zwei Jahren verkrochen …»

«Aber du warst immer für mich da, ja, Mam. Erwartest du, dass ich mich bedanke?» Hier brach ihre Stimme.

Es musste Mam arg getroffen haben. Sie stand bloss da, legte jedoch die Hand auf ihre Schulter, als würde sie ihr eine schwere Bürde abnehmen. Mam trug keine Schuld. Solea trug genauso wenig Schuld. Das jedenfalls hatte Dr. Schwegler ihr zu verstehen gegeben. Sie hatte ja keine Ahnung.

«Soll ich dich ins Zimmer fahren?», fragte Mam. Offenbar wollte sie etwas Liebes sagen.

«Vielleicht nimmst du mich einfach nur in die Arme.» Solea vermisste es. Mam mochte über allem stehen. Ihr Leben war Kontrolle. Schwächen hatte sie noch nie zugegeben. Von ihrer eigenen Vergangenheit gebeutelt, versuchte sie stets, nur nach vorn zu schauen. Bis anhin war es ihr gelungen. Sie galt als Frohnatur. In ihrem Blumenladen schätzte man sie. Wenn sie Trauerflor stecken und zu den Begräbnissen tragen musste, hatte sie stets ein tröstendes Wort für die Hinterbliebenen bereit.

Mam hatte, seit sie den Laden besass, immer Blumen mitgebracht, wenn sie Solea besuchte. Mit der Zeit hatte Solea die Nase gestrichen voll davon, von den Blumen, die nur am Anfang gut rochen. Weil sie aber das ganze Jahr über Rosen mochte, kaufte sie sich Kunstrosen, die den echten in fast nichts nachstanden. Dann bestäubte sie die Blütenblätter mit feinen Düften und erfreute sich Tag für Tag ein wenig daran. Sie waren der einzig positive Lichtblick in der Düsterheit der Monate, die langsam und schwermütig dahinzogen.

«In gut einer Woche finden in Davos die Jazztage statt», sagte Mam wie aus heiterem Himmel.

«Du glaubst doch nicht im Ernst, dass ich dorthin fahre, nach allem, was geschehen ist.» Verzweifelt versuchte Solea, ihre Tränen zurückzuhalten. Davos, dachte sie, dort, wo alles begonnen und alles geendet hatte.

«Einmal musst du diesen Schritt tun.» Mam reichte ihr einen Flyer.

Solea wusste nicht, welche Absicht dahintersteckte. Wenn es um Emotionen ging, zeigte sich Mam einstweilen von der unzimperlichen Seite. Solea war sich jedoch sicher, dass sie hinter der vermeintlichen Stärke ihre Verletzlichkeit verbarg.

«Er ist auch oben.»

Obwohl Mam keinen Namen nannte, erwischte es Solea eiskalt.

ZWEI

Noch war die Ischalp von der Sonne beschienen, die Mittelstation leuchtete im gleissenden Licht. Darunter wie eine Furche der gerodete Wald, ein grüner, vernarbter Hang, wo die Seilbahnkabinen rauf- und runterfuhren. Ein Einschnitt in die Landschaft. Links und rechts davon kräftige Tannen unterhalb des auslaufenden Jakobshorns, welches man aus dieser Perspektive nicht sah. Über allem spannte sich der Himmel in einem unverschämten Blau.

Endlich Sommerferien.

Max fuhr dem Restaurant «La Carretta» entlang, erinnerte sich kaum mehr an etwas aus seiner Jugend. Der Ort hatte sich verändert in den Jahren, in denen er Davos ferngeblieben war. Früher war er mit seinem Vater zum Skifahren hierhergekommen. In den Wintern, in denen der Schnee meterhoch gelegen und an den Hängen Lawinengefahr geherrscht hatte. Manchmal auch am unmittelbaren Rand des Dorfes. Dann waren die Bewohner der Einfamilienhäuser evakuiert worden. Max suchte einen Parkplatz in der Nähe des Hotels Grischa, fand keinen und parkte kurzerhand im Halteverbot vor der Zweigstelle der Graubündner Staatsanwaltschaft.

«Provokativer geht's wohl nicht.» Fede war entsetzt. «Oder glaubst du, ein Nidwaldner Nummernschild fällt hier weniger auf?»

«Ich gehe mal davon aus, dass die Bündner selten einen so grossartigen Schlitten zu sehen bekommen, wie ich ihn besitze. Sie alle fahren Subaru.»

«Angeber!» Wenn Fede lachte, zitterte der Autositz. «In Davos gibt es viele reiche Leute, die teure Wagen fahren.»

Max war noch immer stolz auf seinen Ford Mustang GT, schwarz mit roten Lederbezügen. «Eher würde ich meine Wohnung in Hergiswil am Vierwaldstättersee verkaufen als den Boliden.»

Fede sah ihn weiterhin schelmisch grinsend an. «Die Aussicht auf die kommenden Tage scheint dir gutzutun. Ich habe dich schon lange nicht mehr so gut gelaunt erlebt wie heute.»

Max erwiderte nichts darauf. Die letzten Wochen waren nervenaufreibend gewesen. Vor einem Jahr hatte er sich dazu entschlossen, wieder als Anwalt zu arbeiten. Darauf hatte er Bewerbungen geschrieben und war an Vorstellungsgesprächen gewesen. Doch der Umstand, dass er seit rund fünf Jahren eine Anwaltskanzlei nicht mehr von innen gesehen hatte, war keine gute Voraussetzung für einen neuen Job als Rechtswissenschaftler. Dass er Kurse besuchen und sein Wissen auffrischen müsse, war der netteste Vorschlag gewesen, den ihm ein Kollege unterbreitet hatte. Das war ein Grund, weshalb Max noch immer als Detektiv arbeitete und seine mittlerweile zur Routine gewordenen Dienstleistungen anbot: Überwachen, Aufspüren und Recherchieren. Den Höhepunkt seines persönlichen Desasters hatte er im Januar erlebt, als Fede ihn vor die vollendete Tatsache stellte, bei der IT-Firma in Freienbach wieder einzusteigen. Seit rund fünf Monaten leistete sie einen Sechzig-Prozent-Job, der sich für ihn wie hundert Prozent anfühlte. Fede schob Überstunden, und die Freizeit verbrachte sie auf ihrem Bauernhof im Drachenried bei Stans. Von Unterstützung in der Detektei war keine Rede mehr, und dass sie Mitinhaberin war, schien sie auszublenden. Einen Heiratsantrag hatte sie mit der Begründung abgelehnt, Max müsse sich vorerst wiederfinden.

Er wusste nur nicht, wo er sich verloren hatte.

Vor der Unterführung zum Bahnhof wendete er, fuhr auf die andere Seite, nun direkt vor das Hotel, ausserhalb eines Parkfeldes. «Wir holen zuerst das Gepäck raus und checken ein. Vielleicht parkt der Butler meinen Wagen.»

«Das hier ist ein Vier-Sterne-Superior-Haus, ein modernes Lifestyle-Hotel.» Fede verliess den Beifahrersitz. «Hier steigen unter anderem Sportler ab. Die tragen das Gepäck selbst, und das Auto stellen sie auf den Parkplatz bei der Talstation zum Jakobshorn, wenn sie vor dem Hotel keinen finden. Aber es gibt sicher eine Garage.»

«Nicht dein Ernst.» Noch beim Aussteigen sah Max die Fassaden hinauf. Das rote Hotel mit den Holzbalkonen warf Schatten auf die Strasse. Es war sechs Stockwerke hoch und in zwei Trakte unterteilt. Früher, in einer fernen Zeit, hatten sich hier die Hotels Terminus und Caprice befunden. Beide Häuser waren umgebaut und miteinander verbunden worden.

Max schritt zum Haupteingang, der rechter Hand von einem Sitzplatz lag. Kellner trugen Tabletts voller Erfrischungsgetränke an die besetzten Tische hinter Blumentrögen aus Holz. Daraus wuchsen Alpenblumen. Fede blieb auf halbem Weg stehen. Sie sah in Richtung einer Gruppe von Männern, die sich mit Bier zuprosteten. «Die kenne ich von irgendwoher.»

Max vergass manchmal, dass auch Fede eine Vergangenheit hatte. Aber es fehlte noch, dass sie einen dieser langhaarigen bärtigen Typen möglicherweise als einen Ex-Freund wiedererkannte. Er ging zielstrebig weiter, trat an die Rezeption und legte die ausgedruckte Hotelreservation auf den Tresen. Zwei Wochen Davos. Zwei Wochen lang die Tage mit Sport und gutem Essen ausfüllen. Das stand in diesem Sommer auf dem Programm. Davos war Max' Idee gewesen. Fede hatte sich für dieses Hotel entschieden.

«Guten Tag. Herzlich willkommen.» Die Empfangsdame, jung, adrett, freundlich. Gewiss von hier. Sie hatte einen Bündner Akzent und einen rätoromanischen Namen. «Nanina», stand auf dem Schild am Revers ihrer Jacke. «Sind Sie gut angereist?»

«Mit dem üblichen Verkehr.» Max verschwieg, wie er am Wolfgangpass in der Kolonne gestanden hatte. Kühe hatten eine geraume Zeit die Strasse versperrt. Max' Wagen hatte beim Weiterfahren einen Fladen abbekommen. Er hatte sich geärgert wegen des Drecks.

Nanina verlangte seinen Namen.

«Maximilian von Wirth und meine Partnerin Federica Hardegger.» Max deutete auf seinen Voucher. «Wir haben ein Zimmer gebucht.»

Ein paar Klicks auf dem Computer später verzog Nanina

ihren Erdbeermund zu einem Lächeln. «Sie haben Glück, es steht bereit.»

«Max, hast du die Bar gesehen?» Fedes überbordende Euphorie erstickte die Worte der Empfangssekretärin im Keim. «Wie wär's mit einem Willkommensdrink?» Sie entfernte sich von ihm und peilte den Eingang zur Bar an.

Max nahm die Zimmerkarten entgegen, liess sich die Zimmernummer und die Etage nennen und drehte sich in dem Moment um, als eine Frau an den Tresen gerannt kam. Mit flammenden Haaren wie Fede, eine in die Jahre gekommene Lady allerdings, die die sechzig gewiss überschritten hatte. Sie trug Schlaghosen und eine helle Bluse mit Trompetenärmeln, alles andere als zeitgemäss, und hatte eine rauchige, tiefe Stimme. Sie stiess Max mit dem Ellenbogen zur Seite und lehnte über die Abtrennung zwischen Eingangsbereich und Empfang. «Hat sich Jacky Buchanan zurückgemeldet? In seinem Zimmer ist er nicht.»

Max wechselte Blicke mit Nanina.

«Ich bin gleich bei Ihnen.» Nanina richtete kurz ihre Augen auf die Frau.

«Es eilt.» Die Rothaarige sah Max abschätzig an. «Sie sind sicher in den Ferien … ich bin es nicht.» Und an Nanina gewandt: «Können Sie mir seine Schlüsselkarte aushändigen?» Sie trommelte mit ihren Fingern auf den Tresen. Ihre Fingernägel glichen Krallen einer Raubkatze, lang, gebogen, allerdings mit Strasssteinen versehen. Wusste der Henker, wo die herkam.

«Dazu bin ich nicht befugt.» Nanina schenkte der Frau ein herzliches Lächeln, was diese in Rage brachte.

«Ich werde mich bei Ihrem Chef beschweren.»

Max fand es an der Zeit einzugreifen. Wenn er eines nicht auszustehen vermochte, dann dies, dass jemand grundlos angegriffen wurde. «Sie haben gehört, was Nanina gesagt hat.»

«Was geht es dich an!» Die Frau schleuderte ihre Mähne nach hinten, haarscharf an Max' Gesicht vorbei. Er roch das Gemisch von Rauch und einem billigen Parfum. Oder war es Alkohol?

«Beruhigen Sie sich.» Max lotste sie Richtung Sitzlandschaft unter einem futuristischen Beleuchtungskörper und zwang sie, sich zu setzen. Nanina deutete er zu, dass er sich um die Furie kümmern würde.

Die Frau liess sich auf das weiche Leder fallen, von Max überrumpelt, wie es schien. Ihn freute es, hatte er sie in die Schranken weisen können.

«Max.» Fede war von der Bar zurückgekehrt. «Gibt's ein Problem?»

Sie hätte die Tochter der Frau sein können, hätte Max es nicht anders gewusst.

«Wir kennen uns doch.» Fedes Feststellung galt der Frau. «Bist du nicht Cheyenne? *Die* Cheyenne?»

«Ach Herzchen, glaube mir, mein Gedächtnis ist intakt. Aber an dich erinnere ich mich nicht.» Sie schlug ihre dünnen Beine übereinander. Die weiten Hosen schlenkerten um ihre Knöchel.

«Aber du bist es. Ich erkenne dich an den Kleidern. Diesen Style hast du schon früher getragen. Verwaltest du noch immer die Finanzen der Buchanan Five?»

«Willst du mich auf den Arm nehmen? Das ist Jahre her. Heute bin ich deren Managerin, Seelenmasseurin und Mädchen für ... fast alles. Haha, an die Kleider erinnerst du dich.»

«Also doch.» Fede sandte Max ein Lächeln zu. «Im Jahr 2000 war's auf dem Jazz-Boat in Luzern. Da war ich knapp siebzehn, als Jack Buchanan mit seinen Leuten auf dem Vierwaldstättersee auftrat. Dixieland vom Feinsten. Es fühlt sich an, als wär's erst gestern gewesen. Habt ihr einen Auftritt in Davos?» Fede setzte sich neben die Frau.

«Einen? Na, hör mal. Jacky ist Ehrengast am Jazzfestival. Er spielt noch immer ... aber Jacky ist unauffindbar. Dabei hätte ich so viel mit ihm zu besprechen.» Cheyenne gab sich untröstlich. Sie hatte sich, was Max beruhigte, etwas gemässigt.

«Vielleicht hat er etwas unternommen, ist weggefahren», spekulierte Fede. «Wann hast du ihn zum letzten Mal gesehen?»

Max befürchtete, sie könnte Cheyennes Anliegen zum Anlass nehmen, ihre Hilfe anzubieten. «Wir sind hier, um uns zu erholen», flüsterte er, damit nur Fede es hörte.

Prompt wandte sie sich frontal ihm zu. «Fragen darf man ja.»

Sie rutschte nach vorn und sah Cheyenne an. «Wann ist denn der erste Auftritt?»

«Morgen Samstagabend. Hast du die Flyer nicht gesehen? The Buchanan Five geben das Eröffnungskonzert.»

Über ihr faltiges Gesicht huschte zum ersten Mal ein Lächeln, was sie gleich sympathischer machte. Doch wenn Max sie mit seiner Mutter Milagros verglich, die in diesem Jahr den dreiundsechzigsten Geburtstag hatte feiern können, sah Cheyenne verlebter und verbrauchter aus. Alkohol, Nikotin und durchgefeierte Nächte hatten untrügliche Spuren hinterlassen, die auch das dick aufgetragene Make-up nicht zum Verschwinden brachte.

«Die Musiker sollten die Instrumente auspacken, sie checken. Sie stehen in der Hotelgarage, müssen gestimmt werden. Der Transport tut ihnen nie gut.» Sie runzelte die Stirn. «Aber warum erzähle ich das alles?» Sie hatte ihre Augen auf Fede gerichtet. «Wie, sagtest du, ist dein Name?»

«Federica. Ich hatte ihn nicht genannt. Fede für meine Freunde.»

«Wollen wir uns einen Drink bestellen?» Cheyennes Augen vergrösserten sich. «Die Davoser Luft macht durstig. Geringere Luftfeuchtigkeit im Gegensatz zu den Orten, wo ich mich sonst jeweils aufhalte. In Davos altert man optisch schneller.» Ihr heiseres Lachen klang gekünstelt. «Also, wollen wir? Dann kannst du mir erzählen, warum wir uns kennen.»

Max rätselte, ob Fede auf ihren Vorschlag eingehen würde. Es gab keinen Grund, es zu tun. Das musste sie wohl auch eingesehen haben.

«Gern später. Aber wir werden morgen Abend bestimmt vorbeischauen.» Sie neigte sich über Cheyenne und sagte etwas zu ihr, was offensichtlich nicht für Max' Ohren bestimmt war.

***

Das Zimmer gefiel Max: rustikal, warm und in erdigen Tönen, mit einem weiss eingedeckten Doppelbett, auf dem eine Fellbordüre lag, und einer kleinen Sitzlandschaft. Auf dem Holztisch stand eine Glasflasche, dazu die schriftliche Aufforderung, man möge das frische Davoser Wasser aus dem Hahn lassen. Zwei Äpfel, ein paar Erdbeeren und zwei Pralinen, nach denen Fede gleich griff. Max übersah es geflissentlich, machte sich ans Auspacken ihrer beiden Koffer und hängte zwei Anzüge in den Schrank. Er checkte, wo sich der Safe befand und was die Minibar hergab.

«Mir ist eingefallen, woher ich die Männer kenne, die wir vor dem Hotel gesehen haben», sagte Fede, nachdem sie beide Pralinen verdrückt hatte. «Die gehören zu den Buchanan Five.»

«Die müssen ja einen mächtigen Eindruck hinterlassen haben.» Max legte Hosen und T-Shirts auf eines der Tablare. «Eine Generation vor uns, oder? Rocktime für Grossväter.»

«Es sind begnadete Musiker. Ich kenne sie von Luzern. Vor allem Jack … Jack Buchanan.» Fede stellte sich an die Wand. «Vielleicht ist ihm etwas zugestossen.»

«Was interessiert es dich?» Der Kloss in seinem Hals kam nicht von ungefähr. Er hätte es sich gewünscht, wieder etwas mehr in Fedes Mittelpunkt zu rücken. In den letzten Monaten hatte sie ihm öfter die kalte Schulter gezeigt. Manchmal dachte er, er sei ihr überdrüssig geworden. Möglicherweise langweilte sie sich mit ihm. Er hatte es sich abgewöhnt, jede von Fedes ausgefallenen Ideen umzusetzen. Still zu sitzen und nichts zu tun, fiel ihr schwer. Oft überforderte sie ihn deswegen. Vielleicht würden sie sich in Davos wieder ein wenig näherkommen. Er hoffte auf Fedes Musse, er würde Dinge mit ihr unternehmen, die er allein nie gemacht hätte.

Er verstaute die Unterwäsche unterhalb der Fahrradbekleidung und bemerkte, dass er den Helm vergessen hatte.

«Was?» Fede musterte ihn mit hochgezogenen Augenbrauen.

«Ich dachte, ich hätte den Helm eingepackt.»

«Hättest du etwas dagegen, wenn ich mich kurz mit Cheyenne treffe?» Auf den Helm ging sie nicht ein.

Die Enttäuschung war gross. «Ich dachte, wir gehen zum Apéro.»

«Das können wir immer noch. Ruhe dich etwas aus, nimm eine Dusche, zieh dich chic an. Ich werde dich in einer Stunde abholen.»

«Und du?» Max war die Lust aufs Ausräumen vergangen. «Wir sind gemeinsam hier, endlich wieder einmal zusammen, nachdem wir uns die vergangenen Wochen kaum gesehen haben. Oder wie stellst du dir unsere Zukunft vor?»

«Dass wir einander weiterhin die Freiheit lassen.» Ein neckisches Grinsen. «Du weisst, wie viel sie mir bedeutet.»

«Dann hätte ich auch in die Lenzerheide fahren können.» Max fühlte sich unbehaglich. Seine gute Laune war verflogen. Unmut machte sich bemerkbar. Seit drei Jahren waren sie ein Paar, das, wie er fand, gut zusammenpasste. Er der Ruhige, der stets überlegte, bevor er handelte. Sie die Spontane, blitzgescheit und manchmal undurchschaubar. Max wusste nicht immer, woran er mit ihr war. Sie hatte ihm die Lebensfreude zurückgebracht. Er hatte bereits Pläne geschmiedet, was ihre Zukunft betraf. Sie wich ihm bei diesem Thema oft aus.

«Davos war *deine* Idee.»

«Ich dachte, es würde dir hier gefallen.»

«Habe ich etwas anderes behauptet? Das Hotel Grischa habe *ich* gebucht.»

«Auf meinen Namen.»

«Wo ist deine Toleranz geblieben, deine Lockerheit?» Fede griff in den Schrank, liess ihre Finger über die Kleider gleiten, die Max aufgehängt hatte. «In den letzten Wochen musste ich mir dauernd anhören, wie müde du bist. Jetzt nehme ich Rücksicht auf dich, das ist auch falsch. Ich komme wieder. Was ist schon dabei, wenn ich ein paar Worte mit einer alten Freundin wechsle?»

«Sie mag sich nicht an dich erinnern.» Max fühlte sich wie ein trotziger Junge, was Fede ihm gleich an den Kopf warf, als hätte sie seine Gedanken gelesen. Ein eiskaltes Gefühl von Eifersucht bemächtigte sich seiner, als sie nach einem Kleid langte und es vom Bügel zog. Ausgerechnet das eng anliegende Kleid, das sie im «Pilatuskeller» getragen hatte, wo sie sich vor drei Jahren kennengelernt hatten. Zu seiner Verwunderung zog sie jedoch nicht die High Heels dazu an, sondern die neuen Sneakers. Sie warf einen Blick auf ihre Armbanduhr. «Um sechs hole ich dich ab.»

***

Wenn sie an den Tag zurückdachte, an dem sie sich entschieden hatte, nach Davos zu fahren, fröstelte es sie. Wie hatte sie bloss Mams Vorschlag Folge leisten können?

Ausgerechnet Davos.

Sie hatte den Erinnerungen nachgegeben, diesen fragilen Fragmenten ihrer Seele. Sie hatte versucht, sie nicht in ihr Gedächtnis zu lassen. Sie hatten es trotzdem geschafft, wie Parasiten an ihren Synapsen anzudocken. Da hatte sie gewusst, dass sie die Vergangenheit niemals ganz würde auslöschen können. Sie musste Klarheit schaffen und Ordnung in ihr Seelenchaos bringen. Vielleicht würden dadurch auch ihre Alpträume verschwinden, die durchwachten Nächte, in denen sie sich jeweils schweissgebadet von der einen auf die andere Seite wälzte, die endlosen Tage, welche ihr das Leben schwer machten. Die stetige Idee in ihrer Vorstellung, das Rad der Zeit zurückdrehen zu können, zu diesem Frühsommertag, den sie eigentlich in Chur hatten verbringen wollen. Dass sie trotzdem nach Davos gefahren waren, war Valentins Spontanidee geschuldet. Ein verlängertes Wochenende in ihrer Wohnung am Landwasser. Wandern und picknicken im Grünen oder am See. Hannah hatte freigehabt, weil die Lehrerin krank war. Valentin hatte ein paar Termine mit Kunden verschieben können.

Eine Kette von Begebenheiten, die im Drama geendet hatte. Was wäre gewesen, wenn sie sich anders entschieden hätten? Wenn sie in Chur geblieben wären? Oder die Lehrerin nicht krank geworden wäre? Hätte das Schicksal genauso gnadenlos zugeschlagen? War der Zeitpunkt des Abschieds vorgegeben? Das Ticken der Lebensuhr programmiert?

Fragen über Fragen, die Solea noch heute quälten. Manchmal

kam es auf einen kleinen Schritt an. Was wäre geschehen, hätte sie das Gegenteil von dem getan, was sie ausgeführt hatte? Dann versuchte sie, ihre Gedanken auf den Moment zu fokussieren, in dem sie die Entscheidung gefällt hatte. Unbewusst, dessen war sie sich sicher. Vielleicht hätte sie lange davor bewusster damit umgehen müssen. Aber wie oft tat man etwas aus dem Bauch heraus, ohne gross zu überlegen, ob es richtig oder falsch war. Wohin hätte es sie geführt, jede Spontaneität und jede Aktion zu hinterfragen?

Valentin. Wie es ihm wohl ergehen mochte? Der Gedanke an ihn war in den vergangenen Monaten nie präsenter gewesen wie eben. Valentin, der ihr das Gefühl gegeben hatte, nicht bloss ein Heimchen zu sein. Er hatte sie in ihrer Arbeit unterstützt, sogar gekocht, die Wäsche gemacht und Hemden gebügelt. Nie hatte er sich darüber aufgeregt, wenn sie ungeschminkt aus dem Haus ging oder vergass, sich beim Coiffeur die Haare schneiden zu lassen, weil sie zu lang waren.

Wenn sie Dave ansah, wie er auf dem Sessel sass und in der Speisekarte blätterte, wurde ihr bewusst, wie sehr Valentin ihr fehlte.

Andererseits verstand sie ihn. Er hatte wie sie alles verloren. Auch den Glauben an die Ehrlichkeit.

Aber war lügen und die Wahrheit verschweigen dasselbe?

Ein Unglück komme selten allein, hatte Mam gesagt. Vor zwei Jahren war es mit aller Wucht über Solea hereingebrochen. Was damals vorausgegangen war, blieb wie ein Schatten zurück. Und Valentin? Sie hatte ihn verloren an dem Tag, als sie ihr Kind zu Grabe trug. Gefangen in ihrem unsäglichen Schmerz, hatte sie den Verlust von ihrem Ehemann zugelassen und sich nicht vorstellen können, dass auch er litt. In doppelter Hinsicht. Sie hatte ihm eine Wahrheit verschwiegen, die erst mit dem Tod ihres Kindes ans Licht kam.

Sie wischte sich eine Träne aus dem Gesicht, blinzelte zu Dave hinüber. Er hatte keine Fragen gestellt, als sie vor zwei Tagen nach Davos gefahren waren. Mam hatte die Idee umgesetzt und eine Suite und ein Einzelzimmer im Hotel Grischa gebucht.

Ob Dave eingeweiht war? Solea hatte es sich abgewöhnt zu rebellieren. Dazu hatte sie die Kraft nicht mehr. Wenn Mam etwas organisierte, hatte es seine Richtigkeit. «Du musst dich den Tatsachen stellen», hatte sie gesagt. «Denn nur so kannst du gesund werden.»

«Haben Sie sich entschieden, was Sie essen?» Dave siezte sie noch immer und lächelte. Er war ein schöner Mann, ausser Zweifel. Mit dunklen, samtenen Augen, wie ein Tor in seine Seele, die von Respekt und Liebe erfüllt war. Seine Zurückhaltung war vorbildlich. Er drängte nicht, fragte nicht, half ihr, wo er konnte. Als er sie im Rollstuhl ins Restaurant gestossen hatte, schien es ihm nicht peinlich gewesen zu sein.

Aber da war sein Blick, der oft zu lange auf ihr ruhte. Ein Lächeln, das nur ihr galt. Seine Worte, deren Inhalt sie zu verstehen versuchte, wenn er ihr ein verstecktes Kompliment machte. Sie vermochte nicht, es nachzuvollziehen. Sie hatte an Glanz verloren, kam sich wie ein Vogel mit gebrochenen Flügeln vor.

«Ich nehme das Red Thai Curry.» In den letzten zwei Tagen hatte sich ihr Appetit zurückgemeldet, den sie aus längst vergangenen Tagen kannte. Möglich, dass Daves Anwesenheit sie unbewusst zum Geniessen animierte. Endlich nahm sie auch wieder Gerüche wahr, den Duft nach Gewürzen.

Dave hetzte sie nicht, erzählte stattdessen von seinen Reisen nach Kathmandu, vom Trekking in der Nähe des Himalajas. Von der Luft, die dünn gewesen war, von den Vorbereitungen für dieses Abenteuer und vom Flug nach Lukla mit dem gefährlichsten Flughafen der Welt. Die fünfhundertdreissig Meter kurze Start- und Landebahn an einem Hang, die einen das Fürchten lehrte und nur von erfahrenen Piloten benutzt werden durfte.

Solea lauschte gern seinen Ausführungen. Sie entführten sie in eine Welt, die nicht die ihre war und doch wie Balsam auf sie wirkte. Eine Weile vergass sie ihr Leid.

Dave hatte Champagner bestellt. Er hob das Glas. «Auf Ihre Ferien und dass Sie sich gut erholen mögen.»

«Wir hatten früher eine Ferienwohnung an der Brämabüelstrasse.»

Dave sagte nicht, er wisse es, obwohl Solea davon ausging, Mam habe es ihm längst erzählt. Vielleicht wusste er alles über sie. Seine Reaktion blieb jedoch aus.

«Am Landwasser ist es besonders schön», fuhr sie fort. «Das Rauschen des Flusses in der Nacht wirkt beruhigend.» Sie erschrak, weil sie die Erinnerung daran plötzlich zuliess, an die Parterrewohnung, verborgen hinter wuchtigen Birken, deren Äste bis fast zum Balkon reichten. Der Spielplatz im Garten, der Weg zum Wasser, gesäumt von Gräsern und Sommerblumen.

«Wir können am Landwasser spazieren gehen, wenn Sie wollen.» Dave schlug die Speisekarte zu. «Ich habe mich für das Kalbs-Cordon-bleu entschieden.»

«Ja, morgen Samstag vielleicht.»

«Und am Abend könnten wir eine Dosis Jazz vertragen, nicht wahr?»

Wenn er lächelte, spürte sie etwas in ihrem Innern, das sie längst vergessen hatte. Solea nickte. Völlig automatisiert. Dave versuchte gerade, sie für die schönen Dinge des Lebens zu sensibilisieren. Er hatte es sogar geschafft, sie für den Besuch im Pulsa-Restaurant zu überzeugen. Wann hatte sie das letzte Mal in einer so gepflegten Atmosphäre gegessen? Es war mehr als zwei Jahre her.

«Jazz, ja», sagte sie beiläufig. «Warum nicht?» Sie hatte den Aushang gesehen. «The Buchanan Five», vier gestandene Männer, eine Frau. Es gab sie noch immer: Pete, Jack, Fränz, Mike und Viktoria. Fünf bekannte Gesichter, älter geworden, drei von ihnen hatten graue Bärte. Nur Viktoria schien dem Alter ein Schnippchen geschlagen zu haben. Sie sah genauso jung und verführerisch aus wie damals vor elf Jahren. Photoshop, dachte Solea und konnte sich ein Lächeln nicht verkneifen. «Ich wette, Viktoria sieht man das wirkliche Alter an.»

«Bitte?»

Wie anständig Dave war. Er musste ja denken, dass sie eine Schraube locker hatte.

«Sorry, ich habe laut gedacht.»

«Erinnerungen?»

«Das Plakat bei der Rezeption … The Buchanan Five. Ich kenne die Musiker von früher.»

«Das wäre ein Grund, sie uns anzuhören. Morgen Abend spielen sie das Eröffnungskonzert in der Hotelgarage. Stühle und Bänke sind bereits aufgestellt. Was meinen Sie?»

«Ja, das wäre nett.»

***

Die Bar war in ein schummriges Licht getaucht, das Ambiente etwas zwischen Old English Style und ultramodern. Ein Mix, der Fede auf Anhieb gefiel. Am Tresen sass Cheyenne, die Beine lässig übereinandergeschlagen. Sie winkte Fede zu sich herbei.

«Hey.» Fede schwang sich auf einen Barhocker, sah auf den Drink, den Cheyenne vor sich stehen hatte, und bestellte den gleichen.

«Einen Mojito?», fragte der Barkeeper. Klein, schlank mit halblangen Haaren, die er im Nacken zusammengebunden hatte. Seine Gestalt verdeckte zur Hälfte die Flaschen auf den Regalen dahinter. Einen Wald mit selten schön geformten Getränkebehältern und farbigen Etiketten. Eine Verheissung für eine lange Nacht.

«Gern.» Fede wandte sich an Cheyenne. «Erinnerst du dich wieder? Ich war damals siebzehn und besass ein Freibillett für das Jazz-Boat auf dem Vierwaldstättersee.»

«Ach Herzchen.» Cheyenne strich ihr eine Strähne aus dem Gesicht. «Rothaarige Frauen fallen mir in der Regel immer auf. Sie erinnern mich an mich und an Hexen.» Sie kicherte. «Wir haben vielleicht die gleichen Gene … ehrlich, hatten wir uns miteinander unterhalten?» Sie liess ihren Blick von Fedes Kopf bis zu ihren Füssen wandern. «Scharfes Kleid.»

Fede wollte es nicht kommentieren. Sie hatte damit gehadert, ob diese Garderobe angebracht war, zumal sie sich bewusst war, wie aufreizend sie darin aussah. «Du hast mir sogar eine Karte mit deiner Unterschrift geschenkt.»

«Ach ja? Das ist seltsam. In der Regel verteile ich Autogrammkarten von meinen Musikern.» Cheyenne überlegte. «Gab es einen besonderen Anlass?»

«Ich hätte gern eine Karte von Jack bekommen, aber die Girls standen Schlange bei ihm, und mir fehlte die Geduld.»

«Jacky … die verblasste Schönheit.» In ihrer Stimme schwang Melancholie mit, als trauerte sie der Vergangenheit nach. «Von seinem Charme hat er jedoch nichts verloren, und die Diva ist er geblieben. Die Männer werden mit dem Alter interessanter. Unsereins kämpft gegen den Zerfall. Sieh *mich* an. Nach fünfzig ist fertig lustig. Da sucht man sich eine Freundin im Altersheim. Neben der sieht man dann echt jung aus.» Cheyenne klatschte sich vor Lachen die Hand aufs Knie. «Guck nicht so. In zehn Jahren bist du auch so weit, habe ich recht? Du bist vierzig, oder? Meine erste Krise hatte ich genau in diesem Alter. Dann wurde ich fünfzig und erkannte, was ich mit vierzig verpasst hatte. Heute bin ich zweiundsechzig und Mentorin alternder Musiker, die junge Frauen vögeln.»

Fede musste sich zusammenreissen, um nicht laut loszuprusten. «Ich bin achtunddreissig», konnte sie sich nicht verkneifen. Der Barkeeper warf ihnen belustigte Blicke zu. «Hast du Jack gefunden?» Sie musste das Thema wechseln.

«Was?»

«Du sagtest, er sei verschwunden.»

«Ach ja, seinetwegen sitze ich hier wie auf Nadeln. Er liegt im Krankenhaus. Habe es eben erst erfahren. Der Idiot hat sich den Arm gebrochen. Er wollte unbedingt mit dem Velo vom Jakobshorn runterfahren.»

«Runter? Nicht rauf?»

«Downhill. So was Bescheuertes. Jacky glaubt, man habe ihm auf der Strecke eine Falle gestellt.»

«Was meint er damit?»

«Er wollte nicht herausrücken mit der Sprache. Egal. Ich habe anderes zu tun, als ihm die Würmer aus der Nase zu ziehen. Ich bin auf der Suche nach einem Ersatz für ihn.» Cheyenne runzelte die Stirn. «Du spielst nicht zufällig Saxophon?»

«Stell dir vor, ich habe sogar ein Saxophon zu Hause. Aber es steht in einer Vitrine. Ist schon lange her. Und darauf spielen? Ich glaube, ich würde deinen Wünschen nicht gerecht.» Fede hatte das Instrument aus einer Laune heraus gekauft, sogar ein paar Stunden Unterricht genommen. Eine Zeit lang hatte sie ein paar Musikstücke beherrscht, und das Musikmachen hatte ihr Spass gemacht.

«Na ja, ich erwarte einen Anruf von Billy. Möglicherweise springt er für Jacky ein.» Cheyenne tat so, als verlöre sie das Interesse an Fede. Sie bestellte einen weiteren Mojito. «Ich liebe es, wenn die Barkeeper die Minzblätter zerstampfen müssen. Die machen das nicht gern, glaube mir. Zu aufwendig, das Ganze.»

Fede lächelte vor sich hin. «Hast du gewusst, dass der Mojito ursprünglich aus Kuba stammt? Ernest Hemingway ist der bekannteste Mojito-Liebhaber.»

«Mit diesem Wissen kann ich mir nichts kaufen.» Cheyennes glasige Augen verrieten, dass sie bereits zu viel Alkohol getrunken hatte. «Wer ist Hemingway?»

Betretenes Schweigen.

«Ist Jack verheiratet?», fragte Fede nach einer Weile.

«Auf dem Papier seit rund vierzig Jahren. Linda heisst sie und ist auf dem Weg nach Davos. Nachdem sie vernommen hatte, was mit ihrem Angetrauten passiert ist, hat sie ihren Hintern in den Z4 gezwängt. Mit ihren Körpermassen passt sie da definitiv nicht rein. Als Frau eines Bandleaders will sie wohl auffallen. Sie müsste bald hier sein.»

«Hat Jack sein eigenes Bike mitgenommen?», fragte Fede, derweil sie das dumme Geschwätz unterbinden wollte.

«Er ist mit seinem eigenen Wagen angereist, hat alles eingepackt, was er hier braucht. Jacky hat immer Extrawünsche. Und wenn er sich etwas in den Kopf gesetzt hat, stiert er es durch, egal, wenn er dabei sein Leben aufs Spiel setzt. Die Suppe muss ich nun auslöffeln. Ich besitze einen Bus, in dem wir Mensch und Material transportieren. Du hast das Fahrzeug gewiss gesehen. Es steht auf dem Parkplatz neben dem Hotel. Beschriftet ist es mit ‹The Buchanan Five›. Fällt ziemlich auf –»

Die Frauen wurden just von Max unterbrochen. «Da bist du

ja.» Er vereinnahmte Fede dermassen, dass sie ihn sanft, aber bestimmt von sich stiess. Max drückte ihr dennoch einen Kuss auf die Wange. «Wollen wir essen gehen? Ich habe im ‹Golden Dragon› reserviert, Chinesische Küche, die du magst.»

«Ich sagte doch, ich würde dich im Zimmer abholen.» Fede mochte es nicht, wenn er sich auf diese peinliche Art Gehör verschaffte. Er kam ihr wie ein aufmüpfiger Junge vor. Sie musterte ihn. «Wenn ich mir dein Outfit ansehe, hast du heute noch etwas vor.» So brav angezogen hatte sie ihn seit Ewigkeiten nicht mehr gesehen. Er trug einen hellgrauen Anzug und dazu ein weisses Hemd. Die Krawatte fehlte.

«Ich dachte, wir gehen schön essen.»

«Siehst du, Fede.» Cheyenne brachte sich ins Gespräch. «Du bist definitiv overdressed.» Als ihr Smartphone klingelte, wandte sie sich brüsk ab. Ihre laute, rauchige Stimme erfüllte die Bar.

Offenbar hatte sich Billy, Jacks Ersatz, gemeldet, was dem einseitigen Gespräch zu entnehmen war. Cheyenne winkte dem Barkeeper zu, stornierte den bestellten Drink und begab sich nach draussen in den Korridor, der die Rezeption mit den Restaurants und dem Fumoir verband.

«Morgen gehe ich Jack Buchanan besuchen.» Fede sah Cheyenne nach, bis sie um die rechte Ecke verschwunden war.

Max setzte sich. «Also doch eine verflossene Liebe?» Er klang enttäuscht.

«Und wenn es so wäre?» Fede verspürte eine unsägliche Lust, Max zu provozieren. Als er nichts darauf erwiderte, fuhr sie ihm mit der Hand über die Wange. «Sei nicht albern. Jack Buchanan, der Bandleader der Buchanan Five, hatte einen Unfall mit dem Bike. Gemäss Cheyenne glaubt er, man habe ihn sabotiert.»

«Ach nein.» Max bestellte eine Stange. «Bitte, misch dich da nicht ein.»

«Und wenn etwas dran ist?»

«Dann soll er die Polizei informieren.»

«Vielleicht hat er Gründe, es nicht zu tun.»

«Es geht uns *nichts* an. Wir machen Ferien in Davos, das Geschäftliche hat hier *keinen* Platz.» Max sah sie mit zusammengekniffenen Augen an. «In den letzten Monaten hast du mich links liegen lassen, was unsere Detektei betrifft. Und auf einmal willst du wieder Detektivin sein und herumschnüffeln. Gibt es persönliche Gründe?»

«Nenne es, wie du willst.» Fede war ein bisschen sauer. Max hatte mit dem Gedanken gespielt, ihre GmbH aufzugeben und einer sinnvolleren Arbeit, wie er es nannte, nachzugehen. Die Sache in Interlaken musste ihn arg gebeutelt haben, dass er sich im Nachhinein bei verschiedenen Anwaltskanzleien bewarb. Er hatte Fede nicht um Rat gefragt, sondern eigenwillig andere Pläne geschmiedet. Das hatte sie dazu veranlasst, sich einen neuen Job zu suchen. Der Wiedereinstieg in die IT-Firma in Freienbach hatte Max auf dem falschen Fuss erwischt. Er hatte weniger Glück mit der Stellensuche und musste zwangsläufig die Detektei weiterführen. Den Umständen entsprechend allein. Heute warf er ihr das vor.

Den Kitzel, ungelöste Rätsel aufzudecken, hatte Fede bislang nicht verloren. Was vergab sie sich, wenn sie sich nach Jack erkundigte?

DREI

Das Spital Davos lag am Dorfende Richtung Frauenkirch. Ein nüchterner Betonbau war es, der mit moderner farbiger Malkunst an der Fassade aufgepeppt war. Ein von Glaselementen überdachter Eingang führte in den Empfangsbereich.

Im Innern roch es nach Kaffee. Fede erkundigte sich bei der Anmeldung nach Jack Buchanan. «Er wurde gestern mit einem gebrochenen Arm eingeliefert.» Das war alles, was sie wusste.

Die Sekretärin, eine Frau mit strenger Frisur und Hornbrille, tippte den Namen in den Computer ein. «Tut mir leid, bei uns befindet sich kein Patient mit diesem Namen.»

Ob er entlassen worden war? «Er ist Musiker und ist mit der Band ‹The Buchanan Five› angereist.»

«Sind Sie eine Verwandte?»

«Nein.»

«Ich kann Ihnen keine Auskunft geben.»

Fede war frustriert. Bereits dachte sie daran, den Computer des Spitals zu hacken und so auf die Patientenliste zu gelangen. Sie holte das iPhone aus ihrer Tasche, tippte die Facebook-App an und suchte auf Buchanans-Fanseite nach Einträgen über seine Befindlichkeit. Die sozialen Netzwerke enthüllten Dinge, die ansonsten unter Datenschutz standen. Erst kürzlich hatte Fede nach einem Bekannten geforscht, um sich ein Bild von ihm zu machen. Sein letzter Eintrag hatte einem Gallenstein gegolten, den er sich hatte herausoperieren lassen. Als Krönung hatte er den Stein fotografiert und ihn der breiten Öffentlichkeit präsentiert.

«Sie meinen sicher Jakob Bucher.» Neben Fede baute sich ein Mann auf, der seine Ohren offensichtlich in ihre Richtung verlängert hatte. «Sorry, wenn ich mich einmische. Jack Buchanan ist bloss sein Pseudonym. Und ja, er liegt tatsächlich da, in Zimmer zweihundertvierzehn auf der zweiten Etage. Ich komme gerade von dort.»

Das war sein Künstlername! Darauf wäre Fede nicht gekommen. Sie liess das iPhone in ihrer Tasche verschwinden. «Jakob Bucher, das wusste ich nicht.»

«Er war früher ein ganz normaler Arbeiter, bevor er mit zweiundzwanzig Jahren seine Band gegründet hat. Ein talentierter Musiker, der Bass-, Alt- und Sopransaxophon genauso beherrscht wie Klarinette und Trompete.»

«Kennen Sie ihn gut?» Das hätte Fede nicht zu fragen brauchen. Wer den Musiker am ersten Tag nach dessen Einlieferung ins Spital besuchte, musste wohl ein enger Freund sein.

«Ich bin ein bekennender Fan von ihm. Per Zufall befand ich mich auf dem Dach des Spitals, als man Jack mit dem Helikopter hierherbrachte.»

«Er wurde mit dem Helikopter transportiert?» Fede überlegte, dass der Unfall vielleicht nicht so glimpflich abgelaufen war, wie Cheyenne behauptete. «Wie geht es ihm?»

«In Anbetracht der Umstände einigermassen. Er leidet. Aber gehen Sie zu ihm und überzeugen Sie sich selbst. Ich muss weiter. Die Arbeit ruft.»

«Danke für die Auskunft.» Fede schenkte dem Mann ein kurzes Lächeln, bevor sie zum Lift ging. Sie drückte den Knopf und wartete. Ein Geruch nach Medizin umhüllte sie, nach Scheuermittel und Desinfektionsmittel, und Erinnerungen kamen auf an die Zeit, in der sie infolge eines geplatzten Blinddarms in der Notaufnahme im Stanser Spital gelandet war. Es war ewig her, und doch fühlte es sich an, als wäre es erst gestern gewesen. Gerüche wie diese assoziierte Fede mit Ereignissen, ohne es zu wollen. Auf die Operationsnarbe hatte sie ihr allererstes Tattoo stechen lassen und dabei einen Schmerz erfahren, ohne den sie heute nicht mehr leben wollte.

Der Lift erreichte das Erdgeschoss, und die Tür ging auf. Ein Mann mit Infusionsständer stolperte ihr entgegen, starrte Fede an, als käme sie vom Mond, und ging grusslos an ihr vorbei.

Sie klopfte an die Zimmertür, öffnete sie und trat ein, vernahm Stimmen und wollte umkehren. Auf Besuch war sie nicht vorbereitet, als eine junge Frau sie entdeckte. War es Linda, welche Cheyenne erwähnt hatte?

«Hey, nicht so scheu. Komm rein.» Bambi-Augen sahen sie an. «Ich bin Chili.» Und eindeutig zu dünn, um Linda zu sein.

«Weil sie so scharf ist.» Aus der Richtung des Spitalbetts ertönte Gelächter.

Erst jetzt sah Fede ihn. Jakob Bucher. Das Exotische bekam plötzlich einen völlig normalen Anstrich. Zudem war er alt geworden. Und wie er dort lag – die Diva –, ausgestreckt im Bettrahmen wie eine Sardine und als wäre er eine Trophäe, präsentierte er den eingegipsten Arm auf dem Duvet. Mit Unterschriften und Herzchen darauf. Augenscheinlich mussten ihn bereits eine Menge Fans besucht haben, oder Chili hatte ihr Temperament darauf ausgelebt.

«Sind Sie von der Presse?» Selbst in diesem mitleidheischenden Zustand dachte er an seine Vermarktung.

«War die nicht bereits da?» Fede stellte sich mit Namen vor.

«Nein, wie immer schläft die, wenn es endlich interessant wird.» Buchanan hob den Kopf. «Fede, woher kennen wir uns?»

«Meistens ist die Presse schneller als der Wind.» Fede überlegte, dass Buchanan die Hochzeit, in der seine Person in den Medien gefragt war, längst hinter sich hatte. Das, was dort auf dem Bett lag, war sichtbar älter und unförmig geworden. Ob er es sich bewusst war? Sei nicht zynisch, schalt sie sich. Vor einundzwanzig Jahren hatte er sehr gut ausgesehen, was ihm aber zu Kopf gestiegen war.

«Mit wem habe ich das Vergnügen?» Buchanan musterte sie eindringlich.

«Ich bin Privatdetektivin. Ich hätte ein paar Fragen zum Unfallhergang.»

Buchanan setzte sich auf, indem er sich mit dem unversehrten Arm am Triangel hochzog und das Kopfteil des Bettes in eine senkrechte Position fuhr. Er wedelte Chili weg. «Geh Kaffee trinken, bis wir hier fertig sind, und halte mir weiteren Besuch vom Hals, capito?»

Chili trottete wie ein folgsames Hündchen aus dem Zimmer.

«Eine Freundin von Ihnen?» Fede konnte ihre Neugier nicht zähmen.

«Ich bin verheiratet.» Buchanan sah aus dem Fenster.

Das sind sie meistens alle, dachte Fede und folgte seinem Blick. Die Sonne, von hier aus nicht zu sehen, überflutete die Wiesen und Wälder unterhalb des Jakobshorns mit einem Goldton. Das Landwasser plätscherte südwärts in der Stille dieses frühen Samstagmorgens.

«Chili ist meine Geliebte.»

Ein Drittel so alt wie Buchanan oder jünger. Was mochte ein Kerl wie Buchanan an sich haben, was ein Mädchen wie Chili faszinierte? Der Musiker hatte von seiner einstigen Attraktivität verloren. Sein Gesicht war vergleichbar mit dem eines Reptils. Sonne, Alkohol und Nikotin mussten ihm zugesetzt haben. Sein Dreitagebart passte nicht, glich einem rötlichen Schamhaargewächs und machte ihn optisch älter, als er war.

Fede bereute es, hierhergekommen zu sein. Für den Mann empfand sie bloss Mitleid. Aber für einen Rückzieher war es zu spät.

«Detektivin, sagten Sie? Hat Cheyenne Sie geschickt?»

«Sie macht sich grosse Sorgen um Sie und sucht nach einem Ersatz.»

«Den hat sie bereits gefunden ... Billy Horse.»

Ob «Billy Horse» auch ein Pseudonym war? «Was Ihnen nicht in den Kram passt.»

«Eine Ohrfeige ist das. Der Mann ist siebzig. Ein Zweitklassemusiker. Aber im Moment sind die Topleute selbst unterwegs in Davos und haben ihre Konzerte. Nun gut, besser, als unseren Auftritt zu stornieren, ist es alleweil.»

«Erzählen Sie mir von Ihrem Sturz. Cheyenne sagte mir, dass Sie einen Anschlag auf Ihre Person vermuten.»

«Das ist richtig. Ich war mit dem Bike unterwegs auf einem Abschnitt des ‹Alps Epic Trails› vom Jakobshorn ins Sertigtal. Siebenhundert Höhenmeter Abfahrt. Er zählt zu den ‹Blue Squares›, ist also ein mittlerer Schwierigkeitsgrad. Für mich kein Problem. Ich fahre seit fünf Jahren Downhill. Habe erst mit siebenundfünfzig damit begonnen ... aus purer Lust an der sportlichen Herausforderung. Und ... am Nervenkitzel.»

«Ist es in Ihrem Alter nicht zu gewagt?»

Buchanan rutschte in eine andere Sitzposition. «Alles ist Risiko. Auf die Dosierung kommt es an.»

«Diesmal ist es schiefgelaufen. Eigentlich eine waghalsige Überlegung während einer Tournee.»

«Ja, es ist, gelinde ausgedrückt, ein Riesenscheiss.»

«Tut's noch weh?»

«Ich schlucke Schmerztabletten, es wäre sonst nicht auszuhalten.» Buchanan unterstrich den Satz mit einer wehleidigen Miene.

«Warum haben Sie die Polizei nicht gerufen?»

«Die war am Tatort, hat aber nichts Auffälliges festgestellt. Nichts, das auf eine Sabotage hingedeutet hätte.» Buchanan druckste herum, als passten ihm die Fragen nicht.

«Sie sind also gestürzt. Was war der Grund?»

«Ein Nylonseil.»

«Ein Nylonseil? Ich gehe davon aus, dass ein Nylonseil kaum der Kraft eines fahrenden Bikes standhält.» Fede verkniff sich ein Grinsen. Sie vermutete hinter Buchanans Bemerkung eine Ausrede.

«Ich korrigiere mich: Es war ein blaues Kabel, aus Plastik oder so. Jemand musste es gespannt haben. Ich fuhr direkt in die Schikane.»

«Und die Polizei hat trotzdem nichts gefunden?» Fede zweifelte am Wahrheitsgehalt dieser Geschichte. Buchanan war bereits früher dafür bekannt gewesen, aus einer Mücke einen Elefanten zu machen. Seiner Phantasie waren keine Grenzen gesetzt, wenn es darum ging, sich ins richtige Licht zu rücken. Fede erinnerte sich an die Zeit, als Buchanan nichts unterlassen hatte, seinen Namen in den Medien zu platzieren. Der schlimmste Unfall hatte sich beim Skifahren auf dem Jochpass zugetragen, als er angeblich in eine Lawine geriet. Gemäss Presse hatte er vierundzwanzig Stunden unter dem Schnee gelegen, bevor man ihn fand. Buchanan hatte es nie dementiert. Dabei war längst bekannt, dass er Kopf voran in eine Schneewechte gestürzt war. Ein Schneebrett war damals zwar niedergegangen, aber ausserhalb von Buchanans Aufenthaltsort. Und die vierundzwanzig Stunden waren zu vierundzwanzig Sekunden geschrumpft. Die Zeit hatte allerdings gereicht, um ihn in dieser misslichen Lage abzulichten.

«Die Polizei traf anscheinend nach meiner Bergung ein. Sie fand keine Anhaltspunkte. Das Kabel war bereits weggeräumt ... ja, so muss es gewesen sein.»

«Man hat Sie also am Unfallort abgeholt?»

«Etwas weiter oben. Ich dachte zuerst, ich könnte mit dem schmerzenden Arm zurück zur Bergstation. Ich habe nicht damit gerechnet, dass er gebrochen ist. Aber dann verlor ich das Bewusstsein. Ein Helikopter hat mich ins Spital geflogen.»

«Gibt es Zeugen?»

«Wahrscheinlich die Leute, die die Ambulanz gerufen haben. Ich weiss es nicht.»

«Jemand muss Sie doch beobachtet haben, als Sie auf dem Jakobshorn starteten.»

«Das nehme ich an. Darauf geachtet habe ich nicht.»

«Wer könnte ein Interesse daran haben, Ihnen zu schaden?»

«Berühmtheiten wie ich haben viele Neider.»

Fede erwiderte nichts darauf. Buchanan hatte eine enorme Meinung von sich, was ihn in ihren Augen unsympathisch machte. Fede hatte ihn anders in Erinnerung. Mit vierzig war er ein Sonnyboy gewesen, auf eine Art zurückhaltend, fast scheu. Die Frauen hatten ihm zu Füssen gelegen, dem gut aussehenden Musiker, der bis zu seinem zweiundzwanzigsten Geburtstag als Elektromechaniker in Luzern gearbeitet hatte. Das, was der Mann am Empfang berichtet hatte, war nichts Neues. Neu für Fede war allerdings die Tatsache, dass Buchanan mit bürgerlichem Namen Jakob Bucher hiess. Sein Markenzeichen war seine Brixton-Mütze gewesen, die er zu jedem Anlass trug. Ob er die noch hatte?

«Ich rate Ihnen, Ihren Verdacht der Polizei zu melden», sagte Fede.

«Ich mache mich doch nicht lächerlich.»
«Wann können Sie das Spital verlassen?»
«Nicht sofort. Ich denke, wenn die Jazztage vorbei sind.»

***

Es war geradezu rührend, wie sich Dave Casutt um sie kümmerte. Er hatte ein Bouquet Baccara-Rosen auf ihre Suite bringen lassen. Rote Rosen bedeuteten Liebe und Leidenschaft, hätte Mam gesagt. Mit roten Rosen erkläre man der Beschenkten, von tiefer Liebe entbrannt zu sein. Ob Dave dies bewusst war?

Der Strauss würde am Monatsende sicher auf der Spesenabrechnung erscheinen, aber das war Solea egal. Sie wusste sowieso nicht, wohin mit dem vielen Geld. Ihre Therapien wurden von der Versicherung bezahlt, Valentin überwies ihr regelmässig und im Dauerauftrag Alimente, und Mam hatte ihr bereits einen Erbvorbezug ausbezahlt. Da war auch noch ihr eigenes Erspartes, das sich in den letzten Jahren angehäuft hatte. Mit dem Verkauf der Wohnung in Davos hatte sie die Hälfte des Preises bekommen. Trotz der gesetzlichen Abzüge eine ansehnliche Summe.

«Sie wirken angespannt.» Daves Hand rutschte über den Tisch und berührte ihre Finger.

Es schien, als hätte er eine Antenne ausgefahren, die jede Veränderung registrierte.

Ja, sie war nervös. Aber das hatte einen Grund. Dave hatte einen Sitzplatz in der Hotelgarage reserviert. Er dachte wohl, ihr damit eine Freude bereiten zu können. The Buchanan Five. Sie würden für Abwechslung sorgen, zumal sie früher ein Faible gehabt hatte für diese Art von Musik.

Sie hatte die Band zum ersten Mal an einer Open-Air-Jamsession in Davos getroffen und war vom improvisierten Zusammenspiel von verschiedenen Musikern fasziniert gewesen. Blues, Jazz, Free-Jazz, Rock und Rockabilly als eine Spielart des Rock 'n' Roll. Solea hatte sich extra für diesen Anlass ein Petticoatkleid geschneidert und bis tief in die Nacht hinein getanzt.

«Woran denken Sie?» Dave streichelte ihr über die Hand. Zum ersten Mal, seit sie ihn kennengelernt hatte. War das ein Annäherungsversuch? «Hinter Ihrer Stirn scheint es zu arbeiten.»

«Ich war früher schon mal da. Nicht in diesem Hotel, aber in Davos.»

«Sie erzählten letzthin, Sie hätten hier eine Wohnung gehabt.»

Solea zog die Hand zurück. «Es war ein Fehler.»

«Die Wohnung oder Davos im Allgemeinen?»

Warum interessierte es ihn? Erwartete er von ihr, sie würde ihre Seele vor ihm entblössen? Ihre Vergangenheit ging ihn nichts an.

Andererseits war er möglicherweise der Grund, weshalb ihr Appetit beim Essen zurückgekehrt war. Nein, das lag einzig und allein in ihrer Verantwortung. Dr. Schweglers Bemerkungen in Bezug auf ihr Gewicht hatten ihr wider Willen sehr zugesetzt. Auch ihre Bedenken, was die Ferien in Davos betraf. Sie hatte ihr die Notfallnummer des Spitals mitgegeben, sollte sie sich weiterhin weigern, genug zu essen.

Es fühlte sich an, als hätte Dave einen Schalter in ihr umgekippt. Allein seine Anwesenheit tat ihr gut. Sie ertappte sich dabei, wie sie sich vorstellte, sich an ihn zu schmiegen, in seinen starken Armen zu versinken und ihre Lippen auf seine zu pressen. Wie sich ihre Münder öffneten und ein Spiel mit den Zungen begann … Sie musterte ihn länger, als ihr lieb war. Er wich ihr mit seinem Blick nicht aus. War es seine zurückhaltende Art, die sie an Valentin erinnerte? Ihr Mann war genauso gewesen, damals in Chur, als er ihr buchstäblich in die Arme lief. Wie sehr hatte sie sich nach einer zärtlichen Umarmung gesehnt. Bei ihrer ersten Begegnung hatten sie sich geküsst. Später hatte er sie zu sich nach Hause eingeladen. Dass sie in dieser Nacht miteinander schliefen, war die logische Folge gewesen. Als sie ihm Wochen später ihr süsses Geheimnis verraten hatte, war er hin und weg.

Solea seufzte, während sie Daves Lächeln weiterhin standhielt. Möglicherweise würde sie es in Davos schaffen, das Vergangene aufzuarbeiten. Beginnend mit dem Jazzabend im Hotel.

«Nach dem Frühstück würde ich gern einen Spaziergang dem Landwasser entlang machen.» Solea wischte sich den Mund mit der Stoffserviette ab. Auf Daves Frage ging sie letztlich nicht ein. «Sofern Sie auch mögen. Der Weg ist nicht geteert. Es würde vielleicht zu anstrengend für Sie.»

«Es war *mein* Vorschlag gestern. Frische Luft kann nicht schaden.»

«Und es ist sicher eine Gelegenheit, aus *Ihrem* Leben zu erzählen.»

«Recht und Gegenrecht.»

«Ach, tun Sie nicht so, als wüssten Sie nichts über mich. Meine Mutter wird Ihnen alles brühwarm erzählt haben. Ich kenne sie. Sie ist eine Frau, die das Herz auf der Zunge trägt.»

«Vielleicht täuschen Sie sich.»

«Täuschen, ja? Das Wort allein erhärtet meine Vermutung.»

Dave neigte den Kopf. Sein Blick bohrte sich auf den leer gegessenen Teller. Als er wieder aufsah, hatten seine Augen etwas Melancholisches. «Mögen Sie von Hannah erzählen?»

Der Schmerz traf sie wie ein Speerstich in die Brust. Sie glaubte, nach Atem schnappen zu müssen.

Sie griff nach den Rädern ihres Rollstuhls, wollte sich vom Tisch wegstossen. Die Bremsen verhinderten es. Sie kam sich gedemütigt vor. Zum ersten Mal wurde ihr bewusst, wie behindert sie war. Sie wünschte, der Boden unter ihr würde sich öffnen und sie zum Verschwinden bringen. Sie riss sich zusammen, um nicht laut loszuheulen, aus verletztem Stolz, aus Scham. «Wie können Sie es wagen ...» Ihre Stimme versagte.

«Entschuldigen Sie bitte.» Mehr sagte Dave nicht. Offenbar wurde ihm bewusst, dass er zu weit gegangen war. Er erhob sich, langte nach den Griffen des Rollstuhls und löste die Bremse. «Ich werde Sie zurück auf Ihr Zimmer fahren.»

«Das will ich doch hoffen.» In ihrem Hals machte sich ein Engegefühl bemerkbar. Hatte sie sich so in Dave getäuscht?

***

Billy Horse sah mit seinen siebzig Jahren so aus, als wären die letzten Jahre spurlos an ihm vorbeigegangen. Der eins neunzig grosse Mann hatte ein Charisma, das selbst Cheyenne zum Zittern brachte. Ein glatt rasiertes, beinahe faltenfreies Gesicht und die kaum ergrauten Haare wurden von schwarzen Augen betont. Cheyenne reichte ihm die Hand zum Gruss. Den Mann hatte sie anders in Erinnerung, oder er war ihr nie wirklich so positiv aufgefallen. In seiner Anwesenheit kam sich Cheyenne uralt vor. Sie hatte plötzlich das Bedürfnis, ihm etwas *nicht* Nettes an den Kopf zu werfen. «Ich hoffe, du beherrschst ein paar Stücke. Das wäre sonst eine Blamage für uns alle.»

«Cheyenne, wie sie leibt und lebt.» Horse zog sie an sich und küsste sie dreimal auf die Wangen. «Du weisst, dass ich täglich spiele und mir eure Stücke anhöre. Ich habe es im Blut. Und danke, ich bin gut gereist. Fast vier Stunden mit der Bahn. Jetzt habe ich einen Mordshunger.»

Sie musterte sein Gepäck. «Okay, dein Saxophon hast du auch dabei. Für dich ist ein Zimmer im dritten Stock reserviert, mit Blick Richtung Davos Dorf. Es war das letzte Zimmer. Das Hotel ist ausgebucht.»

«Ich bin nicht der Aussicht wegen hierhergefahren.»

«Es ist ein Desaster. Mein bester Mann fällt aus. Das ist ein Fressen für die Haie der Presse. Das heisst, du stehst ziemlich unter Druck.»

«Ich bin nicht Jacks Klon. Aber ich werde mir natürlich Mühe geben.»

«Mühe geben reicht mir nicht. Gib alles!»

«Schon klar. Habe ich wenigstens die Gelegenheit, mit den andern zu proben?»

Cheyenne sah auf ihr Smartphone. «Um eins, nach dem Mittagessen, trefft ihr euch in der Garage. Richte dich ein, geh essen. Ich muss dich nicht begleiten. Um halb zwei bin ich vor Ort und höre mir eure Stücke an. Und glaube mir, sollte ich einen einzigen falschen Ton hören …»

«Bin ich froh, ist dein sarkastischer Humor zurück. Ich dachte schon, du hättest ihn verloren.» Horse griff nach seinem Gepäck und dem Koffer mit dem Saxophon. «Und, gibt es ein paar heisse Groupies?»

Cheyenne schluckte leer. Horse war offenbar schlimmer als Jacky. Aber, dachte sie, Hunde, die bellen, beissen nicht. «Ja, es gibt da ein paar Siebzigjährige, die wegen der Buchanan Five extra nach Davos gereist sind.»

Grosser Gott! Während Horse an der Rezeption eincheckte, zog Cheyenne erneut ihr Smartphone aus der Gesässtasche. Einem jungen Mann, der aus der Bar kam, zwinkerte sie freundlich zu, worauf er sie anlächelte. Oder auslachte. Cheyenne kam es so vor. Ihre Hippie-Garderobe passte definitiv nicht hierher. Zu der Schlaghose von gestern trug sie eine weisse, bestickte Bluse, die sie aus dem Fundus der sechziger Jahre hatte, ihre roten Haare offen mit Stirnband. Sie hatte es sich nicht verkneifen können, eine Plastikblume über das linke Ohr zu stecken, und den Leberfleck unterhalb des rechten Auges hatte sie sich auch aufgemalt – wie vor vierzig Jahren. Sie wählte Jackys Nummer und schritt Richtung Ausgang, wo soeben ein Einspänner vorbeirollte. In der Kutsche sassen zwei Männer und zwei Frauen. Eine von ihnen in einem weissen Brautkleid.

Cheyenne sah ihnen wehmütig nach. Davon hatte sie oft geträumt. Leider war der Traumprinz ihr nie wirklich begegnet. «Warum wartest du auf den König, wenn du es mit den Fröschen lustig haben kannst?», hatte Jacky oft gesagt, sie aber nie als sexuelles Wesen betrachtet. Dabei hatte sie ihn vergöttert. Sie kamen aus demselben Luzerner Quartier, hatten bis zur sechsten Klasse zusammen die Primarschule besucht. Während Jacky in die Sekundarschule gegangen war, hatte sie sich durch die Realschule gekämpft und danach eine zweijährige Lehre als Lebensmittelverkäuferin absolviert. Erst mit einundzwanzig hatte sie Jacky wiedergesehen. Er war ausgebildeter Elektromechaniker und daran, eine eigene Band zu gründen.

Für Cheyenne war Jazz damals Neuland gewesen. In verrauchten Räumen hatte sie ihresgleichen gesucht und gefunden und sich nächtelang Deep Purple, Uriah Heep und Led Zeppelin angehört. Sie hatte Marihuana gekifft und einen Horrortrip mit LSD erlebt, eine Freundin durch Heroin verloren und mit ihren erzkonservativen Eltern gebrochen. Aber Jazz? Sie hatte keine Ahnung davon gehabt. Sängerin hatte sie werden wollen, aber dazu hatte sie die Stimme nicht. Auch sonst fehlte es ihr an Talenten, welche sie von ihren Kolleginnen abgehoben hätte. Nur im Biertrinken war sie einsame Spitze gewesen. Sie hatte sogar mit den gleichaltrigen Kerlen mithalten können.

Jacky dagegen war vorbildlich gewesen und ein fleissiger junger Mann, der nebst seinem Beruf die Musikschule besuchte und das Saxophon- und Trompetenspielen erlernte. Ein Musterjunge aus reichem Haus. Seinem Vater hatte eine Zahnarztpraxis gehört, die später von seinem ältesten Sohn übernommen wurde. Die Mutter hatte am Konservatorium auf Dreilinden Cello gelehrt.

Trotz der schlechten Karten hatte Cheyennes Leben durchwegs etwas Gutes für sie bereitgestellt.

Als Jacky Unterstützung für seine frisch gegründete Band suchte, hängte sie ihren Beruf an den Nagel und zog fortan mit den Buchanan Five durch die Schweiz, später durch Europa und die Vereinigten Staaten von Amerika. Sie hatten Auftritte in New Orleans und auf dem Mississippi-Dampfer gehabt.

Jacky meldete sich. «Hast *du* mir diese Rothaarige geschickt?» Es war seine erste Frage.

«Sie hat mal für dich geschwärmt.»

«Sie sei Detektivin. Hast du das gewusst?»

Cheyenne war perplex.

«Hast du ihr von meinem Unfall erzählt?»

«Es beschäftigt mich. Ich renne hier von Pontius zu Pilatus, um einen angemessenen Ersatz für dich zu finden. Billy ist nicht die optimale Wahl … obwohl er verdammt gut aussieht.» Cheyenne kicherte. Diese Bemerkung hatte sie ihres Erachtens machen müssen. Jacky, der sie nie wirklich beachtet hatte. Sie war gut genug gewesen, für Auftritte zu werben und später, als die Gruppe einen gewissen Bekanntheitsgrad erlangt hatte, Termine und Tourneen zu koordinieren. Sie hatte Jackys Hochzeit mit Linda erlebt und wäre sogar als Brautjungfer mitgegangen, wenn sie an diesem Tag nicht mit vierzig Grad Fieber im Bett gelegen hätte. Das war psychischen Ursprungs gewesen, das Resultat einer Demütigung, die sie nie zuvor erfahren hatte. Ausgerechnet ihre beste Freundin hatte mit Jacky das grosse Los gezogen. Dabei hatte Cheyenne sich an der Seite des erfolgreichen Musikers gesehen.

Heute war sie froh, hatte er nicht sie, sondern Linda geehelicht. Trotzdem kehrten die Erinnerungen manchmal mit solch einer Wucht zurück, dass es sie melancholisch stimmte. Der Sturz mit dem Bike war eindeutig Karma.

«Was willst du damit sagen?»

«Dass du dir im Angesicht deines ehemaligen Musikkollegen verdammt Mühe geben musst.»

«Er reicht mir nicht mal das Wasser.»

Cheyenne stellte es sich plastisch vor. Jacky war einen Kopf kleiner als Billy. «Ich meinte dein Aussehen. Der Dreitagebart passt nicht zu dir. Und mit dem Trinken solltest du massvoller umgehen.»

«Du weisst, weshalb ich mir ab und zu eine Flasche Wein gönne.»

«Wein ginge ja noch … aber deine allabendlichen Whiskys.» Cheyenne räusperte sich. Sie hatte Jacky nicht angerufen, um ihm die Leviten zu lesen. Sie hatte kein Recht, ihn zu kritisieren, wenn sie selbst das Trinken nicht lassen konnte. «Wann kannst du das Spital verlassen?»

«Ich habe soeben mit dem Arzt gesprochen. Er meinte, in einer Woche. Danach muss ich zur Kur.»

«Wegen eines simplen Armbruchs?» Sie musste sich zusammenreissen, um nicht laut herauszulachen. Cheyenne kannte niemanden, der so hypochondrisch veranlagt war wie Jacky. Wenn er krank war, ging die Welt unter. «Ich höre mir um halb zwei die Probe an. Ich muss sicher sein, dass die Zusammensetzung mit Billy klappt.»

«Ach, ich wäre so gern dabei.» Jacky stiess einen tiefen Seufzer aus.

«Ich hätte nichts dagegen, dann würde mir der Ärger hier erspart. Kann man nichts machen. Erhol dich erst mal. Ich melde mich nach dem Konzert.» Cheyenne beendete das Gespräch und steckte das Smartphone zurück in ihre Hosentasche. Sie nahm sich vor, Jackys Abwesenheit vorerst in der Öffentlichkeit zu verschweigen.

***

«Was ist mit diesem Spiegel passiert?» Chatrina Pleisch, die Gouvernante, stand mit verschränkten Armen unter dem Türrahmen zur Suite 618.

Alice, Praktikantin im Housekeeping, legte den Putzlappen aus der Hand. Sie wirkte leicht eingeschüchtert. «Frau Morell hat es so gewünscht.»

«Dass *du* den Spiegel mit Stoff bedeckst?»

«Anweisung von oben.»

«Warum weiss ich nichts davon?»

«Du warst bei ihrer Ankunft nicht da.»

«Was ist der Grund für diese Abdeckungen?» Chatrina betrat das Badezimmer. Der Spiegel über dem Waschtrog war ebenso bedeckt mit einem braunen Tuch, passend zu den Farben des Interieurs.

«Ich glaube, Frau Morell hat eine Aversion gegen Spiegel. So wurde es mir mitgeteilt. Vielleicht ist sie ein Vampir.»

Jetzt musste Chatrina doch lachen. «Die sehen sich nicht im Spiegel, also wären die Tücher überflüssig ... also, weshalb dieser Aufwand?»

«Die Frau ist im Rollstuhl, wird wohl ihre Gründe haben.»

Chatrina schüttelte den Kopf. Der Gast war König. Wünsche mussten erfüllt werden. Sie zu hinterfragen, gehörte nicht zu ihrem beruflichen Auftrag, gab aber oft Aufschluss über den Charakter desjenigen, der sie gefordert hatte. Seit drei Jahren arbeitete Chatrina im Hotel Grischa, nachdem sie die Hotelfachschule in Zürich mit Bravour abgeschlossen hatte. Sie war Leiterin Hotellerie-Hauswirtschaft mit eidgenössischem Fachausweis. Unter ihrer Aufsicht arbeiteten fünf Frauen und vier Männer. Sie gehörte zum Kader und führte Mitarbeiter im Sektor Zimmerservice und Lingerie. Sie stellte Personal ein, schrieb Einsatzpläne und kontrollierte Stundenrapporte. Sie beurteilte und optimierte die betriebliche Sicherheits-, Hygiene-, Versorgungs- und Entsorgungssituation. Sie war Anlaufstelle für ihre «Putzteufelchen», wie sie ihre Mitarbeiter zärtlich nannte, und warf ständig ein Auge auf sie.

Chatrina erinnerte sich an eine Frau im Rollstuhl. Sie war ihr beim Frühstück aufgefallen, als diese in Begleitung eines gut aussehenden Mannes war. Sie betrachtete die ausgedruckte Zimmerliste. «Sie hat für sich allein eine ganze Suite?»

«Ihr Begleiter wohnt in einem Einzelzimmer», sagte Alice. «Er holt sie jeweils ab.»

Wieder warf Chatrina einen Blick auf die Liste. «Weisst du zufällig, wie er heisst?»

«Dave Casutt. Zimmer 202.»

Chatrina nahm sich vor, mit Casutt zu sprechen. Vielleicht hatte er Vorschläge, wie man Solea Morell den Aufenthalt im Hotel noch angenehmer gestalten könnte. Sie hatte die Frau gesehen und sich darüber erschrocken, wie mager sie war und wie wenig Lebensfreude sie ausstrahlte. Chatrina war immer besorgt um ihre Gäste. Diese sollten sich wohlfühlen. «Gibt es noch andere Leute, die Extrawünsche haben, von denen ich nichts weiss?»

«Ich habe eine Entdeckung gemacht. Cheyenne Hug, aus Zimmer 402. Ich glaube, sie hat einen Hund ins Zimmer geschmuggelt. Zu Gesicht habe ich den Köter bis anhin nicht bekommen. Im Badezimmer befindet sich ein Fressnapf. Sie hat diesbezüglich keine Wünsche geäussert. Auf der Anmeldung steht auch nichts. Aber du weisst, welch heiklen Geruchssinn ich habe. In ihrem Zimmer riecht es nach nassen Hundehaaren.»

«Ich werde dem nachgehen.» Chatrina notierte es. In diesem Moment summte ihr Smartphone. Sie wandte sich von Alice ab und meldete sich.

«Barbara am Telefon. Sorry, wenn ich störe. Der Gast in 302 möchte ein zusätzliches Kopfkissen und fragt, ob er um zwölf ein Essen aufs Zimmer bestellen kann.»

«Der ist heute angekommen, nicht?»

«Er gehört zu den Buchanan Five, hat er mir erzählt. Sein Name ist William Hengst, sein Pseudonym Billy Horse. Er war sehr redselig.»

«Okay, ich werde mich um ihn kümmern. Wie sieht es mit der Suite 316 aus? Mir ist zu Ohren gekommen, dass der Gast einen Unfall hatte und nun im Spital liegt. Ich checke mal, ob man die Suite räumen und für andere Gäste freigeben kann. Wir sind im Moment um jedes freie Zimmer froh. Ich gebe dir Bescheid, was mit dessen Gepäck geschieht.»

Chatrina ging den Korridor entlang. Als sie auf der Höhe des Zimmers 616 vorbeikam, wäre sie fast mit Solea Morell im Rollstuhl zusammengestossen. Der Mann hinter ihr musste Dave Casutt sein. Sie stotterte eine Entschuldigung. Auf keinen Fall wollte sie auf Konfrontation gehen. Sie grüsste.

«Halt, junge Frau!»

Chatrina blieb stehen. Die Bemerkung aus Solea Morells Mund zu hören, kam ihr ein wenig komisch vor, da die Frau kaum älter war als sie selbst. «Ja bitte?»

«Sind Sie die Chefin?»

«Die Gouvernante.»

«Gut, sehe ich Sie. Ich möchte mit Ihnen unter vier Augen sprechen.»

Chatrina sah den Mann an. Dieser nickte. «Ich werde Frau Morell in ihre Suite schieben. Sie gestatten?»

Chatrina hoffte, dass Alice mit der Zimmerreinigung fertig war. Sie folgte dem ungleichen Paar. Alice war im Begriff, die Suite zu verlassen. Chatrina bedankte sich bei ihr und wartete, bis der Mann Solea Morell ins Entrée geschoben hatte.

«Ich werde Sie abholen, bevor das Konzert beginnt», sagte er und beugte sich über die Frau. «Alles in Ordnung mit Ihnen?» Er ging rückwärts aus der Suite.

«Gehen Sie», antwortete sie schroff.

Chatrina war es nicht recht, zumal sie auf dem Gesicht des Mannes einen traurigen Zug entdeckte.

«Bitte setzen Sie sich.» Solea Morell wies auf das braune Sofa.

Chatrina blieb stehen. Für sie war es tabu, in Anwesenheit eines Gastes in dessen Zimmer Platz zu nehmen.

«Dann lassen Sie es bleiben.» Solea Morell räusperte sich.

Ihre Fragilität löste in Chatrina ein Schaudern aus.

«Sie wundern sich sicher wegen der verhüllten Spiegel.»

«Das tue ich in der Tat. Aber Sie müssen Ihre Gründe haben. Dies zu hinterfragen, entspräche nicht meinem beruflichen Kodex.»

«Ich kenne das. Ich arbeitete lange Zeit als Damenschneiderin, hatte da meine weibliche Stammkundschaft, die manchmal ausgefallene Wünsche äusserte.»

Chatrina erwiderte nichts darauf. Obwohl es sie brennend interessierte, was der Grund für ihr Gebrechen war, schwieg sie. Sollte es Solea Morell als wichtig erachten, würde sie von allein darauf zu sprechen kommen.

«Ich fühle mich wohl im Hotel», sagte Solea Morell. «Man merkt, dass das Arbeitsklima unter den Angestellten stimmt.»

Chatrina lächelte. «Schön, wenn es unseren Gästen auffällt.»

«Mir gefallen auch die Gestaltung, die Innendekoration, die harmonischen Farben.»

Chatrina ahnte, dass das ein Vorspann war für ein Anliegen. Sie schenkte der Frau ein erneutes Lächeln.

«Vor allem die Blumenarrangements gefallen mir. Ich liebe künstliche Pflanzen. Sie sehen so echt aus, aber verblühen nie. Wer ist zuständig für das Florale?»

«Letizia Aebli, sie ist die Verantwortliche für die Qualitätskontrolle sowie für die Dekorationen.»

Solea Morell atmete aus. «Ich bitte Sie, mir einen Gefallen zu tun.»

«Selbstverständlich.» Chatrinas Spontaneität erschreckte sie selbst. Was, wenn es ein solch ausgefallener Wunsch war, den sie nicht würde erfüllen können? Die Frau tat ihr leid. Wie sie im Rollstuhl sass und versuchte, den Rücken zu strecken, obwohl es ihr schwerfallen musste. Ihre dünnen Arme und Beine wie Anhängsel an einem Rumpf, der jegliche Spannkraft verloren hatte. Mit ihrem sackähnlichen Gewand vermochte sie, etwas von ihrem ausgemergelten Körper zu kaschieren.

«Ich bin im Moment sehr gebrechlich. Aber ich habe nicht das, woran Sie denken.»

«Ich würde mir nie erlauben, überhaupt etwas zu denken ...» Chatrina verhaspelte sich. Mit ihren neunundzwanzig Jahren hatte sie bereits viel erlebt. Menschliche Schicksale waren ihr nicht fremd. Sie hatte gelernt, die Zeichen zu deuten und trotzdem darüber zu schweigen. Ein Hotelzimmer war jeweils wie eine Visitenkarte des Gastes, der es bewohnte. Unordnung in der Garderobe, Unterwäsche auf dem Boden, Schuhe kreuz und quer, umgeworfene Abfalleimer. Aufgerissene Snackbeutel und die Hälfte davon auf dem Teppich verstreut. Alles Vorboten für das, was sie im Badezimmer antraf. Ein schwindend kleiner Teil der Gäste hinterliess seine Unterkunft bei der Abreise desolat. Aber es gab sie, die Leute, die auf nichts Rücksicht nahmen. Von Sorgfalt wollten sie nichts wissen. Kaum einer liess ein Trinkgeld liegen. Chatrina bereute ihren Kommentar. Von der Frau ging etwas aus, das sie nicht zu deuten vermochte.

«Vor zwei Jahren habe ich meine Tochter verloren.» Solea Morell starrte vor sich hin.

«Das ... das tut mir leid. Das muss furchtbar sein.» Warum erzählte sie ihr das? Um sich für ihr Aussehen zu rechtfertigen? Jeder ging anders um mit dem Schmerz.

«Hier in Davos», fuhr Solea Morell wie unbeteiligt fort. «Hannah war direkt in ein Auto gelaufen ... sagten Zeugen aus.»

«Und Sie glauben es nicht?»

«Es ist nicht wichtig, was ich glaube. Mein Mädchen wird dadurch nicht wieder lebendig. Aber die Schuldigen müssen bestraft werden. Das wäre das Minimum an Gerechtigkeit.»

Chatrina nickte ergriffen.

«Ich habe Hannah gut erzogen, sie auf die Gefahren auf der Strasse hingewiesen. Sie war erst acht ... Seither schlafe ich schlecht und kann kaum essen. Ich dachte, dass alles vorübergeht … der Schmerz, der Verlust, diese Traurigkeit. Es gibt Tage, da fühle ich mich leicht besser. Dann vernehme ich ein Kinderlachen oder stolpere über ein Spielzeug … Dann ist alles wieder da. Ihr kleiner Körper auf dem Asphalt. Ich habe ihr ein Kleid für den ersten Schultag selbst genäht. Es war ihr Lieblingskleid. Sie hat es sogar noch getragen, als es ihr längst zu klein war … Bis vor einem halben Jahr konnte ich wenigstens noch gehen. Jetzt werde ich wohl im Rollstuhl enden … wenn es denn zu Ende geht.» Solea Morell fuhr sich über die Wangen, als müsste sie Tränen wegwischen. Aber da waren keine. «Entschuldigen Sie, es war nicht meine Absicht, Ihnen davon zu erzählen.»

Sie sah Chatrina mit diesen Augen an, die jeglichen Glanz verloren hatten. Wie tote Löcher kamen sie ihr vor. Ein Tor in ihre seelischen Abgründe.

War es das, was Solea Morell hatte sagen wollen? Hatte sie jemanden gesucht, dem sie ihr Herz ausschütten konnte? Welche Rolle spielte Dave Casutt?

«Mein Mann hat mich verlassen.» Es schien, als hätte Solea Morell ihre Gedanken gelesen. «Am Begräbnis unseres Kindes sah ich ihn zum letzten Mal. Seither bezahlt er mir Alimente. Er ist ein guter Mann.»

«Er hat Sie einfach im Stich gelassen?» Trotz ihres persönlichen Gelübdes, sich nie näher auf einen Gast einzulassen, setzte sich Chatrina auf den Rand des Sofas. Wenn sie jetzt ihrer Wut Ausdruck verlieh, verlor sie ihre Neutralität. War sie überhaupt bereit, der Frau die Stütze zu geben, die sie von ihr erwartete?

Auf ihre Feststellung folgte ein nichtssagendes Schweigen.

Chatrina wollte dies nicht auf sich beruhen lassen. «Sie haben mich gebeten, Ihnen einen Gefallen zu tun.»

VIER

Allmählich füllte sich die Hotelgarage mit Leuten. Die Sitzplätze an den Festtischen waren bereits belegt. Max stellte sich an einen der Stehtische, von wo aus man einen fast freien Blick zur Bühne hatte. Noch waren die Musiker nicht erschienen. Ihre Instrumente aber standen oder lagen bereit: das Schlagzeug, die Bassgitarre, die E-Gitarre, der Kontrabass, das Banjo, das E-Piano und das Saxophon hinter einem Wald verschiedener Mikrofone, zwei davon mit dem Logo von Radio Grischa und dem Südostschweizer Radio.

«Ob das Fernsehen auch anwesend ist?» Fede hatte sich eine knallenge Lederhose angezogen, dazu eine cognacfarbene Jacke mit Fransen. Sie wusste, sich in Szene zu setzen. «Was glaubst du?»

«Was spielt es für eine Rolle?» Max wies über ihre rechte Schulter. «Cheyenne ist auch da. Wenn sie dich sieht, kriegt sie bestimmt Krämpfe.»

«Warum sollte sie?»

«So wie ich sie einschätze, sieht sie in dir Konkurrenz.»

«Weil sie wie ich rote Haare hat?» Fede lachte laut heraus. «Warum reduziert ihr Männer uns immer nur auf das Aussehen?»

«Das ist unfair, es zu verallgemeinern.» Max hatte keine Lust, mit dieser Diskussion fortzufahren. Cheyennes Erscheinen kam ihm da gelegen. «Achtung, sie ist im Anmarsch.»

«Cheyenne?» Fede sah sich um. «Vielleicht gefällst *du* ihr.»

«Hallo, ihr zwei Schätzchen.» Der Geruch nach Leder streifte Max' Nase. Ihre Kluft war von echten Tieren, des unmöglichen Stils wegen aus einem längst vergangenen Jahrzehnt. «Ach, ich bin so was von aufgeregt. Wenn das bloss gut geht heute.»

«Bleibt Jack bis Ende nächster Woche im Spital?», fragte Fede.

«Keine Ahnung, was das soll. Allein seine Präsenz wäre von Vorteil. Viele Fans sind heute seinetwegen nach Davos gekommen. Ich weiss nicht, ob ich es ihnen mitteilen soll, dass er im Spital liegt.»

«Steht es denn so schlimm um ihn?»

«Ach, wenn er Blut sieht, hyperventiliert er. Sein Armbruch ist weltbewegend. Er ist eine Drama Queen, die männliche Form davon, und eindeutig ein Hypochonder. Ich bin sicher, er wäre heute entlassen worden. Aber er geniesst es, im Mittelpunkt zu stehen, und hat was weiss ich was erfunden, um dort zu bleiben. Er wartet wahrscheinlich sehnlichst darauf, bis das Schweizer Fernsehen bei ihm vorbeischaut. Er ist sich bewusst, dass der heutige Abend ohne ihn ein paar Enttäuschungen hervorbringen wird. Das ist seine Art, die Situation auszubügeln. Seine Fans würden es dann eher verstehen.»

«Er hat gesagt, er sei bewusstlos gewesen.»

«Quatsch, das sagt er immer, wenn er vom Wesentlichen ablenken will. Er würde sich sogar tot stellen, um Aufmerksamkeit auf sich zu ziehen. Man muss genau wissen, wie er tickt», sagte Cheyenne und bestellte bei einem Kellner eine Flasche Champagner. «Ich lade euch ein. Ich muss mir Mut antrinken und hoffe, ihr unterstützt mich dabei.»

Über Buchanan verlor sie kein Wort mehr.

Erst zaghaft, dann frenetisch schwoll der Applaus an. Pfiffe und Rufe begleiteten ihn. Die Stimmung in der Garage begann zu brodeln, als die Buchanan Five unter der Tür des Lieferanteneingangs erschienen. Hintereinander betraten sie die Bühne, zuvorderst ging die einzige Frau, direkt auf ein Stehmikrofon zu.

«Das ist Viktoria», sagte Cheyenne mit Stolz in der Stimme. «Sieht sie nicht bezaubernd aus? Sechsundsechzig Jahre und voller Energie.»

Viktoria trug einen schwarzen engen Overall und ihre dunklen Haare kurz. Sie richtete das Mikrofon, als hätte sie es in der Probe nicht längst getan. Max beobachtete ihre vier Begleiter, alles gestandene Männer, drei von ihnen mit halblangen Haaren und Vollbart. Einen Cowboyhut trug nur der am Schlagzeug.

Cheyenne zeigte auf den Mann am Saxophon, der das Mundstück am Instrument checkte. «Das ist Billy Horse, Jackys Ersatz.»

«Optisch tanzt er ganz schön aus der Reihe.» Fede kicherte vor sich hin. «*Très chic*, dieser Mann.»

Sofort intervenierte Cheyenne: «Wenn Jacky sich schminkt, sieht er auch zum Anbeissen aus, trotz seiner zweiundsechzig Jahre.»

«Na ja, im Spital sah er etwas vernachlässigt aus», sagte Fede belustigt.

«Was glaubst *du* denn? Vor ihrem Auftritt müssen alle in die Maske ... das heisst, natürlich nur bei Fernsehauftritten.»

«Das nützt aber nicht bei allen.»

Max wünschte sich, Fede möge sich zurückhalten.

Als der Drummer mit einem Stick den Takt anschlug, verstummten die Stimmen. Sogar Fede schwieg.

Das, was folgte, verschlug selbst Max die Sprache. Erst erklang die Bassgitarre. Kurz darauf setzte die E-Gitarre ein. Dann Viktorias Stimme, rauchig und mit einem Timbre, dass es ihm kalt den Rücken hinunterlief.

«Maybe we ought to think this through.»

Ein Gekreische in der Garage.

«Maybe we ought to tell the truth. This is the point of no return.
I don't belong to you, but I guess we shouldn't talk about that now.»

Die Masse tobte.

«Maybe we ought to close the door. Shut out all the world that's been before.
On this might be a mistake. But it's too late not to make.
But I guess we shouldn't talk about that now.»

Die Leute konnten sich kaum halten vor Begeisterung.

Max beobachtete Cheyenne, die sich eine Träne aus den Augen wischte, und fragte sich, wer von den Musikern mehr gefragt war, der abwesende Buchanan oder Viktoria. Und ob es überhaupt einer Relevanz bedurfte, wer dort auf der Bühne stand und die Fans in Ekstase versetzte. Die Musik war es, der Gesang, was die Leute mitriss und sie ausser Rand und Band brachte.

Jack Buchanan verlor an Glanz.

Als Billy Horse ein Medley mit dem Saxophon spielte, schien Buchanan endgültig vergessen zu sein. Zusammen mit Viktoria rockte Billy Horse die Bühne. Während einer ganzen Stunde. Max lehnte entspannt am Tisch. Er hatte der Jazzmusik nie viel abringen können. Vor allem nicht dem modernen Free-Jazz, der in seinen Ohren wie ein scherbelndes, unkoordiniertes Aneinanderreihen von Tönen klang. Was die Buchanan Five boten, weckte in ihm aber den Drang, selbst dort vorn zu stehen und zu spielen. Der wilde Applaus der Fans wirkte wie eine Droge auf ihn. Jeder der fünf Musiker beanspruchte eine Zeit ganz für sich allein, in der die andern als Begleitung im Hintergrund blieben. Billy Horse, Pete, Mike und Fränz wechselten sich mit Soloeinlagen ab. Es schien, als müssten sie sich in ihrer Ausdrucksweise überbieten. Die Gäste tobten nach jeder rockigen Sound-Kaskade, bis Viktoria mit einem melancholischen Blues die Leute zum Schmelzen brachte und ihn mit einem gewaltigen Tremolo beendete.

«Ich glaube, es bringt nichts», sagte Cheyenne, nachdem Horse für eine Pause die Bühne verlassen hatte, «wenn ich von Jackys Unfall erzähle. Selbst der Fanclub hat es nicht bemerkt, dass sein Idol nicht da ist. Der König ist tot, es lebe der König.»

«Du solltest es nicht so eng sehen», tröstete Fede sie. «Nicht nur Viktoria, auch Billy hat die Herzen der Gäste erobert. Das kann man nicht toppen. Und Pete mit seinem Banjo-Solo fand ich einfach geil.»

«Ja, es ist gelungen», sagte Cheyenne. «Sagen wir es mal so: Ich bin zufrieden. Jacky hätte mehr Noise-Passagen provoziert. Aber jedem das Seine. Ihr entschuldigt mich. Ich gehe mal in die Garderobe zu Billy.»

Max sah ihr nach, wie sie in der Menge verschwand, stolz, mit aufrechtem Gang. Entspannter.

«Was hat sie gemeint?», fragte Fede, die nach einem Kellner Ausschau hielt. «Egal. Vielleicht müsste sich die Band wirklich neu formieren.»

«Du machst dir Sorgen wegen der Band? Das ist nicht unser Problem.» Max konnte Fedes Gedanken nicht nachvollziehen. «Ich meine, ich mag Jazz. Ich habe jedoch nicht vor, während einer Woche durch Davos zu ziehen und mir die verschiedenen Bands anzuhören. Wir sind hier, weil wir Rad fahren, wandern und bergsteigen wollen. Ich würde gern mal zu den Jöriseen aufsteigen oder aufs Seehorn.»

Fede erwiderte nichts darauf. Sie bestellte eine Stange.

Später warteten sie darauf, bis Billy Horse wieder die Bühne betrat. Max' Blick blieb an ihm hängen. Der Mann war ein guter Ersatz, soweit er es zu beurteilen vermochte. Seine ganze Art hatte etwas Selbstbewusstes. Dennoch dünkte es ihn, als hätte Horse sich seit dem ersten Auftritt verändert. Er ging ein wenig gebeugt jetzt, als hätte er ein Problem mit dem Rücken. Und als er nach dem Saxophon griff, schwankte er leicht. Ob er in seiner Pause zu viel über den Durst gekippt hatte? Max sah ihm an, dass er sich zusammenreissen musste. «Du», Max wandte sich an Fede, «achte auf Billy Horse. Mit dem stimmt etwas nicht.»

Fede sah zur Bühne. «Vielleicht hat ihm Cheyenne zugesetzt.»

«Sie hatte keinen Grund dazu.»

«Wer weiss, was in ihrem Kopf vorgeht. Sie hat die Messlatte hoch angesetzt. Sie lebt für die Band. Da muss alles stimmen. Und so schnell, wie sie verschwunden ist ...»

Nachdem Mike ein gewaltiges Drum-Solo auf seinem Schlagzeug zum Besten gegeben hatte und die Gäste sich kaum mehr beherrschen konnten ob ihrer Freude, setzte er ein sanftes Zeichen für den Übergang in einen ruhigeren Abschnitt. E- und Bassgitarre folgten. Viktoria sass nun am E-Piano und liess ihre Finger spielerisch über die Tasten gleiten. Ab und zu warf sie dem Drummer einen Blick zu, als wären sie in zärtlichem Einvernehmen.

Die Gäste applaudierten.

Max hatte nur Horse im Auge. Dieser hob sein Saxophon an, diesmal ein Sopransaxophon, während Schweiss von seiner Stirn tropfte. Die ersten Töne, kaum gespielt, lösten erneut einen Sturm der Begeisterung aus. Max schloss die Augen. Um ihn herum war es still geworden. Die Gäste lauschten dem sanften Stück. «Songbird» von Kenneth Gorelick.

Max fiel auf, wie konzentriert Horse war, wie viel Mühe es ihn trotzdem kostete, sein Instrument in den Händen zu halten. Es war, als entglitte ihm das Saxophon. Die Töne wurden leiser, verloren an Klarheit. In diesem Moment stürmte Cheyenne an den Stehtisch. Kurz bevor der letzte, sich verflüchtigende Ton klang. Eine Zeit lang war es absolut ruhig in der Garage. Alle hielten den Atem an. Doch als Horse sich verneigte, brach die Ovation herein. Die Leute erhoben sich von den Festbänken, schwangen die Arme in die Höhe und kreischten wie Teenager am Konzert eines jungen Sängers.

Billy Horse aber stieg von der Bühne hinunter.

«Was hat er?», fragte Max.

Cheyenne nahm keine Notiz von ihm. Sie wandte sich ab, rannte wortlos Richtung Lieferanteneingang, wo Billy Horse verschwand.

Die reduzierte Band mit Viktoria, Pete, Fränz und Mike machte weiter, als wäre nichts geschehen. Wer Horses Problem nicht bemerkt hatte, dachte wohl, es müsse so sein. Zwischendurch hatten auch die andern Bandmitglieder die Bühne mal kurz verlassen, um sich zu erfrischen oder danach unter tosendem Applaus erneut nach ihren Instrumenten zu greifen. Vielleicht würde Jack Buchanan doch noch auftreten als Überraschung des Abends. Mit Gipsarm und einhändig am Saxophon. So, wie Cheyenne ihn beschrieb, war er zu allem fähig. Max schätzte Cheyenne inzwischen so ein, dass sie es nicht zuliess, Buchanan zu vergessen. Der Musiker war ihr Produkt. Sie hatte aus seinem Talent den Erfolg erzielt, an dem sie und ihr Team partizipierten. Einer wie Billy Horse passte da nicht rein.

Max entdeckte zwei Tische nebenan eine Gruppe älterer Damen. Ein Transparent schwebte über ihren Köpfen. Darauf Buchanans Porträt und der Text «We love you».

«Du musst dich erkundigen, was passiert ist», sagte Fede.

Obwohl Max sich vorgenommen hatte, sich nicht einzumischen, willigte er ein, in die Garderobe zu gehen, die man im Hotelshop eingerichtet hatte. Bevor er hierhergekommen war, hatte er einen Blick hineinwerfen können. Dort, wo sonst Souvenirs und von der Hotelküche kreierte Mitbringsel die Regale schmückten, gähnten ihm diese fast leer entgegen. Davor befanden sich Kleiderständer. Daran hingen Bügel. Die Hälfte davon war mit den Ersatzkleidern der Musiker bestückt.

Max bahnte sich einen Weg durch das Publikum, vorbei an besetzten Festbänken zum Eingang, der zur Rezeption führte.

In der Empfangshalle herrschte Hochbetrieb. Nebst den Gästen, die sich ihre Füsse vertraten, standen Neuankömmlinge vor der Rezeption, bereit zum Einchecken. Unter ihnen augenscheinlich Musiker, was Max an deren Gepäck erkannte. Beim Durchgang zur Pulsa-Bar stolperten Senioren über die Treppe, als hätten sie die Orientierung verloren. Ein junger Mann erkundigte sich nach einem Unterstand für sein Zweirad.

Max fragte nach Cheyenne. Jemand wollte sie aus dem Hotel rennen gesehen haben. Er hielt Ausschau nach ihr. Sie war wie vom Erdboden verschluckt. Er trat vor den Haupteingang, sah die Strasse hoch und runter. Ein Ortsbus fuhr vorbei, wirbelte Staub auf. Max überquerte den Zebrastreifen, ging Richtung Bahnhof, einer seltsamen Eingebung folgend. Eine Zugskomposition der Rhätischen Bahn fuhr ein. Türen gingen auf. Reisende verliessen die Waggons. Von Cheyenne keine Spur. Es hätte ihn gewundert, sie hier zu treffen.

Sie musste in ihr Zimmer zurückgekehrt sein. Zumindest ins Hotel. Oder war vielleicht nie draussen gewesen. Er folgte einer Menschengruppe zum Hoteleingang.

Cheyenne stand bei der Rezeption, fuchtelte wild mit den Händen, gebärdete sich wie ein aufgescheuchtes Huhn.

Max ging zu ihr. «Cheyenne?»

Sofort wandte sie sich ihm zu. Rot war ihr Gesicht. Ihre Augen geschwollen. Er sah ihr an, dass sie geweint hatte. «Die Ambulanz sei unterwegs, hat man mir soeben mitgeteilt.» Cheyenne liess ihr Kinn auf die Brust fallen.

Max führte sie zu den Sitzen. «Was ist passiert?»

«Ein Arzt ist bei ihm. Gott sei Dank war einer anwesend.»

Max' Frage beantwortete sie nicht. «Ich kann das nicht mit ansehen. Es ist eine Riesenkatastrophe.»

«Wo ist Billy Horse?»

«Man hat ihn auf sein Zimmer gebracht. Der Arzt überwacht ihn.» Cheyenne schluchzte. «Ich weiss nicht, was ich machen soll. Das ist der Untergang für meine Band ...» Sie warf sich an Max' Hals. Er spürte die Nässe ihrer Tränen auf seiner Brust und war beschämt, als Trostspender herhalten zu müssen. «Er hat es gerade noch geschafft, den Lieferanteneingang zu passieren. Im Korridor ist er zusammengebrochen.»

Seine Beobachtungen hatten Max nicht getäuscht. Billy Horse war nach der Pause angeschlagen gewesen. «Hatte er einen Herzinfarkt?»

«Das wissen die Götter.» Cheyenne sah ihn mit tränennassen Augen an. «Schäumt man vor dem Mund, wenn das Herz versagt? Zudem habe ich echt keine Ahnung, wie krank oder gesund Billy war. Ich habe mit ihm die Katze im Sack gekauft.»

Max wollte seine Vermutung nicht preisgeben. Als Laie zu urteilen, stand ihm nicht zu. Aber er hatte es geahnt, dass Horse in Not geraten war. Beim ersten Auftritt war er ein anderer gewesen. «Erinnerst du dich, was er in der Pause getrunken hat?»

«Da standen Flaschen bereit, Flaschen mit frischem Davoser Wasser, eine Kanne Tee oder Kaffee.»

«Waren diese verschlossen?»

Cheyenne löste sich von ihm, sah ihn an, als hätte er eine unverschämte Frage gestellt. «Was willst du damit andeuten?»

Der eintreffende Krankenwagen erübrigte eine Antwort. Er stoppte abrupt vor dem Hotel. Das Blaulicht blinkte weiter. Zwei Sanitäter brachten eine Bahre ins Foyer. Ein Dritter erkundigte sich an der Rezeption nach dem Bewusstlosen.

Cheyenne juckte auf, rannte auf den Mann zu. «Er ist oben im Zimmer 302. Bitte beeilen Sie sich.»

Max blieb stehen, die Rentner drängten in die Nähe des Lifts. Was für eine widerliche Art, sich am Leid anderer ergötzen zu wollen. Max ging zurück in die Garage, in der die verbliebenen Musiker versuchten, die Stimmung beizubehalten. Offenbar hatten die Gäste nichts von dem Drama im Foyer mitbekommen. Fede stand noch immer am Stehtisch. Weder Füsse noch Hände vermochte sie still zu halten. Ihr ganzer Körper wippte mit im jazzig-bluesigen Sound.

Sie nippte an einem Strohhalm. Nach dem Champagner hatte sie ein Bier, dann offenbar einen süssen Cocktail bestellt. Ihr Glas hatte sie längst leer getrunken.

Max berührte sie am Arm. «Wir müssen reden.»

Fede drehte sich abrupt nach ihm um. «Wo warst du so lange?»

«Bei Cheyenne. In diesen Minuten wird Billy Horse von der Ambulanz abgeholt.»

«Was fehlt ihm?»

«Keine Ahnung.» Max wollte mit seiner Vermutung nicht herausrücken.

«Herzversagen? Kreislaufkollaps? Hirnschlag? In seinem Alter …»

«Ich habe echt keine Ahnung.»

«Oh je. Nicht leicht für Cheyenne.»

«Sie ist völlig ausser sich.»

«Kann ich mir vorstellen. The Buchanan Five haben morgen ein Konzert auf der Jatzhütte, am Montag spielen sie in Davos Dorf.»

Max überlegte, wie er seinen Verdacht formulieren wollte.

Fede redete weiter.

«Was hast du gesagt?» Der Drummer gab ein Solo. Die Gäste kreischten. Max verstand kein Wort. Er zog Fede vom Tisch weg. «Wir gehen nach draussen.»

Sie wehrte sich nicht.

«Ich habe ein schlechtes Gefühl, was Billy Horse betrifft.»

«Ach, komm, der Mann ist siebzig. Vielleicht verträgt er die Höhenluft nicht.»

«Das glaube ich nicht. Etwas hat ihn vom Sockel geholt.»

«Vielleicht ist die Band verhext.» Fede grinste beschwipst vor sich hin.

Sie erreichten die Rezeption. Die Sanitäter rollten ihre Bahre auf den Hoteleingang zu. Darauf lag Billy Horse. Man hatte ihn mit Sauerstoff versorgt. In seinem Arm steckte eine Kanüle.

«Es ist grotesk, wenn gleich zwei Leute aus derselben Band ausfallen.»

«Das stimmt nicht. Billy war bloss ein Ersatz.» Fede stutzte. «Glaubst du … nein, unmöglich.» Sie machte mit der rechten Hand eine Scheibenwischerbewegung. «Das ist Zufall.»

«Wie war das mit den Zufällen? Du bist es doch, die behauptet, es gäbe keine.»

«Das ist eine Floskel. Letztlich kann man jede Begebenheit so zurechtbiegen, dass sie mit der andern übereinstimmt. Ich möchte zurück in die Garage. Wenn Viktoria singt, spüre ich ein Kribbeln …»

FÜNF

«Hat es Ihnen gefallen?»

Sie sassen am Frühstückstisch. Vor ihnen ein Korb mit knusprigen Brötchen und vier Schnitten Sonntagszopf. Dave hatte für sich ein Omelett bestellt. Solea ass Lachs mit Meerrettichschaum und Kapern.

«Ja, es war ganz nett.»

«Die Sängerin hatte eine wahnsinnig tolle Stimme, finden Sie nicht auch?»

Solea schloss die Augen. Dave versuchte alles, um mit ihr ein Gespräch zu beginnen. Hätte sie ihm das Du anbieten sollen? Immerhin hatte er sie gestern auf den Mund geküsst. Vor der Zimmertür war es gewesen. In der Regel schob er sie bis ins Bad. Doch gestern hatte sie die Idee nicht für gut befunden. Zu nervös war sie gewesen, was weniger an dem Konzert lag denn an den aufgewühlten Gefühlen. Ganz tief in ihr drin spürte sie ein zaghaftes Flämmchen züngeln, das sich zu einem Flächenbrand entwickeln würde, gäbe sie ihrer Sehnsucht nach.

Oder war es bereits Begierde?

Er spielte mit ihr. Das durfte sie nicht zulassen. Wie konnte er auch Freude an ihrem Körper haben, der die einstige Schönheit wie ein fremdes Kleid von sich abgestossen hatte. Was darunter lag, sah krank aus. Deshalb hatte sie die Spiegel zum Verschwinden gebracht. Sie hielt es nicht aus, sich in dieser Verfassung zu sehen. Ohne Spiegel vermochte sie, sich in eine andere Zeit zurückzudenken. Im Minimum elf Jahre in die Vergangenheit zurück, als ihr Leben ein immerwährender Sommer gewesen war. Die Hochzeit mit Valentin, Hannahs Geburt. Ihr persönliches kleines Glück, das perfekter nicht hätte sein können.

«Frau Morell?» Dave riss sie aus ihren Gedanken.

«Alles gut.» Sie widmete sich dem Lachs, liess ihn auf der Zunge zergehen. Ein Fortschritt, dachte sie. Sie mochte wieder Lachs essen.

Dave war nicht mehr auf Hannah zu sprechen gekommen. Vielleicht würde sie es ihm irgendwann einmal erzählen. Falls er dann ein Anrecht darauf hatte. Dazu musste sie ihn besser kennenlernen.

Ja, sie mochte ihn. Ihm die kalte Schulter zu zeigen, war ein Kraftakt für sie. Der Kuss vor der Zimmertür hätte ein Anfang sein können. Wollte sie es zulassen? Schmerz und Leid fühlten sich im Moment passender an. Zwei Jahre. Nicht lange genug, um körperlichen Bedürfnissen zu erliegen. «Gehen Sie unter Leute», hatte Dr. Schwegler ihr geraten. «Das Leben hat viel Schönes für Sie bereit.»

Die Frau hatte nicht die geringste Ahnung.

«Mögen Sie den Lachs?»

Solea schaute auf, Dave direkt in die Augen. Sein samtener Blick strahlte Wärme aus. Braune Augen sind gefährlich, sinnierte sie. Sie räusperte einen Kloss weg. Solche Gedanken hatten keinen Platz in ihrem Leben. Nur darüber nachzudenken, war verwerflich.

«Sie lächeln?»

Warum konnte er nicht einfach den Mund halten? Glaubte er, sie mit seinem Geschwätz zu erweichen? Sie war froh, wenn er sie nicht auf den Kuss ansprach oder darauf, was er davon halten sollte. Von diesem Kuss, der bloss ein flüchtiges Berühren gewesen war. Berechnend oder nicht.

«Wie hat Ihnen Viktoria gefallen?»

«Sie hat eine sensationelle Stimme.» Diese Stimme hatte Solea schon früher verzaubert. Sie war rauer geworden, etwas tiefer. Das musste an Viktorias übermässigem Zigarettenkonsum liegen. Sie selbst bezeichnete sich als Kettenraucherin. Den grossen schlanken Mann am Saxophon hatte Solea nie zuvor gesehen. Seine Anwesenheit hatte eine beruhigende Wirkung auf sie ausgeübt.

«Wir könnten heute auf die Schatzalp fahren.» Dave verschlang die letzte Gabel Omelett. «Oben soll es eine Sommerrodelbahn geben.»

Glaubte er wirklich, sie würde mit ihm auf einen Rodel sitzen? Andererseits … Sie spürte, wie ihre Hände zitterten. Sie versteckte sie unter dem Tisch, sah einem älteren Ehepaar nach, wie es gemeinsam zum Buffet schritt. Beide trugen dasselbe Muster auf Bluse und Hemd. Solea atmete tief aus. Welche Gemeinsamkeiten hatten sie und Valentin gehabt? Was hatte sie verbunden?

Beim Gedanken an Hannah löste sich eine Träne aus ihrem linken Augenwinkel. Nein, sie war noch nicht bereit, die Vergangenheit aufzuarbeiten. «Ja», sagte sie wie automatisiert. «Rodeln wäre schön.» Sie behielt den Frühstückssaal im Auge, erschrak etwas, als sie beim Durchgang zum Korridor zwei Männer, der eine in Polizeiuniform, auftauchen sah. Damals waren ebenfalls zwei Polizisten vorbeigekommen, Stunden nachdem man Hannah mit dem Leichenwagen abgeholt hatte. Solea war von einer Ärztin in die Wohnung geführt worden, wo sie auf Valentin und Mam wartete. Es war ihr wie in einem Film vorgekommen. Sie als Statistin in einem Drama, welches das Schicksal geschrieben hatte. Sie hatte Beruhigungstabletten bekommen und sie artig geschluckt, in der Meinung, die Bilder würden von allein verschwinden.

Sie waren geblieben. Sehr präsent. Sie hatte sie bloss gelassener wahrgenommen. Hannah auf dem Boden, in diesem blauen Kleid, das ihr eine Nummer zu klein war. Der schmutzige Rock und oben beim Kragen war Blut gewesen. Solea hatte nicht sagen können, woher es stammte. Einen klitzekleinen Moment hatte sie gedacht, Hannah schliefe oder hätte ihre Augen geschlossen, wie sie es oft getan hatte. «Wenn ich dich nicht sehe, siehst du mich auch nicht.» Es war ihr Spiel gewesen. Hannah mit den Händen vor ihrem Gesicht, mit diesen zarten Händen, mit denen sie wie eine Begnadete Geige gespielt hatte.

Dann Hannahs Musiklehrer am Begräbnis. Er am Piano und eine Schülerin mit der Violine. Sie hatten den Kanon in D-Dur von Pachelbel vorgetragen. Solea war wie von Sinnen gewesen. Ja, man konnte den Schmerz noch vergrössern. Sie hatte gespürt, dass sie fähig war, weit mehr zu ertragen als angenommen. Diese Töne, die Hannahs ganzes Wesen offenbart hatten. Ihre Liebenswürdigkeit, ihre Intelligenz, das Schöpferische. Mit der Aussicht auf eine Zukunft, die die Welt hätte verändern können.

Solea trug grosse Schuld. Sie sagte es vor sich hin wie ein Mantra, Tag für Tag. Nacht für Nacht. Ihr Körper war dem Zerfall geweiht. Sie musste sich der Vergangenheit stellen, ob sie wollte oder nicht. Nur so würde sie gesund werden.

Möglich, dass der liebe Gott sie bestraft hatte.

Die Polizisten kamen an ihren Tisch. Vielleicht aus dem Grund, weil Solea und Dave sich in die linke hinterste Ecke zurückgezogen hatten. Für sie mochte es aussehen, als hätten sie sich versteckt.

Die Gäste im Frühstücksraum drehten ihre Köpfe. Solea kam sich ausgestellt vor, ihr war nicht wohl in ihrer Haut. Wenn sie es sich überlegte, fühlte sie sich seit Monaten unbehaglich. Das hier war anders. Sie schaute Dave an. Er hob bloss die Augenbrauen. Ein kurzer Moment, in dem sich ihre Blicke trafen. Dann wandte er sich an einen der Polizisten.

Solea war froh, ergriff *er* das Wort.

«Wie kann ich Ihnen helfen?»

«Entschuldigen Sie die Störung.» Der Polizist hatte dunkles Haar und fast schwarze Augen.

Solea empfand ihn als hübsch und hätte ihm sogar Sympathie attestiert, wenn die Situation nicht so seltsam gewesen wäre. Sie schätzte ihn auf ungefähr dreissig. Wahrscheinlich ein Einheimischer oder sicher einer aus dem Kanton Graubünden.

«Mein Name ist Dario Ambühl, das ist mein Kollege Flurin Spescha.» Er drehte sich kurz nach seinem Begleiter um. «Wie Sie sicher vernommen haben, endete der gestrige Abend dramatisch. Dazu müssen wir ein paar Fragen stellen.»

«Wir haben nichts gehört und nichts gesehen», entgegnete Dave schlagfertig. «Sie vergeuden Ihre Zeit.»

Solea hatte von ihrem Platz aus die Hälfte des Speisesaals im Visier. Vorn, wo sich das Buffet befand, die Korpusse mit den ausladenden Leckereien, die Kaffeemaschine und die bombastischen Blumenarrangements, tauchten weitere Polizisten auf.

Sie berührte Daves rechte Hand. «Wir sind nicht die Einzigen, die befragt werden.»

Dave lehnte sich zurück und verschränkte die Arme. Es schien, als stellte er sich in Kampfbereitschaft. Hatte er vor, Solea zu verteidigen oder sie zu beschützen? Seine Haltung kam ihr eher defensiv vor, als wollte er nichts an sich heranlassen.

Ambühl verlangte die Personalien. Spescha schrieb eifrig auf einen kleinen Block.

«Sie hatten für gestern Abend einen Sitzplatz auf einer der Festbänke reserviert», sagte Ambühl. «Verliessen Sie irgendwann zwischendurch die Garage?»

«Nein.» Daves Antwort kam schnell. Möglicherweise hatte er sie kaum überlegt, war von Anfang an auf Abwehr eingestellt.

Solea sagte nichts dazu. Dave hatte die Garage sehr wohl verlassen. Anscheinend erachtete er dies als nicht wichtig. Oder er verbarg etwas.

«Und Sie?» Ambühl wandte sich an Solea. «Blieben Sie die ganze Zeit an Ihrem Sitzplatz?»

«Ich führe meinen Sitzplatz immer mit.» Solea liess den Polizisten nicht aus den Augen, sie genoss es sogar, ihn zu verunsichern.

Ambühl errötete. «Ich verstehe.» Er räusperte sich. «Ist Ihnen etwas Ungewöhnliches aufgefallen, als die Musiker einzeln pausierten und später wieder zurückkamen?»

«Was hätte uns denn auffallen sollen?», fragte Dave, als müsste er Solea mit einer Antwort zuvorkommen. Aus Angst, dass sie etwas Falsches sagte?

Solea wusste nicht, warum er sich so unkooperativ zeigte. Klare Antworten hätten die Fragerunde schnell beendet. Aber Dave hatte es darauf abgesehen, die Polizisten zu provozieren. Vielleicht abzulenken? Solea kannte ihn nicht von dieser Seite. Sie bemerkte, wie die Gäste am Nebentisch befragt, wie Personalien aufgenommen und sogar Ausweise verlangt wurden. «Was ist passiert?», fragte sie.

Ambühl ging nicht auf ihre Frage ein und wollte stattdessen erfahren, wann sie die Hotelgarage verlassen hatten.

Solea erinnerte sich nicht an die genaue Uhrzeit. Es mochte halb zwölf oder bereits Mitternacht gewesen sein. Dave hatte sie nach oben vor ihr Zimmer gebracht. Er hatte sie geküsst. Solea wusste nicht, ob aus einer Eingebung heraus oder ob er einfach nur hatte nett sein wollen. Als sie die Spitze seiner Zunge auf ihren Lippen gespürt hatte, hatte sie sich fast beschämt von ihm abgewandt und war daraufhin allein ins Zimmer gefahren. Es hätte wenig gebraucht und sie hätte die Tücher von den Spiegeln gerissen, um zu erfahren, was Dave an ihr sah. Möglicherweise war er blind. Ja, daran hatte sie gedacht, dass er sie nicht so wahrnahm, wie sie wirklich war. Er musste ebenso wie sie sehr einsam sein.

«Danke, das wär's dann.» Ambühl riss Solea zurück in die Gegenwart. «Falls Ihnen zum gestrigen Abend etwas einfallen sollte, melden Sie sich bitte unter dieser Nummer.» Er überreichte Dave eine Visitenkarte.

Fast scheu beobachtete Solea die Polizisten, wie sie zu einem weiteren Tisch gingen und das Prozedere von vorn begann.

«Wissen *Sie*, was geschehen ist?» Solea griff nach der Kaffeetasse.

«Nein.» Dave bediente sich vom Sonntagszopf, bestrich ihn mit Butter und Honig.

«Warum haben Sie der Polizei nicht gesagt, dass Sie mal draussen waren?»

Dave schüttelte lachend den Kopf. «Manchmal muss auch ich für kleine Taxifahrer.»

«Entschuldigen Sie meine unangebrachte Frage.» Solea widmete sich einem Buttergipfel. Eine Konversation brachten sie in der Folge nicht mehr zustande. Sie sassen schweigend da und beendeten wenig später das Frühstück.

***

Cheyenne hatte in der vergangenen Nacht kein Auge zugetan. Nachdem man Billy Horse ins Spital gefahren hatte, sass sie in der «Zino Platinum Cigar Lounge» und versuchte, sich mit dem Rauchen einer Davidoff-Zigarre und drei Gläsern Whisky zu beruhigen. Ausser ein paar heftigen Hustenanfällen hatte sich nichts Nennenswertes ereignet. Später hatte sie sich zugestehen müssen, dass sie diese Art von Genuss, wenn sie zur Problembewältigung beitragen sollte, besser hätte sein lassen sollen. Gegen Morgen war ihr dermassen übel gewesen, dass sie den Rest der Nacht in der Nähe der Toilettenschüssel verbringen musste.

Seit sieben Uhr wählte sie im Wiederholmodus Jackys Nummer, ohne ihn zu erreichen. Über den Festnetzanschluss des Spitals erfuhr sie später, dass Jakob Bucher am Vorabend auf seinen Wunsch entlassen worden war.

Das durfte alles nicht wahr sein. Warum hatte er sie nicht darüber informiert, sie sogar im Glauben gelassen, er sei bis Ende nächster Woche entweder im Spital oder in der Kur? Er hatte sie angelogen. Jacky drohte ihr zu entgleiten. Dabei hatte *sie* ihn aufgebaut. Ohne sie wäre er nie dorthin gelangt, wo er heute war. Seine Stärken lagen nicht in der Organisation von Auftritten. Das war Cheyennes Verdienst. Oft war es an Peinlichkeit nicht zu überbietende Bettelei gewesen, an namhafte Musikveranstalter heranzukommen. Zu Beginn der Karriere der Buchanan Five eine echte Herausforderung. Cheyenne hatte für die Band ihre Seele verkauft. In jungen Jahren war sie deswegen in manchem fremden Bett gelandet.

Jacky hatte keinen Grund, sie links liegen zu lassen. Dass er über ihren Entschluss, Billy Horse als Ersatz in die Band zu holen, verärgert war, konnte sie nicht nachvollziehen. Im Gegenteil, sie hatte sich auch hier die grösste Mühe gegeben, den Schaden zu begrenzen.

Cheyenne hielt sich in der Hotellobby auf und beobachtete das Kommen und Gehen der Hotelgäste. Die Pulsa-Bar, die sie nun betrat, war auch tagsüber ein Treffpunkt, wo sich nebst den Touristen Einheimische trafen. Der Barkeeper reinigte den Bierausschank. Cheyenne setzte sich auf einen der Hocker und liess ihre Beine ins Leere baumeln. Sie fühlte sich angeschlagen und leer, wusste nicht, welchen Schritt sie tun musste, um die

Band über die nächsten Auftritte zu bringen. Am Nachmittag mussten sie auf dem Jakobshorn sein, weil die Buchanan Five ein Open-Air-Konzert vor der Jatzhütte hatten. Eine Planänderung durfte sich Cheyenne nicht erlauben. Schon der Veranstalter wegen nicht. Die Programmhefte waren seit Wochen im Umlauf, die Plakate machten auf die Austragungsorte aufmerksam.

«Etwas zu trinken?» Der Barkeeper zwinkerte ihr zu. Sicher nicht aus dem Grund, weil sie gut aussah.

Vielleicht hatte er ein nervöses Augenleiden, ging ihr durch den Kopf. «Gern einen Whisky Sour.» Cheyenne rechnete es ihm an, dass er nicht auf die frühe Tageszeit zu sprechen kam. Er war es sich sicher gewohnt, dass einige Gäste bereits vor dem Mittag ihren Alkoholpegel hochhielten.

Cheyenne sah ihm zu, wie er eine Whiskyflasche vom Regal holte, dort, wo die Spiegel glänzten, sie öffnete und einen Messbecher mit den erforderlichen sechs Zentilitern auffüllte. Er nahm den Shaker, leerte den Whisky hinein und gab bereits ausgepressten Zitronensaft und Zuckersirup dazu. Nachdem er den Deckel geschlossen hatte, schüttelte er den Shaker eine gefühlte Ewigkeit. Danach gab er vier Eiswürfel dazu und schüttelte erneut. Später schraubte er den Deckel ab, holte ein Kristallglas von der Gläserablage und seihte den Mix. Zuletzt gab er zwei Spritzer Angostura auf die Schaumkrone und garnierte den Cocktail mit einer süssen Kirsche.

Der erste Schluck rann Cheyenne angenehm süsssauer über die Kehle. Gleich fühlte sie sich besser. Sie hatte sich längst abgewöhnt, Grüntee zu trinken. Tee machte sie krank. Ob ihr das die Leber verzieh, wusste sie nicht. Man soll den neuen Tag stets so beginnen, wie man den letzten aufgehört hat. Trotzdem unterliess sie es, ins Fumoir zu gehen.

Cheyenne beruhigte sich. Es fühlte sich wie immer an: Mit Whisky bekam sie einen klaren Kopf, zumindest vorübergehend. Und wenn die Probleme Überhand gewannen, genehmigte sie sich jeweils eine Tüte. Das war früher schon so gewesen. Gewisse Kerle waren nur zu ertragen, wenn sie high war. Und Kerle hatte sie genug gehabt – für jeden Vertrag mindestens einen.

Jacky hatte sie es nie erzählt, was sie auf sich genommen hatte, um in der Jazz- und Bluesszene die Spitzenplätze zu ergattern, auf den berühmtesten Bühnen zu spielen und ein angemessenes Honorar auszuhandeln.

Belästigt wurde sie deswegen längst nicht mehr. Wer mochte eine über Sechzigjährige, die ausser ihrer Band nichts zu bieten hatte? Dann diese Sehnsüchte nach der Vergangenheit. Die Erinnerungen an die Zeit, in der sie sich hatte profilieren können. Durchtanzte Nächte, feiern bis in die Morgenstunden, die Welt bereisen, andere berühmte Musiker kennenlernen. Sie hatte neben der Band im Mittelpunkt gestanden, ihre Position hatte sich gut angefühlt. Ohne Cheyenne ging nichts. Das war heute noch so.

Sie bestellte einen zweiten Cocktail. Die Zeit rückte voran. Um elf Uhr wollte sie sich mit den verbliebenen vier Musikern vor dem Hotel treffen, um gemeinsam auf das Jakobshorn zu fahren. Die Instrumente hatten sie bereits in Schutzhüllen verpackt – die E-Gitarre, den Kontrabass, das Banjo und das E-Piano. Nur das Saxophon fehlte. Dieses hatte die Polizei konfisziert. Cheyenne hatte keine Ahnung, weshalb. Überhaupt waren die Fragen dieses Typen mit den schwarzen Haaren seltsam gewesen. Cheyenne hatte vergeblich versucht, mit ihm zu flirten. Dario Ambühl war stur geblieben.

Jetzt sah sie ihn wieder, als er mit einem uniformierten Kollegen unter dem Durchgang zur Bar erschien. Sie tauschten Notizen aus, redeten im Flüsterton miteinander. Cheyenne wollte sich abwenden, als er auf sie zukam.

«Frau Hug?»

«Oh, Chapeau, der Herr Kommissar kennt meinen Namen.»

«Haben Sie etwas von Ihrem Musiker gehört?»

«Welchen meinen Sie?»

Ambühl sah auf seine Notiz. «William Hengst.»

Natürlich: Er kannte nur seinen bürgerlichen Namen, der in Billys Pass stand.

«Warum sollte ich? Ich dachte, das wäre Ihre Aufgabe.»

Ambühl stellte sich unaufgefordert an die Bartheke. Sein

Kumpel blieb in moderatem Abstand hinter ihm. «Sind Sie vernehmungsfähig?»

Cheyenne starrte auf ihr Glas. Sie hatte den zweiten Cocktail nicht angerührt. «Kommt darauf an.» Zwanzig Jahre jünger, und sie hätte sich an diesen Beau rangemacht. «Ich habe wenig Zeit. Heute Nachmittag spielt meine Band auf der Jatz. Ich muss bald hochfahren.»

«Bitte begleiten Sie uns.»

«Wie bitte?» Obwohl sich alles in ihr sträubte, glitt sie vom Barhocker. Was hatten die Männer mit ihr vor? Das ungute Gefühl wuchs zu einer dunklen Vorahnung. Wurde sie etwa verdächtigt?

«Gestern war es schwierig, Sie zu den Umständen zu befragen.» Ambühl deutete auf den Whisky Sour.

«Ach so, ja, ich verstehe ... meine nächtliche Begleitung. Glauben Sie mir, ich hätte lieber etwas Lebendiges zwischen den Beinen gehabt.» Sie lachte schrill auf, hatte vergessen, dass die jungen Leute von heute solche Scherze nicht verstanden. «Sorry, ich wollte Sie nicht brüskieren.» Der Whisky war ihr zu Kopf gestiegen. Sie zeigte auf das Glas. «Ich vertrage ihn nicht mehr.»

«Bitte, nach Ihnen.» Ambühl folgte ihr.

Cheyenne schritt widerstrebend hinter dem anderen Polizisten her in Richtung Hotelshop.

«Da sind wir ungestört», sagte Ambühl später, als er die Tür hinter sich zugezogen hatte. «In welchem Verhältnis stehen Sie zu William Hengst?»

«Davon abgesehen, dass ich im Alter von dreissig Jahren eine kurze Affäre mit ihm hatte, in keinem.» Billy hatte ihr gefallen, und sie hätte ihn damals gern zur Band geholt. Aber da waren Jacky, Pete, Fränz, Mike und Viktoria so gut aufeinander eingespielt gewesen, dass es keinen Sinn gehabt hätte, eine Änderung vorzunehmen. Nebst Jacky war auch Mike von Anfang an dagegen gewesen. Cheyenne hatte die Idee eine Weile weiterverfolgt. Aus den Five hätte man vielleicht eine Six machen können. Doch dies wäre mit viel Aufwand verbunden gewesen. Vorgaben von Plakaten und Flyern ändern, die Beschriftung am Bus. Billy hatte seinen Weg gefunden und sich einem Duo angeschlossen, das fortan in Bars und Dancings auftrat, bestenfalls in einem Casino. Trotz seines Talents war Billy nie über die Schweizer Grenze hinausgekommen und in den Augen vieler Jazzfreunde ein Zweitklassemusiker geblieben. Dies hatte aber weniger mit seinem Können als mit dem Umstand zu tun, dass ihm ein versierter Manager gefehlt hatte. Heute war Billy siebzig und seit fünf Jahren pensioniert.

«Uns liegt der Bericht vor, dass bereits ein anderes Mitglied Ihrer Truppe ausgestiegen ist.» Ambühl musterte sie skeptisch.

«Das ist richtig. Der Bandleader hatte vor zwei Tagen einen Unfall und brach sich dabei den Arm. Billy Horse ... ähm, William Hengst war sein Ersatz.» Cheyenne versuchte, emotionslos zu tönen, was ihr nicht ganz gelang. Die Tragödie ging nicht spurlos an ihr vorbei. Die Zukunft der Buchanan Five stand auf der Kippe. Andererseits hatte die Band ihre besten Jahre längst hinter sich. Die jungen Leute interessierte es nicht, wenn vier Musiker und eine Sängerin, welche die sechzig überschritten hatten, nach Applaus lechzten. Wenn sich Jacky auf der Bühne wie ein Gockel aufführte, war das mehr als peinlich. Er hatte es verpasst, sich dem Alter anzupassen. Cheyenne schluckte leer. Ihm erging es gleich wie ihr. Mit dem Unterschied, dass er sich dabei auf der Bühne präsentierte. Er war zwar der begnadete Musiker, aber längst ging es nicht mehr um seine Musik. Im Gegensatz zu den anderen Bandmitgliedern drehte sich alles um seine Selbstbeweihräucherung. Der Erfolg hatte ihn negativ verändert, aus einem scheuen Mann einen überheblichen, egozentrischen Kerl gemacht. Doch das musste Cheyenne für sich behalten. Noch verdiente sie an ihm. Und sie liebte ihn trotz seines Makels.

«Haben Sie mich verstanden?» Ambühl musste eine geraume Zeit auf sie eingeredet haben.

«Was haben Sie gefragt?»

«Ob William Hengst Feinde hat.»

«Dazu müssten Sie ihn selbst befragen.»

«Das dürfte im Moment schwierig sein.» Ambühl wandte sich ab.

Cheyenne spürte ihren Herzschlag bis zum Hals. «Was ist passiert?»

«Das wissen Sie nicht?», fragte Ambühls Kollege, worauf er von Ambühl dezent zurechtgewiesen wurde.

«Was?» Cheyenne packte Ambühl am Arm.

Es gab kein Zurück für ihn. «Er liegt im Koma.»

***

Gegen seine Gewohnheit hielt sich Max an diesem Vormittag mehrheitlich im Hotel auf. Sein Vorhaben, mit dem Fahrrad von Davos durch die Zügenschlucht nach Wiesen zu fahren, hatte er in seiner Agenda gestrichen. In den nächsten zehn Tagen würde er genügend Zeit finden, um die Radtour in die Tat umzusetzen. Er war ein wenig aus der Übung.

Obwohl er davon abgesehen hatte, sich einzumischen, reizte es ihn, nach dem Grund von Billy Horses Zusammenbruch zu forschen. Er ahnte, dass hier etwas nicht mit rechten Dingen zuging. Seltsam war es, dass die Polizei das Saxophon beschlagnahmt hatte, was er von Fede wusste. Das Ermittlerfieber hatte sie stärker gepackt als ihn, hatte sie doch bereits gestern Abend jene Unruhe gezeigt, die er von anderen Fällen an ihr kannte. Entweder sei man zum Detektiv geboren, hatte sie gemeint, oder man solle es lassen. Max fühlte sich gerade etwas neben den Schuhen. Noch stand sein Entschluss fest, in eine Anwaltskanzlei zu wechseln. Die Steine, die ihm im Weg lagen, würde er bestimmt wegräumen können, obwohl es ihn Zeit und Geld kostete. Die Ferien in Davos hatte er bis anhin als Start in eine neue Zukunft angesehen.

Ein einziger Satz aus Cheyennes Mund hatte ihn aufgerüttelt: «Jacky ist verschwunden.» Mehr hatte er nicht von ihr erfahren, da sie es eilig hatte. Jetzt überlegte er, ob er Fede einweihen sollte. Sie war nach dem Frühstück zur Promenade gegangen. Dort lagen diverse Geschäfte, unter anderem ein Sportshop, wo sie sich eine Fahrradhose kaufen wollte. Sie hatte seine Idee also ernst genommen. Nur war Max nicht mehr erpicht darauf, sich auf den Sattel zu schwingen.

Er kannte Buchanan nicht, hatte ihn nie live gesehen. Max ging zurück aufs Zimmer. Es liess ihm plötzlich keine Ruhe mehr, etwas über Buchanan zu erfahren.

Vor den Ferien hatte er Fedes Entscheid, den Laptop einzupacken, angeprangert. Max war froh, hatte sie ihm nicht nachgegeben. Er setzte sich ans Pult und klappte den Deckel auf. Während der Computer hochfuhr, schweifte Max' Blick an den bewaldeten Hang unterhalb der Ischalp. Die Lärchen standen im satten Grün. Sie würden sich im Herbst goldgelb färben und wie flammende Säulen in den Himmel ragen. Er sah auf das Gebäude gegenüber, in dem sich die Kantonspolizei und die Staatsanwaltschaft befanden. Durch das geöffnete Fenster vernahm er das metallene Geräusch eines einfahrenden Zuges. Zwischen Bahnhof und Kleidergeschäft im Erdgeschoss sah er einen roten Wagen aufblitzen.

Max suchte nach Einträgen über Jack Buchanan und The Buchanan Five. Die Band existierte seit 1982 in derselben Formation wie heute. Die Mitglieder waren sich treu geblieben. Stationen wie das Jazzfestival Montreux und die Weihnachts-Jazzmatinee in Dortmund sowie Auftritte in der Opera in Bristol und im Iridum Jazz Club in New York waren ein schwindend kleiner, jedoch eindrücklicher Teil ihres Portfolios.

Die Seiten wurden von Bildern geflutet, auf denen man Buchanan zu Gesicht bekam. Sein Kleidungsstil hatte sich unwesentlich verändert, obwohl er einiges an Gewicht zugelegt hatte. Er beherrschte eine Vielzahl an Blasinstrumenten. Verschiedenen Medienberichten zufolge galt Buchanan als Playboy, als einer, der in der Damenwelt «nichts anbrennen liess». Dass er sich optisch über die Jahre stark verändert hatte, schien seine Beliebtheit nicht beeinflusst zu haben. Eines der jüngsten Fotos zeigte ihn mit einer blutjungen Frau, die er Chili nannte.

Max lehnte sich auf seinem Stuhl zurück und strich sich mit den Händen über die Haare. Buchanan war ein Mann, der mit dem Älterwerden offensichtlich nicht umzugehen vermochte. Er kleidete sich wie vor dreissig Jahren, schmückte sich mit gut aussehenden Mädchen, die ihm das Ego polierten, und fand sich nach wie vor unwiderstehlich, was diversen Interviews neueren Datums zu entnehmen war. Er erschien in Frauenzeitschriften, in Klatsch- und Tratschheften, die bei den Coiffeuren zuhauf auflagen. Vielleicht ein Grund, weshalb Max den Musiker kaum kannte.

Nun fiel er durch einen Armbruch aus und musste auf das Spielen verzichten.

War er deshalb verschwunden?

Hatte Fede nicht gesagt, dass Buchanan einem Anschlag zum Opfer gefallen sei? Warum ermittelte die Polizei nicht in diese Richtung?

Hatten die beiden «Unfälle» mit der Band zu tun? Oder waren sie gezielt gegen Buchanan persönlich gerichtet?

Max versuchte, die beiden Varianten aus verschiedenen Blickwinkeln zu beleuchten. Er brachte es auf keinen gemeinsamen Nenner. Buchanans Ausfall war einem Sturz mit Folgen geschuldet, Horses Fehlen einem Schwächeanfall. Beides hatte man nicht voraussehen können.

Doch an einen Zufall wollte Max nicht glauben. Er suchte nach Einträgen über Billy Horse. Im Gegensatz zu Buchanan fristete er ein Schattendasein, was Max nicht nachvollziehen konnte. In seinen Augen war Horse ein talentierter Musiker und sah zudem besser aus als der Ewigprominente.

Max war über der Tastatur eingenickt, als Fede das Zimmer betrat. Er schrak hoch, vergewisserte sich, wie spät es war. Halb eins. Er hatte tatsächlich geschlafen.

«Billy wurde vergiftet», sagte Fede. «Cheyenne hat es mir soeben mitgeteilt.»

«Ach ja? Wie denn?»

«Ich gehe davon aus, die Staatsanwaltschaft wird es untersuchen.» Fede setzte sich auf die Pultkante. «Alles gut bei dir? Du siehst müde aus.»

Max gähnte. «Angenommen, auf Buchanan wurde tatsächlich ein Anschlag verübt, weshalb dann das Gift?»

«Möglicherweise hat das eine nichts mit dem anderen zu tun.»

«Da bin ich mir nicht sicher. Es sieht danach aus, als wollte man den Buchanan Five schaden.»

«Oder jemand wusste nicht, dass Jack seinen Auftritt nicht hatte.»

«Weiss man, wie Horse vergiftet wurde?»

«Du wiederholst dich … vielleicht durch ein Getränk. Billy trinkt nur Tee. Das letzte Glas kam ebenfalls ins Labor.»

«Was du von Cheyenne weisst.»

«Sie ist völlig ballaballa. Wir sollten ihr unsere Hilfe anbieten.»

Max war nicht wohl bei dem Gedanken. «Wo willst du beginnen?»

«Auf dem Alps Epic Trail respektive dem Sertig Trail.» Fede hüpfte vom Pult, holte einen Papiersack und kippte den Inhalt auf die Tastatur des Laptops. «Ich habe mir die besten gepolsterten Velohosen gekauft, die es in dieser Saison gibt. Ich werde heute mit der Bahn auf das Jakobshorn und mit dem Bike runter ins Sertig fahren.»

«Spinnst du?» Max war ausser sich. «Du hast doch keine Übung darin.» Er sah sich die Hose an. Schwarz und pink – der letzte Schrei.

«Ich kann mir die Ausrüstung von einer netten Hotelangestellten ausleihen. Sie hat etwa meine Grösse … Knie- und Armschoner, Rückenpanzer, Handschuhe und Helm.»

«Beschlossene Sache?»

«Ja, ist es. Keine Angst. Wenn es zu steil wird für mich, werde ich das Bike stossen.»

«Das wären dann etwa zwanzig Kilo.» Max befürchtete, Fede könnte sich zu viel zumuten. Sie war zwar sehr beweglich, beherrschte sogar den Spagat. Aber er traute ihr einen Downhill-Trail nicht zu. «Ich komme mit.»

Max hätte sich gewundert, wenn Fede ihn nicht auslachte. «Bist du sicher?»

«Vielleicht kennst du jemanden, der mir eine Ausrüstung ausleihen kann?»

«Ja, kenne ich. Der Freund von der Hotelangestellten. Wir bekommen auch ihre Bikes.»

SECHS

Für die Biker existierte ein Spezialeingang. Max und Fede schoben ihre Fahrräder über einen befahrbaren, mit Holz ausgelegten Zugang, den man neben der Treppe angebracht hatte. Sie waren nebst einem Freak mit Downhill-Vollmontur die Einzigen mit Bikes, die anderen Passagiere waren Wanderer, die man an den Rucksäcken und Stöcken erkannte. Zu Max' Leidwesen füllte sich die Gondel bis auf den letzten Platz. Er hatte sich talseitig in die Ecke zurückgezogen.

«Dass diese Velofahrer auch überall sein müssen», beschwerte sich eine Frau, die ihren Hund auf dem Arm trug. «Man kann froh sein, überfahren sie einen auf den Wanderwegen nicht. Diese Extremsportler, die sind ja lebensmüde.» Sie sah Max mit zusammengekniffenen Augen an. «Was ist denn so besonders an diesem Runterfahren?»

«Das werden wir heute herausfinden», sagte Max schmunzelnd und deutete auf Fede. «Wir machen das zum ersten Mal.»

«Ich hab's doch gesagt, bescheuert.» Sie griff mit dem Finger an die Stirn und zeigte den Vogel und hätte dabei fast ihren Hund fallen lassen.

Max wandte sich ab, als sich die Gondel in Bewegung setzte. Schnell gewann diese an Höhe. Unter ihm schrumpfte Davos zu einem Spielzeugdorf, die Kirche Sankt Johann, der grüne Fleck der Natureisbahn, die Eishalle mit dem prägnanten Dach. Östlich davon verschwand das Hotel Intercontinental, welches wie ein urzeitliches Ei unterhalb des Seehorns lag, eingebettet in üppiges Grün, der Davosersee hinter kräftigen Tannen.

«Ihr macht das wirklich zum ersten Mal?» Der junge Mann, Typ Che Guevara mit Stirnband, stellte sich vor. Er hatte den Helm abgenommen. «Hi, ich bin Gian. Sorry, wenn ich gelauscht habe.»

«Kein Problem», sagte Fede. «Hier drin kann man nicht anders. Und du? Ziemlich versiert, denke ich.»

«Habe mit sechs Jahren damit begonnen. Man sagt, ich sei mit dem Bike zur Welt gekommen. Tatsächlich bekam ich an meinem zweiten Geburtstag mein erstes Velo.»

«Heute fährst du wohl über Treppen.»

«Das gehört auch dazu. In der Toskana gibt es geile Trails, mitten durch die Dörfer, sowie im Piemont.» Gian warf den Kopf in den Nacken. «Ich war auch schon auf La Réunion. Der absolute Hammer. Wenn du unten bist, checkst du erst, was du geleistet hast. Es bedingt eine grosse Konzentration. Soll ich euch Unterricht erteilen?»

«Oh ja, das wäre grossartig!», rief Fede aus.

«Nein, auf keinen Fall.» Max sah wieder hinunter. Sie hatten den ersten Mast erreicht. «Wir nehmen es gemütlich. Wir haben nicht vor, dies zu unserer Sportart zu machen.»

«Ein kluger Entscheid», sagte die Frau mit Hund.

Gian war enttäuscht. Bis zur Mittelstation schwieg er, und als sie auf der Ischalp in die obere Bahn umstiegen, hatte er es plötzlich sehr eilig.

Im Gegensatz zur ersten Sektion war die zweite ein historisches Relikt.

«Die ist sicher hundert Jahre alt», rätselte Fede.

«1958 wurde sie erbaut», sagte die Frau mit Hund. Sie hatte sich beim Umsteigen emsig bemüht, mit Max und Fede in derselben Gondel zu fahren. «Die sind hier noch ziemlich hinter dem Mond. Nach Grindelwald müsst ihr mal reisen. Da wird man in den Gondeln nett begrüsst. Hier muss man dem Wortwechsel zweier Bahnangestellter lauschen, die sich lautstark über das Funkgerät unterhalten. Tja, Sachen gibt's.»

Max hoffte, dass sie Fedes Interesse nicht geweckt hatte. Aber Fede schien mit ihren Gedanken anderswo zu sein.

Auf dem Gipfel wehte ein mässiger Wind.

«Im Sommer geht immer die Bise», sagte die Frau und stellte den Hund auf den Boden.

Max zog Fede von ihr weg. Sie hatten beide genug mit ihren schweren Bikes zu tun. Max setzte den Helm auf und half Fede, ihren zu schliessen und das Visier hinunterzuklappen. «Wollen wir tatsächlich runterfahren?»

Fede wies auf den Weg zur Jatzhütte. «Sollte kein Problem sein.»

Auf dem Felsen über ihnen thronte die Bergstation der Jakobshornbahnen mit integriertem Restaurant. Ein markantes Gebäude, welches dem Stil der Bauhaus-Ära glich. Eine abgerundete Form mit rosa Fassaden und weissen Sgraffiti. Von unten gesehen wie eine Torte mit Marzipanverzierung.

Der Weg gleich nach dem Ausgang führte hinunter zur Jatzhütte. Ein Schottersträsschen, auf welchem Wanderer wie Radfahrer gut nebeneinander vorbeikamen. Doch mit dem Völkerauflauf hatten weder Max noch Fede gerechnet. Eine Lawine bunt gekleideter Leute wälzte sich Richtung Jatzhütte. Trotzdem fuhren sie los, steuerten ihre Bikes zwischen dem Menschenstrom hindurch. Max bremste wenige Meter unterhalb der Bergstation ab. Er war noch nie im Sommer auf dem Jakobshorn gewesen. Im Winter sah es hier anders aus. Aber auch daran mochte er sich nur schwach erinnern. Rechts von ihnen fuhr die «Güggelbahn» los, im Kanton Graubünden die kürzeste Schwebebahn, welche die Bergstation des Sessellifts Clavadeler Bubble mit dem Jakobshorn verband.

Im Südosten öffnete sich ihnen eine halb begrünte Bergwelt mit dem Schwarzhorn und dem Piz Vadret, weiter südlich das Jatzhorn im Vordergrund, dahinter das Bocktenhorn und der Piz Kesch. Max hätte ewig so stehen und die Berge auf sich einwirken lassen können, die zum Vergleich nichts von den imposanten Gipfeln des Berner Oberlands hatten. Gleichwohl wirkten die flach auslaufenden Gebirge wie Orte einer anderen Welt.

«Gibst du schon auf?» Fede stieg vom Bike. Sie sah aus, als trüge sie eine Kampfmontur. Der schwarze Helm und das dunkle Visier verdeckten ihr Gesicht. Ihre roten Haare fielen neckisch über die Schultern.

«Ich habe das Jazzkonzert heute vor der Jatzhütte vergessen.»

«Ich nicht. Die Buchanan Five sind vor Ort.»

«Die ‹Buchanan Four›. Einen weiteren Ersatz für ihre Truppe

wird Cheyenne nicht so schnell gefunden haben.» Max legte sein Rad in den schmalen Streifen Gras, welcher den Schotterweg zum Abgrund abgrenzte. «Du hast mir nicht verraten, warum du unbedingt den Alps Epic Trail befahren willst. Wohl kaum, um dein sportliches Soll zu erfüllen.»

«Es ist bloss ein Teilstück des Trails.» Fede wackelte mit dem Kopf. «Ich habe es dir erklärt. Erinnerst du dich nicht mehr? Ich möchte mir die Stelle ansehen, wo Buchanan gestürzt ist.»

«Was versprichst du dir davon?»

«Wir erfahren hoffentlich, ob er mich angelogen hat oder nicht.»

«Du traust ihm also nicht?»

«Ich bringe den Gedanken nicht los, dass er etwas inszeniert.»

«Den gebrochenen Arm?»

«Das ist das Einzige, was mich zweifeln lässt. Cheyenne sagte mir, er sei ein theatralischer Mann.» Fede schwang sich wieder auf den Sattel. «Fahren wir weiter bis zur Jatz?»

«Dort gönnen wir uns hoffentlich eine Pause.» Max bückte sich nach seinem Bike, stieg auf und folgte ihr. Er war seit mindestens drei Jahren nicht mehr auf einem Zweirad gefahren. Aber das musste Fede nicht wissen.

«Hütte» war die falsche Bezeichnung für das Gebäude, das vor ihnen auftauchte. Das Blockhaus oberhalb des Sessellifts Jatz Quattro war den Kinderschuhen längst entwachsen. Der Hüttenzauber jedoch geblieben. Das fand Max, der sich an früher erinnerte. An die Wintertage mit Dad, als sie unter falschen Palmen Kaffee «Schümli-Pflümli» getrunken hatten, an die Holzwanne mit dem Sprudelbad für die Hartgesottenen oder die langen Tische, auf dem so manches Davoser Mädchen einen «Tabledance» vollführt hatte. Die Jatzhütte war über den Sommer geschlossen. Für die Jazztage hatte man sie für ein paar Tage geöffnet.

Die Stimmung rund um die Jatzhütte war ausgelassen und fröhlich. Die Leute steckten in Partylaune, beschwipst vom Alkohol und der freien Sicht auf den südlichen Teil der Alpen. Max band sein Bike an einen Pfosten, wo im Winter die Skiständer standen. Schon von Weitem erblickte er Cheyenne, die ihrer Band beim Aufstellen des Schlagzeugs half. Wusste der Kuckuck, wie sie dieses hierhertransportiert hatten. Fede stand bereits auf der Bühne. Sie winkte Max zu, euphorisch wie so oft, wenn sie sich vor lauter Übermut nicht mehr halten konnte.

Die Formation hatte sich von vier auf sieben erweitert. Die Buchanan Four trugen weisse Hemden und Hosenträger. Die restlichen drei Musiker schwarze Jacketts. Sie hatten sich offensichtlich viel Mühe gegeben, ihre besten Stücke aus der Garderobe geholt.

Max schwang sich in der Nähe der Bühne auf einen Stuhl. Cheyenne, die sich heute in ein Gipsykleid geworfen hatte, kam trotz ersichtlichen Stresses an Max' Seite. «Schön, bist du da.» Sie schlug kameradschaftlich bei ihm ein.

«Ist das hier eine Jamsession?»

«Ich musste kurzfristig umorganisieren. Zum Glück haben wir die drei Jungs aus Davos gefunden. Ich durfte ihre Musikvideos ansehen. Sie haben mich überzeugt. Sie sind jung und wild. Vielleicht ist es genau das, was wir in Zukunft brauchen, damit auch das junge Publikum auf seine Kosten kommt.»

Cheyennes Ehrgeiz gefiel Max. Die Frau beeindruckte ihn je länger, desto mehr. Er vermied es, sie auf Buchanan anzusprechen. Cheyenne hatte anderes zu tun, als über den verschwundenen Musiker zu reden. Sie hatte es verdient, dass man ihr uneingeschränkte Wertschätzung entgegenbrachte. Sie lebte für die Musik.

Jemand trug ein Sousaphon auf die Bühne, derweil Fränz und Mike mit dem Aufstellen des Schlagzeugs fortfuhren – Snare Drum, Bass Drum, zwei Toms und mehrere Becken. Aus einer weit entfernten Musikbox spielte Candy Dulfer Saxophon und stimmte auf das Konzert ein, wobei einer der Musiker das Stück mit seinem Banjo begleitete. Es herrschte eine lockere Stimmung.

Die Bergwelt rundherum wirkte harmonisch, die weich gezeichneten Hügel gaben ein Bild des Friedens. Unterhalb der Jatzhütte standen Liegestühle. Diese waren auch im Winter draussen. Wanderer entspannten sich bei Wein und Bündner Trockenfleisch.

Max hätte es ihnen gern gleichgetan. Wein und Fleisch oder Käse und die Seele baumeln lassen.

Fede machte ihm einen Strich durch die Rechnung. «Soll ich mir den Tatort allein ansehen?» Sie stand plötzlich neben ihm.

«Auf gar keinen Fall.» Max ärgerte sich über Fedes Ungeduld.

«Ich möchte vorher zum See.»

«An welchen See? Ich sehe keinen See.»

«Doch, der Stadlersee.»

«Das ist bestimmt eine Pfütze.»

«Spielverderber.» Fede entfernte sich von ihm.

Max sah ihr nach, wie sie davoneilte, auf ihr Bike stieg und wegfuhr. «Hey, das meinst du nicht ernst, oder?» Er rannte ihr hinterher. «Fede, was soll das?»

Sie drehte sich nach ihm um. «Zuerst die Arbeit, dann das Vergnügen. Du kannst auf mich warten, wenn du willst.»

Max erreichte sein Bike, löste das Schloss und stieg auf. Er folgte Fede, die den Weg nach oben eingeschlagen hatte. «Bist du sicher, dass es hier langgeht?», rief er ihr nach.

Sie hörte es bereits nicht mehr. Bis zur Wegscheide hatte er sie eingeholt.

«Siehst du?» Fede zeigte auf den Wegweiser. «In fünfzig Metern bergwärts erreicht man den Stadlersee.»

«Du hast recht.» Max gab sich geschlagen. «Willst du hochgehen?»

«Nein.»

Sie blickten beide ins Tal. Das Sertig Dörfli war von hier aus nicht zu sehen. Dafür der steinige Pfad unter ihnen und die Tafel, die die Richtung nach Sertig anzeigte. Von da aus ging es talwärts.

«Traust du es dir zu?», foppte Fede und machte sich bereit zur Fahrt.

«Klar doch.» So klar schien es ihm allerdings nicht. Der Weg war schmaler und unwirtlicher geworden und für sein Verständnis steil.

Max fuhr hinter Fede, versuchte es zumindest. Er hatte grossen Respekt und merkte bald, wie viel Kraft er in den Händen brauchte. Es war ein Spiel zwischen bremsen und wieder loslassen. Dabei achtete er genau darauf, dass das Vorderrad in der Spur blieb. Nach wenigen Metern schon schmerzten seine Handgelenke. Die Schläge auf dem steinigen Untergrund erforderten höchste Konzentration, wollte er nicht stürzen.

Man schaffe den Trail in zwanzig Minuten, hatte Gian gesagt. Max würde froh sein, das Tal zu erreichen, bevor es einnachtete.

Es sah aus, als tanzte Fede um die Gesteinsbrocken herum. Sie hielt sich erstaunlich sicher auf dem Bike. Im Gegensatz zu Max sass sie nicht auf dem Sattel, konnte dadurch Hinter- und Vorderrad besser ausbalancieren und mit dem Lenkrad stabilisieren. Max beneidete sie um diese Sicherheit.

Irgendwann verlor er sie aus den Augen. Sie war hinter einem Hügel verschwunden, hinter dem sich die Landschaft wie eine Wundertüte öffnete. Max stieg vom Rad und schob es neben sich her, die beiden Bremshebel stets gedrückt. Vor ihm nichts als Grün. Keine Bäume, vereinzelt Gestein, ein Felsbrocken wie ein Findling, nicht klar, woher er stammte. Eine Quelle als Rinnsal zwischen moosbewachsenen Steinen. Kuhfladen. Max sah jedoch weit und breit kein Vieh. Einen Moment lang fühlte er sich einsam. Bloss aus der Ferne ein Lachen, der dumpfe Bass einer Verstärkerbox. Oben, vor der Jatzhütte, spielte Cheyennes Band einen Dixie. Max wäre gern dort gewesen.

Später sah er Fede in der Nähe eines löchrigen Bretterverschlags und mit einer horizontalen Gummistange versehenen Durchgangs, den man des Viehs wegen angebracht hatte. Ihr Rad lehnte an dem Holzzaun. Weiter unten stand Fede vor einem Pflock. «Da ist es», sagte sie freudig erregt. «Hier ist Buchanan gestürzt.»

«Auf diesem flachen Gelände?» Max stiess das Rad bis zum Pflock.

«Flach? Warum gehst du dann?»

«Hast du etwas anderes erwartet? Ich möchte keine gebrochenen Knochen. Für meine Verhältnisse hat es definitiv zu viele Steine.»

Fede zeigte lachend auf ein aufgerolltes blaues Kabel. «Jemand muss es hier von einem Pfosten zum andern gespannt haben. Nur so lässt sich erklären, warum Buchanan gestürzt ist.»

«Aber das fällt doch auf, ausser er wäre farbenblind.» Max liess seinen Blick über die Wiese schweifen, hinüber zu den begrünten Hängen zwischen dem Weissfluhgipfel und der Amselflue, die ihn an die imposanten Felsen der Dolomiten erinnerten. Darüber der blaue Himmel wie ein unifarbenes Gemälde. Bloss der weisse Kondensstreifen eines Flugzeugs wirkte darauf wie ein Pinselstrich.

Fede war damit beschäftigt, das Kabel zu inspizieren. Sie nahm das aufgerollte Teil vom Pfosten und untersuchte es, als würde sie damit herausfinden, ob es dazu verwendet worden war, Buchanan zum Sturz zu bringen.

Max vermochte nicht, das Lachen zu verkneifen. «Glaubst du wirklich, etwas Verdächtiges zu entdecken?»

Fede liess sich nicht beirren. Sie war ein praktischer Mensch. Sie spannte das Kabel über den Weg und befestigte es auf der anderen Seite. «So, jetzt geh mal hoch mit dem Velo, ungefähr fünfzig Meter bergwärts.» Sie zeigte nach oben.

«Weshalb soll ich dorthin? Von dort komme ich gerade.»

«Nur so können wir herausfinden, ob ein Sturz überhaupt möglich war.» Sie gestikulierte. «Und dann fahre runter. Konzentriere dich auf den Weg.»

«Du willst, dass ich stürze?»

«Das werden wir sehen.»

Es brachte nichts, Fede zu widersprechen. Max kehrte um, stiess sein Rad nach oben durch die Pforte mit der Gummistange. Das Gewicht des Zweirads forderte seinen Tribut und hinderte ihn daran, schnell zu gehen. Er lachte innerlich über Fedes abstruse Ideen, während er heftig ein- und ausatmete. Es dauerte eine Weile, bis er die vereinbarten fünfzig Meter zurückgelegt hatte. Der Pfad war steinig und das Rad schwer. Er fragte sich, warum er jeden Unsinn mitmachte. Fede brauchte bloss mit dem Finger zu schnippen, und er gehorchte ihr wie ein Leibeigener.

Oben musste er sich vom Aufstieg erholen, bevor er wendete und sich auf den Sattel setzte.

Unten wartete Fede und gab den Befehl zum Start.

Obwohl das Gelände hier moderat abfiel, bedingte es ein konzentriertes Fahren. Die Weitsicht ging dabei verloren. Nur harte Erde, Steine und Gras und die stete Angst vor dem Stürzen.

Max passierte die Gummistange. Noch ein paar Meter, dann erreichte er das gespannte Kabel. Er bremste. Es war zu spät. Max geriet in Schieflage, versuchte vergeblich, das Bike seitlich hochzuziehen. Er fiel hin. Fluchend, wütend über sich selbst, dass er diesen Schabernack mitmachte.

Ein heftiger Sturz blieb aus. Auch lag nirgends ein Stein in der Nähe, auf dem Max hätte aufschlagen können. Grasbüschel und getrocknete Moosschoten federten ihn ab. Er fiel wider Erwarten weich. Mit Ausnahme einer verschmutzten Hose bekam Max nichts ab.

Er rappelte sich auf und wischte sich Erde von den Beinen. «Zufrieden?»

«Ich gehe davon aus, dass Buchanan schneller unterwegs war als du.» Hatte sie das wirklich gesagt? Kein Mitleid, nichts? «Dennoch wurde er von der Gummistange abgebremst. Oder *er* bremste ab. Ich glaube, das ist ein natürlicher Reflex.»

«Er könnte weiter unten gestürzt sein», mutmasste Max und bemühte sich, den Schmutz auf den Hosen mit den Händen abzuwischen. Der Geruch nach Kuhdung stieg ihm in die Nase.

«Unmöglich. Er verwies mich auf diesen Ort. Gemäss seiner Beschreibung sind wir hier richtig.» Fede besah sich das Gras, kroch dabei auf allen vieren. «Vielleicht hat er etwas verloren, was den letzten Zweifel ausräumt.»

«Dann hätte es die Polizei bereits gefunden.»

Fede richtete sich auf. «Nur wenn sie danach gesucht hat. Aber laut Buchanan ging die Polizei *nicht* von Sabotage aus. Das wird sich ändern, nachdem man Horse vergiftet hat. Die wird bestimmt die Ermittlungen aufnehmen, wenn sie es nicht längst getan hat. Was wissen wir, was hinter der Kulisse abgeht.»

«Falls wirklich etwas dahintersteckt, kann das Hotel Grischa die Tore für die nächsten Konzerte schliessen.»

«Wenn es um versuchten Mord geht, ja.» Fede wickelte das Kabel auf. Dazu hatte sie ihre Handschuhe angezogen. «Hast du ein Messer?»

«Wofür?» Er begriff. «In der Satteltasche hat es sicher Werkzeug.»

Fede hängte die Kabelrolle an den Zaun. Sie ging zu ihrem Bike, öffnete den Zipper an der kleinen Tasche unterhalb des Sattels und suchte darin nach einem geeigneten Gegenstand. Über ihr Gesicht huschte ein Lächeln. «Tatsächlich, hier befindet sich ein Sackmesser.» Sie zog die Klinge heraus, ging zurück zum Zaun und schnitt den losen Teil der Kabelrolle durch. «Jetzt haben wir Beweismaterial, sollte es relevant sein.» Sie verstaute das Kabel in ihrer Jacke. Danach klappte sie das Visier am Helm herunter. «Ich bin bereit. Fahren wir ins Sertig?»

«Fahren?» Max stöhnte auf. «Wohl eher gehen.»

SIEBEN

«Ist der Direktor zu sprechen?» Dario Ambühl trommelte mit den Fingern seiner rechten Hand auf den Tresen. Es war Montagmorgen.

Er trug zivile Kleidung, was Michelle Flury beruhigte. Auf uniformierte Polizisten reagierten manche Gäste sensibel. Michelle kannte Ambühl, seit sie im Hotel Grischa als Front Office Managerin arbeitete. Er war ein muskulöser Mann mit sonnengebräuntem Gesicht und einem Lachen, das ansteckte. Nach der Arbeit kam er gern auf ein Feierabendbier vorbei. Er hatte auch schon Gäste gebracht, die dann im Hotel logierten. Ambühl war seit drei Jahren mit Allegra Cadisch verheiratet und hatte einen zweijährigen Sohn – Berechnung wie im Bilderbuch. Das Amüsement über seine konservative Gesinnung hatte lange Zeit in Davos die Runde gemacht. Ambühl war vor vier Jahren vom Wachtmeister zum Leutnant aufgestiegen und Postenchef in Davos geworden. Kurz darauf hatte er Allegra um die Hand angehalten, sie ein Jahr später zum Traualtar geführt und war nach weiteren neun Monaten stolzer Papa geworden.

«Mein Chef ist ausser Haus», sagte Michelle. «Er gehört dem Organisationskomitee des Jazzfestivals an und ist schwer zu erreichen. Ich vertrete ihn. Du kannst alles mit mir besprechen. Wollen wir uns in die Bar setzen?»

«Kannst du weg?»

«Meine Kollegin Nanina hält die Stellung.» Michelle musste schmunzeln. «Komm, gehen wir.»

Die Pulsa-Bar war noch geschlossen. Michelle öffnete die Tür mit dem Badge und betrat den Raum. Ein flüchtiger Geruch von Bier hing in der Luft. Durch die Fenster fiel gebündeltes Licht, ein Sonnenstrahl, wahrscheinlich eine Spiegelung von gegenüber. «Etwas zu trinken?»

«Gern ein Wasser.» Ambühl schwang sich auf einen Barhocker. Es fühlte sich fast intim an.

Michelle brachte eine Flasche Mineralwasser und zwei Gläser an den Stehtisch. «Warst du in diesem Sommer schon mal an einem Jazzkonzert?» Sie schenkte ein, wollte lässig auf ihn wirken. Obwohl sie sich recht gut kannten, empfand Michelle grossen Respekt.

«Darum geht es.» Ambühl genehmigte sich einen Schluck Wasser. «Das, was ich dir sage, sollte unter uns bleiben.»

«Selbstverständlich.» Für Michelle war dieser Hinweis überflüssig. «Mit Ausnahme meines Chefs.»

«Klar, William Hengst alias Billy Horse schwebt in Lebensgefahr. Wir sind gezwungen, die Ermittlungen im Hotel weiter auszudehnen respektive sie wieder aufzunehmen. Ich habe versucht, den Untersuchungsrichter davon zu überzeugen, eure Garage nicht zu schliessen. Aber er sieht das anders.»

«Ihr geht von einem Verbrechen aus?» Michelle überlegte. Bereits in der Samstagnacht hatte die Polizei Flatterbänder in der Garage gespannt, dort, wo sich die Bühne befand, und mögliche Zeugen befragt. Gestern Abend hatte sie die Absperrung wieder entfernt. «Wir können die Garage nicht schliessen. Heute Abend gehen die Konzerte weiter. Die Old Time Jazz Band aus dem Wallis ist bereits angereist.»

«Das heisst ja nicht, dass sie nicht auftreten kann. Es gibt sicher andere Räume, die man den Musikern zur Verfügung stellen könnte. Ihr habt noch weitere Gastrobetriebe.»

«Dort spielen andere Bands. Das ist nicht so einfach, wie du glaubst. Organisatorisch ist es aufwendig.» Michelle erinnerte sich an die Planung, zumal in der gleichen Zeitspanne wie die Jazzkonzerte zwei Seminare stattfanden. «Was habt ihr bislang herausgefunden?»

«Über laufende Ermittlungen darf ich nicht sprechen.»

«Wie lange kennen wir uns?» Michelle himmelte ihn an. Ein Versuch war es wert. Sie musste verhindern, dass die Garage ganz zugemacht wurde. Die Flatterbänder hatten gereicht, und sie war davon ausgegangen, die Ermittlungen seien abgeschlossen. Nun wollte man sie wieder aufnehmen. «Ein kleiner Hinweis …»

Anstelle einer Antwort bat Ambühl um die Liste der Hotelgäste. «Ich muss erfahren, wer im Hotel logiert und wer seit letztem Samstag das Hotel verlassen hat. Zudem müssen wir die Hotelgäste sowie das Personal befragen.»

«Ist dein Besuch ein offizieller?»

Ambühl sah sie überrascht an. «Selbstverständlich. Ich will bloss kein Aufsehen erregen.»

«Nett. Ein Freundschaftsbeweis?» Michelle versuchte, ernst zu bleiben.

«Ich bin im Dienst, und es ist mir verflixt noch mal todernst.» Ambühl verschränkte die Arme vor seiner Brust und wartete.

«Dazu braucht es einen Durchsuchungsbeschluss.» Michelle hielt an ihrer Meinung fest.

Ambühl lächelte.

«Schau mich nicht so an … ich weiss Bescheid. Ohne richterliche Verfügung werde ich die Liste nicht herausrücken, schmink dir das gleich ab. Und die Hotelgäste zu befragen, wäre das Allerletzte. Das muss ich dir nicht sagen. Es haben sich einige Leute beschwert, weil ihr in der Samstagnacht und am Sonntagmorgen bereits für Furore gesorgt habt.»

«Meine Liebe, du schaust zu viele Fernsehkrimis. Schon mal was von Meldepflicht gehört?» Ambühl blieb ruhig. «Hengst ist nicht der Erste, auf den ein Anschlag verübt wurde.»

«Ach ja? Du meinst Jack Buchanan?»

«Ich habe ihn am Samstagabend im Spital gesprochen. Daraufhin ist er verschwunden. Er glaubt, man trachte nach seinem Leben. Wir müssen auch in diese Richtung recherchieren.»

Michelle entsann sich, dass dessen Suite geräumt worden war, nachdem Chatrina sie darum gebeten hatte, es tun zu dürfen. Michelle hatte darüber gestaunt, weil Chatrina in der Regel solche Entscheide zusammen mit dem Hoteldirektor traf. Gewiss hatte sie sich absichern wollen, falls Buchanan doch noch zurückkommen sollte. Bislang war das nicht der Fall gewesen. «Du hast keine Ahnung, wo er sein könnte?»

Ambühl holte eine Visitenkarte aus seinem Portemonnaie. Die Antwort blieb er ihr schuldig. «Falls du etwas von ihm oder über ihn hörst, wäre ich froh, du würdest mich anrufen. Und ...» Seine Augen bettelten. «Die Gästeliste.»

«Du drohst mir?»

«Das würde mir nicht im Traum einfallen. Ich möchte bloss Zeit sparen und appelliere an deine Vernunft.»

Michelle gab sich geschlagen. Je früher abgeklärt war, ob es Zeugen gab, umso schneller würde der Spuk ein Ende haben. Dazu wollte sie nicht auf den Chef warten. Sie holte die ausgedruckte Gästeliste aus dem Büro. Dazu diejenige des Hotelpersonals.

Als sie in die Bar zurückkehrte, inspizierte Ambühl die Flaschen hinter der Theke. «Werden die alle getrunken?», fragte er interessiert.

«Das müsstest du den Barkeeper fragen.» Michelle legte die Liste auf den Stehtisch. «Insgesamt dreiundneunzig Zimmer und Suiten sind belegt. Wir haben eine fast hundertprozentige Auslastung der Betten. Wir verzeichneten allein am letzten Samstag dreiundvierzig Arrivées. Am Sonntagabend hatten wir ein einziges Départ. Den Namen habe ich unten vermerkt.»

Ambühl setzte sich wieder. Er studierte die Liste eingehend. «Die mit den Sternchen gehören zusammen, oder?»

«Die Buchanan Five teilen sich bis auf Cheyenne Hug und Viktoria Konstantin das Appartement 315. Jack Buchanans Suite wurde nach Absprache mit seiner Managerin vergeben, da er sich nicht zurückgemeldet hatte.»

«Sie sucht ihn also auch.»

«Glaubst du, er hat etwas mit dem Giftanschlag auf Billy Horse zu tun?»

«Er ist ja selbst verletzt.»

«Warum verschwindet er dann?» Michelle hätte gern weiterdiskutiert.

Doch Ambühl machte Anstalten zu gehen. «Wir kommen nicht darum herum, auch die Hotelgäste zu befragen. Mit den Leuten, die am Samstagabend beim Konzert waren, haben wir bereits gesprochen.»

«Alle Hotelgäste? Das ist unmöglich. Das wirft ein schlechtes Licht auf uns. Braucht ihr da nicht einen richterlichen Beschluss?», wiederholte sie.

«Wir machen ja keine Hausdurchsuchung», verteidigte sich Ambühl.

«Ich sehe keinen Unterschied. Zudem vergrault ihr mir die Hotelgäste.» Michelle überlegte sich, wie sie Ambühl davon abhalten konnte, seinen Plan umzusetzen. «Es würde völlig reichen, wenn ihr mit den Musikern sprecht. Diese haben ein Problem, nicht die normalen Hotelgäste. Die haben nichts damit zu tun.»

«Sie gelten als Zeugen.»

«Ihr macht es euch sehr einfach. Hör zu, ich werde es mit dem Boss besprechen. Er hat noch immer das letzte Wort. Ich will keinen Aufstand hier.»

Ambühl liess die Gästeliste in seiner mitgebrachten Mappe verschwinden. «Das entscheidet nicht ihr.» Er klang enttäuscht. «Ich rechnete mit deinem Engagement.»

«Du hast die Liste, die von den Konzertgästen hast du bereits gestern bekommen. Wo liegt das Problem?» Michelle wusste, dass Ambühl im Moment keine Handhabe hatte, die Gäste zur Befragung aufzubieten.

«Hör zu, ich werde es noch einmal mit dem Untersuchungsrichter besprechen. Vielleicht gibt es eine andere Lösung», sagte Ambühl und verliess die Bar.

***

Fede erwachte, als Max die Nachtvorhänge von den Fenstern zog. Ein Goldton durchflutete das Zimmer.

Sie blinzelte. «Seit wann bist du *vor* mir wach?» In der Regel musste sie Max aus dem Bett bugsieren. Darüber, dass sie im Gegensatz zu ihm zu wenig schlief, hatten sie schon in Endlosdiskussionen geschwelgt. Unter acht Stunden sei ungesund. Max vermochte ausserordentlich gut, seine Nachtruhe und das Ausschlafen zu rechtfertigen.

«Ich habe schlecht geschlafen.»

Fede setzte sich gähnend auf. «Was ist der Grund?»

«Du kannst dir etwa vorstellen, weshalb. Ich habe Muskelkater in den Armen, und die Handgelenke schmerzen.»

Nachdem sie die Gegend unterhalb der Jatzhütte inspiziert hatten, waren sie gestern mit den Bikes langsam und vorsichtig über den Trail ins Sertigtal gefahren. Eineinhalb Stunden waren sie unterwegs gewesen, und es hatte ihnen wahrscheinlich mehr an Kraft abverlangt als manchem Biker, der den Weg in zwanzig Minuten schaffte. Fede hatte immer wieder auf Max warten müssen. Er hatte sich etwas unbedarft angestellt. Und wenn sie ihn darauf angesprochen hatte, wich er ihr mit den Worten aus, wie sehr er die Natur geniesse. Kurz vor Sertig waren sie in einen Wald eingetaucht, der auch Fede ehrfürchtig werden liess, im Angesicht dieser wilden, von würzigen Gerüchen verzauberten Landschaft.

«Schlimm?» Fede strampelte die Decke zurück, verliess das Bett und ging zum Fenster.

Auf dem Bahnhofplatz wimmelte es von Touristen, und über den Asphalt flackerten Schatten im Wettlauf mit dem Licht. Dem Sonnenstand nach zu urteilen, musste es bereits zehn Uhr sein. «Warum hast du mich nicht eher geweckt?» Fede blieb stehen. Es ärgerte sie. «Der halbe Tag ist um, und du lässt mich schlafen.»

«Mich hat's gefreut.»

Fede vermutete, dass dem nicht so war. Es musste andere Gründe geben. Max liess das Frühstück nicht gern aus. Das Buffet im Speisesaal war zu lecker, um es nicht anzurühren.

«Cheyenne hat uns gesucht.» Max tigerte vom Bett zum Pult und wieder zurück. Dabei rotierte er die Handgelenke. «Sie möchte unsere Dienste in Anspruch nehmen. Ich habe zugesagt.»

Fede musste das zuerst verdauen. Max machte also einen Unterschied zwischen ihren und seinen Entscheidungen, auch wenn es um das Gleiche ging. Nicht lange war es her, dass er sie deswegen belächelt und ihre gemeinsamen Ferien als Grund angegeben hatte, weshalb sie sich nicht in die seltsamen Vorkommnisse im Hotel einmischen sollten. «Wenn du meinst, es sei richtig. Aber ich möchte nicht in die Polizeiarbeit pfuschen.»

«Das werden wir nicht. Cheyenne geht es darum, dass wir zuerst herausfinden, wo Buchanan steckt.»

«Das wüsste ich auch gern.»

«Ich schlage vor, wir skizzieren einen Plan, wann wo was passiert ist.»

«Es scheint, als hättest du dir bereits ausführlich Gedanken darüber gemacht.» Fede ging ins Badezimmer, das durch eine Milchglastür vom Schlafzimmer abgetrennt war. Der Spiegel warf ihr das Bild eines morgendlichen Desasters entgegen. Ihre wilde Mähne bewies, dass sie während der Nacht unruhig geschlafen hatte. Ein Klacks eiskaltes Davoser Wasser ins Gesicht erfrischte sie.

Max war beim Durchgang stehen geblieben. «Das würde sie selbstverständlich etwas kosten. Damit hätten wir unsere Ferien finanziert.»

«Ferien nennst du es, wenn wir einem verrückten, divenhaften Musiker hinterherrennen?»

«War es nicht deine Idee? Deswegen bin ich havariert.» Wie zum Beweis, wie schlecht es ihm ging, knetete Max die Handflächen.

«Lass mich zuerst duschen. Dann hätte ich gern einen schwarzen Kaffee.»

«Den werde ich holen.»

«Und du verzichtest aufs Frühstück?»

«Ausnahmsweise.»

Fede hörte, wie die Tür ins Schloss fiel. Sie stellte sich unter den Duschkopf und liess lauwarmes Wasser über Haar und Körper rieseln.

Die Beziehung mit Max war im Verlaufe des letzten Jahres schwierig geworden. Er war unterfordert, oft unzufrieden und machte sie dafür verantwortlich. Keine gute Voraussetzung für eine dauerhafte Partnerschaft. Fede war nicht bereit, ihre Selbstständigkeit aufzugeben, um seinem Ego zu schmeicheln oder das zu erledigen, was bislang Milagros getan hatte. Zum Beispiel seine Kleider waschen und bügeln. Es war nicht ihre Idee gewesen, die Detektei aufzulösen. Aber sie hatte damals weitergedacht, und der Job in der IT-Firma am Zürichsee war eine gute Alternative, zumal sie mit dem Bauernhof und den wenigen Tieren nicht ausgelastet war. Zudem gab es ihren Mitbewohner Chrigi, der nicht die Absicht hatte, sein Leben zu ändern. Im Gegenteil: Er hatte sich ans Landleben gewöhnt, wollte zwischen Hühnern und Kühen alt werden und weiterphilosophieren.

Die Detektei existierte noch immer. Max nahm lapidare Fälle an. Doch mit einem Bein stand er bereits in einer Anwaltskanzlei, wenn auch bloss in einer imaginären.

Fede verliess die Duschkabine. Sie wickelte sich in ein Frotteetuch, trocknete mit einem kleineren Tuch ihre Haare. Im Schrank suchte sie nach passender Kleidung und zog sich danach an. In dem Augenblick, als sie ihre Mähne entwirrte, vernahm sie von draussen einen gutturalen Schrei. Nicht sicher, ob er von der Strasse oder vom Korridor gekommen war, öffnete sie zuerst das Fenster. Ein frischer Wind schlug ihr entgegen. Sie atmete tief ein. Unten das gewohnte Bild: Biker, Wanderer, Mütter mit ihren Kindern. Über dem Jakobshorn hatten sich Kumuluswolken gebildet, die wie kleine Segelschiffe am Himmel südwärts zogen.

Fede ging zurück, band ihre Haare mit einem Gummi zusammen und öffnete die Zimmertür. Vorerst sah sie nichts, das aussergewöhnlich war und ihre Aufmerksamkeit auf sich gezogen hätte. Der Wagen des Housekeepings stand verlassen da. Doch dahinter, kaum zu erkennen, ein Schatten auf dem Teppichboden. Dann dieser Laut, der sich wie das Winseln eines Hundes anhörte.

«Hallo?» Fede griff nach ihrer Schlüsselkarte, steckte sie ein.

Das Winseln wurde zu einem Stöhnen und kam eindeutig aus der Richtung, in der sich der Wagen befand. Fede ging an zwei Zimmertüren vorbei und erschrak. Auf dem Boden vor der Nummer 202 lag eine Frau in gekrümmter Haltung. Der Rollstuhl war gekippt. Sofort war Fede bei ihr. «Sind Sie verletzt?» Es war ihr unangenehm, die Frau hier hilflos liegen zu sehen.

«Ich kann nicht aufstehen, aber ich bin selbst schuld. Entschuldigen Sie bitte die Unannehmlichkeiten. Wenn Sie bitte den Rollstuhl aufstellen könnten?»

«Wie ist denn das passiert?» Fede richtete den Rollstuhl auf, wunderte sich, weshalb er umgefallen war. Er war leichter, als sie erwartet hatte. Dann half sie der Frau auf die Beine, soweit diese sie trugen, und unterstützte sie dabei, als sie sich hinsetzte.

«Ich wollte zu Dave. Aber er scheint nicht da zu sein. Weder reagiert er auf meinen Anruf ins Zimmer noch auf die Nachricht auf sein Handy. Beim Drücken des Türgriffs verlor ich das Gleichgewicht, weil ich mich zu stark nach vorne gelehnt hatte. Herzlichen Dank. Sie sind sehr nett.»

«Keine Ursache. Kann ich Sie auf Ihr Zimmer begleiten?»

«Es befindet sich im sechsten Stock, im andern Hoteltrakt.» Die Frau schenkte Fede ein schwaches Lächeln, das ihre einstige Schönheit verriet. Ein grosses Leid hatte Spuren in ihr Gesicht gezeichnet. Die Wangenknochen stachen scharf ab. «Ja, gern. Ich brauche jetzt etwas Ruhe nach dieser Aufregung.»

Fede konnte es nachvollziehen. «Wer ist Dave?» Sie legte ihre Hände um die Griffe des Rollstuhls und schob diesen durch den Korridor zum Lift.

«Er ist mein persönlicher Chauffeur. Mutter wollte, dass er mich begleitet.»

«Sorry, es geht mich nichts an.»

«Keine Ursache. Ich heisse Solea Morell.» Sie streckte ihren dünnen rechten Arm aus.

«Federica Hardegger. Freunde nennen mich Fede.» Sie reichte Solea die Hand. «Waren Sie am Samstagabend auch beim Konzert?» Die Frage war ihr, ohne zu überlegen, über die Lippen gekommen.

«Ja. Wir wurden deswegen befragt. Und Sie?»

Fede drückte den Liftknopf. «Weshalb befragt?» Sie gab sich unwissend.

«Haben Sie nicht gehört, dass ein Musiker der Buchanan Five vergiftet wurde?» Solea streckte ihren Rücken, als hätte diese Frage ihr auf wundersame Weise etwas Kraft verliehen. «Die

Polizei war gestern im Haus. Sie wollen alle Hotelgäste befragen … na, so was, die war nicht bei Ihnen?»

Ein Höhepunkt im Leben dieser Frau, ging Fede durch den Kopf. In ihrem Zustand boten sich Solea nicht viele Möglichkeiten. Um grössere Ausflüge zu unternehmen, war sie auf ihren Chauffeur angewiesen. Fede verstand nicht, weshalb sie hier im Hotel logierte. Möglicherweise wäre es ihr zu Hause wohler gewesen. «Machen Sie Ferien im Grischa?»

Der Lift erreichte die Etage. Fede schob den Rollstuhl in die Kabine. Sie drückte ins Erdgeschoss.

«Ferien? Ich bin hier, weil ich etwas … Altes aufarbeiten muss.»

«Aha.» Fede wollte nicht unanständig sein. Sie bohrte nicht weiter. Unten angekommen, stiess sie den Rollstuhl bis zum Lift neben der Rezeption, betrat diesen und fuhr nach oben. Bis sie die oberste Etage erreichten, sah sie schweigend durch die Glasfront, die den Blick auf den Bahnhof und die Ischalp freigab.

«Ich bin in Behandlung.» Solea legte ihren Kopf in den Nacken, um Fede anzusehen, die nun hinter ihr ging. «Mein Körper zerfällt, jeden Tag ein wenig mehr. Mutter meinte, die Davoser Luft würde mir guttun. Haben Sie gewusst, dass früher viele Tuberkulosekranke nach Davos zur Kur kamen?»

Ob sie eine Lungenkrankheit hatte? «Ich habe davon gelesen», wich Fede aus. Das Gespräch wurde ihr zusehends unangenehmer. Sie spürte, wie Solea nach Unterhaltung lechzte, nach jemandem, der ihr die Langeweile verkürzte. Fede war die falsche Person.

Sie brachte Solea bis zu ihrer Zimmertür.

«Möchten Sie reinkommen? Ich kann uns Kaffee oder Tee bestellen.» In ihrem Blick lag ein Betteln.

«Ich sollte zurück. Mein Freund hat mir versprochen, Kaffee zu holen. Sicher wartet er bereits im Zimmer auf mich.»

«Bitte bleiben Sie … nicht lange. Aber ich mag Ihre Gesellschaft. Ich spüre, dass Sie mich verstehen.»

Tat sie das? Fede schwieg und überlegte, wie sie es am besten schaffte, sich mit Respekt und Anstand von Solea Morell zu verabschieden, und kam sich gleichzeitig feige vor. Sie schloss die Tür auf und gelangte in eine Suite. «Oh, Sie wohnen aber schön», konnte sie sich nicht verkneifen.

«Das hat meine Mutter organisiert.» Solea rollte selbstständig bis zum Salontisch.

Diese Mutter hatte in Soleas Leben wohl eine wichtige Rolle inne, dachte Fede. Ob Solea verheiratet war? Oder geschieden? Möglicherweise lebte sie aufgrund ihrer schlechten gesundheitlichen Verfassung bei der Mutter.

«Öffnen Sie den Kühlschrank. Dort hat es Champagner. Wir könnten Champagner trinken.» Solea verzog ihren Mund zu einem bitteren Lächeln. «Dave hat mir die Freude daran wieder zurückgebracht.»

Fede wusste nicht, weshalb sie hier war. War sie Lückenbüsserin?

«Bitte», sagte Solea, als Fede sich umdrehte, um die Suite zu verlassen.

«Tut mir leid, ich habe zu tun.» Fede verabschiedete sich. Unter der Tür drehte sie sich um. «Seit wann logieren Sie im Hotel Grischa?»

«Ich kam am letzten Donnerstag hier an.»

«Wann haben Sie eingecheckt?»

«Um halb fünf. Warum interessiert es Sie?»

«Die Buchanan Five trafen am gleichen Tag hier ein.» Fede bemerkte, wie Röte in Soleas Gesicht schoss. «Erinnern Sie sich?»

Solea wandte sich ab. «Ja, die Musiker checkten ein, als ich im Foyer auf Dave wartete.»

«Ist Ihnen etwas aufgefallen, das ungewöhnlich war?» Fede musste diese Frage stellen. Sie hatte sich kurzfristig entschieden, Jack Buchanans Spur aufzunehmen. Jede Person, die ihn gesehen oder getroffen hatte, konnte ein wertvoller Zeuge sein.

«Ich weiss nicht. Ich kenne die Band von früher, als ich in Davos in den Ferien war.» Solea lachte nervös auf. «Wer kennt die nicht? Sie hatten damals viel mehr Erfolg als heute.»

«Jack Buchanan.» Fede fügte hinzu: «Er ist der Bandleader.»

«Beim Namen Jack zuckte Solea zusammen. Sie griff fahrig an den Handlauf an den Rädern und entfernte sich rückwärts aus Fedes Nähe. Aus ihren Augen sprühte blanker Hass. «Verschwinden Sie!»

***

Dass Fede nicht mehr auf dem Zimmer war, verwunderte Max nicht. Sie nahm es ihm übel, dass er sie nicht geweckt hatte. In den letzten Tagen hatte sie jede Kleinigkeit zum Anlass genommen, ihn zu kritisieren. Oder, was weit schlimmer war, sie schwieg. In ihrer Beziehung gab sie längst den Ton an. Nichts, was er tat, war in ihren Augen richtig. Seit einem Monat hatten sie nicht mehr miteinander geschlafen. Er hatte sich vorgenommen, sich ihr wieder etwas anzunähern. Die Schuld lag nicht allein bei ihr. Seine Rücksicht auf ihre Befindlichkeiten vermochte sie oft falsch zu interpretieren. Möglicherweise bekundete sie Mühe damit, wenn er versuchte, ihr stets alles recht zu machen. Seit sie in der IT-Firma in Freienbach wieder eine Festanstellung hatte, wich sie ihm aus. Ob es einen anderen Mann gab in ihrem Leben? Die Ungewissheit bohrte sich manchmal wie ein Schwert in seine Brust. Der Gedanke, er könnte Fede verlieren, bescherte ihm schlaflose Nächte. Er litt unter Verlustangst. Seit Vaters Tod zeigte sich diese heftiger denn je.

Jemand betätigte die elektronische Türöffnung. Die Tür ging auf. Fede stand unter dem Rahmen. «Du glaubst nicht, wen ich soeben kennengelernt habe.»

Sie verstand es immer wieder von Neuem, ihn zu überraschen. In solchen Momenten hoffte er, dass alles wieder so sein würde wie früher. Ihre grenzenlose Euphorie brachte alle vorhergehenden Zweifel zum Verschwinden. In solchen Momenten nahm er sie gern in die Arme. Etwas hinderte ihn daran, es auch heute zu tun.

«Du hast Kaffee geholt?» Sie tat so, als hätte sie ihm nie den Auftrag gegeben, diesen auf das Zimmer zu bringen, und machte den Eindruck, sich darüber zu entsetzen. Sie liess sich auf die Couch fallen. «Erinnerst du dich an die Frau im Rollstuhl?»

«Flüchtig. Ist sie nicht mit ihrem Mann da?»

«Mit ihrem Chauffeur, was immer das bedeutet. Sie bewohnt eine Suite im sechsten Stock. Die muss im Geld nur so schwimmen. Sie fährt einen Carbon-Rollstuhl. Den Rolls-Royce unter den Rollstühlen.»

«Den wird ihr die Versicherung zahlen.»

«Ja klar …» Sie warf ein Stück Zucker in die Kaffeetasse und rührte ihn desinteressiert um.

Max kniff die Lippen aufeinander. Hatte er etwas Falsches gesagt? «Wie heisst sie?»

«Solea Morell. Ich möchte gern mehr über sie erfahren.»

«Weshalb interessiert sie dich?»

«Als ich den Namen Jack Buchanan erwähnte, schickte sie mich vor die Tür, obwohl sie vorher auf Freundschaft machen wollte.» Fede klappte den Laptop auf. Sie tippte mit einer Geschwindigkeit auf die Tastatur, was Max zum Schmunzeln brachte. Ja, so kannte er sie. Schnell, ungeduldig, vertieft in ihr Können.

Während sie nach Einträgen über Solea Morell suchte, blätterte Max in der Zeitung, die jemand vom Hotel vor die Tür gelegt hatte. Das Hotel Grischa war Hauptthema.

«Da, ich habe etwas.» Fede drehte den Laptop um, damit Max auf den Bildschirm sehen konnte. «Solea Morell, geborene Favre. Aufgewachsen in Chur, ging dort zur Schule, verbrachte ein Jahr in Davos als Kindermädchen in einer angesehenen Familie, absolvierte später eine Lehre als Schneiderin der Haute Couture in Paris und kehrte zwei Jahre vor ihrer Heirat nach Chur zurück. Ich gehe davon aus, dass dieser Bericht über sie ungewollt veröffentlicht wurde. Hier steht … warte mal … Vor zwei Jahren verlor sie ihre achtjährige Tochter durch einen Unfall.» Fede fuhr mit der Hand heftig auf die Tastatur. «Und weisst du, wo?» Sie sah Max erwartungsvoll an.

«Keine Ahnung.»

«Hier in Davos. Es existiert eine Todesanzeige. Soleas Mann

ist auch aufgeführt. Sein Name ist Valentin Morell. Ihm gehört die Schlosserei Morell in Chur. Sie könnte von ihm getrennt oder geschieden sein. Was wissen wir, was in Eltern vorgeht, wenn sie ein Kind verlieren?»

«Was hat das mit den Buchanan Five zu tun?»

Fede starrte ihn an.

«Komm, sag schon. Siehst du einen Zusammenhang?»

«Widmen wir uns der jungen Frau an Buchanans Seite», wich Fede aus. «Cheyenne hat sie nicht gesehen. Im Hotel sei sie nicht angemeldet.»

«Name?»

«Er nennt sie Chili.»

«Chili, ich erinnere mich. Habe es irgendwo gelesen.»

«Kann alles bedeuten.» Fede suchte nach Einträgen über Buchanan. «Unter ‹Bilder› lässt sich eher etwas finden. Ich weiss ja, wie sie aussieht. Ihrem Alter nach zu urteilen, könnte sie seine Enkelin sein. Die ist keine zwanzig. Ich denke mir, die Boulevardzeitung hat die beiden bereits ins Visier genommen. Ein gefundenes Fressen, wenn der Opa mit ...» Fede schwieg abrupt. «Da, ein Artikel im Klatschheft der Nation. Chili, mit richtigem Namen Gina Hug.»

«Hug? Heisst nicht auch Cheyenne mit Nachnamen Hug?»

«Zufall.» Fede scrollte weiter.

«Dies aus deinem Mund zu hören, überrascht mich.» Sie war nicht zu fassen, jeden Tag von Neuem nicht. Vergessen war der Disput. Hatten sie überhaupt einen gehabt?

«Hug ist ein Allerweltsname.» Fede öffnete eine andere Website. «Über zehntausend Mal allein in der Schweiz.» Sie liess selten eine unbeantwortete Frage im Raum stehen, genauso wenig wie sie Max einen grossen Vorsprung im Allgemeinwissen attestierte.

Fede war manchmal ausserordentlich anstrengend.

Aber er liebte sie und gab nach. Er wusste, dass sie dies nicht tolerierte. Sie brauchte die Auseinandersetzung. Wenn er sie nicht herausforderte, verlor sie ihr Interesse kurzfristig an ihm. Etwas, das ihn manchmal traurig stimmte.

«Glaubst du, Buchanan könnte bei Gina untergekommen sein? Er fühlt sich vielleicht wirklich bedroht.»

«Möglich wäre es. Vielleicht finde ich heraus, wo sie wohnt.»

***

«Wo sind Sie so lange geblieben?» Solea versuchte, eine ernste Miene aufzusetzen, als Dave auf sie zukam.

Er trug ein Tablett. Darauf befand sich eine schlanke Vase mit drei Rosen, zwei Cüpli, eine Schale mit eingelegten Cherrytomaten und eine mit schwarzen Oliven. Dazu Lachsbrötchen auf einem Glasteller. Er stellte das Tablett auf den Salontisch, nahm von ihm die Gläser und den Rest. Er veränderte die Anordnung mehrmals, bis er zufrieden war. Zuletzt zauberte er eine Kerze mitsamt Kerzenständer aus seinem Leinen-Sakko. Er zündete die Kerze mit einem Feuerzeug an.

Was hatte er vor?

Solea sah davon ab, ihn nach seinem Verbleib zu fragen. Es hätte sie entlarvt, und sie hätte zugegeben, ohne seine Hilfe nicht klarzukommen.

Aber da war mehr. Vor allem nachts sehnte sie sich nach seiner Anwesenheit. Nach seiner beruhigenden Art, seiner Aufmerksamkeit ihr gegenüber. Sie war ihm nicht egal. Das spürte sie, seit sie sich zum ersten Mal begegnet waren. Er hatte sie geküsst. Er hätte es nicht getan, wäre sie ihm gleichgültig gewesen. Trotzdem fürchtete sie sich davor, mehr zuzulassen. Sie würde ihn erschrecken. Ihr Körper, der fast nichts Weibliches mehr an sich hatte.

Dave setzte sich ihr gegenüber. Er sah sie lange an. Zu lange. Sie genierte sich, griff nach der Flûte, um sich an etwas festzuhalten. Sie zitterte und schämte sich dafür. Dave, dachte sie. In ihrem tiefsten Innern meinte sie Valentin. Niemals würde sie einen anderen Mann lieben können als Valentin. Sie hatte ihn enttäuscht. Dass er sie verlassen hatte, war die Konsequenz daraus.

Dave hob das Glas. «Auf Ihre Gesundheit.» Wie anständig von ihm, dass er sie noch immer siezte.

Ja, sie hätte alles gegeben, um nur einmal in seinen starken Armen zu liegen, dabei kannte sie ihn kaum. Bislang hatte er wenige Worte über sich verloren.

Sie tranken und stibitzten von den Leckereien. Sie biss von dem Lachsbrötchen ab, das er ihr anbot, sie revanchierte sich mit den Cherrytomaten. Der Champagner löste allmählich ihre Verkrampfung. Daves Nähe fühlte sich gut an.

«Ich muss Ihnen ...» Er lächelte und senkte den Blick. «Ich muss ... ich muss dir ein Geständnis machen.» Er sah sie liebevoll an.

Hatte er etwas ausgefressen? Aber hätte er sie dann *so* angesehen? Solea wusste nicht, ob sie fragen sollte. Sie fürchtete sich vor seiner Antwort.

«Ich habe mich in dich verliebt.»

Solea liess die Olive fallen, die sie sich in den Mund schieben wollte. Der Stich in ihre Brust war heftig, eine Mischung aus Schmerz und süssem Kitzel. «Sag so etwas nicht.» Sie hatte genauso wie er zum intimen Du gewechselt. «Du kennst mich nicht. Und sieh mich an ... das geht nicht. Ich bin krank. Krank, verstehst du?»

«Das hat einen Grund.» In der Suite herrschte einen Moment lang eine beklemmende Ruhe. Bloss ein Rauschen von draussen durchdrang sie. «... Hannah.» Er hatte lange gezögert.

«Hat Mam dir davon erzählt?»

«Sie hat es als wichtig erachtet, mich über die Gründe deines gesundheitlichen Zustandes aufzuklären, sollte ich dich nach Davos begleiten. Ja, sie hat mir restlos alles erzählt.»

«Alles?» Solea fühlte sich in die Ecke gedrängt.

«Von Anfang an. Und ich schwöre dir, ich werde den Feind vernichten.»

«Dave, Schluss jetzt! Du hast zu viel getrunken.»

«Nein, habe ich nicht.»

Lieber Gott, steh mir bei. Solea spürte, wie sich alles in ihr zusammenzog, wie jede Faser ihres Körpers auf Abwehr stand. Die guten Gefühle Dave gegenüber hatten sich abrupt ins Gegenteil gekehrt, zersetzten sich plötzlich in einem Sturm innerer Zerrissenheit. Sie verabscheute ihn. Sie hasste ihre Mutter dafür, weil sie ihm ihre Geschichte erzählt hatte. Selbst wenn sie unter den Problemen ihrer Tochter litt, hatte sie kein Recht dazu, Dave einzuweihen.

Was hatte er in den letzten Tagen unternommen, falls es denn stimmte und er möglicherweise auf einem Vernichtungszug war? Solea versuchte, die Zeit, in der Dave bei ihr gewesen war, zu rekonstruieren. Sie schloss die Augen. Da kam nichts. Keine Erinnerung. Es war, als hätte Daves Geständnis ihr Gedächtnis ausgelöscht. «Von Anfang an?» Es war wie ein Aufschrei. «Dann kennst du auch die Geschichte um die Buchanan Five?»

«Ja, auch diese ...»

ACHT

Florian Gansner, seit zehn Jahren erfolgreicher Direktor des Hotels Grischa, hatte sich lange überlegt, wen er zu dieser ausserordentlichen Sitzung einladen sollte. Es war an der Zeit, sein Krisenmanagement einzuberufen. Seit dem verheerenden Vorfall in der Samstagnacht waren zwei Tage vergangen. Die Polizei hatte seit heute Morgen Dauerpräsenz. Dies warf kein gutes Licht auf das Hotel. Zu allem Überfluss war er von seinen Freunden des Organisationskomitees «Davos Klosters Sounds Good» bereits mehrmals aufgefordert worden, das «leidige Problem» so schnell wie möglich zu beseitigen. Was daran hätte leidig sein sollen, war Gansner nicht bewusst. Zwei Musiker waren in seinem Hotel ausgefallen. Das hatte für negative Stimmung unter dem Organisationskomitee gesorgt.

Gansner hatte Dario Ambühl, der die Ermittlungen leitete, gebeten, möglichst im Hintergrund zu recherchieren. Der junge Leutnant hatte es ihm versprochen. Ambühl war ein gern gesehener Gast. Mit ihm hatte Gansner schon oft bis spät in die Nacht gefeiert, bevor Allegra Cadisch in sein Leben getreten war.

Und jetzt das hier. Gansner legte die Zeitung auf den Tisch. Das Hotel Grischa stand in den Schlagzeilen des Boulevardblatts. Zum ersten Mal hatte das Hotel es auf das Titelblatt sowie auf zwei weitere Seiten im Innenteil geschafft. Weder der Eröffnungszeremonie vor zehn Jahren noch den verschiedenen Veranstaltungen für Sport, Musik und Literatur war so viel Aufmerksamkeit gewidmet worden wie dem «versuchten Mordanschlag» auf einen Musiker. In roten Lettern prangte der ketzerische Titel über dem Bild, auf welchem das Hotel Grischa abgebildet war. Frontal, mit Photoshop so stark manipuliert, dass man glauben musste, man habe es mit einem verwunschenen Schloss in einem Gruselfilm zu tun.

Der Seminarraum lag im ersten Obergeschoss, ein kleiner

Raum mit dem Namen «Schiahorn», nach dem gleichnamigen Berggipfel zwischen den Skigebieten Parsenn und Schatzalp-Strela. Er diente als Sitzungszimmer für auswertige Gäste sowie als privater Dining-Room, oft für ein intimes Dinner zu zweit. Gansners Kadertreffen fanden in unterschiedlichen Räumen statt. Entweder in den Sälen «Rinerhorn», «Jakobshorn», «Schatzalp» oder «Parsenn». Er mochte die Abwechslung, und je nach anderweitiger Besetzung musste er mit dem einen oder anderen Saal vorliebnehmen.

Die Sitzung war auf zwei Uhr anberaumt, die einzige Zeit im Verlaufe des Tages, in der ein wenig Ruhe einkehrte. Um zwei war die Hauptküche geschlossen, die meisten Gäste waren ausser Haus.

Es klopfte. Die Tür ging auf. Michelle Flury steckte den Kopf herein. «Hallo, Chef. Bin ich zu früh?»

«Komm rein. Wir können schon mal vorbesprechen.»

Michelle war eine fleissige Mitarbeiterin, die Gansner vor drei Jahren ins Team geholt hatte, nachdem sie von einer Kanadareise zurückgekehrt war. Sie sprach nicht nur fliessend Englisch, auch Französisch beherrschte sie und ein wenig Italienisch.

«Krisensitzung tönt nicht gut.» Michelle ging zum Tisch. Sie fasste nach der Zeitung. «Und dieser Bericht … eine Schweinerei ist das.»

«Ich weiss nicht, ob ich darüber lachen soll.» Gansner griff nach der Wasserkaraffe und zwei Gläsern, die auf der Tischmitte bereitstanden. «Ich wollte, ich könnte locker damit umgehen. Immerhin ist es Werbung für unser Hotel.»

«Ich weiss, was du meinst: lieber Negativschlagzeilen als gar keine.»

«Nur stellt sich mir die Frage, woher die Presse so schnell von diesem Unglück erfahren hat und woher die Zuständigen wissen, dass es sich um eine Giftattacke handelt. Ambühl sagte mir, die Polizei habe ein kurzes Statement abgegeben. Von Gift sei nicht die Rede gewesen.»

Michelle hob ihre Augenbrauen. «Es ist nicht unsere Schuld. Was in der Samstagnacht passiert ist, hat *nichts* mit dem Hotel

Grischa zu tun. Aber», sie fuhr nachdenklich mit dem Zeigefinger an den Mund, «während des Abends waren einige Leute von der Presse da. Es ist naheliegend, dass später darüber geschrieben wird. Ein guter Journalist recherchiert.»

Gansner ging nicht auf Michelles Bemerkung ein. «Offenbar muss man heute Unvorhergesehenes in Erwägung ziehen.» Er wusste von den Sicherheitsvorkehrungen, die man an grösseren Konzerten leisten musste. In den Grossstädten waren Schutzkonzepte Pflicht. Doch er konnte sich nicht vorstellen, zukünftig seine Gäste durch eine Barriere passieren zu lassen, in der sie durchsucht oder gescannt würden. Niemand rechnete mit einem terroristischen Anschlag. «Wahrscheinlich hat es mit etwas Persönlichem zu tun», sagte er.

«Wir werden weiterhin die Konzerte abhalten, oder?» Michelle wirkte angespannt.

«Gehen wir davon aus, dass es eine einmalige Sache war. Auf jeden Fall.»

«Ich bin mir nicht sicher. Cheyenne Hug, die Managerin der Buchanan Five, vermisst seit Samstagabend ihren Bandleader, nachdem er sich im Spital selbst entlassen hat. Vielleicht sollten wir sie zurate ziehen.»

Gansner hatte es bis anhin verdrängt. Buchanan hatte einen Unfall. Horse war sein Ersatz. Ob es da einen Zusammenhang gab, wollte er nicht glauben. «Ich habe einen besseren Vorschlag.»

Bevor er weiterreden konnte, ging die Tür auf. Einige Kadermitglieder betraten den Seminarraum. Chatrina Pleisch, Chefin des Housekeepings, Anna Vanoli, Personalchefin, Titus Kessler, Chef der Gastronomie, sowie Jöri Fient, Marketing, und Rätus Wolf, Salesmanager.

Gansner grüsste und stutzte. «Sind Emma und Ladina nicht im Hotel?»

«Sie haben sich entschuldigt», sagte Fient. «Emma hat heute ihren freien Tag, und Ladina war unpässlich.»

«Ihr wisst, weshalb ihr hier seid?» Gansner ging davon aus, dass die Nachricht bereits die Runde gemacht hatte.

«Eine unangenehme Sache.» Kessler setzte sich als Letzter. «Wenn man das Wort Gift hört, denkt man gleich an die Köche.»

Allgemeines Gelächter durchwogte den Raum.

Gansner vermochte nicht, ein Schmunzeln zu verkneifen. Kessler war für seinen trockenen Humor bekannt.

«Die Bullen standen gestern Morgen ohne Voranmeldung in Manuels Küche. Sie erkundigten sich danach, ob William Hengst, also Billy Horse, bei uns gegessen habe und was es gewesen sei.»

«Da sucht man wahrscheinlich die Nadel im Heuhaufen», bemerkte Anna.

«Nicht beim Küchenchef», erwiderte Kessler. «Er erinnerte sich daran, dass er am Samstagmittag ein Club-Sandwich ins Zimmer 302 geschickt hatte, zusammen mit einem Krug Fencheltee.»

«Den Rest davon hatte Horse im Korridor auf den Boden gestellt», sagte Chatrina. «Nicht sehr schicklich. Der Abfall landete später in der Schweinetonne. Das habe ich der Polizei bereits mitgeteilt.»

«Deshalb machten die Bullen ein Zeter und Mordio wegen der Essensreste.» Kessler kratzte sich am Kinn, auf dem ein Ziegenbockbart wuchs. Er gab ihm ein etwas verwegenes Aussehen. «Der Casserolier hat sich darüber empört, weil die Polizisten darauf bestanden, die Tonne mitzunehmen.»

«Glaubten die allen Ernstes, Gift darin zu finden?» Michelle regte sich sichtlich auf.

Gansner war nicht wohl bei dieser Sache. Er durfte sich nicht ausmalen, was geschehen würde, sollten die Lebensmittelinspektoren aufgeboten werden, ihre Küche nach verdorbenen Lebensmitteln zu untersuchen. Bislang war es nie der Fall gewesen.

«So weit sei es nicht gekommen», wusste Fient zu berichten. «Wie ich vernommen habe, befand sich das Gift am Saxophon.»

«Und woher hast du diese Neuigkeit?» Gansner wusste nichts davon.

Fient deutete auf die Zeitung. «Steht auch drin. Hast du's nicht gelesen?»

Gansner verneinte. «Ich hab's bloss überflogen. Das hat mir gereicht.»

«Alles pure Spekulationen», fand dagegen Kessler. «Papier nimmt alles an.»

«Oder es gibt ein Leck … unter der Belegschaft.»

«Wie kommst du auf diese absurde Idee, Jöri?» Michelle warf zuerst Fient, dann Gansner einen fragenden Blick zu. «Wir ziehen doch alle am gleichen Strang. Was sagt denn unser Chef dazu?» Sie sah ihn herausfordernd an.

«Ich habe einen Vorschlag, wie wir elegant aus dieser Sache herauskommen.» Gansner war für ein rasches Handeln. Ihm lag viel daran, die Normalität ins Hotel Grischa zurückzubringen. Probleme gab es nicht für ihn, nur Lösungen. «Wir haben einen Detektiv im Haus respektive ein Detektivpaar, Maximilian von Wirth und Federica Hardegger. Ich wüsste es nicht, hätte mich Cheyenne Hug nicht auf die beiden aufmerksam gemacht. Bevor noch mehr Polizisten im Hotel ein und aus gehen und unsere Gäste verunsichern, schlage ich vor, von Wirth und Hardegger als Schnüffler einzustellen.»

«Das wird Dario Ambühl nicht freuen», sagte Michelle.

«Da bin ich nicht so sicher. Die Davoser Polizei ist unterbelegt wegen der Sommerferien. Möglicherweise ist sie froh um jede Hilfe.»

«Ein Detektivpaar.» Wolf, der bis anhin geschwiegen hatte, äusserte seine Bedenken. «Die machen das bestimmt nicht gratis.»

«Das lass mal meine Sorgen sein.» Gansner hatte ein gutes Gefühl, was von Wirth betraf. Er war nicht unvorbereitet an die Kadersitzung gekommen und hatte bereits im Vorfeld Informationen über die Detektive eingeholt. Vor einem Jahr hatten sie in Interlaken den Kopf eines Pädophilenrings hinter Gitter gebracht und zwei Chinesinnen aus den Fängen brutaler Ehemänner gerettet. Nebst lapidaren Fällen gab es einige, die zu reden gegeben hatten. Zwar galt das Paar als unkonventionell und einstweilen etwas eigenwillig, die grossen Fälle hatte es mit einem hundertprozentigen Erfolg gelöst.

«Wie willst du dies anstellen?», fragte Michelle.

«Ich habe mit ihm bereits Kontakt aufgenommen.» Gansner machte eine nachhaltige Sprechpause, in der er seine Leute nachdenken liess. Er reichte die Wasserkaraffe herum, sah zwischendurch auf seine Armbanduhr. Er hatte sich mit von Wirth um halb drei verabredet. «In fünf Minuten wird er hier eintreffen.»

***

«Was glaubst du?», fragte Max auf dem Weg zum Lift. «War es ein kluger Entscheid, auf Gansners Anliegen einzugehen?» Sie hatten in der Pulsa-Bar einen Caesar-Salat gegessen, nachdem sie auf das Frühstück verzichtet hatten.

Fede blieb vor der Lifttür stehen und drückte den Knopf. «Ich kann es nicht beurteilen. Für uns heisst es aber, dass wir uns von nun an nicht mehr ganz so frei bewegen können. Dass wir Privatdetektive sind, ist bei vielen hier im Hotel kein Geheimnis mehr.»

Sie hatte «wir» gesagt. Max freute es, wollte es jedoch nicht kommentieren. «Das glaube ich nicht. Woher sollten sie es wissen?»

«Cheyenne wird sicher dafür gesorgt haben, damit es alle erfahren.»

Max grinste vor sich hin. Cheyenne war zwar redselig, dennoch traute er es ihr nicht zu. «Wartest du im Zimmer auf mich?» Er küsste Fede auf den Mund, bevor sie die Kabine betrat.

«Ja, ich werde mich mal über Gina Hug schlaumachen.»

«Ich gehe zum Seminarraum. Er liegt eine Etage höher.»

«Alles klar. Wir sehen uns später.»

Die Lifttür schloss sich. Max wandte sich dem Korridor zu, der bis zum Foyer führte. Er hatte damit gehadert, als der Hoteldirektor ihn persönlich ansprach. Aus seiner Bitte war zu entnehmen gewesen, dass er ziemlich unter Druck stand. Das Jazzfestival forderte ihn bereits genug. Mit dem Zwischenfall bei den Buchanan Five hatte niemand gerechnet, schon gar nicht mit einem Opfer, das ums Überleben kämpfte.

Max stand wenig später vor dem Sitzungszimmer mit dem Namen «Schiahorn». Noch zögerte er anzuklopfen. Was erwartete man von ihm? Es schien ihm heikel, eine Mission auszuführen, in die die Polizei bereits involviert war. Andererseits konnte er Gansner gut verstehen. Er wollte möglichst kein Aufsehen während der Jazztage. Diese würden bis nächsten Sonntag dauern. Befürchtete er, das Drama könnte sich wiederholen? Max hatte das Schmierblatt gelesen. Es war nichts Neues, wenn der Boulevard bei einem Vorfall, wie er im Hotel Grischa passiert war, masslos übertrieb. Es ging dem Herausgeber nicht um präzise Berichterstattung, sondern um schockierende Schlagzeilen. Max fragte sich, wie die Zeitung an die Informationen, das Opfer sei vergiftet worden, gelangt war. Möglicherweise beruhte es auf einer simplen Annahme. Jemand musste die Zeitung informiert haben, wie Horse vor dem Mund geschäumt hatte. Da lag die Vermutung nahe, es könnte sich um eine Vergiftung handeln.

Die Redaktion rief die Leserschaft dauernd auf, ihr Fotos und Videos zuzustellen, von Vorfällen, bei denen sie Zeuge gewesen waren. Es winkte sogar ein Honorar. Es war wie eine Aufforderung, die Mitmenschen zu denunzieren, nicht bloss Unfälle, sondern auch Verfehlungen zu melden.

Max klopfte an die Tür.

Das also waren seine Ferien. Anstatt mit dem Bike ins Dischmatal zu fahren, was er vor dem Mittag in Erwägung gezogen hatte, wartete er auf Einlass zu einer Sitzung.

Die Tür wurde geöffnet. Im hellen Gegenlicht erkannte er nicht gleich, wer ihn hereinbat.

«Hallo, Herr von Wirth, danke, dass Sie gekommen sind.» Erst jetzt nahm er die Frau von der Etage wahr, die ihm neulich begegnet war. «Mein Name ist Chatrina Pleisch, die Gouvernante.»

Max reichte ihr die Hand, trat endlich ein. Sieben Augenpaare waren auf ihn gerichtet. Er nickte in die Runde, schritt auf Gansner zu, mit dem er am Mittag gesprochen hatte, und setzte sich auf einen ihm angebotenen Stuhl. Max befürchtete, die Erwartungen der Anwesenden könnten hochgesteckt sein. Wenn man seine Dienste in Anspruch nahm, geschah das in der Regel aus Verzweiflung.

«Wir haben uns bereits darüber unterhalten, worum es geht», sagte Gansner. «Ich muss diesem unverhältnismässigen Wirken der Polizei hier Einhalt gebieten. Es kann nicht sein, dass sie unsere Gäste vergrault. Obwohl ich Leutnant Ambühl das Versprechen abgenommen habe, seine Leute würden zurückhaltend agieren, spürt man seit heute Morgen eine Unruhe im Haus. Ich möchte, ich könnte für meine Gäste die Hand ins Feuer legen. Das Restrisiko, dass jemand unter ihnen kriminell ist, bleibt. Es sind einige Gäste hier, die extra für die Jazztage angereist sind. Unter dem Jahr sehe ich diese nicht. Es ist ein eigenes Volk, genauso wie die Musiker. Ich bin ein positiver Mensch, Herr von Wirth. Allmählich macht mir die angespannte Situation jedoch Kummer.»

«Was erwarten Sie von mir, was die Polizei nicht auch könnte?»

«Ihr Beruf bringt es gewiss mit, dass Sie sensibler auf Veränderungen reagieren als andere. Glauben Sie mir, ich habe lange mit mir gerungen, ob ich Sie ansprechen soll. Sie sind in den Ferien, und es ist unverschämt von mir, Sie da hineinzuziehen. Aber man hat Sie mir empfohlen. Und ja, da sind Sie.»

«Lassen Sie es gut sein.» Max verabscheute solches Gebaren. Er stand nicht gern im Mittelpunkt, wenn es um seinen Beruf ging. Andererseits fühlte er sich verpflichtet, im Rahmen seiner Möglichkeiten zu helfen. «Ich habe mich sehr auf diese Ferien gefreut. Die Vorkommnisse im Hotel gehen leider nicht spurlos an mir vorbei. Unter uns gesagt», Max sah in die Runde, «habe ich mit eigenen Recherchen bereits begonnen. Aber aus dem Grund, weil Fede … Federica, meine … Frau, die Buchanan Five und insbesondere deren Managerin Cheyenne Hug gut kennt. Ich bin unfreiwillig in etwas hineingeschlittert, aus dem es für mich kein Entkommen gibt.»

«Das heisst, wir können auf Ihre Unterstützung zählen?»

Max sah Gansner an, wie dieser sich entspannte.

«Wäre es Ihnen recht, sogleich einen kleinen Vertrag aufzusetzen und Ihr Honorar festzulegen?»

Max wusste nicht, was er davon halten sollte. Er hatte einen fixen Stundenansatz, er und Fede würden nun nicht mehr Ferien machen, sondern im Hotel Grischa arbeiten. «Unsere Dienste sind nicht ganz billig. Kost und Logis gratis?» Max räusperte sich. «Und die Differenz cash ausbezahlt.» Er wartete gespannt auf Gansners Reaktion.

Dieser überlegte, dann neigte er sich zu Max hinüber. «Für die Buchhaltung dürfte es nicht ganz einfach sein.»

Max befürchtete, Gansner könnte ihn der Steuerhinterziehung bezichtigen. «Dann rechnen wir es comme il faut ab.»

«Ich sehe, wir verstehen uns.» Gansner legte die Hände auf den Tisch. Er schien zufrieden.

«Ich brauche Ihre Gästeliste.» Max wollte keine Zeit verlieren. «Und möglichst alle Angaben, die vorhanden sind. Wohnort und Geburtsdatum.»

«Da haben wir ein erstes Problem», sagte die Frau an Gansners Seite, die sich mit Michelle Flury vorgestellt hatte. «Die Gästeliste kriegen Sie, aber keine anderen Angaben.»

«Sie haben recht. Datenschutz.»

«Trotzdem müssen wir aufpassen», sagte Jöri Fient, der Marketingmanager. «Unsere Gäste sind per se nicht verdächtig.»

«Jeder Gast könnte ein potenzieller Täter sein», erwiderte Max. «In meinen Beruf muss man mit dem Schlimmsten rechnen. Tatsache ist, dass in der Samstagnacht ein Musiker auf Ihrem Grund und Boden vergiftet wurde, um das Kind beim Namen zu nennen. Am Freitag vorher wurde auf den Bandleader Jack Buchanan ein Sabotageakt verübt. Sein Sturz mit dem Bike geschah nicht von ungefähr.» Max war sich der Tat nicht sicher. Doch sein Hinweis zeigte Wirkung. Am Ende waren alle damit einverstanden, dass er seine Arbeit aufnahm.

Michelle druckte die Gästeliste aus sowie sämtliche Angaben, die beim Touristenbüro gelandet waren.

«Können wir sonst wie helfen?» Gansner rieb sich die Hände. «Sollen wir den Rest unserer Mitarbeiter informieren?»

«Auf keinen Fall.» Max erachtete dies als zu gefährlich. Nicht jeder konnte damit umgehen, Leute heimlich zu beobachten. «Ich werde mir aber das Recht herausnehmen, mit dem einen oder anderen zu sprechen. Leider sind auch alle Mitarbeiter verdächtig. Mit der vollständigen Mitarbeiterliste wäre mir sehr gedient.»

Nachdem die Kadermitglieder den Seminarraum verlassen hatten, nahm Gansner Max zur Seite. «Ich wusste nicht, dass auf Jack Buchanan ein Anschlag verübt wurde.»

«Wir müssen es ernst nehmen», sagte Max. «Der Musiker ist seit Samstagabend verschwunden. Ob er tatsächlich sabotiert wurde, kann ich zurzeit nicht mit Bestimmtheit sagen. Fede ... Federica und ich ermitteln bereits in diese Richtung. Sollte Ihnen etwas Verdächtiges auffallen oder in den Sinn kommen, Sie wissen, wo ich zu finden bin. Und noch etwas.» Max überlegte, ob er diesen Rat anbringen durfte. «Werfen Sie vor jedem Konzert einen Blick in die Taschen Ihrer Besucher.»

«Das kann ich unmöglich, das verstiesse gegen unsere Prinzipien.»

«Gegen welche?»

«Dass sich unsere Gäste hier frei bewegen können und sie nicht unnötig belästigt werden.»

«Glauben Sie mir, wenn es um die Sicherheit geht, werden die Leute zu Lämmern. Zudem lähmt Angst. Die Medien haben zur Genüge für Panikmache gesorgt.»

***

«Hast du nicht gesagt, Jacks Frau Linda sei angekommen?» Fede sass mit Cheyenne in der Pulsa-Bar, nachdem Cheyenne vom Jakobshorn zurückgekehrt war. Es war halb sieben. Allmählich füllte sich die Bar mit Gästen.

«Ja, aber sie logiert in einem anderen Hotel.»

«Was ist der Grund?»

«Sie und Jacky sind bloss auf dem Papier ein Paar, schon vergessen? Jacky geht mit Chili … das bereits seit einem halben Jahr. Glaubt sicher, sie sei sein Jungbrunnen.»

«Akzeptiert es Linda?»

«Was bleibt ihr anderes übrig?» Cheyenne lachte ins Glas, in dem ein Wald von Minzblättern schwamm, umgeben von Eiswürfeln. «Sie würde auf allen Ebenen verlieren. Sie ist über sechzig, hat Jacky in den Jahren verwöhnt, indem sie seine Putzfrau und Köchin war. Sollte sie sich scheiden lassen, bekäme sie nichts. Sie haben Gütertrennung. Bei seinem Ableben bekäme sie *alles*. Das weiss ich zufällig.»

Wäre auch ein Motiv, um Buchanan um die Ecke zu bringen, dachte Fede. «Hast du Kontakt zu ihr?»

«Im Moment habe ich andere Sorgen. Ich nehme an, sie ist im Hotel Schweizerhof abgestiegen.»

«Hat sie nicht nach Jack gefragt?»

«Sie versuchte mehrmals, mich anzurufen. Ich habe ihre Anrufe nicht entgegengenommen.»

«Bist du sicher, dass sie erst auf dem Weg nach Davos war, als Jack im Spital war? Könnte es sein, dass sie sich bereits in Davos befand?»

«Jesses Maria … du glaubst doch nicht, dass sie Jacky etwas angetan hatte. Du solltest sie mal sehen. Linda rast zwar mit ihrem Z4 durch die Gegend, aber auf das Jakobshorn schafft sie es nicht, geschweige denn auf den Sertig Trail.»

«Sie könnte jemanden angestiftet haben, ihm eine Falle zu stellen.»

«Eine solch blühende Phantasie möchte ich auch mal haben. Linda ist frustriert, darum isst sie ja so masslos. Sie wird immer dicker. Aber sie liebt ihren Jacky, trotz allem. Es wäre naheliegender, wenn sie in ihrer Situation Chili umgebracht hätte.»

So denkt ihr also in diesen Kreisen, ging Fede durch den Kopf. Eine nicht sehr intelligente Überlegung. Sie widmete sich ihrem gespritzten Weissen, derweil sie dezent ihre Umgebung im Auge behielt. Die Old Time Jazz Band, bestehend aus sechs Musikern fortgeschrittenen Alters, hatte es sich auf einer der Sitzlandschaften vor dem Cheminée gemütlich gemacht. Augenscheinlich gab es noch ältere Bands als die Buchanan Five. Vis-à-vis hatte sich eine Gruppe ebenso alternder Groupies niedergelassen, die von auswärts gekommen waren. Ihre anzüglichen Bemerkungen entlarvten den Grund ihrer Anwesenheit.

Nicht Fedes Welt, trotzdem eine spannende. Es herrschte eine zwanglose Atmosphäre. Es wurde geredet und gelacht, bis einer der Musiker sein Banjo hervorholte und begann, damit zu spielen. Wenig später hatte ein anderer seine Gitarre in der Hand.

Fede kam es vor wie während eines Schullagers. Im Cheminée züngelten die Flammen, Frauen und Männer rückten zusammen und summten die Melodien mit. Daraus entstanden Lieder, bis alle Gäste in der Bar sangen.

«Genauso sollte es sein, verdammt.» Cheyenne hatte ihre Stimme erhoben. «Nur sähe ich lieber meine Jungs hier sitzen.»

«Wo befinden sie sich?» Fede rückte näher an Cheyenne heran. Sie verstanden sich kaum.

«Noch sind sie in ihrer Wohnung, und Viktoria macht sich in ihrem Zimmer bereit für den Auftritt in der ‹Ex-Bar›.»

«Zusammen mit den drei Davoser Jungs?»

«Nein, diesmal in der Viererformation. Die ‹Ex-Bar› ist nicht gross. Das kommt meiner Band zugute.»

«Hallo, ihr.» Max stand plötzlich da, die Hände auf die Ohren gepresst.

Fede regte sich darüber auf, weil er sich so geziert benahm. Konnte er sich nicht einfach gehen lassen und die ausgelassene Stimmung geniessen?

«Schön laut hier.»

«Kannst dir ja Stöpsel in die Ohren stecken … Spassbremse.»

Max beeindruckte es nicht. «Wir müssen reden.»

Fede wandte sich von Cheyenne ab. «Ich höre.»

«Wir haben den Auftrag.»

«Ach, und welchen Preis hast du ausgehandelt?»

«Kost und Logis für die Dauer unseres ganzen Aufenthaltes gratis.»

«Ach nee … unser Aufwand wird um einiges grösser sein.» Fede gab sich enttäuscht. «Ist wenigstens der Champagner dabei?»

Max lachte laut heraus. «Scherz, wir rechnen ab wie immer.»

NEUN

Wenn sie ans untere Bettende rutschte, sah sie direkt ans Jakobshorn. Und zum Himmel, der die Farbe von Hellblau angenommen hatte. Hellblau wie das Kleid mit der Disney-Figur auf dem Vorderteil. Die Wolken wie Rüschen am Saum.

Solea hatte keine Kraft zum Aufstehen. Den Anruf von Dave hatte sie schnell beendet, mit der Bitte, er möge allein zum Frühstück gehen. Alice vom Housekeeping war bereits hier gewesen und hatte das Badezimmer gereinigt. Um halb zehn schaute Chatrina vorbei, um die Qualitätskontrolle vorzunehmen.

«Wie geht es Ihnen? Alice sagte mir, dass ich vorbeisehen darf.»

«Meine Tochter wäre in diesem Jahr zehn geworden. Eine erste runde Zahl. Am zweiten April ist sie geboren.» Solea machte eine Kunstpause. «Vor zwei Jahren feierten wir meinen dreissigsten Geburtstag. Er hat an Bedeutung verloren, hatte eigentlich nie eine gehabt. Wenn man ein Kind verliert, ist man ein Versager. Ich habe versagt … auf der ganzen Linie.»

«Sagen Sie so etwas nicht.» Chatrina wollte nett sein.

Sie wusste nichts über das Schicksal. Solea sah es ihr an. Sie war etwa im gleichen Alter wie sie und hatte nicht die geringste Ahnung, wie es ist, am Abgrund zu stehen. Dass ein einziger Schritt reichte, um in die Hölle zu fallen. Tiefer, immer tiefer.

«Wenn man Kinder hat, ist die Angst immer präsent», fuhr Solea fort. «Du willst es nicht einsehen, aber der Tod begleitet dich. Er berührt dich immer. Lauert hinterhältig, seit der Geburt deines Kindes. Manchmal flüstert er dir ins Ohr. Dann weisst du, dass du achtsam sein musst. Wenn es Fieber hat oder den Husten. Oder wenn es schreit ob der Koliken. Dann steht er neben dem Babybett und lacht hämisch. Sprich ein Gebet, dann verschont er dich … vielleicht.»

«Frau Morell, geht es Ihnen gut?» Chatrinas Stimme klang besorgt.

«Heute bringt mich nichts aus dem Bett. Nicht mal das schöne Wetter. Ich bin müde. Ich hatte nicht gebetet an jenem Tag. Meine Näharbeit war mir wichtiger. Geh spielen, habe ich gesagt. Hannah, geh … Sie ist gegangen … dabei habe ich schon damals das Unheil gespürt, wie es die kalten Klauen um mich legte.» Solea vermochte sich genau an den Augenblick zu erinnern, als sie ihr Mädchen auf der Strasse liegen gesehen hatte. Dann hatte sie dieser Nebel erfasst, ähnlich einer Auslöschung des Erinnerungsvermögens. Alles, was danach gekommen war, blieb wie ausradiert. Wochen- und monatelang war sie wie in Trance durchs Leben gegangen.

«Soll ich Ihnen Davoser Wasser bringen?»

«Das hat Alice bereits getan.» Solea zeigte auf die Kommode, wo eine frisch aufgefüllte Flasche stand.

«Kann ich sonst noch etwas für Sie tun?» Chatrina schien es nicht wohl in ihrer Haut zu sein.

«Ich habe Sie letzthin um einen Gefallen gebeten, erinnern Sie sich?»

«Selbstverständlich. Ich habe es nicht vergessen.» Chatrina warf einen Blick ins Badezimmer. «Brauchen Sie keine frische Frotteewäsche?»

«Und?» Solea sah sie erwartungsvoll an. «Sie weichen mir aus, oder? Nein, ich brauche keine neuen Tücher.»

«Leider negativ.»

«Was? Das kann nicht sein.» Solea sank auf das Kissen zurück. «Wissen Sie, wo er sein könnte?» Sie kam sich kränker vor als je zuvor.

«Tut mir leid, es ist alles, was ich weiss.»

Solea war enttäuscht. Vielleicht brauchte Chatrina eine Motivation. Sie deutete auf ihre Handtasche in der Garderobe. «Bringen Sie mir mein Gucci-Täschchen. Es liegt auf der Ablage.»

Chatrina folgte der Bitte zaghaft. Sie legte die Tasche aufs Bett.

Solea holte ihr Portemonnaie daraus hervor. Sie griff nach einer Fünfzigernote. «Hier, für einen schönen Apéro nach Feierabend.»

«Ich lasse mich nicht bestechen.» Chatrina machte einen Schritt zurück. Über ihr Gesicht huschte ein Schatten, das Liebliche an ihr war verschwunden.

«Das dürfen Sie nicht so empfinden. Ich habe Vertrauen zu Ihnen. Sie sind die Einzige, die mir helfen kann.» Solea sah ihr an, dass sie mit sich selbst haderte. «Was wissen Sie über ihn?»

«Er ist abgereist.» Chatrina wies den Geldschein von sich.

«Abgereist?» Solea sass auf. «Das ist unmöglich. Sind Sie sicher?» Schwindel bemächtigte sich ihrer. «Bitte … das heisst, er war da?»

«Ich habe ihn nicht gesehen. Ich weiss es nicht.»

«Aber Sie können doch Ihre Kolleginnen am Empfang fragen. Er hat sich doch eingetragen. Er *muss* hier gewesen sein.»

Chatrina schob ihr ein zweites Kissen unter. «Sie dürfen sich nicht aufregen.» Dann zögerte sie. «War er es, der Ihr Kind überfahren hat?»

Die Tränen schossen wie ein Vulkan aus ihren Augen, wie ein brennender Lavastrom. Solea verbarg ihr Gesicht in den Händen. «Ach, könnte ich zwei Jahre, einen Monat, drei Tage und eine halbe Stunde zurückdrehen.»

***

«Max, ich habe etwas.» Fede, in alter euphorischer Manier, drehte sich zu ihm um. «Gina Hug wohnt in Davos und ist die Tochter des Landammanns Reto Bardill. Ihre Mutter ist die Kabarettistin Belinda Hug Bardill. Sie wohnen an der Schatzalpstrasse.»

«Du glaubst, Chili lebt bei ihren Eltern?» Max vermochte nicht, es nachzuvollziehen.

«Das Mädchen ist keine zwanzig.»

«Aber sicher eine eigenwillige Person, wenn sie sich an einen Kerl wie Buchanan hängt.»

«Vielleicht leidet sie unter einem Vaterkomplex.» Fede wandte sich wieder dem Laptop zu. «Bardill ist ein viel beschäftigter Mann. Ihm gehört die Baufirma Bardill und Co.»

«Wofür steht Co.?»

«Company, what else?» Fede grinste vor sich hin. «Du stellst Fragen.»

«Ja klar, und die Mutter ist unterwegs auf den Bühnen rund um die Schweiz.»

«Wir fahren dort mal hin.»

Max fand es keine gute Idee. «Wie willst du dich herausreden, falls die Eltern nicht wissen, was ihre Tochter so treibt?»

«Sind wir Detektive oder nicht? Wir werden vorerst das Haus beobachten.»

Es rührte sich nichts. Seit knapp einer Stunde hatte Max seinen GT unterhalb der Zufahrt zu einer pompösen Villa geparkt. Das Autodach war heruntergelassen, die Sonne stach gnadenlos vom Himmel. Selbst hier in den Bergen staute sich die Hitze.

«Bist du sicher, dass wir an der richtigen Adresse sind?» Max lehnte sich über das Lenkrad und äugte durch die Frontscheibe auf das andere Haus, das etwas versetzt von der Schatzalpstrasse lag, unscheinbar hinter verkrüppelten Föhren. «Als Landammann wird er sich sicher eine teurere Hütte leisten können als diese. Schau nach oben, so etwas hätte ich mir für ihn vorgestellt.»

«Er soll bescheiden sein.» Fede hielt den Türgriff in der Hand.

Max bemerkte es. «Du willst aussteigen?»

«Nein, nicht ich, du. Sollte in den nächsten zehn Minuten nichts geschehen, wirst du an der Tür läuten. Dich kennt Buchanan nicht, falls er hier sein sollte. Ich halte hier weiterhin die Stellung.»

Unterhalb der Villa bewegte sich etwas. Max nahm einen Schatten wahr.

Und plötzlich stand da dieser Mann am Wagen. «Was suchen Sie hier? Dies ist Privatgelände. Verschwinden Sie von meinem Grundstück, sonst rufe ich die Polizei.»

«Entschuldigen Sie, das war mir nicht bewusst.»

«Sie stehen bereits eine Stunde hier.»

Max hielt sich zurück, weil er wollte, dass Fede den nächsten

Zug machte. Anscheinend hatte der Mann nichts Besseres zu tun gehabt, als am Fenster zu lauern und zu beobachten, was rund um seine Protzvilla geschah.

«Wir warten auf Reto Bardill», sagte Fede ruhig. «Wir haben uns um eine Stunde vertan.» Wie zum Beweis, dass sie sich in der Zeit geirrt hatte, sah sie auf ihre Armbanduhr.

Der Mann starrte sie ungläubig an, als ihm ihre Tattoos an den Armen auffielen. «Da können Sie lange warten. Bardill ist in den Ferien.»

«Und seine Tochter?» Fede gab nicht auf.

«Was wollen Sie von der Göre?»

Max stiess Luft aus. Die Adresse stimmte. Gina alias Chili musste also hier sein, sonst hätte der Mann nicht so aggressiv reagiert.

«Vielleicht kann sie uns sagen, wo wir ihren Vater am besten erreichen.» Fede bezirzte den Mann mit einem lasziven Augenaufschlag, welchen Max übertrieben fand. «Es ist wirklich dringend.» Sie log wie gedruckt und wurde nicht einmal rot dabei.

«Dann müssen Sie an der Haustür klingeln», sagte der Mann, «aber fahren Sie endlich von meinem Areal.»

«Ist sie denn da?», fragte Fede, beharrlich wie immer.

«Die habe ich gestern Abend zum letzten Mal gesehen, wie sie mit einem Typen im Haus verschwand.»

«Danke für die nette Auskunft.» Max startete den Motor. Der GT röhrte, worauf der Mann ein paar unflätige Wörter ausstiess. Max fuhr auf die Strasse und liess eine Staubwolke zurück.

«Der schreibt das Autokennzeichen auf», stellte Fede mit Blick nach hinten fest.

«Blasierter Gockel. Soll er doch.» Max folgte der Strasse in Richtung Bergseite bis zum Kehrplatz, wo im Winter der offizielle Schlittelweg endete. Dort wendete er, fuhr zurück. Auf der Höhe von Bardills Haus hielt er an, diesmal auf der richtigen Strassenseite. Der Fremde war verschwunden.

Max stieg aus. Er schlug den Zugangsweg zum Haus ein. Links und rechts lagen von Kinderhand bemalte Steine. Die

Fensterläden waren geschlossen. Auf der Fussmatte vor der Tür standen Gummistiefel, daneben ein Blumentopf mit Geranien, die Wasser nötig hatten. Max klingelte und wartete. Sollte Gina aufmachen, würde er sich als einen Verehrer von Buchanan ausgeben.

Nichts rührte sich. Max drückte wiederholt den Finger auf die Klingel.

Die Tür ging einen Spaltbreit auf. Sofort schlug ihm grelles Licht entgegen. Die Hälfte eines blonden Mädchens erschien.

«Ja?» Es klang nicht sehr überrascht.

«Gina?»

«Ja.» Als sie die Tür ganz öffnete, fand Max Zeit, sie zu betrachten. Keine zwanzig, mit einem Körper wie aus einem Hochglanzmodemagazin. Lang und dünn mit dunklen Kulleraugen, die etwas Kindliches ausstrahlten und doch so verdächtig glitzerten. Die Pupillen waren trotz der Helligkeit gross, das Augenweiss war gerötet. Max kannte diesen Ausdruck. Gina trug einen hauchdünnen Bademantel, der ihr – gewollt oder zufällig – über die Schultern rutschte. Brüste erschienen, kaum entwickelt, in der Form spitz und klein. Max ertappte sich dabei, wie er ungeniert lange darauf starrte.

«Gefällt Ihnen, was Sie sehen?» Ihre Sprache tönte wie gewaschen.

«Ist Jack da?» Die zurechtgelegten Worte waren weg. Max kam sich dämlich vor.

«Jack?»

Nur langsam kam das Gesagte bei dem Mädchen an. Max bemerkte die Veränderung auf seinem Gesicht, als hätte allein der Name in ihm einen Schalter umgelegt.

«Was … wollen Sie von ihm?» Chilis Stimme hatte einen demütigen Ton angenommen.

Offenbar reichte ihr Horizont nicht weiter als bis zum Seehorn, oder Gina und Buchanan hatten die Möglichkeit, dass man nach ihm suchte, nie ausdiskutiert.

«Das würde ich gern persönlich mit ihm besprechen.» Max sah zurück auf die Strasse, wo sein Wagen stand. Fedes rote

Mähne tauchte hinter den Scheiben auf. Sie war damit beschäftigt, einen Hut aufzusetzen.

«Kommen Sie.»

Damit hatte Max nicht gerechnet. Zaghaft betrat er das Entrée, sah sich ebenso diskret um. An einer altmodischen Garderobe hing eine Lederjacke mit verschiedenen Emblemen, die kaum dem Landammann gehörte. Auf dem Boden lagen, wie achtlos hingeschmissen, gelbe, bestickte Cowboystiefel. Bis zu einer halb geöffneten Tür, hinter welcher Max ein Schlafzimmer vermutete, pflasterten weitere Kleidungsstücke die Fliesen. Da musste es jemand eilig mit dem Ausziehen gehabt haben.

«Es ist nicht das, wonach es aussieht.»

Max widersprach nicht. Und wenn er Gina ansah, bemerkte er, dass sie vor Kurzem einen Joint geraucht oder sonst etwas eingezogen hatte.

Gina stiess die Zimmertür ganz auf. «Jack, da ist wer für dich.»

Max betrat den Raum. Der Geruch nach dem ätzend-krautigen Rückstand gerauchten Marihuanas streifte seine Nase. Das breite Bett stand an der Wand wie eingepfercht zwischen einer Kommode und einem Schrank aus Holz verblassten Alpencharmes. «Hallo, entschuldigen Sie die Störung.»

Buchanan sah ihm entgegen mit einem Blick, der hätte töten können. Er lag da, mit dem eingegipsten Arm. Den weissen Verband bedeckten Herzchen, Blümchen und Unterschriften. Ausser Boxershorts trug Buchanan nichts. Auf seiner Brust spross ein Urwald halb angegrauter Haare. Doch von dem Mann ging eine Energie aus, welche Max in eine Defensive drängte, obwohl sie kaum einen Satz gewechselt hatten.

Max fand dennoch nichts Umwerfendes an ihm. Wahrscheinlich hatte er eine Menge Kohle, ging ihm durch den Kopf, oder er war als Musiker unbeschreiblich begabt. Er schloss beides nicht aus, und es beruhigte ihn. Optisch hingegen war er ausser Konkurrenz.

«Wer sind Sie, dass mein Mäuschen Sie einfach reinlässt?»

Max hatte nichts anderes erwartet, als dass er Gina mit einem tierisch verniedlichten Kosenamen ansprach. Chili hatte wohl ausgedient. Die Gewürzküche war passé.

«Ich bin die andere Hälfte des Detektivpaares. Max von Wirth.» Er blieb vor dem Bett stehen. Er empfand nicht einmal Mitleid. «Fede haben Sie bereits kennengelernt.»

«Ach, sieh an.» Buchanan richtete sich halbwegs auf. «Eine heisse Nummer, diese Fede. Hätte ich sie früher wahrgenommen, hätte ich sie mir geangelt.» Er lachte schallend.

Max schluckte die Wut hinunter.

«Hat Cheyenne Sie geschickt?»

«Die Polizei sucht Sie seit Samstagnacht.» Max räusperte sich. Auf keinen Fall wollte er sich von diesem Schaumschläger hinunterziehen lassen. Er kannte solche Typen und ihr Getue, hinter dem meistens nichts Erbauliches steckte.

«Und warum kommt sie nicht selbst vorbei? Ach ja», Buchanan tippte sich mit der gesunden Hand an den Kopf, «die kennt meinen Aufenthaltsort nicht.» Er runzelte die Stirn. «Chapeau, Sie haben mich gefunden. Was habe ich ausgefressen, dass man mich nicht in Ruhe lässt? Ich befinde mich in der Rekonvaleszenz.»

«Sie hätten Ihre Managerin darüber informieren sollen.»

«Es gibt Gründe, weshalb ich es nicht getan habe. Unter uns, Cheyenne ist manchmal die grösste Nervensäge. Ich will nicht gestört werden. Ist das so schwer zu verstehen?»

«Kann Ihre Freundin bestätigen, dass Sie nach Verlassen des Spitals bei ihr waren?»

«Ist das ein Verhör?»

Dass Buchanan dabei frech grinste, gab Max den Rest.

«Ich verhöre Sie nicht. Dazu fehlt mir die Kompetenz.» Max verschränkte die Arme. «Also?»

«Also was?» Buchanan tat schwer von Begriff.

«Haben Sie für die Samstagnacht ein Alibi?»

«Ich war die ganze Nacht hier. Chili kann es nicht bezeugen. Sie schlief ein, bevor ich mit ihr … ja, Sie wissen schon. Zu viel …» Er beendete den angefangenen Satz, ohne auf den Kern der Sache zu kommen.

Max indes vermochte es sich vorzustellen, was Buchanan meinte. «Ich war vorgestern mit Fede auf dem Epic Trail.»

«Das freut mich. Ist streng, gell?»

«Haben Sie nichts anderes dazu zu sagen?»

Buchanan wandte den Blick ab. «Was?»

«Zum Beispiel über Ihren Sturz, der, wie Sie behaupten, durch ein gespanntes Kabel verursacht wurde.»

«Ja, zum Teufel! Es hat mir einen Strich durch den Tourneesommer gemacht. Ich wäre Ehrengast am Jazzfestival. Aus die Maus.»

«Sie vermuten, dass jemand Unbekannter das Kabel gespannt hat.»

«Eindeutig.» Es klang nicht sehr überzeugend.

Max vergewisserte sich, dass Gina ausser Hörweite war. Sie hatte vorhin das Zimmer verlassen. Er hörte es irgendwo im Haus rumoren. «Diese Geschichte ist erfunden.» Er holte das blaue Kabel aus dem mitgebrachten Plastiksack und legte es neben Buchanan auf das Bett.

Buchanan bekam den Mund nicht zu, erwiderte jedoch nichts.

«Nur frage ich mich, weshalb. Fede und ich waren auf besagtem Trail, weil wir herausfinden wollten, wie sich Ihr Unfall zugetragen haben könnte. Falls Sie dort gestürzt sind, unmittelbar nach der Schikane für das Vieh, hätte jemand vor Ihnen in der Schnelle das Kabel spannen müssen. An diesem Tag waren sicher ein paar Biker unterwegs. Von der Zeit her ist das weder logisch noch möglich.» Max liess die Worte nachwirken. «Was ist tatsächlich passiert?»

«Ich habe mir den Arm gebrochen.»

«Das sieht ein Blinder. Jedoch nicht wegen eines gespannten Kabels.» Max wies auf die Rolle. «Da hat es bestimmt Fingerabdrücke drauf.» Er versuchte, die verworrene Situation zu seinen Gunsten auszuschlachten, ahnte er doch schon lange, dass Buchanan log.

«Nein, verdammt! Nennen Sie mich eine Pfeife. Ich würde es nicht dementieren. Ich hielt an der Stelle an, weil der Helm nicht optimal sass und ich alles andere als konzentriert war. Ich habe da so meine Probleme, grosse Probleme … Ich verlor das Gleichgewicht und fiel … ja, recht dumm. Aus dem Stand heraus. So eine Blamage.»

«Also kein Anschlag auf Ihre Person.»

Buchanan kniff den Mund zusammen, sank aufs Kissen zurück. «Aber es klingt besser: Berühmter Jazzmusiker infolge Sabotage weg von der Bühne. Karriere-Aus. Es ist das, was meine Fans hören und lesen wollen. Nichts über die Dummheit ihres Lieblings. Sie, Herr von Wirth … ich darf doch Max sagen?» Er sah ihn erwartungsvoll an. «Sie kennen das Showbusiness nicht, können es wahrscheinlich nicht nachvollziehen. Meine Verehrer wollen das Drama. Ein gebrochener Arm ist zu wenig dramatisch … aus dem Stand heraus», sagte er, als würde die Wiederholung etwas an der Wahrheit ändern. «Ich will mich nicht als Deppen in ihren Köpfen stigmatisieren. Das wäre mein Untergang.»

Welch hohe Meinung er von sich hatte. Max dachte an die jungen Jazzmusiker, die er vor der Jatzhütte getroffen hatte. «Wir müssen trotzdem etwas berichtigen. Zumindest Cheyenne hat es verdient, dass Sie ihr reinen Wein einschenken. Sie ist völlig durch den Wind. Billy Horse, Ihr Ersatz, ist leider auch ausgefallen.»

Auf Buchanans Gesicht zeichnete sich ein freches Grinsen ab.

***

«Sehen Sie bereits einen Fortschritt?» Kaum hatten Max und Fede den Hoteleingang betreten, empfing sie Florian Gansner, als hätte er bei der Rezeption auf ihre Ankunft gewartet. «Sorry, Geduld ist nicht meine Tugend.» Er liess Max nicht zu Wort kommen. «Ich habe Neuigkeiten, was William Hengst betrifft. Er ist aus dem Koma erwacht.»

Fede berührte Max' Arm. «Dann könnten wir ihn sicher sprechen.»

«Das wird die Polizei auch wollen.» Er wandte sich an Gansner. «Wissen Sie mehr darüber?»

«Nein, bislang nicht. Aber ich halte Sie auf dem Laufenden.» Gansner wandte sich zum Gehen um, stoppte, drehte sich noch einmal um. «Ach, damit ich es nicht vergesse. Chatrina Pleisch, unsere Gouvernante, würde gern mit Ihnen sprechen. Ihr liegt etwas auf dem Herzen, was sie unbedingt loswerden möchte. Heute Abend um sechs wäre sie für ein Gespräch bereit, am besten gleich in meinem Büro. Und noch etwas: Das könnte Sie vielleicht interessieren. Die nächsten Konzerte dürfen wieder in der Garage abgehalten werden.»

«Das freut mich.» Max meinte es ehrlich. «Ich werde um sechs da sein.» Er sah Gansner nach, wie er im Büro verschwand. Die Normalität war jedoch noch lange nicht zurückgekehrt. Mit Buchanans Geständnis gab es plötzlich einen potenziellen Verdächtigen. War es möglich, dass Buchanan hinter dem Giftanschlag auf Billy Horse steckte? Für die Samstagnacht hatte er kein Alibi.

Max machte ein grosses Fragezeichen: mit welchem Motiv? Trotzdem mutete er es Buchanan zu. Es ging um seinen selbst verursachten Unfall und seine grosse Blamage, von der er offensichtlich ablenken wollte – mit einem inszenierten Anschlag auf ihn. Aber traute er ihm einen versuchten Mord zu? Auch ein Spinner wie Buchanan hatte eine Moral.

Und was bedrückte Chatrina?

Max ging auf seine Etage, derweil Fede sich in der Pulsa-Bar umsah. Max liess sie gewähren. Sie hatte ihre eigenen Methoden, um an ein Resultat zu kommen.

Das Zimmer lag im Dunkeln. Die Sonne war weitergewandert. Ostseitig warf das Hotel erste Schatten auf den Platz davor. Max setzte sich an das Pult und legte die ausgedruckten Kopien der Gästelisten vor sich hin. Obwohl er von Michelle Flurys Seite Widerstand gespürt hatte, war sie am Ende kooperativ gewesen und hatte ihm alles ausgehändigt, was er für seine hotelinterne Recherche benötigte.

Max sortierte nach Zimmernummer, nach Single- und Double-Rooms. Die Doppelzimmer waren fast zu hundert Prozent belegt. Sein Hauptaugenmerk richtete er auf das Appartement 315, in welchem die Mitglieder der Buchanan Five logierten – Pete alias Peter Felder, Fränz alias Franz Meier und Mike alias Michael Hübner. Viktoria Konstantin hatte nebst Cheyenne Hug logischerweise ein Einzelzimmer. Sie war die Einzige unter den Musikern, die weder ein Pseudonym noch eine Verniedlichung des Namens verwendete. Max besuchte ihre persönliche Website, auf der sie die Verbindung zu den Buchanan Five nicht besonders hervorhob. Viktoria gab auch Solokonzerte, in denen sie auf dem Flügel spielte und sang. In Zürich geboren, war sie in Washington, D. C. aufgewachsen, wo sie auch Gesangsunterricht nahm und mit siebzehn eine Gesangsausbildung in «The Berklee College of Music» in Boston absolvierte. Dort lernte sie den Schweizer Drummer Michael Hübner kennen und zog mit ihm zurück in die Schweiz, wo sie seit rund vierzig Jahren lebte. Ein Paar waren sie jedoch nie geworden. Heute, mit sechsundsechzig Jahren, war die Sängerin gefragter denn je. Mike war einer der Mitbegründer der Buchanan Five. Seine Freunde Peter Felder und Franz Meier vervollständigten die Band. Max gelangte mittels Link-Vernetzung auf die Website der Buchanan Five und von dort auf die persönlichen Seiten der anderen Mitglieder. Felder war sporadisch als Kondukteur bei den Schweizerischen Bundesbahnen angestellt, Meier arbeitete in Teilzeit als Krankenpfleger in einem Altersheim in seinem Heimatkanton Aargau, wenn sie nicht auf Tournee waren. Berichte gab es nur über den Bandleader Jack Buchanan, der den bürgerlichen Namen Jakob Bucher trug. Er war der Einzige in der Gruppe, der regelmässig für Schlagzeilen sorgte.

Max holte aus der Minibar eine Flasche Calanda-Bräu. Bis er die vielen abgespeicherten PDFs und auf YouTube geschalteten Filme angesehen hatte, würde es dauern. Die ersten Berichte stammten aus den Jahren 1985 bis 2000. Die Buchanan Five waren seit der Gründung der Davoser Jazztage mit dabei, seit 2001. So hatte die Jazzgeschichte mit dem «New Orleans Jazzfestival der Alpen» begonnen, zu dem diverse Jazz- und Bluesmusiker mit Rang und Namen eingeladen waren. Die Stilrichtungen gingen von Swing, Gospel über Blues und Boogie. Die Buchanan

Five hatten die Auftritte Cheyenne zu verdanken, die schon zuvor alles für ihre Band unternommen hatte, um sie bekannt zu machen.

Keine Besonderheiten, die Max nicht bereits kannte. Sollte er dennoch den Fokus auf Jack Buchanan richten? Er wusste es nicht. Vorläufig legte er die Band ad acta, widmete sich anderen Hotelgästen und versuchte, die Namen mit Gesichtern in Verbindung zu bringen, die er im Frühstückssaal angetroffen hatte. Zum Beispiel Betty und Steven Cunningham aus Texas. Sie waren zurzeit die einzigen Amerikaner im Haus. Wie sollte Max einen Zusammenhang von ihnen zu den Musikern herstellen? Wer so weit reiste, hatte vielleicht tatsächlich einen persönlichen Grund, ausgerechnet während der Jazztage hier zu logieren.

Max hatte noch kein Konzept. Er zog willkürlich Papierblätter aus dem Haufen, tippte Namen, Vornamen und die Herkunft in der Suchmaschine ein. Der Laptop spuckte lediglich unsichere Resultate aus.

Max sass lange am Pult. Draussen schien noch immer die Sonne, in einem anderen Winkel. Die Schatten reichten bereits bis hinüber zum Bahnhof und den Bolgen-Hang hinauf. Drei Bierflaschen später kehrte endlich Fede ins Zimmer zurück.

«Wo hast du so lange gesteckt?»

«Zuerst in der Pulsa-Bar, danach auf der Terrasse. Die Dixie-Girls haben ihr Stelldichein mit ein paar Schmankerl zur Einstimmung auf den heutigen Abend gegeben. Vier flotte junge Frauen, die wirklich etwas auf dem Kasten haben. Keine dreissig und sexy obendrein.»

«Seit wann stehst du auf Frauen?»

«Witzbold.» Fede warf ein Zierkissen nach ihm, das sie kurzerhand vom Bett genommen hatte. «Wie weit bist du gekommen?»

Max stiess Luft aus, drehte sich nach Fede um. «Um es gelinde zu sagen, ich bin nicht über die Buchanan Five und fünf Ehepaare mittleren Alters hinausgekommen. Nicht jede Person hat eine eigene Website oder ist im Netz verewigt. Wir haben es grösstenteils mit einer Generation zu tun, der das Internet am Arsch vorbeigeht.»

«Also über siebzig.»

«Das wäre übertrieben. Ich attestiere den Sechzigjährigen nicht, dass sie mit Computern nicht klarkommen. Aber im Gegensatz zu den jungen Leuten, die ihre gesamte Lebensgeschichte und darüber hinaus ins Netz stellen, geht es für sie wohl um Wichtigeres im Leben, als sich der Allgemeinheit zu präsentieren.»

Fede lachte nur, öffnete den Kühlschrank und entnahm ihm die letzte Flasche Bier.

«Was hast *du* herausgefunden?»

«Nicht jede Band, die im Hotel spielt, übernachtet auch hier.»

«So weit bin ich auch gekommen. Die Buchanan Five sind die einzige Band, die hier logiert.» Max sah auf die Uhr. Der Zeiger ruckelte Richtung sechs. «Gemäss Michelle Flury mussten sie die Musiker aus dem Wallis woandershin schicken. Ich sollte mich beeilen. Ich lasse Chatrina Pleisch nicht gern warten.»

ZEHN

Am späten Nachmittag hatte sich Solea hinausgewagt. Sie hatte Dave den Tag freigegeben, den er mit einem Ausflug auf die Strela Alp ausfüllte. Sie hatte gespürt, dass es ihm nicht recht war, zumal er sich bereits am Morgen grosse Sorgen um sie gemacht hatte. Mehrmals war er bei ihr erschienen, um sie für einen Spaziergang zu überreden. Solea war im Bett geblieben und hatte über Kopfweh geklagt. Es war ihr egal gewesen, ob er ihr die Ausrede abnahm oder nicht.

Sie musste allein sein. Die Dinge, die er ihr gesagt hatte, zuerst verdauen. Und vor allem hatte sie Mam sprechen wollen, die sich jedoch nicht meldete. Ob sie ahnte, dass etwas nicht so lief, wie sie es gewünscht hatte? Wie konnte sie auch aus Soleas Leben erzählen, einem Mann, den sie kaum zwei Wochen kannte. Sie hatte gelernt, nicht jedem zu trauen, der sympathisch war.

Und ja, er hatte sie geküsst, sie den Kuss halbwegs erwidert. Wie hatte sie sich dermassen gehen lassen können?

Sie fuhr den Bahnhof entlang, sah hinauf zur Kirche, deren Turmdach sich spiralförmig in den Himmel schraubte. Vor der Unterführung hatte sie grossen Respekt. Was, wenn die Bremsen versagten? Und doch musste sie sich überwinden. Sie hatte seit Längerem beabsichtigt, den Platz aufzusuchen, auf dem ihr Kind zu Tode gekommen war. Sie stellte sich vor, die Blutspur zu sehen, den Umriss des kleinen Körpers, welchen die Polizei mit Kreide auf den Asphalt gezeichnet hatte. Die Blumen und Plüschtiere, die Wochen nach dem Unfall am Strassenrand gelegen hatten, die Karten der Anteilnahme, Kerzen und Süssigkeiten, vor allem die Kinderüberraschungseier, die Hannah so gemocht hatte.

Solea passierte die schmale Öffnung einer Barriere, welche den Weg für Autos versperrte. Die Unterführung war für Fussgänger und Radfahrer vorgesehen. Nach dem Tunnel führte der Weg direkt zur Talstation der Jakobshornbahnen. Vor dem Eingang standen Leute Schlange. Eine Gruppe von Bikern diskutierte über den Transport ihrer Räder.

Der Verbindungsweg zur Brämabüelstrasse erwies sich als unüberwindbar. Er war zu steil und für Solea zu riskant. Sie entschied sich, auf der rechten Seite des Gebäudes nach unten zu fahren. Dort half ihr ein junger Mann, was ihr gelegen kam. Sie bedankte sich und sah hinunter zum Haus, in dem sie die Ferienwohnung bewohnt hatten. Wer sich heute wohl dort aufhalten mochte?

Die Gegend hatte sich verändert. Direkt neben dem Unfallort befand sich ein neues Haus, das mit «Chalet After Seven» beschriftet war. Der Stich in Soleas Brust zerriss sie fast. Es war, als hätte man das letzte Andenken an Hannah mit einem Partyhaus weggefegt, mit Holzbrettern zum Verschwinden gebracht. Baumaschinen mussten darübergefahren sein, ohne Rücksicht darauf, dass auf dem Boden der Körper eines achtjährigen Mädchens gelegen hatte in einem hellblauen Kleid mit Rüschen am Saum. Solea kam es vor, als würde ihre Tochter ein zweites Mal sterben. Sie unterdrückte den Drang zu schreien. Den Kloss im Hals schluckte sie hinunter. Er schmerzte noch lange.

Am neunten Juni, knapp zwei Monate nach ihrem achten Geburtstag, hatte jemand Hannahs Leben ausgelöscht. Ein junger Automobilist war es gewesen, kaum den Führerausweis in der Tasche. Solea hatte ihn nur einmal gesehen, als er in Begleitung seiner Eltern zum Begräbnis nach Chur gekommen war. Neunzehn Jahre jung, ein Einheimischer aus Davos, Schreiner von Beruf. Er hatte ihr sogar die Hand gereicht, auf dem Friedhof bei den Urnengräbern, und geweint.

Was wohl aus ihm geworden war? Was aus seiner Mutter, dem Vater? Vor allem dem Vater. Er hatte Solea nach dem Begräbnis zur Seite genommen und sie gebeten, nichts gegen ihren Sohn zu unternehmen.

Am Tag, als Solea ihre Tochter ganz hatte loslassen müssen.

Sie hatten sich in einem schlichten Raum getroffen. Soleas Familie, die in Anbetracht des schrecklichen Verlusts zusammengehalten, an diesem traurigen Tag sich sogar gegenseitig umarmt hatte.

Es war das letzte Mal gewesen, bevor dieses Band riss.

Der mit einem hellblauen Tuch gedeckte kleine Altar. Links und rechts Kerzen, Wiesenblumen und mittendrin die Urne mit der Asche. Ein nicht auszuhaltender Gedanke, dass von Hannah nichts anderes zurückgeblieben war als eine Handvoll Asche. Es war der Moment gewesen, in dem Solea wiederholt zusammengebrochen war. Der Augenblick, als sie Valentin von sich gestossen und begonnen hatte, ihn zu hassen. Sie hatte lange darüber nachgedacht, was dem Unfall vorausgegangen war. Was Hannah dazu verleitet hatte, auf die Brämabüelstrasse zu gehen, in die Nähe der Talstation. Ob sie einer Katze gefolgt war, einem kleinen Hund? Wenn sie Tiere sah, hatte sie alles um sich herum vergessen.

Hannah sei frontal ins Auto gelaufen, hatte die Staatsanwaltschaft verlautbart. Hannah sei zwischen zwei Autos auf die Strasse gerannt. Den Fahrer träfe keine Schuld. Er sei mit weniger als den erforderlichen fünfzig Stundenkilometern unterwegs gewesen.

Zum Reagieren zu schnell. Für eine Bremsung hatte es nicht gereicht.

Und Hannah? War es ihre Schuld? Sie musste mit sich selbst beschäftigt gewesen sein und die Gefahr ausser Acht gelassen haben.

Woran hatte sie gedacht, als der Wagen sie traf? Sie sei sofort tot gewesen, hatte der Arzt gesagt, der am Unfallort eingetroffen war. Das Mädchen habe nichts gespürt.

Nichts gespürt? Für Solea unvorstellbar. Sie musste den Aufprall und den Schlag gegen ihren Körper, ihren Kopf mitbekommen haben. So schnell ging es nicht.

Hannah hatte allein gespielt, weil ihre Mutter die Theaterkostüme genäht hatte.

Solea rührte sich nicht von der Stelle. Vielleicht würde es ihr gelingen, sich an diesen Tag im Juni vor zwei Jahren zurückzuversetzen. Zurück zu diesem Vormittag, an dem sie mit dem Handwagen einkaufen gegangen war. Hannah hatte ihre Gedanken eingenommen. Immerzu hatte Solea an sie denken müssen. Sie hatte vergessen, Valentin zu informieren, dass sie das Haus verliess.

Valentin, den jemand von der Ambulanz via Smartphone hergebeten hatte, an den Ort, wo seine Tochter lag. Wie er neben dem Mädchen zusammengebrochen war, wie er geschrien hatte. Solea hatte ihn nie zuvor so ungehemmt erlebt. Sie hatte ihm letztendlich die Schuld gegeben, weil er während des Unfalls in der Wohnung gesessen und ein Fussballmatch im Fernseher geschaut hatte. Hätte er sich nur besser um Hannah gekümmert.

Hannah.

Solea hatte sie draussen im Garten gewähnt. Im Sandkasten, wo sie so gern war, wenn sie nicht gerade auf ihrer Geige spielte. Nie hatte Solea damit gerechnet, Hannah könnte sich ausserhalb des Gartens aufhalten. Was hatte sie bloss gesucht?

Die Antworten darauf konnte ihr niemand geben. Die Gedenkstätte mit den Blumen und Plüschtieren, den hübschen Karten und den Schokoladeneiern war verschwunden. Vergraben unter Schutt und Baumaterialien, wo jetzt das «After Seven» stand.

Sieben ist eine heilige Zahl, dachte Solea. Vielleicht war etwas dran an der Wahl des Namens.

***

Max musste zehn Minuten auf Chatrina warten, aber das machte ihm nichts aus. Er verfolgte die Geschäftigkeit einer Frau, welche Töpfe voller künstlicher, mit in der Farbe harmonisch aufeinander abgestimmter Blumen und Zweige gegenüber dem Lift platzierte. Sie drehte die Töpfe ein paarmal, bis sie mit der Ansicht zufrieden war.

«Hallo, Herr von Wirth, entschuldigen Sie meine Verspätung.» Den Grund erwähnte Chatrina nicht, als sie plötzlich neben ihm stand. «Wir können gern ins Büro meines Chefs. Dort sind wir ungestört.»

Max hatte nicht mitbekommen, aus welcher Richtung sie gekommen war. Er folgte ihr, vorbei an der Rezeption, durch einen Raum mit Pulten, an denen emsig gearbeitet wurde. Man grüsste ihn freundlich. Dass er sich in den nächsten Tagen im Hotel frei bewegen konnte, hatte bereits die Runde gemacht.

Chatrina schloss die Tür hinter sich, setzte sich an einen Schreibtisch. Max liess sich ihr gegenüber nieder. In einem silberfarbenen Rahmen lachten ihn eine hübsche Frau und drei Mädchen an.

«Das ist Florian Gansners Familie.» Chatrina war Max' Blick gefolgt.

«Wo drückt der Schuh?» Max freute sich auf das Nachtessen im «Golden Dragon», wo er wiederholt reserviert hatte. Obwohl er wenig von exotischer Küche hielt; die chinesische mochte er. Er hoffte, dass sich das Gespräch mit Chatrina nicht unnötig in die Länge ziehen würde.

«Ich weiss nicht, ob es relevant ist», begann Chatrina und strich sich eine losgelöste Strähne aus ihrem gebräunten Gesicht. Der strenge Pferdeschwanz hatte sich beim Haargummi verselbstständigt. Und da für Chatrina Feierabend war, gab sie sich offensichtlich keine Mühe mehr, die Haare im Zaum zu halten. «Ich habe Solea Morell kennengelernt, die Frau im Rollstuhl. Trotz ihres Gebrechens oder vielleicht gerade deshalb kommt sie mir sehr redselig vor. Ich hatte die Frau vorher noch nie gesehen. Aber heute kenne ich bereits einen Teil ihrer Geschichte. Ich fand es ein wenig sonderbar, dass sie sich gegenüber einer Fremden dermassen öffnet, ja selbst Geheimnisse offenbart. Als Gouvernante bin ich den Gästen oft nahe. Nicht nur physisch. Ich könnte ein Buch über ihre Eigenheiten schreiben. Manchmal werde ich auch angesprochen, aber ich halte mich stets zurück. Bei Solea Morell war es anders. Es ist, als hätte sie mich …»

«Manipuliert?», fragte Max.

«Ich kann es nicht benennen … Die Spiegel in ihrer Suite mussten wir auf ihren Wunsch verhüllen.» Chatrina nahm sich einen Moment Zeit, um nachzudenken.

Max liess die Sätze nachwirken. Eine Frau im Rollstuhl, die ihre Spiegel verhüllte? Wie er Solea Morell in Erinnerung hatte, war sie eine zerbrechliche Erscheinung. Ihre einstige Schönheit war offensichtlich verblasst. Max vermochte sich durchwegs vorzustellen, dass sie einmal eine sehr schöne Frau gewesen war. Fragmente davon waren noch vorhanden. Die dunklen, melancholischen Augen, die geschwungenen Lippen oder ihre langen, schmalen Finger.

«Sie hat mich gebeten, herauszufinden, ob Jack Buchanan im Hotel logiert. Ich musste sie enttäuschen, wollte ich doch nicht damit herausrücken, dass er sich den Arm gebrochen hat. Diese Hiobsbotschaft muss sie nicht von mir haben. Ich bin keine Klatschbase.»

Max erinnerte sich an Fedes Aussage, wie sie, als sie auf Buchanan zu sprechen gekommen war, von Solea aus der Suite hinausreglementiert worden war.

Es machte den Anschein, als hätte Solea etwas mit dem Musiker zu tun.

Was war es? Bloss ein weiterer Zufall auf dem Weg, der mit Zufällen und Klischees nur so gepflastert war?

«Sie wollte mich mit fünfzig Franken bestechen, damit ich herausfinde, wo Buchanan ist», fuhr Chatrina fort. «Es schien Solea Morell sehr wichtig, seinen Aufenthalt zu erfahren. Ich bringe den Verdacht nicht los, dass sie seinetwegen in Davos ist.»

«Gibt es einen Grund für Ihre Vermutung?»

«Schwer zu sagen. Ich weiss aber von Michelle Flury, sie ist die Chefin des Front Office, dass Solea Morells Mutter, Frau Favre, eine Suite für ihre Tochter und ein Zimmer für Dave Casutt, den Chauffeur, gebucht hatte. Sie hat anscheinend ausdrücklich nach den Buchanan Five gefragt und ob die Band im Hotel Grischa logiere.»

Das wurde immer abenteuerlicher.

«Frau Morells Tochter Hannah», fuhr Chatrina fort, «ist vor zwei Jahren in Davos durch einen Unfall ums Leben gekommen. Ich kann mir vorstellen, dass Jack Buchanan damit etwas zu tun hat. Als ich nämlich seinen Namen mit dem Unfall in Zusammenhang brachte, führte Solea Morell sich seltsam auf.»

«Inwiefern?» Gab es einen ersten Schimmer am Horizont?

«Ich kann es nicht genau benennen. Buchanan ist vielleicht der Mann, der Hannah auf dem Gewissen hat.»

Max begriff eines nicht: Warum schüttete eine Frau wie Solea Morell ihr Herz ausgerechnet einer Hotelangestellten aus? Warum schien es ihr überhaupt wichtig, ihre eigenen Nöte zu verlautbaren? Fede hatte sie ja ebenso darauf angesprochen. Was wollte Solea Morell damit bezwecken, oder wovon lenkte sie ab? Hatte ihr bis anhin jemand zum Reden gefehlt?

Vielleicht war es falsch, das Hauptaugenmerk auf Solea Morell zu richten, obwohl sich mit ihr eine Tür öffnete, durch die Max nie gegangen wäre, hätte man ihn nicht in diese Richtung gedrängt. Vor Menschen mit einer körperlichen Beeinträchtigung hatte er grossen Respekt. Max nahm sich vor, Dave Casutt näher anzuschauen. Bis anhin hatte er es versäumt, in dessen Vita zu pulen. Casutt war ein sympathischer Mann, der immer freundlich grüsste. Max hatte ihn jedoch kaum richtig wahrgenommen. Es gab zu viele andere Leute in diesem Hotel, denen er eine schlimme Handlung zugetraut hätte. Die zwei älteren Männer zum Beispiel, die mit einem etwa zwölfjährigen Jungen immer kurz vor der Schliessung im Frühstücksraum erschienen. Oder der grimmige Alte, dem die Frau zwei Meter hinterherging.

Max musste aufpassen, sich nicht von den Vorurteilen in den Abgrund ziehen zu lassen. Nicht jede Konstellation war des Grauens. Dass er sich dennoch von solchen Gedanken beeinflussen liess, hing mit dem Fall in Interlaken zusammen.

Nur langsam wurde er gewahr, dass in diesem Hotel etwas geschehen sein musste, das mit einer längst vergangenen Geschichte zu tun hatte. Max musste einen Überblick über die Umstände gewinnen, die zu diesem Malheur geführt hatten.

Er dachte nach. Die Sabotage auf Buchanan war erstunken und erlogen, der Grund dafür etwas fadenscheinig. Buchanans Ersatz war an dem Abend, an dem eigentlich Buchanan hätte auftreten sollen, vergiftet worden. Noch war nicht sicher, wie und mit welcher Substanz. Solea Morell hatte ihr Kind durch einen Unfall verloren. Chatrina vermutete, Buchanan könnte dahinterstecken.

An dieser Stelle geriet Max ins Stocken. Existierte eine Verbindung zwischen Solea Morell und Buchanan? Wenn ja, welche?

Warum hatte Solea Morell Chatrina und zur fast gleichen Zeit Fede ins Vertrauen gezogen?

Welche Rolle spielte Dave Casutt? Hatte er überhaupt eine Ahnung davon, was Solea Morell veranstaltete? Spielte Solea Morell allen etwas vor? Fede hatte erzählt, dass sie die Frau im Rollstuhl auf dem Korridor hatte liegen sehen. Der Rollstuhl sei gekippt gewesen. Solea Morell habe sich nicht aus eigener Kraft aufrichten, geschweige den Rollstuhl aufstellen können.

«Ich würde mir gern die Suite 618 anschauen», sagte Max. Er bemerkte Chatrinas Zögern. «Wenn die Frau ausser Haus ist. Wir wollen kein Risiko eingehen.»

«Geht in Ordnung.» Chatrina hatte wohl eingesehen, weshalb Max und Fede uneingeschränkten Zugang zu den Zimmern und Suiten hatten. «Aber», sie zweifelte auf einmal, «Sie bewegen sich auf dünnem Eis, das ist Ihnen schon klar?»

Trotzdem fühlte sich Max geschmeichelt. «Sie können sich auf mich verlassen. Ich mache das nicht zum ersten Mal. Wir wollen doch alle, dass im Hotel Grischa die Normalität wieder einkehrt.»

ELF

An diesem Sommermorgen zogen zum ersten Mal seit ihrer Ankunft Wolken auf. Innerhalb einer Stunde war der Himmel bedeckt. Regenschwere Nebelschwaden schwappten über das Jakobshorn und die Ischalp und verschlangen die Sicht bis auf die Bäume oberhalb des Bolgens. Sie wirkten wie traurige Soldaten vor einem Feld aus verwaschenem Gras. Dann die Häuser, um die ein kräftig werdender Wind wehte, der die Erde für einen Augenblick stehen bleiben liess. Regen setzte ein, und der Tag wurde zur unheilvollen Nacht.

Max stand auf dem Balkon von Solea Morells Suite. Er hatte auf Chatrinas Anraten hin die Räume betreten, als wäre es die selbstverständlichste Sache der Welt. Solea sei mit Casutt beim Frühstück, hatte sie ihm mitgeteilt. Die Luft sei rein.

Nach dem ersten Schock wegen der verhüllten Spiegel hatte sich Max diskret umgesehen. Er hütete sich davor, etwas anzufassen. Auf den ersten Blick hatte er nichts erkannt, welches auf eine Verbindung zu den Buchanan Five hinwies. Er hätte die Schränke und Schubladen öffnen müssen. Bis anhin hatte er damit gewartet. Das liegen gebliebene Handy hatte er als wichtiger befunden. Doch dieses war mit einem Code gesichert.

Wenn in den Bergen Gewitter aufzogen, glich dies einer Attacke von bösen Geistern. Nirgends war das Donnergrollen so laut und das daraus resultierende Echo so stark. Die Erschütterung ging durch das ganze Haus, liess den Balkon erzittern. Dann dieses Rauschen. Regen klatschte auf den Asphalt. Die Tropfen prallten auf wie Geschosse, schlugen zurück. Schnell hatte sich auf der Talstrasse vor dem Hotel Grischa ein Fluss gebildet. Der vorbeifahrende Bus liess seitliche Wasserfontänen aufspritzen.

Max sah auf die Uhr. Seit einer Viertelstunde war er hier, nicht lange genug, fand er. Er kehrte in die Suite zurück, schloss die Tür und zog den Tagvorhang, als er das metallische Klacken des Türöffners vernahm. Es war unmöglich, dass Solea Morell bereits zurückkehrte, und Chatrina hatte ihm versichert, die Mitarbeiterinnen des Housekeepings würden ihn in Ruhe lassen. Hatte jemand anderer die gleiche Idee wie er?

Max stand beim Durchgang vom Wohnteil zum Schlafzimmer. Die Frage, wie er sich verhalten sollte, wenn er auf frischer Tat ertappt wurde, blitzte durch sein Gehirn. Es gab keine Möglichkeit, sich zu verstecken. Mit Ausnahme des Badezimmers. Er betrat den Waschbereich, kauerte hinter dem Lavabo nieder und spitzte die Ohren.

Er hörte es rascheln. «Willst du dich wieder hinlegen?» Eine zärtliche Männerstimme.

«Ja, ich bin müde.» Solea Morell.

Max hörte, wie sie ins Zimmer fuhr. Durch die Milchglastür konnte er ihre Konturen sehen, auch die von Dave Casutt. Wenn es ihm bloss nicht einfallen würde, ins Badezimmer zu kommen. Max' Herz schlug bis zum Hals.

Eine Weile herrschte Schweigen. Casutt half Solea Morell vom Rollstuhl ins Bett. Max hatte endlich Gewissheit, dass ihre Beeinträchtigung nicht gespielt war. Oder machte sie selbst Casutt etwas vor?

«Es tut mir leid», sagte Casutt, nachdem er den Rollstuhl durch das Zimmer bis zur Balkontür gestossen hatte.

Ein erneutes Donnern liess Solea Morell aufschreien, was, wie Max vermutete, nicht vom Donnern herrührte. Es musste etwas geschehen sein zwischen ihr und Casutt. Ihr Schrei war wie ein Ventil.

Casutt kam ans Bett zurück. «Beruhige dich. Alles wird gut.»

«Nichts wird gut. Es war ein Fehler, nach Davos zu fahren. Ich kann nichts ändern. Nichts, was in der Vergangenheit geschehen ist. Was bringt es mir, wenn ich alles aufarbeite? Der Schmerz kehrt zurück, heftiger als je zuvor.»

«Die Schuldigen müssen zur Rechenschaft gezogen werden.»

Wieder Schweigen, was bedrohlich war. Die Schatten vor der Badezimmertür regten sich nicht.

«Sag, dass du nichts damit zu tun hast.» Sie.

Er. «Ich bin für Gerechtigkeit. Ich möchte, dass du wieder

gesund wirst. Das geschieht nur dann, wenn du bereit bist, deinen Teil dazu beizutragen.»

«Und du? Glaubst du, es ist gut, wenn du dich einmischst?» Ihre Stimme war ein Flüstern, von Angst und Zittern geprägt.

Max wartete auf Casutts Antwort. Er liess sich Zeit. Der Donner grollte länger. Das Fletschen des Regens war durch die geschlossenen Fenster zu hören. Allmählich schmerzten Max die Beine vom Kauern. Wenn Solea Morell eingeschlafen und Casutt gegangen war, würde er es wagen können, die Suite zu verlassen. Bis dahin würde es dauern. Er grapschte in seinem Hosensack nach seinem Handy. Er musste Chatrina eine SMS schicken, damit sie ihn unter einem Vorwand da herausholte. Max kannte ihre Nummer nicht. Er schrieb Fede via WhatsApp und hoffte, sie möge seine Nachricht möglichst bald lesen.

Eine gefühlte Viertelstunde sass er in der Ecke. Er hatte von der unbequemen Kauerhaltung zum Schneidersitz gewechselt, was nichts Wesentliches an seinem Wohlbefinden änderte.

Im Zimmer rührte sich wieder etwas. Casutts Schatten beugte sich über das Bett. In dieser Pose blieb er eine Weile. Max konnte nur ahnen, was Casutt mit Solea Morell anstellen wollte. Er küsste sie. Sie liess es geschehen.

Max fragte sich, was Casutt demnächst vorhatte. Er sah gut aus, hätte sich jede Frau angeln können. Er machte ausgerechnet Solea Morell den Hof. Steckte eine Absicht dahinter?

Max' iPhone surrte. Zu laut, um von dem Paar dort draussen nicht gehört zu werden. In der Eile drückte Max auf den seitlichen Knöpfen herum. Der Ton blieb. Der Schatten vor der Glastür bewegte sich. Casutt hatte sich vom Bett erhoben. «Hast du das auch gehört?»

«In Davos geht ein Unwetter nieder.» Solea Morells Feststellung hielt Casutt nicht davon ab, sich der Glastür zu nähern.

Max hatte es endlich geschafft, sein iPhone auszuschalten. Er streckte die Beine, kroch unter das eingebaute Möbel, wo das Lavabo lag. Er kam sich wie in einer Sardinenbüchse vor. Zum Glück hingen da Frotteetücher, die den Blick unter das Möbel verunmöglichten.

Kaum hatte Max auch Schulter und Kopf mühsam versteckt, betrat Casutt das Badezimmer. Max hätte bloss den linken Arm auszustrecken brauchen, er hätte Casutts Schuhe berühren können. Die Schuhe waren auf Hochglanz poliert.

Casutt stellte sich vor die Toilette und hob den Deckel hoch. Die Brille liess er unten. Max sah gerade so weit, dass er Casutts Herrlichkeit zu sehen vermochte. Max schloss die Augen.

Nach dem Spülen stellte sich Casutt vor das Lavabo, auf den Zehenspitzen jetzt, und wusch seine Hände.

Max atmete erst auf, als Casutt das Badezimmer verlassen und die Glastür hinter sich zugezogen hatte. Draussen raschelte die Bettdecke. Casutt kroch neben Solea Morell ins Bett. Kaum, um ihr dabei den Körper zu wärmen. Max lief der Schweiss runter, als er hervorkroch. Er rechnete nicht damit, dass Casutt in den nächsten Minuten zurückkam.

Was sollte er tun? Er hatte kein Bedürfnis, einem Beischlaf akustisch beizuwohnen, zumal sich Solea Morell lautstark wehrte.

«Dave, lass das. Das ist nicht lustig.»

«Ich spüre doch schon lange, dass du es auch willst.»

«Du täuschst dich … bitte. Lass mich in Ruhe.»

Max wog ab, wer stärker war, der erregte Casutt oder die verwirrte Solea Morell.

Casutt schien den Anstand zu wahren. Er erhob sich, richtete die Hose. Max verkniff sich ein Schmunzeln. Der Gute hatte sich nicht ausgezogen.

Das Klopfen an der Zimmertür nahm Casutt offenbar zum Grund, Solea Morell endlich zu verlassen. Er verabschiedete sich mit den Worten, er wolle sie am späten Nachmittag zum Apéro abholen. Dann ging er zur Tür, was Max an seinen Schritten erkannte. Was danach geschah, konnte er nur vermuten. Ein paar Atemzüge später stand Chatrina in der Suite. Sie wechselte ein paar Worte mit Solea Morell, die jedoch Ruhe wünschte.

«Ich hole nur mal die schmutzige Wäsche.» Kaum gesagt, tauchte Chatrina im Badezimmer auf.

Max stand an der Wand. Er hatte sich zum Scherz in einen Bademantel gewickelt.

Chatrina erschrak prompt. Ein stummer Schrei zeichnete sich auf ihrem Mund ab. Sie hielt den Finger hoch. «Scht, ich schmuggle Sie jetzt raus. Frau Morell schläft. Das Gesicht hat sie zur Fensterseite gerichtet.»

Max zog den Bademantel aus. Während Chatrina die schmutzige Wäsche sammelte und an ihrer Stelle frische Tücher aufhängte, schlich Max an Solea Morells Bett vorbei in den Wohnteil. Erst draussen auf dem Korridor entspannte er sich. Er lehnte mit der Schulter seitlich ans Fenster, durch das ein Streifen Tageslicht drang. Das Gewitter hatte nachgelassen, auch der Regen war weniger geworden. Die Bahnhofstrasse, welche die Promenade mit der Talstrasse verband, dampfte. Eine Schar Halbwüchsiger tanzte mit nackten Füssen in den Pfützen.

Chatrina liess hinter sich die Tür der Suite 618 ins Schloss fallen. «Sie haben Nerven und sind ein Witzbold obendrein. Mensch, haben Sie mich erschreckt.»

«Haben Sie damit gerechnet, dass die beiden so schnell zurückkehren?»

«Nein. In der Regel lassen sie sich Zeit beim Frühstück. Fede hat mich angerufen, nachdem sie von Ihnen die Nachricht erhalten hatte. Es geht doch nichts über ein eingespieltes Detektivpaar.» Chatrina schenkte ihm ein Lächeln. «Haben Sie wenigstens etwas gefunden, was relevant ist?»

In der Hitze des Gefechtes hatte Max nicht mehr daran gedacht. Schrank und Kommode hatte er nicht durchsucht. Er kam zu dem Schluss, dass er sowieso nichts Wichtiges gefunden hätte, nichts, welches darauf hinwies, Solea Morell könnte etwas mit dem Giftanschlag zu tun haben. Falls sie Buchanan von früher kannte, fehlte noch immer die Verbindung von ihr zu Billy Horse. Max strich diese Option. Er wusste von früheren Fällen, dass der Weg zur Auflösung mit allerlei Abstrusem gepflastert war. Nie kam er näher an menschliche Schicksale heran als während seiner Ermittlungen. Trotzdem hatte er gelernt, alle Möglichkeiten auszuloten, auch die bedeutungslosen.

«Nichts, das mir von Nutzen wäre.» Max wollte nicht zugeben, dass er die Hälfte der zur Verfügung stehenden Zeit dafür verwendet hatte, auf dem Balkon zu stehen und den Wetterkapriolen zuzusehen. «Danke, Sie haben mich gerettet. Sie haben etwas gut bei mir.»

Später kehrte er zurück in sein Zimmer. Fede sass am Pult und vertiefte sich in den Bildschirm. Max befürchtete, sie würde sich in absehbarer Zeit eine Korrekturbrille zulegen müssen.

«Warum stellst du dein Handy ab?»

«Ich hatte es auf laut gestellt. Es war ein Fehler.» Er ging zu ihr und küsste sie auf den Kopf. Sie musste kürzlich die Haare gewaschen haben. Sie waren feucht und rochen nach Kräutern.

Fede kümmerte es weiter nicht. «Ich bin dabei, mir Informationen über Dave Casutt einzuholen.»

«Ich weiss nicht, ob er wichtig ist. Wir sollten an Buchanan dranbleiben. Dass er ein Problem hat, zeigt sich an seiner krankhaften Selbstdarstellung. Ich verstehe nicht, wie ein Mann in seinem Alter solch spitzbübische Aktionen ausheckt, um aus einem selbst verschuldeten Unfall einen Angriff auf seine Person zu inszenieren. Bei einem alternden Schauspieler hätte ich es durchgelassen, nicht aber bei einem Musiker.»

«Nicht jeder oder jede kann damit umgehen, wenn er älter wird.»

«Klar. Cheyenne gehört auch dazu. Schau sie dir an, zieht sich noch genauso an wie vor vierzig Jahren oder noch früher.»

«Meine Mutter trug die gleichen Klamotten. Das war die Generation nach den Hippies. Ausläufer davon. Geblümte Hosen, weite Blusen, Stirnbänder und dieser verklärte Blick. Es existieren Fotos aus dieser Zeit.» Fede klatschte in die Hände. «Ist doch cool. Es gibt genug Leute, die, sind sie dann mal fünfzig, wie graue Mäuse durch die Welt gehen. Frauen lassen sich beim Coiffeur einen Herrenschnitt verpassen, weil es ja so praktisch ist, und merken nicht, wie sie ihre Weiblichkeit verlieren. Die Männer lassen sich eine Wampe wachsen und finden sich unwiderstehlich …»

«Bist du fertig?» Was war bloss in Fede gefahren?

«Cheyenne meinte letzthin, *ich* sei bereits vierzig.»

«Sie ist unverschämt.»

«Finde ich auch. Okay, ich mache weiter.» Offenbar hatte sie bloss darauf gewartet, dass er ihr recht gab. Sie wandte sich von ihm ab und dem Laptop zu. «Dave Casutt hat sich erst vor einem Jahr selbstständig gemacht. Er kaufte sich einen SUV und liess ihn zu einer Luxuskarosse umbauen. Der Durchbruch gelang ihm, als er einen bekannten Politiker durch die Schweiz kutschierte und dieser für ihn Werbung machte. Trotz des Erfolgs ist er eine Einzelmaske geblieben. Man kann ihn buchen für Ausflüge, Hochzeiten oder eben als Chauffeur für die Dauer einer oder zweier Wochen.»

«Und was machte er vorher?» Max schwang sich auf das Ledersofa.

«Als zweitgeborener Sohn eines Garagisten in Bad Ragaz erlernte er den Beruf des Automechanikers und arbeitete später in verschiedenen Garagen. Anscheinend hatte er sich mit seinem Vater überworfen, der die Nachfolge seines Betriebs im ältesten Sohn sah. Die Garage ging leider Konkurs, weil Casutts Bruder ein Spieler war und sein Verdientes in den Sand setzte … habe ich in einer Medienmitteilung gefunden.»

«Ist er verheiratet?»

«Das ist nicht ersichtlich. An seiner Adresse in Chur ist nur sein Name aufgeführt.»

«Wie kann ein so gut aussehender Mann Single sein?» Max ging es nicht in den Kopf.

«Er wird ein paar Macken haben, die die Frauen abstossen.»

«Du bist heute aber gut drauf.»

Fede nahm die Hände von der Tastatur. «Mag sein. Ich habe mich noch nicht damit abgefunden, dass wir unsere Ferien ins Kamin haben schreiben müssen.»

«Das Wetter ist schlecht. Es spielt doch keine Rolle.»

«Gestern war es schön. Ich wäre gern zum Davosersee gefahren. Die haben dort eine Anlage für Wakeboarder.»

«Willst du damit sagen, du hast schon mal auf einem Wakeboard gestanden?» Fede versetzte Max immer wieder in Erstaunen.

«Ich bin noch nicht tot.» Fede starrte wieder auf den Bildschirm, tippte weiter auf der Tastatur. «Casutt ist wie ein unbeschriebenes Blatt.»

«Ein einsamer Taxichauffeur, der den Auftrag erhält, eine reiche trauernde Mutter zu betreuen. Er nimmt die Herausforderung an und verliebt sich in sein Mündel.»

«Mündel? Das finde ich krass. Solea ist nicht so unbeholfen, wie sie sich gibt.»

«Trotzdem ein gefundenes Fressen für ihn.»

«Aber was hat es mit der Vergiftung von Billy Horse zu tun?»

«Angenommen, der Täter wusste nicht, dass Horse an diesem Samstagabend auftritt, dann konnte er auch nicht wissen, dass das Saxophon *nicht* Buchanan gehörte.»

«Die Polizei hat *nicht* bestätigt, dass man das Gift am Mundstück sichergestellt hat. Also ist alles reine Spekulation. Wenn wir jedoch davon ausgehen, Buchanan könnte das Opfer sein, hat sein Unfall wohl Schlimmeres verhindert.»

«Oder Buchanan wollte Horse einen Denkzettel verpassen, weil dieser ihm die Show stahl.»

«Du verdächtigst noch immer ihn?»

«Ich komme einfach nicht von ihm los.» Max hatte in der Zwischenzeit die Beine auf dem Salontisch ausgestreckt.

Fede sah ihn unvermittelt mit zusammengekniffenen Augen an. «Wir versteifen uns in etwas und sehen den wirklichen Täter nicht.» Sie seufzte. «Wie weit bist du mit den Hotelgästen?»

«Eine Tortur», gab Max zu. «Ich wüsste gern, ob die Polizei auch in diese Richtung forscht.»

«Michelle Flury sagte mir, sie habe ebenso eine Gästeliste an Leutnant Ambühl ausgehändigt.»

«Du stehst mit Michelle in Kontakt?»

«Ich sammle Indizien, während du in fremden Schlafzimmern rumhängst.»

Max sprang auf. «Hast du nicht gesagt, Buchanans Frau Linda logiere im Hotel Schweizerhof?»

Fede schlug sich mit der flachen Hand an die Stirn. Dies verursachte ein klatschendes Geräusch. «Ja klar. Du könntest indessen zu ihr fahren und sie aushorchen.»

«Warum ich?» So schnell wollte er sich von Fede nicht abservieren lassen. «Und was würdest du in dieser Zeit tun?» Er entnahm seiner Gesässtasche das Portemonnaie und holte ein Zwanzigrappenstück heraus. «Kopf oder Zahl?»

«Ich fahre ins Spital.» Fede genoss es offensichtlich, das Spiel mitzumachen. «Zahl.»

Max atmete dreimal tief durch, hoffte, er würde Billy Horse besuchen können, und warf die Münze auf, fing sie mit der rechten Hand ab und legte sie auf seine linke. Enttäuscht hielt er Fede die Münze vor die Augen. «Du hast gewonnen.»

***

Den frühen Nachmittag durchzogen Regenschauer. Die Temperatur war um zehn Grad gesunken. Nichts erinnerte mehr an das Lichte, Frohe der vergangenen Tage. Das Landwassertal versank in einer Tristesse, die nicht nur Max aufs Gemüt schlug.

Er war zu Fuss unterwegs zum Bolgen. Nicht das, was er sich bei diesem garstigen Wetter vorgestellt hatte. Vor einer Stunde hatte er Linda Bucher telefonisch erreicht, nachdem er ihre Nummer von Cheyenne erhalten hatte. Sie war im Begriff gewesen, eine kleine Wanderung von der Schatzalp hinunter nach Davos Platz zu unternehmen. Buchanans Frau hatte spontan für ein Treffen zugestimmt, obwohl Max sie nur über das Nötigste informiert hatte. Linda Bucher hatte nichts gefragt, bloss gewünscht, ihr Treffen müsse ausserhalb des Hotels Schweizerhof stattfinden. Sie komme mit der Bahn runter. Aber da sie um diese Uhrzeit nicht gern auf einen Spaziergang verzichte, hatten sie sich entschieden, sich am Landwasser zu treffen. Auf die Schatzalp zu fahren, verspürte Max keine Lust.

Das ansonsten fröhlich dahinplätschernde Gewässer war zu einem ansehnlichen Fluss angeschwollen, das Blau war in ein trübes Braun mutiert, auf dem schmutzige Schaumkronen tanzten.

Linda Bucher stand auf der Brücke, die den Jakobshornparkplatz mit der Skistrasse verband. Sie war eine Frau um die sechzig mit kurz geschnittenen Haaren und einer Brille – ihr Erkennungszeichen, wie sie Max mitgeteilt hatte. Andere Merkmale an ihr wären ihm eher aufgefallen. Ihrem Körper sah man an, wie wenig sie für ihre Fitness tat. Eine bis über das ausladende Gesäss reichende dunkelbaue Steppjacke verbarg eine Figur, die Max gnädig birnenförmig genannt hätte. Ihre beiden Wanderstöcke muteten wie eine Faust aufs Auge an. Linda Bucher wollte wohl Eindruck schinden, wie sportlich sie unterwegs war, oder sie vermochte nicht, ohne Gehhilfe zu wandern. Max vermutete Letzteres.

Kaum zu glauben, dass sie einen Z4 fuhr, was er von Fede wusste.

«Hallo, ich bin Linda.» Sie streckte ihre Hand zum Gruss aus. «Und du bist Max.» Sie duzte ihn ungeniert, wollte auf lässig machen.

Allein die Vorstellung, in der nächsten Stunde neben der Frau zu gehen, machte Max wütend, und er verwünschte, den Deal mit Fede eingegangen zu sein, obwohl es seine Idee gewesen war. Als hätte er es geahnt, gab Linda das Tempo vor, mit vollem Stockeinsatz, aber so behäbig, dass sie kaum vom Fleck kamen.

«Wollen wir den Fluss entlanggehen?», fragte sie, als wäre es nicht bereits die selbstverständlichste Sache. «Ich hoffe, du hast dich warm angezogen.»

Max schlug neben ihr den Weg Richtung Frauenkirch ein, während er den Zipper an seiner wattierten Sportjacke hochzog. «Danke, dass Sie … du für dieses Treffen so spontan zugesagt hast.»

«Es blieb mir nichts anderes übrig, nachdem ich erfahren habe, worum es geht. Nun vermutet ihr ein Verbrechen?»

So hatte Max sich nicht ausgedrückt. «Eine Frage vorab: Seit wann bist du in Davos?»

«Lass mich überlegen.» Linda keuchte bereits nach wenigen Metern.

«Bist du zufällig am letzten Freitag angereist?»

«Nein, am Samstag.»

«Hat dich Cheyenne nicht angerufen?»

Linda blieb stehen, schöpfte Atem. «Wie kommst du darauf, sie hätte mich angerufen?»

Max war sich auf einmal nicht mehr sicher, was Fede Linda von Cheyenne erzählt hatte. «Wann hast du erfahren, dass dein Mann im Spital liegt?»

«Ich glaube, am Samstag.»

«Hat Jack es dir mitgeteilt?»

«Okay, Cheyenne hat mich informiert.» Linda bewegte sich wieder. «Was genau willst du über Jakob erfahren? Dass er ein Kindskopf ist? Ein untreuer Streuner? Ich hoffe, du hast mich nicht deswegen hierherzitiert.»

Max war sprachlos. Dass es ihr Vorschlag gewesen war, sich am Fluss zu treffen, liess er unkommentiert. «Begleitest du Jack in der Regel, wenn er auf Tournee oder an Konzerten ist?»

«Die Regel ist, dass ich nie mitgehe. Er hat genug Leute um sich, die ihm den Hintern abwischen. Cheyenne zum Beispiel. Sie war einmal meine beste Freundin. Sie ist heute noch der Ansicht, ich hätte ihr ihre grosse Liebe weggenommen.»

«Ist das so?»

«Ich würde ihr Jakob gratis abgeben.» Linda lachte verächtlich. «Keine Ahnung. Aber nach unserer Hochzeit lag unsere Freundschaft in Trümmern. Wir reden nur gerade das Nötigste miteinander.»

«Seit wann bist du verheiratet?»

«Vor einem Jahr feierten wir die Rubinhochzeit.»

Max hatte diesen Ausdruck nie zuvor gehört. «Rubinhochzeit?»

«Vierzig verlorene Jahre. Aber was soll's? Ich habe stets versucht, mich mit Jakob zu arrangieren. Wir konnten keine Kinder haben.» Einen Moment versagte ihre Stimme. Linda räusperte sich. «Jakob hatte immer andere Frauen.»

«Trotzdem bist du bei ihm geblieben.»

«Selbstverständlich. Wir haben uns vor Gott ewige Treue geschworen, in guten wie in schlechten Zeiten füreinander da zu sein. Ich wollte meine Ehe nicht aufs Spiel setzen, nur weil mein Mann nicht aus den Kinderschuhen gewachsen ist. Im Grunde ist er ein lieber Kerl. Die Weiber sollte man ... na ja, das sage ich jetzt lieber nicht.»

Eine Weile gingen sie schweigend nebeneinanderher. Max empfand es vergeudete Zeit. Linda hatte wahrscheinlich in ihm ein Opfer gefunden, welches sie mit ihren Sorgen und Nöten vollquatschen konnte. Sie war bei ihm an der falschen Adresse. Allmählich konnte er Buchanan verstehen. Mit Linda war er wahrscheinlich nie glücklich gewesen. Sie war einfach gestrickt und anstrengend.

«Ach ...» Sie versperrte ihm plötzlich mit einem Stock den Weg und sagte aus dem Nichts heraus, völlig zusammenhangslos: «Wer hätte das gedacht, dass ich einmal im Leben mit einem so gut aussehenden Mann am Landwasser spazieren gehen würde?»

Max erwiderte nichts darauf. Es war ihm peinlich.

«Das letzte Mal war ich mit Jakob hier. Da nahm er mich wenigstens noch wahr.»

«Wann war das?»

«Ich muss ausholen: Bis vor neun Jahren, vielleicht zehn, sind wir in jedem Sommer in Davos gewesen. Nicht zuletzt wegen der Jazztage. Aber ich hielt mich stets im Hintergrund, aus den bekannten Gründen. Dann ging ich nicht mehr mit, bis vor drei Jahren. Während Jakob an den Konzerten spielte, liess ich es mir gut gehen, mit Wellness, Essen und so.»

Vor allem mit Essen, dachte Max.

«Dann warst du vor zwei Jahren auch in Davos?» Max stiess endlich den Stock zur Seite.

«Ja. Da waren wir bereits um den zehnten Juni da. Und dann während der Jazztage. Ist das wichtig?»

«Erinnerst du dich an einen Unfall, der sich unterhalb der Talstation der Jakobshornbahnen ereignet hat?»

Linda wandte ihr Gesicht ab. «Kam da nicht ein Kind zu Schaden? Das tragische Ereignis hat hohe Wellen geworfen. Ich bekam es aber nur am Rand mit.»

«Ein achtjähriges Mädchen.» Max hatte sich vorgenommen,

Linda nicht zu berühren. Sie hätte es falsch interpretiert. Trotzdem tat er es. Er nahm sie beim Arm und drehte sie in seine Richtung um. «Hat Jack Buchanan etwas damit zu tun?»

Linda wich ihm mit ihrem Blick aus, blieb ihm die Antwort schuldig. Ein Windstoss hatte sie beide erfasst. Linda schrie auf, was Max lange in den Ohren nachhallte. «Wir sollten umkehren. Der Spaziergang war keine gute Idee.» Sie wandte sich abrupt um und ungeachtet dessen, dass Max neben ihr rebellierte, schritt sie zurück, schneller jetzt.

«Linda.» Er holte sie ein.

Es begann wieder zu regnen. Die Kälte kroch ihm bis auf die Knochen. Die Feuchtigkeit drückte durch die Jacke.

«Noch einmal: Hat dein Mann etwas damit zu tun?»

«Welch absurde Idee.» Linda atmete wie eine ausrangierte Lokomotive. «Ich dachte, ich könnte dir dabei helfen, den Giftanschlag auf Billy Horse zu klären.»

«Kennst du ihn?»

Linda blieb ausser Atem stehen. Sie kreuzte ihre Wanderstöcke vor ihrem Bauch, beugte sich nach vorn. «Selbstverständlich … Cheyenne wollte … huch … ihn in die Band holen. Jakob war … huch … dagegen. Er befürchtete, Billy … huch … könnte ihm den Rang ablaufen. Billy war schon damals ein Ausnahmetalent, was das Saxophonspielen betraf. Für Jakob eine echte Konkurrenz.»

«Glaubst du, da schwelt noch etwas unter der Oberfläche?»

«Du verdächtigst Jakob? Wo steckt er überhaupt?»

Max hatte Buchanan versprochen, nichts über seinen Aufenthaltsort zu verraten, hatte ihm aber im Gegenzug das Versprechen abgenommen, dass er sich von sich aus bei der Polizei meldete. «Ich bin nicht mit ihm verheiratet.»

Offenbar verstand Linda den Wink. Bis zum Bahnhof sprach sie kein Wort mehr.

ZWÖLF

Fede erkundigte sich bei der Anmeldung nach William Hengst. Sie verwendete nicht sein Pseudonym, um Fragen zu umgehen. Man gab ihr ohne Weiteres Auskunft.

Nachdem sie mit dem Lift in die zweite Etage gefahren war, ging sie den Korridor entlang, zielstrebig auf die Zimmertür zu, hinter der schon Buchanan gelegen hatte. Vor der Tür blieb sie stehen. Sie atmete kurz ein, wieder aus und klopfte an.

Billy Horse lag allein im Patientenzimmer, dahindösend. In seinem linken Arm steckte eine Kanüle. Neben dem Bett befand sich der Infusionsständer, daran der Infusionsbeutel, aus dem es im Sekundentakt in die Kapsel tröpfelte. Das zweite Bett fehlte. Fede stellte den mitgebrachten Herrschäftler auf den Rollkorpus, auf dem ein Glas mit einer undefinierbaren Flüssigkeit stand, und beobachtete Horses Augen, welche sie skeptisch betrachteten.

«Ich bin Fede. Ich hoffe, Sie mögen Rotwein.» Sie deutete auf die Flasche. Sie hatte den Mann nicht so blass in Erinnerung.

«Kennen wir uns?»

«Federica Hardegger, Privatdetektivin.»

«Aha.» Horse richtete sich auf. Sofort schoss ein wenig Farbe in sein Gesicht. «Ich habe Sie irgendwo schon mal gesehen.»

«Am letzten Samstag stand ich direkt vor der Bühne.»

«Ich erinnere mich. Trugen Sie nicht diese Jacke mit den Fransen?»

«Gut beobachtet. Wie geht es Ihnen?»

«Danke, es geht aufwärts. Ich bekomme Antibiotika und Schonkost. Am Freitag darf ich die Klinik verlassen.» Er runzelte die Stirn. «Weshalb sind Sie hier?»

«Man hat mich damit beauftragt, Licht ins Dunkel zu bringen.» Fede wollte nicht um den heissen Brei herumreden. «Es ist ja offensichtlich, dass man versucht hat, den Musiker zu vergiften, der mit dem Saxophon spielte.» Im letzten Moment hatte sie sich überlegt, nicht allzu direkt zu sein.

«Meinen Sie mich?»

«Das ist die Gretchenfrage.» Fede sah zum Fenster, vor dem die Landschaft wie eine Schwarz-Weiss-Fotografie wirkte. «Um das herauszufinden, bin ich hier.»

«Die Polizei war da. Ich habe bereits alle Fragen beantwortet. Ersparen Sie sich die Mühe.»

«Ich betrachte den Fall aus einer anderen Perspektive», redete sich Fede heraus. «Mein … Partner und ich recherchieren mit unsern Mitteln.»

«Sie sind also zu zweit.» Horse starrte vor sich hin. «Ja, was soll ich dazu sagen?»

«Wann hat Cheyenne Sie gebeten, für Buchanan einzusteigen?»

«Am Freitagabend. Am darauffolgenden Morgen liess ich mich mit dem Taxi zum Bahnhof Luzern fahren, dort nahm ich den Zug. Wie Sie sehen, bin ich ein spontaner Mensch.» Er machte eine Schnute. «Ich habe es für Cheyenne getan. Ich weiss, was sie für ihre Musiker tut und was ihr der Anlass in Davos bedeutet.»

«Sie hat Ihre Nummer für alle Fälle?»

«Das ist so. Im Gegensatz zu Bucher …», Horse verzog seinen Mund zu einem schiefen Grinsen, «… zu Buchanan hat sie nach wie vor einen guten Draht zu mir. Cheyenne darf sich nicht laut dazu äussern. Jack würde es ihr nie verzeihen, und wie ich ihn einschätze, würde er sie … nicht gerade hinauswerfen, aber ihr eine Szene machen.»

«Ist Buchanan wirklich ein so fieser Typ?» Fede hätte nicht zu fragen brauchen. Seit sie ihm damals auf dem Jazz-Boat begegnet war, hatte er sich zum Nachteil verändert, nicht nur optisch. Sie meinte, eine gewisse Durchtriebenheit auf seinem Gesicht gelesen zu haben.

«Cheyenne ist von ihm abhängig», sagte Horse. «Sie braucht das Geld.»

«Was, glauben Sie, ging Buchanan durch den Kopf, als er von seinem Ersatz erfuhr?»

«Ich kann es nicht sagen. Früher war er oft launisch und rechthaberisch. Immerhin habe ich den Abend für seine Band gerettet.»

«Erzählen Sie, wann Sie zum ersten Mal gespürt haben, dass es Ihnen schlecht geht?»

«Ich bekam heftige Magenkrämpfe … noch vor der Pause. Dann schwindelte mir.»

«Man hat Ihnen nichts angemerkt.» Das war gelogen. Max hatte es sehr wohl festgestellt.

«Ich dachte zuerst, ich vertrüge die Höhe nicht. Ich ziehe das Meer den Bergen vor. Bin deswegen selten in den Bergen unterwegs.»

«Davos ist bloss tausendfünfhundert Meter über Meer.» Fede vermochte nicht, Horses Bemerkung nachzuvollziehen.

«Es war mein erster Gedanke. In der Pause trank ich Tee, dachte, dass es mir danach besser ginge.» Er zögerte, als hielte er etwas zurück, das ihn beschäftigte. «Als ich nach der Pause die Bühne betrat, geschah das Gegenteil. Es gelang mir kaum mehr, aufrecht zu stehen. Den Rest kennen Sie sicher.» Er wirkte plötzlich müde.

«Hat die Polizei Ihnen mitgeteilt …»

«… dass ich vergiftet wurde?», unterbrach Horse. «Nein, hat sie nicht.» Er überlegte, als wollte er etwas ergänzen, schwieg jedoch.

«Steht schon fest, um welches Gift es sich dabei gehandelt hat?»

«Sie hören mir nicht zu. In der Zeitung steht, am Mundstück respektive am Rohrblatt habe sich Gift befunden … und nein, ich erinnere mich nicht, wann man es daran gestrichen haben könnte. Aber noch einmal: Die Polizei hat diese Behauptung *nicht* bestätigt.»

Fede starrte Horse überrascht an. «Erklären Sie es mir?»

«Man hat Gift in meinem Körper gefunden. Mein Mageninhalt war toxisch. Auch das Blut hat etwas abbekommen. Bis die Laborberichte da sind, dauert es eine Weile. Das ist alles, was ich weiss.»

Fede dachte, dass es Gifte gab, die neutral waren und die man weder riechen noch schmecken konnte. Da sie wenig Ahnung von Giften hatte, liess sie es dabei bewenden und fragte nicht weiter. Eines liess ihr jedoch keine Ruhe. «Haben Sie Feinde? Gibt es jemanden, der Ihnen spontan einfällt?»

«Ich mache Musik. Ich tue niemandem etwas zuleide. Ich wüsste nicht, wem ich auf die Füsse getreten bin. Bis anhin hatte ich meinen Frieden. Vielleicht galt der Anschlag Buchanan. Es gäbe mehr Gründe, ihn anzugreifen als mich.»

«Warum, glauben Sie?»

«Wo er auftritt, hinterlässt er Baustellen.»

«Gebrochene Herzen etwa?» Fede dachte an Chili. Wenn sie Buchanan überdrüssig würde, wäre sie schnell weg. Vor ihr existierten sicher auch andere Frauen.

«Das ist möglich. Aber Frauen traue ich nichts dergleichen zu.»

«Da wäre ich mir nicht sicher.» Fede verkniff sich ein Schmunzeln. «Wenn Frauen morden, tun sie das oft mit Gift.»

«Das ist eine Mär.» Horse begann auch zu lachen und entblösste dabei ein perfektes Gebiss. Der Mann hatte sich gut gehalten. Fede wollte ihn nicht länger belästigen. Horse hatte die Ruhe nötig. Erst noch hatte er sich im Koma befunden. Fede war sich sicher, mit seiner positiven Einstellung würde es ihm bald ganz gut gehen. «Ich danke Ihnen für die Auskunft, und entschuldigen Sie, wenn ich Sie überrumpelt habe. Und falls Ihnen etwas in den Sinn kommen sollte, was Sie weder der Polizei noch mir bereits mitgeteilt haben, rufen Sie mich auf meiner Nummer an.» Sie legte ihre Visitenkarte neben die Weinflasche.

***

Für Solea und Dave war ein Tisch in einem der Eckbereiche gedeckt. Kerzen und Rechauds standen bereit. Dazu echte rote Rosen in einer Vase aus Porzellan. An der taubengrauen Wand hingen zwei Gemälde mit asiatischen Sujets. Der Geruch nach Zitronengras lag in der Luft.

«Geht es dir gut?» Dave schenkte ihr ein Lächeln über den Tisch hinweg.

«Es ändert nichts an meiner Verfassung, wenn du mir dauernd die gleiche Frage stellst.» Solea griff an den Rand des Tisches und zog sich mitsamt Rollstuhl näher heran.

«Vielleicht beantwortest du mir nur die Frage.»

Obwohl Dave einen freundlichen Gesichtsausdruck aufgesetzt hatte, nahm Solea die Veränderung in seiner Stimme wahr. Sie war fordernd, beinah aggressiv. Es machte ihr Angst.

Vor einer Viertelstunde hatte er sie in ihrer Suite abgeholt und geduldig gewartet, bis sie sich fertig zurechtgemacht hatte. Er war ihr nicht wie üblich zur Hand gegangen, was seine Wartezeit unnötig verlängerte. Ihre Abweisung am Vormittag hatte ihn vermutlich mehr gekränkt als angenommen. Solea hatte damit sein männliches Ego verletzt. Es dünkte sie, als wäre eine dunkle, unheimliche Seite an Dave zum Vorschein gekommen. Er hatte Solea gewollt und sie nicht bekommen. Aber durfte sie seine Avancen ernst nehmen? Sie war nicht bereit dazu, mit ihm zu schlafen. Ihre romantischen Gefühle ihm gegenüber hatten einen Kitzel in ihr geweckt, der ihr guttat. Bis heute Morgen.

«Mir geht's einigermassen.» Sie griff nach dem Wasserglas, das ein Kellner gefüllt hatte.

«Na, geht doch.» Dave strahlte sie an und schlug die Speisekarte auf. Eine Weile sagte er nichts. Sein Schweigen täuschte jedoch nicht darüber hinweg, dass sich seine Zuneigung zu ihr ins Gegenteil gekehrt hatte.

Solea hatte Zeit, ihn zu betrachten, während sie abwechslungsweise die angebotenen Menüs las. Dave hatte sich in Schale geworfen, trug den gleichen Anzug, den er bei der Hinfahrt nach Davos getragen hatte. Hellbraun mit einem weissen Hemd. Selbst die Krawatte fehlte nicht. Solea hatte auf dem Rücksitz gesessen, hinter abgedunkelten Scheiben, und war sich wie eine Diplomatin vorgekommen. Sie musste sich zugestehen, dass sie sich diese Extravaganzen leisten konnte. Sie hatte sich sogar einen DVD-Film angesehen. Eine grosse Auswahl existierte nicht.

«Es gibt hausgemachte Frühlingsrollen zur Vorspeise oder Wan Tan, mit Pouletfleisch gefüllte Ravioli, oder Dim Sum …»

«Ich kann selbst lesen.» Solea bohrte ihren Blick in die Karte. Sie war zu weit gegangen. Gleiches sollte nicht mit Gleichem vergolten werden. «Ich habe mich für die Satay-Spiesse entschieden», sagte sie gemässigt. Sie fühlte sich dazu verpflichtet. Vielleicht würde sie den Abend noch retten können. «Ich mag Erdnussbutter.»

«Und zum Hauptgang?»

Hatte Dave den zarten Wink gemerkt? Solea hatte befürchtet, er würde sie massregeln.

Sie überflog die Hauptspeisen und entschied sich für «Poulet mit Zitronensauce».

«Zweimal Poulet?» Eine Frage, die den Kern des Zurechtweisens in sich hatte. Es war, als übernähme Dave ihr Denken. Das Nachtessen war bereits zum Scheitern verurteilt.

Es lag Solea auf der Zunge, Dave nach seinem Vorhaben zu fragen. Hinter seinem Handeln musste sich etwas verbergen, das sie bis anhin nicht bemerkt hatte. Sie erinnerte sich an seine Aussage, man müsse den Feind vernichten. Was hatte er tatsächlich damit gemeint?

Steckte vielleicht Dave hinter dem Anschlag auf die Buchanan Five? Hatte er etwas missverstanden oder falsch interpretiert?

«Ich nehme Rindfleisch mit Chilisauce. Hat drei Chilischoten, ist wahrscheinlich sehr scharf.»

Sein Grinsen jagte Solea einen kalten Schauer über den Rücken. Sie dachte an den Vormittag, wo er sich plötzlich neben sie ins Bett gelegt hatte. Er hatte sich von hinten an sie gedrängt. Sie hatte seine Erregung gespürt, und es hatte sie erschreckt. Nicht sein Körper hatte sie angewidert, sondern die Vorstellung, wie er sie in ihrem Zustand berührte. Sie hatte es verabscheut, wie er ihre Hüftknochen anfasste, als würde er ihre körperliche Verfassung kontrollieren. Hatte sie sich so in Dave getäuscht?

Wollte er jetzt bloss lustig sein, sie mit seinem gewöhnungsbedürftigen Humor aufmuntern?

Dave durchforstete die Weinkarte. Wie selbstverständlich hatte er den Part des Entscheidungsträgers übernommen, obwohl Solea die Rechnung bezahlen würde. Sie unterdrückte eine Bemerkung und sah sich im Restaurant um. Zwei Tische neben ihr hatten sich von Wirth und Fede niedergelassen. Ob sie zu Recherchezwecken hier waren? Dass sie ein Detektivpaar waren, galt längst nicht mehr als Geheimnis. Zu offensichtlich war ihre Neugier. Oft schlich Fede durch die Hotelgänge, glaubte sich wohl unbemerkt. Von Wirth hielt sich manchmal *hinter* der Rezeption auf. Neulich hatte Solea ihn mit einem Polizisten sprechen gesehen. Sie verschwendete keinen Gedanken mehr daran, sondern freute sich auf das Essen.

Ja, sie freute sich darauf. Sie würde Dave ausblenden, wie sie alles in ihrem Leben wegdachte. Sie hatte sich am Morgen gewogen, auf ihrer eigenen Personenwaage, die sie mitgebracht hatte. Seit sie in Davos war, hatte sie zwei Kilogramm zugenommen. Dr. Schwegler hatte ihr geraten, ihr Gewicht zu beobachten. Sollte sie abnehmen, müsse sie sich sofort im Spital melden.

So weit kam es nicht. Solea schaffte es sogar, ohne Hilfe vom Badezimmer zum Balkon zu gehen. Ein enormer Fortschritt, was sie der Bergluft zuschrieb. Und dem Umstand, dass sie nicht wieder nach Chur zurückkehren würde, bis die Sache mit Jack Buchanan geklärt war.

***

«Sie sind auch da.» Fede strich über Max' Arm. «Nicht umdrehen, das fällt sonst auf.»

«Von wem sprichst du?» Max beobachtete Fede, wie sie herumzappelte.

«Von Solea Morell und ihrem Chauvi.»

Max hatte gerade die Speisekarte entgegengenommen, konnte es kaum erwarten, visuell durch das chinesische Küchenangebot zu reisen. Der vergangene Tag hatte ihn hungrig gemacht. Der Druck, der auf ihm lastete, animierte ihn zum Essen. Es war nie anders gewesen. «Wollen wir bestellen?»

«Warum so eilig?» Fede guckte sich die Getränkeliste an. «Zum Vorspann ein Apéro wäre nicht übel.»

«Ich erwarte einen Anruf.»

«Von wem?»

«Reto Pitschen vom Radio Grischa. Ich hatte dort angerufen, konnte ihn jedoch nicht persönlich erreichen. Er stand am Samstag direkt vor uns.»

«Der neben dem Mikrofon?»

«Er hat den Abend aufgezeichnet. Nicht bloss akustisch. Er hatte eine Minikamera installiert. Wenn er mit dem Filmmaterial herausrückt, kämen wir vielleicht weiter.»

«Die Polizei hat ihn sicher längst befragt.» Fede wies auf die Weinkarte. «Sieh an, die haben den Roederer, Brut Cristal. Ist das nicht Milagros' Lieblingschampagner? Ich mag ihn auch sehr.»

Max folgte Fedes Zeigefinger. «Hast du den Preis gesehen?»

«Ach, komm schon. Lass uns ein bisschen Gaumenfreude haben.»

Hoffentlich danach auch körperlichen Spass, dachte Max, behielt es aber für sich. «Einverstanden.»

«Eine Flasche?»

«Was denn sonst?» Max überlegte, wo er stehen geblieben war. «Wenn wir Glück haben, sind wir der Polizei einen Schritt voraus.»

«Das ist ein Wunschdenken.» Fede bestellte den «Louis Roederer», schäkerte derweil mit dem Kellner. «Was ist mit dem Südostschweizer Radio? Die waren doch auch anwesend.»

«Ich habe bereits mit dem Chef gesprochen. Er verwies mich wegen des Films ans Radio Grischa.»

«Ach so, an die Konkurrenz.»

«Er hat früher dort gearbeitet. Er kennt die Leute sehr gut.»

«Erzähl von Linda Bucher.»

«Wollen wir uns den Abend vermiesen?» Max konnte sich ein Lachen nicht verkneifen, als er Fedes erstaunten Gesichtsausdruck sah.

«So schlimm?»

«Nach allem, was sie mir berichtet hat, gehört sie ebenso zu den Verdächtigen. Sie reiste bereits am Samstag nach Davos. Das habe ich überprüfen lassen. Michelle klärte es für mich ab, über eine Bekannte, die an der Rezeption im Hotel Schweizerhof arbeitet. Es geht doch nichts über eine gute Vernetzung.»

«Mutest du ihr zu, Horse vergiftet zu haben?»

«Horse nicht, es könnte sein, dass sie versucht hat, ihren Mann zu vergiften. Sie wusste nichts von seinem Ersatz. Die hat ein echtes Kreuz mit dem, so wie er sie behandelt.»

«Ich weiss, Cheyenne hat mir davon erzählt. Scheiden lassen will sie sich nicht. Vermutlich geht es um viel Geld.»

Diese Feststellung war nicht von der Hand zu weisen. «Sie bekommt alles nach Buchanans Tod.»

«Bleibt sie also unsere Hauptverdächtige», sagte Fede lapidar und widmete sich der Speisekarte.

Der Kellner brachte den Champagner. Fede kostete. Sie fand ihn «vorzüglich».

«Wir sollten uns vermehrt auf das Hotelpersonal konzentrieren. Jemandem muss doch aufgefallen sein, als der Täter sich in der Garage am Saxophon», Max zeichnete Häkchen in die Luft, «vergriff.»

Fede hob das Glas. Sie hatte um zwei Burgunderkelche gebeten. «Wenn es jemand von den Mitarbeitern ist?»

«Das kann ich mir nicht vorstellen.» Max prostete ihr zu. «Und die Hotelgäste zu befragen, erachte ich nach wie vor als heikel. Es gibt zwei Personen auf der Liste, die wir uns näher ansehen müssen.»

«Um wen handelt es sich?»

Das iPhone vibrierte. Max holte es aus der Hosentasche, sah auf das Display. «Du entschuldigst mich. Das ist Radio Grischa.» Fedes Frage liess er unbeantwortet. Er verliess den Tisch, ging Richtung Ausgang, vorbei an der Garderobe, wo Regenmäntel und Jacken hingen. Er meldete sich.

«Reto Pitschen. Hallo. Sie haben mich gesucht?»

«Danke für den Rückruf.»

«Keine Ursache. Meine Kollegin hat mir zwischen Tür und Angel mitgeteilt, worum es geht.»

Max wich einem jungen Paar aus, das verliebt an ihm vorbeisteuerte, und betrat die Galerie. Er sah hinunter ins Foyer. Die futuristische Lampe mit den Stäben aus Muranoglas verbreitete ein rötliches Licht, das im vergehenden Tag mystisch wirkte.

«Sie haben Interesse am Film, den ich am letzten Samstag im Grischa gedreht habe?» Ob er sich einen Zuschuss daraus erhoffte? Er hatte verdächtig schnell auf das Telefonat reagiert.

«Das ist richtig. Oder hat sich die Polizei bereits danach erkundigt?»

«Nein, ich kann Sie beruhigen. Ich habe die Band heimlich aufgenommen.»

«Hat man Sie nicht befragt?»

«Sie meinen, nachdem man Billy Horse ins Krankenhaus gefahren hat?» Pitschen liess ein paar Sekunden verstreichen.

«Ja.» Max tigerte zwischen dem Eingang zum Restaurant «Golden Dragon» und den Türen vor den Seminarräumen hin und her.

«Nur kurz. Zu der Zeit gab es keinen Verdacht, Horse könnte vergiftet worden sein. Ich sah mir den Film erst am Sonntagmorgen an. Das heisst, ich liess die Musik noch einmal in aller Ruhe auf mich einwirken. Vor allem den Gesang von Viktoria. Sie war einsame Spitze.»

«Fand ich auch. Was war mit Billy Horse?»

«Das … ja, das sollten Sie sich ansehen.»

«Gibt es etwas, das aussergewöhnlich war?»

«Etwas?»

«Verraten Sie es mir?» Ein Schub Adrenalin pulsierte durch seine Adern.

«Nicht am Telefon.»

Max sah wieder hinunter in den Empfangsbereich. Die Sofas hatten sich mit Leuten gefüllt. «Können wir uns morgen treffen?»

«Geht leider nicht. Da bin ich auf Sendung.»

DREIZEHN

Auf diese Begegnung hatte sie nicht gewartet. Cheyenne wich Linda aus, wo sie konnte. Doch das heutige Rendez-vous war nicht zu umgehen. Nicht nur von Lindas Seite, auch von ihrer gab es einige Fragen zu klären.

Jacky war nach wie vor nicht aufgetaucht. Max hatte ihr seinen Aufenthaltsort nicht verraten wollen. Das Detektivpaar war, wie sie vernommen hatte, für das Hotel Grischa unterwegs; Cheyenne hatte nichts mehr auszurichten. Sie war es sich gewohnt, in der zweiten Reihe zu stehen. Sie schluckte den Ärger hinunter.

Sie sass da, vor einem Glas Latte macchiato, und starrte auf den Schaum, den ein Schokoherz zierte. Am Abend zuvor war es spät geworden. Sie hatte sich in der Pulsa-Bar betrunken und das Zimmer nur mit Hilfe des Barkeepers erreicht. Himmel, hatte sie sich geschämt. Dabei hatte sie sich vorgenommen, mit Alkohol vorsichtiger umzugehen. Sie vertrug ihn nicht mehr so gut wie in jungen Jahren.

Linda betrat den Frühstücksraum mit zehn Minuten Verspätung. Sie war ausser Atem. Cheyenne bemühte sich nicht, aufzustehen. Sie wies auf den Stuhl ihr gegenüber, worauf sich Linda stöhnend plumpsen liess.

«Sportlich unterwegs?», fragte Cheyenne, wohl wissend, Linda damit zu brüskieren.

Diese schien die bissige Bemerkung nicht zu stören. «Wir haben ein gemeinsames Problem», sagte sie, nachdem sie beim Service einen Krug Schwarztee geordert hatte. «Und dieses möchte ich lösen, bevor mir weitere delikate Fragen gestellt werden.»

«Ich dachte nie im Traum daran, dass uns Jacky jemals an einen gemeinsamen Tisch bringen würde.» Cheyenne liess ihren Blick durch den Saal schweifen, zum Fenster, das die gesamte Breite der hinteren Wand einnahm. Dahinter befand sich eine Art Zen-Garten mit üppigen Grünpflanzen, welche an ein Tropenhaus erinnerten. «Wenn du von mir erfahren willst, wo Jacky sich aufhält, tut mir leid, ich weiss es nicht. Du kennst ihn, wenn es brenzlig wird, zieht er den Schwanz ein.»

«Ich wünschte, er würde ihn öfter einziehen … du weisst, wo.»

«Wenn du glaubst, ich hätte jemals ein Verhältnis mit ihm gehabt, täuschst du dich.» Um ihrer Bemerkung Nachdruck zu verleihen, setzte sie nach: «Ich schwöre.»

«Das glaube ich dir sogar. *Jacky* steht auf junge Frauen.»

«Ich war auch mal jung», konterte Cheyenne diese freche Bemerkung. Sich dessen bewusst, Linda zu verletzen, kam sie auf Chili zu sprechen. «Ich nehme an, du weisst, mit wem er sich gerade vergnügt.»

«Damit habe ich leben gelernt. Das ist das Los vieler Musiker-Frauen. Wenn sich ihre Männer im Rampenlicht suhlen, stehen meinesgleichen am Kochherd.»

«Du stehst eher hinter dem Mond.» Cheyenne schlürfte Kaffee, während sie ihre ehemalige Freundin nicht aus den Augen liess. Was hatten sie es früher lustig gehabt miteinander. Kennengelernt hatten sie sich an einer Tanzveranstaltung. Beide waren fünfzehn und Tanzpartnerinnen von zwei Brüdern gewesen, die am Jahresabschlussball des Gymnasiums feierten. Später waren sie dicke Freundinnen geworden, hatten Freud und Leid geteilt, bis Cheyenne zufällig wieder auf Jakob Bucher, der sich in der Zwischenzeit einen Künstlernamen zugelegt hatte, gestossen war. Sie hatte Jacky mit Linda bekannt gemacht. Linda war ein bildhübsches Mädchen gewesen, das gewusst hatte, wie man seine Reize ausspielt. Prompt hatte sie dem Musiker den Kopf verdreht und ihn wenig später geheiratet. Für Cheyenne war dies ein Vertrauensbruch gewesen. Dass sie damals nicht an der Hochzeit von Linda und Jacky teilgenommen hatte, trug Linda ihr dagegen jahrelang nach.

Wenn sie ihre ehemalige Konkurrentin ansah, fühlte sie bloss Mitleid. Was war aus der einst strahlenden jungen Frau geworden? Jacky hatte sich bereits Monate nach der Hochzeit beklagt, dass sich seine Frau vernachlässige und ihn kaum beachte.

Cheyenne glaubte, dass sie sich nie in Jackys Welt hatte einfühlen können. Sie verstand weder etwas von Musik noch davon, wie man mit Erfolg umgeht.

«Mensch, Linda, komm auf die Welt. Mach etwas aus dir. Seit du verheiratet bist, bemühst du dich um nichts. Es ist nie zu spät, um etwas zu ändern.»

Damit hatte Linda offensichtlich nicht gerechnet. Sie rührte mit dem Löffel im Teeglas, als würde sie eine Antwort darin finden.

«Du hinterlässt den Eindruck, wie gut es dir geht und wie lässig du bist, wenn du mit deinen Wanderstöcken durchs Dorf spazierst. Ich habe dich gestern gesehen. Das ist lächerlich.»

«Ich fahre einen Z4.»

Diese Bemerkung hatte Cheyenne erwartet. Der Sportwagen diente Linda dazu, einen anderen Eindruck von sich zu erwecken, als es der Wirklichkeit entsprach. Hinter dem Lenkrad war sie jemand, konnte auf der Schnellstrasse die andern überholen, auch wenn sie im wahren Leben auf der Strecke blieb.

Cheyenne seufzte. Linda tat ihr plötzlich leid. Was immer sie zurückgeworfen hatte, sie hatte es sicher nicht verdient. Augenscheinlich war sie eine einsame Frau, die ihrem Elend mit einer künstlichen Parallelwelt entgegenwirken wollte. Am liebsten hätte Cheyenne sie in die Arme genommen und sie gedrückt. «Es wäre schön, wenn wir uns wieder vertragen würden.»

«*Du* hast damit begonnen, mich links liegen zu lassen. Du weisst gar nicht, wie ich darunter litt. Als Jakob sich mir entfremdete, hätte ich gern jemanden zum Sprechen gehabt.»

«War es so schlimm?» Cheyenne war es sich nicht bewusst, und wenn sie sich jetzt schämte, kam es nicht von ungefähr.

«Ich wusste nicht, wie sehr du Jakob verehrst. Glaube mir, auch du wärst nicht glücklich mit ihm geworden. Er ist ein Filou, ein Windhund, ein Egoist.» Sie zählte noch einige solcher Bezeichnungen auf.

«Mag sein, er ist jedoch auch ein begnadeter Musiker, ein traumhafter Saxophonspieler.»

«Du hast immer bloss seine sonnige Seite gesehen.»

«Nein, habe ich nicht. Ich konnte, im Gegensatz zu dir, mit den dunklen umgehen. Seinen Erfolg verdankt er in erster Linie mir. Das ist nichts gegen dich, Linda, verstehe mich nicht falsch.» Sie fühlte sich plötzlich genötigt, das Angefangene zu beenden. «Ohne mich wäre die Band nie dorthin gekommen, wo sie heute ist. Klar ist der Höhepunkt ihrer Karriere längst vorbei. Aber sie sind international bekannt. Ich habe mich um Plattenverträge bemüht. Immerhin gibt es von den Buchanan Five sechs Jazzalben. Jedes Titelstück gelangte in die Charts. Sie bekamen Preise, kassierten ab … Jacky verdiente sich dumm und dämlich. Du wirst einmal alles bekommen … und das fürs Nichtstun.»

Linda räusperte sich bloss.

«Sorry …» Cheyenne, ihrer Verfehlung bewusst, streckte ihre nach Lindas Hand aus und tätschelte sie. «Nicht nur du bist verbittert.»

Cheyenne hätte viel mehr aus ihrem Leben machen können. Damals, als sie an der Weggabelung gestanden hatte. Hätte sie sich anders entschieden, wäre sie die Frau eines reichen Amerikaners geworden. Sie hatte sich sogar in ihn verliebt, einen Sommer lang, als sie mit Jacky und der Band in New Orleans im Staat Louisiana stationiert gewesen war. Bereits am zweiten Abend im verrauchten Bombay-Club, in der Nähe des Museums Hermann-Grima-House im französischen Viertel, war sie mit Jack im Bett gelandet. Ja, er hiess auch noch gleich. Ohne Pseudonym. Cheyenne hatte sich für *ihren* Jacky entschieden, sich bewusst, es würde eine platonische Liebe bleiben.

«Du hast ja so recht.» Linda seufzte hörbar.

«Eines möchte ich dennoch von dir erfahren. Hast du Billy vergiftet, in der Meinung, es würde Jacky treffen?»

«Nein, obwohl ich ihm oft den Tod gewünscht habe.» Sie zog die Hand zurück, verschränkte die Arme. «Es gibt aber etwas, das du wissen solltest.»

***

Nun tauchte dieser Detektiv in der Küche auf, von dem man munkelte, er würde sich jeden Mitarbeiter des Hotels vornehmen. Manuel Guler, seit vier Jahren Küchenchef im Grischa, verstand es so, dass man nun *ihn* in die Mangel nehmen würde. Offenbar ahnte von Wirth etwas von seinem Versäumnis. Detektive verfügten dem Anschein nach, anders als ein Koch, auch über einen guten Riecher.

«Du bist wie ein offenes Buch», sagte Gulers Frau oft, wenn er mit der Wahrheit nicht herausrücken wollte. «Dir sieht man an, wenn du lügst.»

Ob von Wirth es ihm ansah, dass er etwas zurückhielt?

Er hatte den Detektiv bis anhin nur von Weitem beobachtet, in den Pausen oder wenn er das Tagesmenü für den Druck der Speisekarte ins Büro brachte. Guler gehörte nicht zu der Sorte Küchenchef, die nach Feierabend in der Bar herumhing. Er hatte Familie – eine Frau und zwei halbwüchsige Söhne, die ihn brauchten. In seiner Freizeit ging er joggen. Eine Runde um den Davosersee genügte ihm, um sich zu entspannen, auch mal an etwas anderes zu denken als an die Küche und wie er sinnvoll einkaufte, um das Budget nicht zu strapazieren.

«Guten Tag, Herr Guler … nehme ich an.» Von Wirth zeigte auf seine Kochmütze, als sähe er ihr den Chefkoch an. «Können wir uns irgendwohin setzen?» Er wies zur Tür, die zum Aufenthaltsraum des Personals führte, und bewies damit, wie gut er sich hier unten bereits auskannte.

Ob ihm eine Führung durch das gesamte Hotel angeboten worden war, entzog sich Gulers Wissen. Er ging nur zögerlich dorthin, öffnete die Tür und regte sich darüber auf, dass man vergessen hatte zu lüften. «Es herrscht ein Durcheinander, entschuldigen Sie.» Guler ärgerte sich über sich selbst. Wie es hier unten aussah, ging jedoch niemanden etwas an. Das war *sein* Revier, mit Ausnahme der Lingerie.

«Keine Angst, ich werde nicht aufräumen», sagte von Wirth.

Der Bann, wenn er denn bestanden hatte, war gebrochen. Guler schwang sich auf einen Stuhl, von dem er vorher ein paar Brotkrümel weggewischt hatte. Seine Leute waren immer in Eile, wenn sie den Mittagstisch verliessen. Er durfte es ihnen nicht übel nehmen, wenn sie das eine oder andere vergassen. Einige unter ihnen wollten sich die ihnen zur Verfügung stehende Zeit nicht nehmen, draussen vor dem Hotel eine Zigarette zu rauchen.

«Bin ich der Letzte, den Sie befragen?» Guler schlug das eine Bein über das andere. Möglichst locker wollte er sein, damit von Wirth nicht merkte, wie nervös er war. Er mochte es nicht, im Mittelpunkt zu stehen. Auch in der Küche liebte er die Distanz. Man kannte ihn als den schweigsamen, fleissigen «Kü-Che», der nur Direktiven erteilte, wenn es nicht zu umgehen war. Er hatte ein eingespieltes Team unter sich, das sich ohne viele Worte gut verstand. Im Gegensatz zu früher gab es wegen der Menüs kaum etwas zu besprechen. Die Bestellungen gelangten heute mittels Computer in die Küche. Oben wurden die Bestellungen eingetippt, unten ausgedruckt. Jeder hier kannte seine Arbeit.

«Beruhigen Sie sich», sagte von Wirth, als hätte er seine Nervosität mitbekommen. «Ich möchte Ihnen bloss ein paar Fragen stellen. Und nein, Sie sind nicht der Letzte.» Er lächelte süffisant. «Ihr Souschef sagte mir, Sie seien in besagter Nacht hingegen einer der Letzten gewesen, die die Küche verliessen. Ist das nicht ungewöhnlich für einen Küchenchef?»

«Das sehen Sie absolut richtig.» Guler suchte nach Worten, welche für von Wirth verständlich waren. «Während des Jazzfestivals gibt es ausserordentlich viel zu tun. Nebst der normalen Speiseausgabe haben wir eine spezielle Karte für die Konzertbesucher. Zudem gibt es während dieser Zeit viel mehr ausgefallene Wünsche, was das Kulinarische betrifft. Einer meiner Köche war krank. Dies bedingte, dass ich länger blieb.»

«Der Kapitän verlässt als Letzter das sinkende Schiff.» Auf von Wirths Gesicht lag ein Dauergrinsen, als wollte er ihn nicht ernst nehmen. «Sorry, das ist mir gerade so eingefallen. Passt natürlich nicht hierher.»

«Schon okay.» Guler hustete einen Kloss weg. «Ist sicher mühsam, Ihr Job.»

Von Wirth ging nicht darauf ein. «War die Polizei auch bei Ihnen?»

«Ja, war sie. Und ich werde Ihnen nichts Neues erzählen können als das, was ich diesem Ambühl bereits berichtet habe.»

«Das wäre?»

Sollte er seine Aussage wiederholen? Guler erhob sich, ging zur Ablage, wo die Kaffeemaschine stand. «Auch einen?» Das hier konnte länger dauern. Er hatte den Souschef darüber informiert, dass er ihn nur im dringendsten Fall rufen solle.

Von Wirth bejahte. «Schwarz, bitte.»

Guler bediente die Kaffeemaschine. Er war froh um die gewonnene Zeit. Es gab etwas, das er der Polizei nicht mitgeteilt hatte. Den späten Gast am vergangenen Samstag, dem er vor dem Economat, also dem Lebensmittellager, begegnet war. Er hatte diesen verfolgt, war ihm nachgegangen über die Treppe nach oben. Guler hatte sich gewundert, warum der Gast diesen Weg ins Freie kannte, der nur den Angestellten des Hotels Grischa bekannt war, allenfalls den Lieferanten. Denn diese hatten Zutritt in die Keller, Kühl- und Lagerräume. Er brachte den Kaffee zum Tisch. «Zucker?» Er stellte eine Dose dazu.

«Sie sind mir eine Antwort schuldig.»

Guler musste sich herausreden. «Ich habe etwas vergessen. Es ist mir gerade eben in den Sinn gekommen.» Er erzählte von diesem seltsamen Vorfall. «Der Fremde drehte sich um und verschwand schnurstracks über die Treppe in den Aussenbereich. Ich bin mir sicher, dass er unmöglich auf diesem Weg ins Hotel gelangt war. Die Tür ist von aussen nur mit einem Schlüssel zu öffnen, welchen das Personal hat.»

«Könnte die Tür auch angelehnt gewesen sein?»

«Nein. Sie verfügt über ein Schnappschloss, das sich relativ schnell schliesst.»

«Erinnern Sie sich, wie der Fremde ausgesehen hat?», fragte von Wirth.

«Mittelgross, dunkel gekleidet, sehr elegant. Ach ja, als ich ihn verfolgte, ist mir sein Haar aufgefallen … schwarz wie gefärbt, ungewöhnlich für einen Mann.»

«Alter?»

«Ich bin nicht gut im Schätzen. Seinen Bewegungen nach

zu urteilen, um die fünfzig, vielleicht auch jünger. Aber er liess eindeutig eine Alkoholfahne zurück.»

«Das konnten Sie riechen?»

Guler griff sich an die Nase. «Mein Geruchs- sowie Geschmackssinn sind ausgeprägt.» Diese Gabe hatte ihm dazu verholfen, die beste Abschlussprüfung seines Jahrgangs als Koch abzulegen. Sie hatte ihm im zarten Alter von zwanzig Jahren Tür und Tor für seine Karriere geöffnet. Seine fein nuancierten Geschmacksrichtungen waren über das Bündnerland hinaus bekannt.

«Hatte er möglicherweise einen eingegipsten Arm?»

Der Mann stellte Fragen.

«Nein, das wäre mir mit Bestimmtheit nicht entgangen.»

«Sie sagten, Sie hätten ihn bis vor die Tür verfolgt. In welche Richtung ist er verschwunden?»

«Ich glaube, bis zum Bahnhof oder zur Unterführung. Ich dachte mir weiter nichts dabei. Habe dann noch eine Zigarette geraucht, bevor ich in die Küche ging.»

Von Wirth schien zufrieden. Er machte sich Notizen. «Fällt Ihnen sonst noch etwas ein?»

«Nein, bis zur ersten Zeugenbefragung der Polizei hatte ich Ruhe. Auf jeden Fall verliess ich das Hotel, zusammen mit dem Casserolier, erst gegen halb zwei.»

***

Es war anstrengend, die 315 zu reinigen. Alice musste jedes Mal viel Zeit aufwenden, um die Unordnung zu beseitigen, die sie täglich vorfand. Dass sie die Reinigung der Wohnung allein bewältigen musste, war dem ausgebuchten Hotel geschuldet. Chatrina aber warf stets ein Auge auf sie, kam sporadisch vorbei und kontrollierte, ob alles blitzblank war. Bis anhin hatte sich Alices Chefin nie über sie beschweren müssen. Im Gegenteil, sie lobte sie, was ihr Selbstbewusstsein stärkte. Alice hatte sich das Ziel gesetzt, einmal wie Chatrina das Zepter zu schwingen.

Als Erstes riss sie in allen Räumen die Fenster weit auf, die nicht bereits offen standen, um die unangenehmen Gerüche zu beseitigen. Dann machte sie sich an die Bäder. Es gab derer zwei. Alice stopfte die gebrauchten Frotteetücher in einen mitgebrachten Korb. Sie hatte keine Ahnung, wie jemand es schaffte, innerhalb eines Tages so viel Schmutz zu verursachen. Die Lavabos waren jeweils voller grauer Barthaare. Zum Hinunterspülen fanden die Herren sich wohl zu nobel. Heute hatte einer von ihnen den Vogel abgeschossen. Er hatte sich in der vergangenen Nacht übergeben müssen und die Toilettenschüssel verfehlt. Alice zog sich Latex-Handschuhe über. Doch sie konnte es sich nicht leisten, sich davor zu ekeln. Mit jeder Zimmerreinigung kam sie ihrem Ziel einen klitzekleinen Schritt näher.

Alice war die Tochter italienischer Einwanderer. Bereits ihre Mutter hatte als Raumpflegerin in einem Davoser Hotel gearbeitet. Im Gegensatz zu Alice war sie als Hilfsputzfrau in die Hotellerie geschlittert, wo sie ihren Mann kennenlernte, der als Hausverwalter tätig war. Beide hatten, trotz ihres mickrigen Lohns, über die Jahre viel gespart, um ihrer Tochter eine gute Ausbildung zu ermöglichen. Nach der Sekundarschule hatten sie sie in die Hotelfachschule nach Zürich geschickt. Für Alice war das Hotel Grischa die erste Praktikumsstelle. Obwohl Chatrina ihr einen gewissen Druck auferlegt hatte, in angemessener Zeit ein Zimmer gereinigt zu haben, liess sich Alice nicht drängen, auch wenn sie mit Überzeit rechnen musste. Die Wohnung war eine besondere Herausforderung. Seit sechs Tagen bereits. Sie hatte die Musiker erst einmal gesehen. Doch diesen langhaarigen, bärtigen Typen wollte sie nicht ein zweites Mal begegnen. Sie mochten noch so begnadete Musiker sein, in puncto Sauberkeit hatten sie etwas verpasst in ihrem Leben. Oder sie dachten, als erfolgreiche Männer hätten sie das Recht, sich hinter der Kulisse dermassen ungehobelt zu benehmen.

Alice nahm sich die Schlafzimmer im Nachhinein vor. Zwei der Musiker teilten sich ein Zimmer, der Dritte schlief allein. Er hinterliess immer die grösste Unordnung. Eindeutige Spuren im Bett erhärteten den Verdacht, dass er vor dem Schlafengehen von einem zum anderen Erotikkanal zappte. Alice war gezwungen, jeden Morgen die Bettwäsche zu wechseln.

Obwohl die Männer Halbpension gebucht hatten, wurde die Küche rege gebraucht. Wusste der Teufel, wann sie dazu kamen zu kochen. Küchenabfälle überall und verschmutzte Herdplatten und Ablagen. Sie assen nicht am runden Esstisch, sondern auf der gemütlichen Lounge im Wohnzimmer. Auch hier zeigten sie weder Respekt vor der Putzequipe noch vor fremdem Eigentum.

Chatrina kam wie erwartet vorbei, als Alice daran war, den Boden zu saugen, die letzte Tätigkeit, bevor sie die Fenster begutachtete. Je nachdem, wenn sie Schlieren aufwiesen, musste sie sie reinigen.

«Und, wie sieht es aus?» Chatrina war Alices grosses Vorbild. Ihr Berufsabschluss rückte näher, und bald schon würde sie Gouvernante sein – darauf arbeitete sie hin. Mit allen Vor- und Nachteilen.

Es geziemte sich nicht, über die Gäste zu lästern. Der Grossteil von ihnen war anständig und darauf bedacht, ihr Zimmer im Rahmen der Möglichkeiten mit Sorgsamkeit zu benutzen.

«Ich bin bald durch, habe desinfiziert und die Räume mit einem Rosenspray besprüht. Aber den seltsamen Geruch bringe ich trotzdem nicht raus. Mir scheint, er wird von Tag zu Tag intensiver.»

Chatrina durchschritt die Wohnung, schnüffelte bei der Küche, öffnete den Backofen, den Kühlschrank. «Den hast du offensichtlich auch gereinigt.»

«Ich bemühe mich, nichts auszulassen.» Alice fand es wunderbar, wenn ihr Chatrina versteckte Komplimente zusteckte. Sie folgte ihrer Chefin in jedes Zimmer und in die Badezimmer.

«An die frischen Tücher hast du sicher gedacht.»

«Die liegen auf dem Wagen bereit.»

«Ah, ich habe übrigens abgeklärt, ob Cheyenne Hug einen Hund hat. Sie versicherte mir, sie habe nie in ihrem Leben einen Hund gehalten. Die Schüssel, die du als Fressnapf angesehen hast, brauche sie für ihr Fussbad. Na ja, du wirst dich an die seltsamen Marotten einiger Gäste gewöhnen müssen.» Chatrina lächelte. «Es ist so weit alles in Ordnung.» Sie ging zum Eingang zurück, blieb aber vor dem Esstisch plötzlich stehen. «Hier riecht es wirklich seltsam, irgendwie widerlich.» Sie wandte sich um.

Alice zog erneut tief Luft ein. Es wurde ihr fast schwindlig. «Ich weiss nicht, was ich dagegen tun kann. Ob es am Kochen liegt?» Sie erinnerte sich an Mamas Erzählung. Vor Jahren habe sie in einem Appartementhotel gearbeitet, als ein junges Paar dort eine Einzimmerwohnung gemietet hatte. Es habe jeden Tag zur Mittags- und Abendzeit mit scharfen Gewürzen, Zwiebeln und Knoblauch gekocht. Den Geruch habe man danach lange nicht aus den Möbeln und den Wänden gebracht und die Wohnung für den Rest der Saison schliessen müssen. «Wenn ich jeweils in die Wohnung komme, steht das Wohnzimmerfenster immer offen.»

«Hast du hinter die Tür des Abstellraums gesehen?», fragte Chatrina und war im Begriff, diese zu öffnen. Die Klinke liess sich zwar nach unten drücken, aber die Tür blieb geschlossen.

«Dort befinden sich die leeren Koffer», war sich Alice sicher. Sie hatte am ersten Tag dorthinein geschaut. Es war der einzige Raum, den sie danach nicht mehr betreten hatte.

Chatrina nahm ihre Schlüsselkarte und fuhr mit dieser über die elektronische Entriegelung. «Es ist mir entgangen. Was habe ich bloss dabei gedacht?»

«Was?»

«Dass man sie nur mit der Karte öffnen kann.»

«Es hätte auch mir in den Sinn kommen sollen.» Alice wartete. «Hörst du das auch?» Sie stellte sich neben die Tür. Der Geruch war an dieser Stelle stärker als anderswo.

«Was?» Chatrina drückte den Türgriff hinunter.

«Dieses Surren … Warte!»

Chatrina hielt inne.

Es war dieses Gefühl, etwas zwischen Neugier und latenter Angst. «Wollen wir nicht den Direktor holen?»

Chatrina lachte sie aus. «Was hast du bloss?»

Alice war sich sicher, ihre Ausbildnerin überspielte damit ihre eigene Furcht. Chatrina zog die Tür auf.

«Oh, mein Gott … oh Gott!» Alice erstarrte wie vom Donner

gerührt. Dann schlug sie die Hände vors Gesicht, unterdrückte das Atmen und musste plötzlich würgen. Sie taumelte wie von Sinnen rückwärts.

Chatrina stiess einen entsetzten Schrei aus, wandte sich ihr zu. Nie zuvor hatte Alice auf dem Gesicht eines Menschen die Mimik solchen Grauens gesehen. Chatrina schlug die Tür zu. Eine schwarze Wolke vermischte sich mit dem Luftdruck. Es war zu spät. Chatrina fuchtelte wie wild um sich, geschockt und mit weit aufgerissenen Augen.

Alice fühlte, wie ihre Beine nachgaben. Dann war da nur ein Gedanke, die Wohnung möglichst schnell zu verlassen.

***

Das schlechte Wetter war eine echte Herausforderung für den Hotelier. Kurz vor dem Mittag beriet sich Florian Gansner mit der Eventmanagerin Emma Gort, wie sie den weiteren Verlauf des Tages gestalten wollten, zumal die Gartenterrasse neben dem Restaurant «Golden Dragon» ausfiel. Sie war zur Hälfte ungedeckt. Er musste den Musikern eine Alternative bieten.

«Das Seminarzimmer ‹Rinerhorn› ist heute nicht belegt.» Emma stand vor dem Pult ihres Chefs und begutachtete einen abgebrochenen Fingernagel. Auch wenn Emma immer bescheiden, in der Bekleidung kaum auffällig erschien, legte sie viel Wert auf lange manikürte und lackierte Fingernägel.

«Wir müssten vorne beim Eingang eine Beschriftung anbringen, damit die Gäste wissen, wo das Nachmittagskonzert stattfindet», sagte Gansner.

«In weiser Voraussicht habe ich bereits ein Plakat hergestellt», erwiderte Emma. «Es liegt im Seminarraum bereit. Auch sind mehr Stühle und die Stehtische dorthin gebracht worden. Die grossen Tische haben wir an der Wand postiert für den Service. Wir können also einfach loslegen.»

Gansner rühmte sich dafür, Emma vor zwei Jahren eingestellt zu haben. Sie war flexibel, dachte mit, und mit ihr gab es nie Diskussionen, falls sie ihre Arbeitsstunden wegen Überlastung verlängern oder bei zu wenig Arbeit in ihrem Sektor verkürzen musste. Sie ging zudem kommentarlos allen zur Hand, die ihre Unterstützung forderten.

Mit einem Ohr nahm Gansner den Tumult an der Rezeption wahr. Kurze Zeit später platzte Chatrina in ihr Gespräch. «Chef, sorry, wenn ich störe, aber ich glaube, wir haben ein riesiges Problem.» Ihr Gesicht glühte rot wie eine chinesische Wandlampe.

Gansner hatte die Gouvernante nie dermassen aufgeregt erlebt. Sie war in der Regel die Ruhe in Person. «Ich hoffe, es lässt sich lösen.» Er wusste, dass man die Suppe nie so heiss essen durfte, wie sie geschöpft worden war.

«Es ist besser, du kommst mit.»

Gansner schenkte Emma ein Lächeln. «Dann überlasse ich dir die weitere Organisation.» Er bedankte sich und folgte Chatrina, die ihn nicht mehr aus den Augen liess. Neben dem Empfangstresen wartete Alice. Gansner fiel auf, wie sie zitterte. Sie vermochte kaum mehr, ihre Hände ruhig zu halten.

«Alles okay mit Ihnen?» Ausser mit seinen Kaderleuten war er mit seinen Mitarbeitern per Sie. Auch mit den Praktikanten.

Alice brachte keinen Ton über die Lippen. Chatrina führte sie zu den Sofas im Foyer und bat sie, sich zu setzen. «Wir rufen einen Arzt.»

«Was fehlt ihr denn?» Gansner spürte, wie etwas in der Luft lag, worauf er keinen Einfluss haben würde. Er kannte es. Es war, als würde demnächst ein Blitz aus heiterem Himmel einschlagen. Es war diese Vorahnung, wie ein leises Sirren, welches nur er zu hören vermochte.

«Das ist der Schock», sagte Chatrina und verlangte von ihrer Kollegin Nanina, den Notfallarzt zu benachrichtigen. «Den brauchen wir so oder so. Und ja, die Polizei … sofort.»

Gansner schritt hinter ihr her zum Lift. Sie fuhren in die dritte Etage. Links des Lifts lag die Wohnung 315.

«Die Polizei?» Ihm schwante Schreckliches.

Die Tür war bloss angelehnt. Der Geruch nach Verwesung drang durch den Spalt.

Gansner hielt sich instinktiv die Nase zu. «Hier logieren doch die Buchanan Five, drei von ihnen, oder?» Zufällig hatte er erst noch auf die Liste gesehen.

Chatrina ging voraus. «Dort drin ist etwas … Grauenvolles.»

«Mach es nicht spannend.» Das dumpfe Gefühl nahm in der Intensität zu.

Später vermochte Gansner nicht zu sagen, was er zuerst wahrgenommen hatte – den beissenden Geruch oder die Schmeissfliegen.

Wie ein Schwall kam ihm alles entgegen.

Instinktiv hielt er die Hand vors Gesicht. Er wich zwei Schritte zurück. Eine ganze Bilderflut jagte durch sein geistiges Auge. Sechzehn Jahre zurück in den Herbst, als er seine verwitwete Mutter in ihrem Haus gefunden hatte. Gestürzt von der Leiter, die sie im Wohnzimmer aufgestellt hatte, um eine Glühbirne am Lüster zu ersetzen. Sie hatte laut Gerichtsmediziner eine Woche mit einem Genickbruch auf dem Boden gelegen. Die Zersetzung des Körpers hatte bereits nach drei Tagen begonnen. Die Totenfliegen waren schnell zur Stelle gewesen, wo sie ihre Eier ablegten. Als Gansner seine Mutter gefunden hatte, hatte er sie kaum wiedererkannt.

Der Raum war in ein diffuses Licht getaucht. Die Konturen der verstauten Koffer waren da, eine Jacke achtlos daraufgeworfen, und daneben, von einem Schwarm schwarzer Insekten umgeben, ein Körper, zusammengerollt wie ein Embryo, nicht klar ersichtlich, ob es sich dabei um einen jungen oder einen älteren Mann handelte.

«Wo kommen all diese Viecher her?» Chatrina war auf sichere Distanz geblieben.

«Von aussen. Durch den Spalt zwischen Boden und Tür gelangten sie in den Raum.» Der Ekel bemächtigte sich seiner. Dazu kam der scheussliche Geruch, der ihm Tränen in die Augen trieb und den Reflex zu erbrechen stimulierte.

Dass der Unselige längst das Zeitliche gesegnet hatte, war Gansner bewusst. Es war der einzig klare Gedanke, den er zu fassen vermochte.

Chatrina hatte sich ein Tuch vor die Nase gezogen, stellte jedoch mit sachlicher Stimme fest: «Der Mann ist tot.»

Gansners erster Gedanke galt den Fliegen. Der Tote musste schon länger hier gelegen haben. Wie in Trance griff er nach seinem Smartphone, welches er fast Tag und Nacht bei sich trug. Er wählte Ambühls Nummer, die er unter den Kontakten gespeichert hatte.

Ambühl liess nicht lange auf sich warten. Nach dem zweiten Klingelton nahm er ab. «Ich habe Bereitschaftsdienst. Soeben ist die Meldung hereingekommen, dass ihr uns braucht. Wo brennt's?»

Gansner starrte auf sein Telefon und erinnerte sich, dass Ambühl unmöglich wissen konnte, was geschehen war. «Es gibt einen Toten in Appartement 315. Nach meinem Ermessen muss er hier bereits eine Weile liegen.»

Schweigen auf der anderen Seite der Leitung. Dann ein Räuspern. «Verdammt!»

Ambühl hatte wohl nicht damit gerechnet. In Davos gab es selten Verbrechen, schon gar nicht mit tödlichem Ausgang. Das Hochtal schien manchmal ein wenig entrückt von der übrigen Welt. Manch einer behauptete sogar, dass die Topografie verhindere, hier schreckliche Dinge zu tun. Nicht zuletzt war dies ein Grund, weshalb man das World Economic Forum in Davos durchgeführt hatte. Fluchtwege für Gegner existierten nicht. Entweder hätten sie in die Berge oder Richtung Landquart oder Tiefencastel fliehen müssen, wo man ohne Weiteres Schranken aufstellen konnte.

Gansner schauderte. Sollte jemand den Fremden in die Abstellkammer gesperrt haben, hätte er die Möglichkeit gehabt, sich selbst daraus zu befreien. Der Mann musste bereits tot gewesen sein, als man ihn dorthinein legte. Gansner ging zurück mit einem vor Mund und Nase gehaltenen Waschlappen und besah sich den Toten näher. Dessen Gesicht war aufgedunsen, aschfahl mit bläulichen Verfärbungen. Die Fliegen arbeiteten emsig daran, ihre Eier abzulegen. Einige waren bereits geschlüpft. Trotz seiner Verunstaltung glaubte Gansner nicht, ihn hier im

Hotel schon einmal gesehen zu haben. Seine Bekleidung liess auf einen eleganten Mann schliessen. Er trug Twillhosen, was Gansner an der Stoffstruktur erkannte, und Lackschuhe. Die gekrümmte Haltung warf Rätsel auf.

«Was jetzt?», fragte Gansner vor allem sich selbst. Der Giftanschlag auf Billy Horse hatte ihm gereicht. Noch einmal ein Polizeiaufgebot in seinem Haus würde den guten Ruf des Hotels endgültig beschädigen. Gansner verstand die Welt nicht mehr. Er kannte die Buchanan Five, seit er das Hotel Grischa übernommen hatte. Vor zehn Jahren hatten sie zum ersten Mal in seinem Haus übernachtet. Er hatte die Musiker als eine fröhliche, wenn auch etwas gewöhnungsbedürftige Band kennengelernt. Sie galten als Magnet in der Jazzszene und brachten ihre Fans gleich mit. Viele von ihnen buchten ein Zimmer bei ihm und blieben im Minimum eine Woche in Davos.

Was war geschehen, warum der Fokus plötzlich auf sie gerichtet war? Wer wollte den Musikern schaden?

«Florian, wir sollten die Tür schliessen und das Appartement dicht machen, bis die Polizei hier ist.» Chatrina riss ihn aus seinen Gedanken.

«Ja, selbstverständlich.» Er wunderte sich über die emotionale Stärke seiner Kadermitarbeiterin. Chatrina behielt die Nerven, was im Angesicht des Toten bewundernswert war. Gansner kam sich vor, als wäre er in einem Alptraum gefangen. Aber nicht einmal Chatrinas eindringliche Stimme vermochte, ihn da rauszuholen. Es fühlte sich alles so verdammt unrealistisch an. Der ätzende Geruch, das Surren der Fliegen im Abstellraum, der verkrümmte Leichnam. Gansner vernahm die Polizeisirene vor dem Hotel, die der Ambulanz. Dass alle zusammen eintrafen, hatte er verhindern wollen. Er fragte sich, wie lange es dauern würde, bis die Presse davon erfuhr. Wieder würde sein Hotel in den Schlagzeilen stehen. Er sah die Lettern vor sich, und diesmal reimte er sich die Headline selbst zusammen.

VIERZEHN

Fede riss die Tür auf. «Max, hast du's schon vernommen?»

Sie nannte ihn selten beim Vornamen. In der Regel war er ihr Darling. Etwas musste vorgefallen sein. Es fühlte sich nicht gut an. «Ich war die ganze Zeit hier.» Dies stimmte nicht ganz. Bis vor einer Stunde war er bei Manuel Guler gewesen und hatte dem scheuen Küchenchef einige neue Informationen aus der Nase ziehen können.

«Im Appartement 315 wurde eine Leiche entdeckt.»

«Das ist nicht wahr.»

Nein, Fede konnte unmöglich einen Scherz daraus machen. Er sah sie eindringlich an. Über ihr Gesicht hatte sich ein Schatten gelegt, was nichts Gutes verhiess.

«Wohnen dort nicht die Buchanan Five?» Max glaubte, Cheyenne hätte es ihm verraten.

«Die Musiker sind zum Glück alle wohlbehalten», sagte Fede, als machte es einen Unterschied, ob ein Fremder oder jemand, den sie kannte, gestorben war. «Ich habe mit Chatrina, der Gouvernante, gesprochen. Sie glaubt, die Leiche sei bereits eine Weile dort gelegen. Der Insektenfrass habe schon begonnen.»

«Du meinst, da sind sogar Fliegen dran?»

«Chatrina sagte, es sähe grausig aus. Vor allem die Augen … diese seien schrecklich entstellt.»

Max schluckte leer. Die Insekten gingen immer zuerst auf die Weichteile los. «Das hat sie wirklich gesagt? Hat sie den Leichnam so genau angesehen?»

«Sie scheint mir eine unerschrockene Frau zu sein.» Fede wusch sich die Hände über dem Lavabo, als würde sie damit das Grauen abwaschen. «Wir sollten uns erkundigen, wer der Tote war. Chatrina hatte keine Ahnung.»

«Und wo, sagst du, hat man ihn gefunden?»

«Im Abstellraum, dort, wo man für gewöhnlich die leeren Koffer hineinstellt.»

Max verliess das Badezimmer, ging zur Garderobe und öffnete dort den Kleiderschrank. Er holte ein frisches Hemd daraus. Obwohl es ihn interessierte, was im Hotel gerade geschah, liess er sich Zeit beim Anziehen.

Jetzt hatten sie es vielleicht mit einem Mord zu tun. Und er hatte es nicht verhindern können, falls dieser mit dem Giftanschlag auf Billy Horse im Zusammenhang stand. Er wartete, bis Fede sich frisch gemacht hatte, und schlug vor, nach unten ins Foyer zu gehen. «Ich muss mit Gansner sprechen.»

Vor der Rezeption gab es kein Durchkommen mehr. Schaulustige hatten sich versammelt. Sie reckten ihre Hälse, während die Kriminaltechniker sich einen Weg hinauf in die dritte Etage bahnten. Die Polizei war daran, den Bereich vor dem Ausgang mit Flatterbändern abzusperren und die Gaffer in ihre Schranken zu weisen. Hätte jemand Kameras, Studioleuchten und Reflexschirme aufgestellt, man hätte sich in einer Filmszene gewähnt.

Max und Fede warteten neben der Treppe. Sie beobachteten, wie zwei Bestatter einen Aluminiumsarg nach unten trugen. Dieser würde nach Chur in die Rechtsmedizin gebracht.

Cheyenne sass wie ein Häufchen Elend auf einem der braunen Sofas. Neben ihr hatten sich Pete, Fränz, Mike und Viktoria niedergelassen. Ihnen konnte Max die Verunsicherung ansehen. Zwei uniformierte Polizisten sprachen sie an. Max konnte nicht hören, was gesprochen wurde. Aber Pete, Fränz und Mike erhoben sich kommentarlos und folgten den Beamten nach draussen. Sie galten als Zeugen, wenn nicht sogar als Verdächtige.

Endlich betrat Gansner den Schauplatz. Wie es schien, hatte er sich eine Zeit lang in seinem Büro verschanzt. Denn aus dieser Richtung kam er. Max winkte ihm zu, doch er hatte wohl anderes im Sinn, als sich mit Max und Fede zu unterhalten. Dass er durch den Wind war, glaubte Max ihm aus dieser Distanz anzusehen.

Gansner blieb mitten im Gewühl stehen, schaute über die Köpfe der Anwesenden hinweg und entdeckte Max. Er versuchte offensichtlich, sich auf unpreziöse Art einen Weg durch den Mob zu bahnen, der von der Strasse ins Hotel vorgedrungen war.

Schwer atmend erreichte er Max. «Ich bin über die Anwesenheit der Polizei nicht glücklich.»

«Weiss man, wer der Tote ist?»

«Ja, ein Mann. Das scheint bereits durchgesickert zu sein. Ich erinnere mich nicht, ihn je einmal hier gesehen zu haben. Bis der Gerichtsmediziner mehr über ihn weiss, kann es dauern.»

«Somit wäre mein Job wohl erledigt», sagte Max, in der Annahme, Gansner würde es negieren.

Prompt intervenierte er. «Auf keinen Fall. Ich brauche Sie mehr denn je.» Und nach einem Zögern sagte er: «Haben Sie schon etwas herausgefunden?»

«Ich habe mit dem Küchenchef gesprochen.»

«Das verwundert mich, Manuel ist ein wortkarger, verschlossener Mann.» Und als müsste er diesen Satz in der Gewalt des Ausdrucks abschwächen, sagte er: «Aber kochen kann er wie Gott in Frankreich.»

«Obwohl er nie in Frankreich war», vermutete Max.

«Doch, natürlich war er in Frankreich, hat dort bei den besten Köchen der Welt gelernt ... Wo sind wir stehen geblieben? Sie haben also mit ihm gesprochen.»

«Er berichtete von einem ungebetenen Gast, der sich in den Keller verirrt hatte.»

«Konnte er ihn beschreiben?»

«Mittelgross mit pechschwarzem Haar, um die fünfzig. Sagt Ihnen das etwas?»

«Ich kann mir Gesichter gut merken, aber Staturen? Nein, mir kommt niemand in den Sinn. Haben Sie meine Mitarbeiter danach gefragt? Vielleicht wissen die Leute vom Service etwas.»

«Er sei *nicht* von ausserhalb gekommen, vermutet Manuel Guler, jedoch dorthin verschwunden.» Max beobachtete Gansners Reaktion, doch diese blieb aus. «Guler meinte zudem, das unangemeldete Betreten *seines* Arbeitsgebietes durch Fremde sei nicht geduldet.»

«Ja, er ist konsequent. Und seit einem Einbruch vor fünf

Monaten, bei dem zehn Kilogramm Rindsfiletstücke aus dem Kühlschrank gestohlen wurden, ist er äusserst vorsichtig geworden.»

«Haben Sie den Diebstahl gemeldet?»

«Nein, aus dem Grund, weil ich kein Aufsehen erregen wollte.» Gansner stiess hörbar Luft aus. «Nun haben wir den Salat.»

«Sie können nichts dafür», versuchte Max, ihn zu besänftigen.

«Nein, natürlich nicht. Aber wenn sich herumspricht, dass es einen Toten in meinem Hotel gegeben hat, dazu ein wahrscheinlich gewaltsam zu Tode gebrachter Mensch, werden die Gäste ausbleiben. Wer schläft schon gern in einem Totenhaus.»

«Jetzt übertreiben Sie mal nicht. Er könnte auch nur einen Herzinfarkt gehabt haben –»

«Und die Buchanan Five», unterbrach Gansner, «haben vor lauter Schreck den Leichnam in ihrer Abstellkammer versteckt.»

«Feiern Sie in diesem Jahr nicht das zehnjährige Jubiläum des Hotels?»

«Ja, da passt ein Toter definitiv nicht hin.»

«Ich rate Ihnen, zuerst die Ermittlungen der Polizei und der Staatsanwaltschaft abzuwarten. Vielleicht wird sich alles schneller aufklären und sich als harmlos herausstellen.»

«Sie haben Humor.» Gansner verschränkte die Arme. «Wir haben bereits drei Départs, die erst am Sonntag abreisen wollten. Sie fordern das Logement für den Rest ihrer Ferien zurück. Ich weiss nicht, wie ich darauf reagieren soll.»

«So schnell?» Für Max war es nicht nachvollziehbar.

«Die Leute reagieren heikel auf solche Vorkommnisse.»

«Ich verstehe, in den Ferien will man alles andere als Stress.» Max dachte über seine eigene Situation nach. Mit dem Giftanschlag hätte er leben können und sich weiter durch das Hotel gefragt. Aber mit Mord, falls es einer war, hatte er nicht gerechnet.

***

Cheyenne flüchtete an die Pulsa-Bar. Viktoria war in ihr Zimmer zurückgekehrt, nachdem ihre Managerin sie darüber informiert hatte, dass die Auftritte für den Rest der Jazztage gestrichen seien. Die Polizei hatte ihr mitgeteilt, dass Pete, Fränz und Mike vorläufig in Gewahrsam genommen würden.

«Was für eine vollendete Scheisse!» Cheyenne klammerte sich ans Glas, in dem eine goldbraune Flüssigkeit schwappte. Sie hatte sich einen dreifachen Whisky bestellt. Sie wusste, dass sie sich zurückhalten musste, was Hochprozentiges anbelangte. Im Moment sah sie keinen anderen Ausweg, als sich komatös zu betrinken.

Der Barkeeper stand bei der Theke und polierte Gläser, bevor er sie auf die Ablage hinter ihm stellte. Sein mitleidiger Blick hielt Cheyenne nicht davon ab, den Whisky in einem Zug auszutrinken. Und das würde erst der Anfang sein. Das ganze Elend der vergangenen Tage drohte in dem Augenblick, in dem sie den Branntwein über ihre Kehle rinnen liess, zu eskalieren.

Jacky hatte sich noch nicht zurückgemeldet, und Linda hatte ihr etwas anvertraut, bei dem sie nicht wusste, ob sie es für bare Münze nehmen durfte. Linda war bereits früher mit einer blühenden Phantasie gesegnet gewesen. Schade, hatte sie nie etwas daraus gemacht und sich dem Schicksal kampflos hingegeben. Vielleicht sah sie bloss das Vermögen, das sich in den Jahren angehäuft hatte, dachte an die Zeit, wenn sie es sich als Witwe würde gut gehen lassen können.

Cheyenne bestellte einen weiteren Whisky. «Dasselbe wie vorher.»

«Kummer?» Der Barkeeper musterte sie ernst.

Wenn du wüsstest. Cheyenne erfasste das eckige Glas mit beiden Händen, sah den Eiswürfeln zu, wie sie gegeneinanderschlugen, wenn sie das Glas ein wenig bewegte. Aus der Hotelhalle vernahm sie laute Stimmen. Sie drehte sich zu der Scheibe um, durch die man zur Rezeption sah, auf eine niedrige Mauer und die Sofas dahinter, auf die überdimensionierte Lampe, die sie an Tropfsteine erinnerte. Lindas Worte drangen in ihren Kopf. Worte, die Cheyenne versucht hatte auszuradieren. Sie wollte nicht glauben, was ihre ehemalige Freundin ihr verraten hatte.

Trotz des Versuchs, Linda wieder in ihr Leben zu lassen, war sich Cheyenne nicht sicher, ob es funktionieren würde. Zu viele Jahre waren vergangen. Das, was sie über sie wusste, hatte Cheyenne von Jacky. Er hatte ihr die Ehe mit Linda aus seiner Sicht beschrieben. Wie schwierig es sei, ihr gerecht zu werden. Sie hatte sich Kinder gewünscht. Etwas Lebendiges von ihm, wenn er sie dauernd allein liess. Ihr Wunsch war nicht in Erfüllung gegangen. Linda hatte die Schuld Jacky in die Schuhe geschoben.

Jacky. Cheyenne hatte sich zu der Bar umgekehrt. War es das, was Linda ihr unter Tränen mitgeteilt hatte, welches ihn zu dem gemacht hatte, wie er heute war? Hatte er sich einer Verantwortung entzogen? Ja, das hätte zu ihm gepasst. Cheyenne nahm einen weiteren Schluck. Sie musste ihn finden, wollte ihn zur Rede stellen. Sie trank das Glas leer, denn sie war fest entschlossen, dieser Anschuldigung auf den Grund zu gehen. Es würde die ganze Sichtweise verändern. Sie konnte Lindas Bemerkung nicht einfach im Raum stehen lassen. Als sie vom Barhocker stieg, wäre sie beinahe gestürzt. Im letzten Moment griff sie an die Theke, klammerte sich am Rand fest. Sie merkte nicht, wie Fede plötzlich neben ihr stand. Fede, die ihre Tochter hätte sein können. Vielleicht waren sie weit aussen miteinander verwandt. Cheyenne konnte ein Lachen nicht zurückhalten. «Sorry, hicks … der Whisky hat es in sich. Normalerweise vertrage ich ihn besser.»

«Willst du dich wirklich betrinken?» Fede streichelte ihr über den Arm.

«Ich bin bereits besoffen … hicks. Es gibt … Dinge, die … die verträgt man nur mit … mit Alkohol.» Cheyenne schwankte. Es fühlte sich an wie auf einem Schiff auf wogender See. «Ich muss endlich … endlich erfahren, wo Jacky … Jacky ist.»

«Er möchte nicht gestört werden. Mit dem gebrochenen Arm bringt er keinen Nutzen.»

«Das … das lass mich ent… entscheiden.»

«Man hat deine Band festgenommen?»

«Yes … hicks … drei Fünftel davon. Die Leiche wurde in … ihrem Zimmer gefunden. Ich kenne meine Jungs …» Cheyenne bemühte sich um eine klare Stimme. Wenn sie sich zusammenriss, schaffte sie es. «Die können echt keiner Fliege etwas zuleide tun. Schau sie dir an. Sie leben für die Musik. Das ist ihre pure Leidenschaft. Es ist ein Skandal, wenn sie nicht mehr auftreten können.»

«Und Viktoria?»

Cheyenne musste Fede ansehen, als wäre sie eine Ausserirdische.

Sie verdrehte die Augen. «Sie könnte doch als Solistin auftreten.»

«Und wer begleitet sie, hä?»

«Sie spielt wunderbar Klavier.»

«Du heiliger Bimbam! Ja, warum nicht?» Sie pausierte. «Glaubst du, der Whisky tötet meine Gehirnzellen?»

Fede ging nicht darauf ein. «Reiss dich zusammen, Cheyenne. Ich werde dich zu Jack bringen. Ich persönlich habe ihm kein Versprechen abgenommen.»

Cheyenne fühlte sich auf einmal nüchtern. Es war, als hätte eine unsichtbare Hand ein Laken von ihren Augen gezogen. «Das würdest du für mich tun?»

Fede hob beschwörend drei Finger in die Höhe.

«Das ist die Sprache, die ich verstehe», sagte Cheyenne und war überzeugt, in Fede eine neue Freundin gefunden zu haben. «Wir Frauen sollten zusammenhalten … hicks.»

***

«Man hat einen Toten gefunden.» Dave hatte Solea zum Apéro abgeholt, fuhr sie im Rollstuhl vom Lift Richtung Bar. «Vorher war hier kein Durchkommen.»

«Warum hast du so lange gewartet, um mir dies zu sagen?»

«Weil ich nicht wollte, dass du dich aufregst. Wie ich über den Latrinenweg vernommen habe, lag die Leiche mehrere Tage in einem Zimmer.»

Solea erwiderte nichts darauf. Sie konzentrierte sich auf das, was vor ihr passierte, und nahm eine allgemeine Aufregung wahr. Die Leute standen in Gruppen herum und diskutierten, was sie des Durcheinanderredens wegen nicht verstand. Flatterbänder lagen am Boden. Ein Hotelangestellter war im Begriff, diese wegzuräumen.

Es war nicht das erste Mal, dass Dave sie mit den negativen Geschehnissen im Hotel belastete. Ihr fiel auf, mit welcher Intensität er ihr dies jeweils erzählte. Vermutete er, er würde sie dadurch zum Sprechen bringen und etwas von ihr zu hören bekommen, was er längst erwartete? Seit gestern Abend verhielt er sich sonderbar. In Bezug auf die vorhergehenden Tage hatte er sie oft allein gelassen. Seine Aufgabe, ihr Gesellschaft zu leisten, nahm er nicht mehr wahr. Hatte er sich tatsächlich Hoffnungen gemacht und war enttäuscht, weil sie ihn abgewiesen hatte?

Vielleicht würde sie sich später auf ihn einlassen, wenn sie wieder gesund war. Sie konnte sich nicht vorstellen, ihn zu lieben, wenn sie sich selbst nicht zu lieben vermochte. Seit Dave in ihr Leben getreten war, spürte sie jedoch eine Veränderung. Die kleinen Freuden waren zurück, wenn auch in winzigen Dosen. Aber es bestärkte sie darin, zu kämpfen.

Dave schob sie weiter in die Pulsa-Bar. Das verwaschene Grau des Abends verwandelte die Beleuchtung im Innern in ein angenehmes Licht. Eine warme Atmosphäre breitete sich aus. Im Cheminée loderte ein Feuer. Solea sah in die Flammen, die über kleine Holzscheite leckten. Sie hatte sich vom Rollstuhl erhoben und sich auf einen der weichen Sessel gesetzt. Eine Kellnerin brachte den Rollstuhl in den Korridor vor der Bar, eine andere fragte, ob es ihr auf dem Sessel wohl sei, und nahm die Bestellung auf. Solea genoss diese kleinen Aufmerksamkeiten. Sie bestellte Champagner, kam damit Dave zuvor. Sie beobachtete seine Reaktion. Er verdrehte bloss die Augen, liess sich ihr gegenüber nieder.

«Dir geht es wieder besser», sagte er. «Und schön zurechtgemacht hast du dich auch. Der Lippenstift steht dir gut.»

Sie lächelte vor sich hin. Bevor Dave sie vor der Suite abgeholt hatte, hatte sie das braune Tuch vom Badezimmerspiegel gerissen und sich gewundert, wie viel Kraft sie in den Armen besass. Vor diesem Augenblick hatte sie sich jedoch gefürchtet. Ihr Gesicht zu betrachten, ihre kurzen Haare, die Augen, die schon früher diese Melancholie ausgestrahlt hatten. Valentin hatte sich in diese Augen verliebt. Die grossen dunklen Iriden, von einem Weiss umgeben, das fast künstlich wirkte. Die samtenen Wimpern, wie ein Kranz aus Kohle. Ihr Gesicht war schmal und hell, und in den dunklen Haaren hatte sie erste graue Sprengsel entdeckt. Sie war sich fremd gewesen, als hätte eine andere sie betrachtet, und doch war das Bild wieder vertraut. Eine Weile hatte sie Hannahs Züge gesehen, und eine Welle der Trauer war über sie hereingebrochen.

«Hast du ihn blind aufgetragen?» Dave neigte den Kopf etwas zur Seite, sah sie schmunzelnd an.

«Nein, vor dem Spiegel. Ich weiss nicht, wie ich überhaupt auf die Idee gekommen bin, diese aus meinem Leben zu verbannen.» Eigentlich wusste sie es genau. Sie hatte gehofft, sich wiederzufinden, nachdem sie sich nach Hannahs Tod verloren hatte. Da war dieses Schuldgefühl gewesen, wenn sie sich im Spiegel betrachtete. Sie hatte begonnen, sich selbst zu hassen. Diesen Mund, die schmale Nase, die übergrossen Augen – dieses Gesicht, von dem sich die reifen Männer früher angezogen gefühlt hatten. Weil sie kindlich ausgesehen und dadurch den Beschützerinstinkt in ihnen geweckt hatte. So musste es doch gewesen sein. Nichts anderes hätte sie dorthin getrieben, wo sie heute stand. Sie war Opfer geblieben, Opfer ihrer eigenen Unsicherheit.

Während die Kellnerin den Champagner im Eiskübel an den Salontisch brachte, schweifte Soleas Blick durch die Bar. Die harmonischen Farben erinnerten sie an ihr Zuhause in Chur, an das Landhaus fernab der Stadt, und sie wünschte sich zurück in eine ferne Zeit, in der sie glücklich gewesen war. Hannahs erster Schultag mit diesem übergrossen Rucksack, der sie fast in den Boden gedrückt hatte. Hellblau hatte er sein müssen. Die ersten

Hausaufgaben, die sie gewissenhaft gemacht hatte, um danach in ihrem Zimmer abzutauchen, die Violine hervorzunehmen und darauf zu spielen. Die anfänglichen Kratzgeräusche waren schnell verschwunden. Mit acht Jahren hatte sie so hell und klar über die Saiten gestrichen, dass es Solea jedes Mal, wenn sie sie hörte, warm ums Herz wurde.

Am Tag ihrer Kremation hatte Solea die Geige in den Sarg gelegt.

Sie zuckte zusammen. Ein Reflex war es, nicht zu kontrollieren. Solea sah durch die grosse Scheibe Richtung Empfang. Es war nicht möglich, dass sie sich täuschte. Sie war wie erstarrt. Alles um sie herum begann sich wie eine Spirale zu drehen, wurde düster und unheimlich. Da war dieser Tunnelblick, der Fokus auf den Mann, der ihr jetzt den Rücken zuwandte. Aber als hätte er ihren bohrenden Blick wahrgenommen, drehte er sich zu ihr um.

«Solea?» Dave riss sie aus ihrem Tagtraum. «Was ist los?»

Sie vermochte kaum, zu sprechen. Eine eigentümliche Kälte hatte sie ergriffen. «Er ist da.»

***

Der Regen hatte nachgelassen, der Übergang von der Dämmerung zur Nacht nur kurz gedauert.

Als Cheyenne an der Tür läutete, stand sie im Dunkeln. Fede hatte sie hierhergebracht, an die Schatzalpstrasse. «Ruf mich an, wenn du fertig bist», hatte sie gesagt, gewendet und war davongefahren.

«Reto Bardill und Belinda Hug» stand auf dem Schild unterhalb des Klingelknopfs, welches Cheyenne mit der Lampe an ihrem Smartphone beleuchtete.

Als die Tür aufging, war sie nicht gefasst, dem Mädchen zu begegnen. Cheyenne hatte damit gerechnet, den Landammann oder seine Frau zu treffen. Sie hätte sich eher mit diesen Leuten unterhalten als mit diesem Kind.

«Hallo, Cheyenne.» Sie trug verschlissene Jeans und ein hellgelbes Shirt mit dem Aufdruck «FuckU» und kaute einen Kaugummi. Cheyenne grauste es.

«Chili, bist du allein?» Sie starrte auf die Löcher im Stoff. Die jungen Leute mochten diese abartige Mode. Die Eleganz war komplett aus ihren Köpfen verschwunden.

«Meine Eltern sind weg.» Chili lümmelte hinter der Tür herum.

«Ich meine, ob Jacky hier ist.»

«Er möchte in Ruhe gelassen werden. Ist das so schwer zu verstehen?»

Cheyenne hatte Mühe, sich zurückzuhalten. Hier war immer noch *sie* der Chef. Sie war sich bewusst, ein einziger Schritt in dieses Haus würde als Hausfriedensbruch gelten und später, wenn es hart auf hart kam, sie dafür belangt werden können. Aber dort drin, hinter diesem unaufgeräumten Korridor, von dem sie einen Augenschein erhaschte, befand sich Jacky. Sie hatte ein Recht darauf zu erfahren, wie es ihm ging und wie er die Zukunft mit ihr gestalten wollte – auch mit dem verletzten Arm.

«Hey, du kannst da nicht rein», beschwerte sich Chili.

«Und ob ich das kann.» Cheyenne stiess das Mädchen zur Seite. «Er wird dich wegschicken, wie er die unzähligen Mädchen und jungen Frauen weggeschickt hat.» Sie hatte grosse Lust, diese Göre zu brüskieren. «Mir aber bleibt er, weil er abhängig ist von mir.» Es war natürlich umgekehrt. Nur fand Cheyenne, das müsse Chili nicht wissen.

Sie durchschritt den Eingangsbereich mit jener Gelassenheit, mit der sie Jacky zu begegnen gedachte. Chili kam ihr nach. «Meine Eltern werden bald hier sein. Dann hast du ein Problem.»

Cheyenne wandte sich um. «Ich denke, es wird Zeit, dass sie herkommen. Dann werden sie sehen, zu was ihre Tochter fähig ist. Ich brauche dich bloss anzusehen, um zu wissen, was los ist mit dir.» Sie kannte diesen Blick. Die geröteten Augen, die erweiterten Pupillen. Wie oft hatte sie sich selbst im Spiegel betrachtet und ebendiesen Ausdruck erkannt, früher, als alles noch viel unerträglicher gewesen war als heute. Sie warf einen

Blick ins Wohnzimmer, erkannte Möbel, die zwei Generationen überdauert haben mussten. Ein cognacfarbenes Sofa, zwei Ohrensessel in der gleichen Farbe, ein englisches Buffet und in der Ecke auf einem dunkelbraunen Sockel ein Flachbildschirmfernseher, das einzig Moderne in diesem Raum. Cheyenne ging weiter, erreichte die Küche. Im Waschtrog stapelte sich schmutziges Geschirr. Daneben standen gebrauchte Gläser und leere Rotweinflaschen. Zwei Pizzaschachteln lagen quer.

Durch das Fenster sah Cheyenne, wie schön die Aussicht von hier oben war. Davos, die höchstgelegene Stadt Europas, während der Nacht, in der die Lichter funkelten, die beschienenen Strassen und rote glitzernde Punkte, die sich darin bewegten. Dort, wo das Jakobshorn lag, war es schwarz, der Himmel darüber wahrscheinlich noch immer verhangen von den Regenwolken.

Sie fand Jacky in einem Schlafzimmer, das ans Wohnzimmer grenzte. Er hatte die Beine über den Bettrand gehängt und versuchte, sich das Hemd auszuziehen. Ihn dort mit diesem ungepflegten Bart und den verwuschelten Haaren zu sehen, erweckte Mitleid in Cheyenne. War es möglich, dass der Mensch, den *sie* erschaffen hatte, bereit war, sich völlig aufzugeben? Was war passiert? Sie nahm einen Stuhl und setzte sich Jacky gegenüber. Sie kannte ihn nicht so. Selbst in seinen ausweglosesten Situationen, wenn es diese gegeben hatte, war er stets arrogant und selbstverliebt geblieben. Was da vor ihr sass, hatte mit dem Jacky, der er vor einer Woche und alle die Wochen, Monate und Jahre zuvor gewesen war, nichts mehr zu tun. Obwohl sie sich überwinden musste, half Cheyenne ihm, das Hemd auszuziehen, was in Anbetracht seines eingegipsten Arms schwierig war. «Was ist bloss los mit dir?»

«Bist du hergekommen, um mir Vorwürfe zu machen?» Jacky liess es geschehen, als Cheyenne die Hemdknöpfe öffnete.

Anstelle einer Antwort lehnte sie ihren Kopf an seine Brust. Plötzlich war es über sie gekommen. Im Moment war ihr egal, wenn Chili sie anstarrte. Was musste dieses Mädchen von ihr denken? Vielleicht würden ihm endlich die Augen aufgehen.

Es würde kapieren, dass die zwei Menschen vor ihr nichts mit ihm zu tun hatten. Mehr als vierzig Lebensjahre lagen zwischen ihnen, fast zwei Generationen, fremde Welten und ein Vielfaches mehr an Erfahrung. «Geh!», sagte Cheyenne.

«Du bist in *meinem* Haus», antwortete Chili schlagfertig, nicht bereit, ihren Freund kampflos aufzugeben.

Cheyenne sah ein, dass sie sich in der schwächeren Position befand. «Ich werde rausgehen, versprochen, aber nicht ohne meinen Jacky.»

Wenn sie die Augen schloss, kehrten andere Bilder zurück. Ihre Band auf den Brettern, die die Welt bedeuteten. Cheyenne war an allen Konzerten dabei gewesen. Manchmal wochenlang am selben Ort. Sie hatte zuvorderst im Publikum gesessen, nahe an der Bühne, Abend für Abend, immer über Mitternacht hinaus. Sie hatte jede Geste ihrer Musiker gedeutet, ihre Jungs und ihr Girl in den Pausen gehätschelt. Vor allem Jacky. Er war von allen der Sensibelste. Kritiken, wenn sie bloss einen Hauch von Vernichtung in sich trugen, gaben ihm Anlass, sich wie ein Berserker aufzuführen. Cheyenne hatte ihm die Wunden geleckt, ohne jemals weder einen Dank noch ein Lob zu bekommen. Für Jacky war sie so selbstverständlich da gewesen wie für das Kind die Mutter. Ihre Belohnung bestand darin, sich jeden Monat von den Einnahmen einen angemessenen Lohn auszubezahlen. Sie hatte nie viel gebraucht. Die Miete für eine Wohnung blieb ihr erspart. Sie hatte keine, war stets in Hotelzimmern untergekommen, schlimmstenfalls in schäbigen Hinterzimmern oder, wenn sie Glück hatte, vorübergehend bei einem Konzertveranstalter oder einem Plattenproduzenten.

Jacky erhob sich. Er ging ins angrenzende Badezimmer, wo er eine Weile blieb.

Cheyenne ergriff die Gelegenheit, mit Chili zu reden, obwohl sie von diesem von Drogen zugedröhnten Geschöpf nichts erwartete. «Hast du eine Ahnung, was ihm über die Leber gekrochen ist?»

Chili schaffte es nicht, sich hinzusetzen. Sie tigerte vom Bett, zur Tür, zum Fenster und wieder zurück – dies im Wiederholmodus. Als sie sprach, klang sie dennoch klar und überlegt. «Ich werde nicht schlau aus ihm. Ich dachte, es sei wegen des Armbruchs. Aber er war davor schon komisch.»

«Hast du bei ihm im Grischa übernachtet?»

«Nein, das wollte er nicht. Ich fand's sonderbar. Er braucht meine … ähm.»

«Was?»

«Er mag es, wenn ich ihm einen blase vor dem Einschlafen.» Chili kicherte vor sich hin.

«So genau wollte ich es nicht wissen.» Cheyenne ärgerte es, dass sie eine solche Antwort provoziert hatte. «Hast du ihn überhaupt gesehen, als wir am Donnerstag angekommen sind?» Sie erinnerte sich, wie Jacky zur fast gleichen Zeit wie der Rest der Band eingetroffen war. Sie hatten sich an der Rezeption verabredet, um ihre Schlüsselkarten in Empfang zu nehmen und über allfällige Wünsche zu diskutieren. Jacky hatte darauf bestanden, ein Zimmer für sich allein zu buchen, obwohl abgemacht war, dass er mit Pete, Fränz und Mike das Appartement im dritten Stock teilte.

«Ich wartete in der Bar auf ihn. Er kam nur kurz vorbei, stand da schon ziemlich neben den Schuhen. Ich habe echt keine Ahnung, weshalb er sich mir gegenüber so benahm. Dabei hatten wir am Donnerstagmorgen miteinander telefoniert. Ich war zu der Zeit bereits in Davos. Ich hatte meinen Eltern versprochen, auf ihr Haus aufzupassen. Sie reisen gerade durch die Lofoten, sind erst in zwei Wochen zurück.»

«Verstehe.» Cheyenne sah sich um, bemerkte erneut die Unordnung. «Du kannst dir also mit dem Aufräumen etwas Zeit lassen.» Aus einer Eingebung heraus griff sie in ihre Handtasche, die sie um die Schulter trug, und entnahm ihr eine Hunderternote. «Hier, besorg dir eine Reinigungskraft.» Sie fühlte sich verantwortlich für den Schmutz, den nicht bloss Chili hinterlassen hatte. «Was, glaubst du, könnte Jacky dermassen aus dem Gleichgewicht gebracht haben? Es ist für mich völlig unverständlich, wenn er ausgerechnet vor einem seiner wichtigsten Auftritte auf einen Downhill-Trail geht.»

«Ich versuchte, in den letzten Tagen etwas aus ihm herauszubekommen», sagte Chili. «Er wich mir dauernd aus. Ich kenne diesen Zug nicht an ihm.»

Cheyennes Gedanken schweiften erneut zurück zum Tag ihrer Ankunft. Vor dem Empfangstresen hatte es unüblich viele Leute gehabt. Obwohl die drei Posten an der Rezeption besetzt gewesen waren, hatte sich eine Schlange wartender Gäste gebildet. Ihr war nicht wohl dabei gewesen, als Jacky wegen der Zimmereinteilung ein solches Theater veranstaltete. Nanina hatte ihr leidgetan, als sie sich um eine Lösung bemühte. Später war Michelle dazugekommen und hatte vermutlich ein paar Verschiebungen in der Zimmervergabe vorgenommen, um Jackys Wunsch zu entsprechen.

Jacky hätte zufrieden sein müssen. Aber etwas war vorgefallen, vor oder nach der Ankunft in Davos, was ihn aus der Spur geworfen hatte.

Cheyenne wartete geduldig. Es dauerte eine Weile, bis Jacky aus dem Badezimmer trat, frisch geduscht und angezogen. Er trug eine helle Sommerhose und ein geblümtes Hemd. Und er hatte sich tatsächlich rasiert. Der graue Bart war weg. Ein frischer Duft ging von ihm aus, der Geruch eines fremden Herrenparfums. Cheyenne befürchtete, er könnte sich von den Toilettenartikeln des Davoser Landammanns bedient haben.

«Bist du bereit, mir zu berichten, was vorgefallen ist?» Cheyenne sah nicht ein, weshalb sie hätte lockerlassen sollen.

Jacky zog die Schuhe an. In gebückter Haltung sah er zu ihr auf, eine Geste der Unterwerfung, so kam es ihr vor. Er stellte sich etwas unbeholfen an, als er die Sneakers anzog. Cheyenne unterliess es, ihm zu helfen.

Jacky stiess heftig Luft aus. «Die Vergangenheit hat mich eingeholt.»

Cheyenne blieb eine Weile die Sprache weg. Lindas Geständnis kürzlich war mit einem Mal sehr präsent. Würde Jacky endlich erzählen, was er seiner Frau angetan hatte? «Ist es wegen Linda?»

Er schwieg.

«Sie hat mir alles erzählt.» Cheyenne hatte es nicht für möglich gehalten. Der wohlerzogene, aus gutem Haus stammende Musiker hatte in jungen Jahren eine verstörende Seite an sich gehabt.

«Was hat sie dir erzählt?»

«Dass du sie am Anfang ihrer Ehe geschlagen hast. Sag, hat dich *diese* Vergangenheit eingeholt?»

Er schluckte nur.

«Sag schon …»

Jacky schloss die Augen. «Schlimmer.»

FÜNFZEHN

Die Kantonspolizei hatte Dauerpräsenz. Es war nicht zu umgehen, dass die Hotelgäste erneut befragt wurden. Mittlerweile kannte man das Signalement des verstorbenen Mannes. Die Resultate aus der Rechtsmedizin waren eingetroffen. Anhand der Angaben war ein Phantombild erstellt worden, weil die Polizei kein Foto der Leiche in Umlauf bringen wollte.

Max nippte an der Kaffeetasse. Er sass Gansner gegenüber, der ihn über den Stand der Dinge informierte. Sie sahen beide auf die Zeichnung, welche die Polizei mittels einer Software erstellt hatte.

«Der kommt mir bekannt vor.» Max klopfte mit dem Löffel gegen den Tassenrand, um seinem Gesagten Ausdruck zu verleihen.

«Er kann unmöglich ein Gast von uns sein.» Gansner war felsenfest davon überzeugt.

«Die erwähnte Körpergrösse stimmt. Mittelgross sei er, heisst es hier.» Max deutete auf die Notiz. «Und die schwarz gefärbten Haare, ein Schnauz … etwa fünfzig Jahre alt, genauso hat dein Küchenchef den Fremden im Keller beschrieben. Den Schnauz hat er allerdings nicht bemerkt. Aber die schicken Kleider.»

«Sie müssen über ein unglaubliches Vorstellungsvermögen verfügen», sagte Gansner.

Die Stimmung im Frühstücksraum war bedrückt. Die Gäste tuschelten. In der Regel entwickelten sich Ferienbekanntschaften, man redete miteinander, erzählte von der vergangenen Wanderung ins Dischmatal oder der Fahrradtour nach Filisur. Heute schien es, als gingen alle einander aus dem Weg.

In die beklemmende Atmosphäre platzte Michelle. Sie schwang einen Papierbogen in der Hand. Ungeachtet dessen, dass die Leute bei ihrem Anblick verstummten, schritt sie zügig an Gansners Tisch. Sie grüsste Max und legte den Papierbogen vor den Augen ihres Chefs hin. «Dario Ambühl war soeben bei mir und hat das hier gebracht.»

«Komm, setz dich. Es muss nicht alle Welt hören, was wir zu besprechen haben.» Gansner schob das Geschriebene so über den Tisch, dass auch Max vermochte, darauf zu sehen.

«Sind das die Angaben über den Toten?», fragte er leise.

Michelle setzte sich. «Bislang eine Vermutung, weil die Zeit für den DNA-Abgleich nicht gereicht hat. Anhand einer Vermisstenmeldung sei die Polizei darauf gekommen, dass es sich um den Mann hier handeln könnte. Die Frage ist, ob ihn jemand kennt.»

«Und das ist deine Aufgabe, dies herauszufinden?» Gansner war offensichtlich baff.

Max las den Namen. «Marcello Dürr.» Ihm lief es eiskalt über den Rücken. Nicht der Name hatte ihn erschreckt, sondern das, was unter dem Namen stand. «Er ist Privatdetektiv.»

Gansner und Michelle sahen einander wortlos an, bis Gansner sich an Max wandte. «Ein Berufskollege also …»

Max hätte von Gansner jede Bemerkung erwartet ausser dieser. Er war überrascht und brachte keinen Ton heraus.

«War nicht ernst gemeint. Das war so dahingesagt. Es scheint, als gehörte es heute zum guten Ton, einen Spitzel zu engagieren.» Er setzte ein verschwörerisches Grinsen auf.

Max hingegen überlegte sich, wen Dürr, sollte er im Hotel Grischa auf Schnüffeltour gewesen sein, observiert hatte. Denjenigen, der Billy Horse vergiftet hatte? Fede hatte mit Horse gesprochen, ohne nennenswerte Neuigkeiten von ihm erfahren zu haben. Vielleicht musste er abwarten, bis die Polizei den Toten eindeutig identifiziert hatte. Er hatte nicht vor, diesem Ambühl in die Quere zu kommen, und hoffte, Gansner und sein Team würden nichts über Max' und Fedes Arbeit preisgeben. Bei den Hotelgästen war er sich jedoch nicht sicher, ob sie den Mund halten konnten. Andererseits bewies Dürrs geheimer Einsatz, dass auch Max in der Lage sein würde, weiterhin als Geheimagent ermitteln zu können. Er sah auf seine Armbanduhr. Halb zehn. Er musste Fede sprechen. Nach dem gemeinsamen Frühstück war sie ins Zimmer zurückgekehrt. Auch für Max war es an der Zeit zu gehen, bevor die anwesenden Hotelgäste auf falsche Gedanken kamen. Die Polizeibeamten hatten bislang den Speisesaal nicht betreten.

Max wollte nicht zusammen mit dem Hoteldirektor gesehen werden. Er fotografierte mit seinem iPhone Michelles Notiz. «Ich werde mich mal darüber schlaumachen, woher dieser Dürr kommt, und Ihnen schnellstmöglich über meine Fortschritte Bescheid geben.»

«Nicht vergessen, die Polizei schlägt den gleichen Weg ein», sagte Gansner.

Max erhob sich. «Keine Angst. Wir arbeiten mit unseren eigenen Methoden.»

«Darf ich erfahren, welcher Art?»

«Besser nicht.»

***

Über den Bergen lichteten sich die Wolken. Um zehn erstrahlte der Himmel über Davos wie eine Kuppel aus verchromtem Blau. Nebelschwaden stiegen von den Wäldern auf, wo sich die Feuchtigkeit des letzten Tages länger gehalten hatte.

Fede sah hinunter auf den Wendeplatz, von wo aus die Ortsbusse und Postautos in die verschiedenen Richtungen und Täler fuhren. Es hätte ein friedlicher Tag werden können. Vielleicht hätte sie mit Max einen Ausflug auf den Flüelapass gemacht, wäre von dort zu den Jöriseen aufgestiegen. Eine Wanderung, die einige Tücken in sich barg. Sie hatte darüber gelesen. Ein Felssturz vom Flüela Wisshorn hatte im Frühling vor zwei Jahren den oberen Teil des Weges zwischen Wägerhus und Winterlücke zugeschüttet. Fede mochte neue Erfahrungen. Es hätte sie gereizt, sich der Urkraft der Natur auszusetzen.

Nun stand sie in diesem Zimmer, welches das Tageslicht verschluckte, und wartete auf Max.

Nie zuvor in ihrem Leben hatte sie unmittelbar mit einem Toten zu tun gehabt, und sie wollte, dass es so blieb. Doch bloss der Gedanke, dass sie in einem Hotel logierte, in dem allem Anschein nach jemand ermordet worden war, jagte ihr eisigen

Schauer durch den Körper. Sie und Max steckten mittendrin. Es gab kein Entrinnen. «Wer A sagt, muss auch B sagen.» Das hatte ihr der Vater eingebläut. Unter seinen Fittichen hatte Fede gelernt, niemals den Kampf aufzugeben. Zu jedem Rätsel gäbe es eine Lösung. Und von Angst hatte Vater nie etwas wissen wollen. Man brauche im Leben nichts zu fürchten, war seine Ansicht. Man müsse nur alles verstehen. Er war Physiker und mochte es, Äusserungen berühmter Vorbilder zu rezitieren. Fede hatte nach Vaters Leitbild gelebt. Er hatte ihr das Tempo vorgegeben. Ihre Mutter war in ihre eigenen künstlerischen Sphären abgetaucht. Sie hatte die Welt nie so gesehen, wie sie Fede empfand. Zur Mutter hatte sie kaum eine tiefe Beziehung aufbauen können. Vielleicht aus dem Grund, weil Fede sie im Intellekt bereits im jugendlichen Alter überholt hatte. Die geistige Herausforderung hatte sie beim Vater gesucht und gefunden. Nach dem Studium hatte sich alles verändert. Vater war nach München gezogen, und die Mutter hatte sich nach Portugal abgesetzt. Die einzig greifbare Erinnerung an Vater war der klapprige Austin Mini.

Die gewonnene Freiheit, welche Fede der neuen Situation abzuringen vermocht hatte, katapultierte sie in eine Welt der Intellektuellen und Extravaganten, von Leuten, die im Denken weit voraus waren und sich unter ihresgleichen austauschten. Es gab plötzlich keine Schranken mehr. Fede hatte einen Job bei einer IT-Firma gefunden, gut verdient und auf einmal viel Geld. Sie war jedoch ein sparsamer Mensch gewesen, hatte gelernt, mit den Finanzen zu haushalten. Aus Geld machte sie sich bis heute nichts.

Später hatte sie ein leer stehendes Bauernhaus im Drachenried gekauft und es, zusammen mit einem Freund, bewirtschaftet. Sie hatte den Job gekündigt und sich auf ein Landleben eingestellt. Kleinere Aufträge von Firmen hatte sie gleichwohl gern angenommen und bei der Überprüfung von Software geholfen. Während dieser Zeit hatte sie es sich zum Spass gemacht, ihre überschüssige Energie auf einsamen Streifzügen durch die Neonnächte zu kompensieren. Ein Spiel, welches ein Spiel geblieben war, bis sie Max traf. War sie stets anonym unterwegs gewesen,

Max hatte sie aufgespürt. Schluss mit der Femme fatale. Er hatte sie entlarvt.

Manchmal sehnte sie sich in diese verrückte Zeit zurück. In die Diskotheken und Tanzpaläste, in denen sie wie ein Cameo kurz aufgetreten, den Männern den Kopf verdreht hatte und wieder verschwunden war. Ein Quickie im Stehen, zwei Gläser Champagner und die Genugtuung, dass niemand sie kannte.

«Hallo, sitzt du schon lange hier?» Max schloss die Zimmertür hinter sich.

Fede hatte ihn nicht eintreten hören. Sie verwischte ihre Gedanken, als würde sie ein Buch schliessen. Sie legte ihre Geschichte weg, kehrte in die Gegenwart zurück, in der sie im Grunde genommen immer zu Hause gewesen war. Das, was heute war, zählte. An der Vergangenheit vermochte sie nichts zu ändern, und das, was vor ihr lag, schien weit weg. «Ich geniesse den Moment», sagte sie, um sich selbst zu bestätigen, dass sich nichts an ihrer Einstellung zum Leben geändert hatte.

Max legte eine Notiz ab. «Ich habe Arbeit für dich.»

Wahrscheinlich nicht die, die Fede gern erledigt hätte – in fremden Computern hacken. Das hatte sie gelernt, im Rahmen ihrer Tätigkeit in der IT-Branche. Das «Human Hacking» war ihre Spezialität. Zu Hause wäre sie für einen Angriff top eingerichtet gewesen. Ihr Laptop dagegen gab nur wenig her. Manchmal überlistete sie ihn mit ihren Tricks, um auf ein befriedigendes Resultat zu kommen. Sie betrachtete die Notiz. «Marcello Dürr … wer ist das?»

«Vermutlich der Mann, den man bei den Buchanan Five gefunden hat. Er ist Privatdetektiv. Es scheint, als wäre er aufgrund eines Auftrags im Hotel Grischa gewesen. Die Beschreibung passt zu Manuel Gulers Aussage, am letzten Samstag einen Fremden im Keller angetroffen zu haben.» Max fasste sich mit beiden Händen an den Kopf. «Aber wie kam er dort rein? In die Abstellkammer?»

«Weiss man schon, wie lange er dort gelegen hat?»

«Schätzungsweise fünf Tage. Gemäss Polizei ist die Vermisstmeldung am Sonntag eingegangen.»

Fede klappte den Laptop auf. Auf der herkömmlichen Suchmaschine tauchte der Name gleich am Anfang auf. «Detektei Dürr, angemeldet in Flims.» Fede tippte weiter. «Vielleicht finde ich etwas unter Easymonitoring … Voilà, hier steht sogar die Adresse. Die Detektei lautet auf die Namen Dürr Marcello und Dürr Maria. Ich gehe davon aus, es handelt sich hier um ein Ehe- oder Geschwisterpaar.» Fede drehte sich nach Max um. «Weisst du, wer ihn als vermisst gemeldet hat?»

«Wie sollte ich?»

«Am besten, wir rufen Maria Dürr an.»

«Das geht nicht. Die Nachricht über seinen Tod hat sie sicher erst erreicht. Wir sollten warten. Vielleicht kommt sie nach Davos.»

«Kaum. Der Leichnam liegt in der Rechtsmedizin in Chur. Ich schlage vor, wir konzentrieren uns weiter auf die Hotelgäste. Du erwähntest zwei Leute, die wir uns näher ansehen müssten.»

«Das hat sich erledigt.»

«Wir knüpfen uns die Buchanan Five vor.»

«Pete, Fränz und Mike befinden sich in Untersuchungshaft. Und bevor du fragst: Die Polizei kann jemanden festnehmen und auf den Polizeiposten bringen, der gestützt auf Ermittlungen eines Verbrechens oder Vergehens verdächtig ist. Der Leichenfund in 315 bedingte diese Festnahme.»

Fede streckte ihren Rücken und konnte sich ein Stöhnen nicht verkneifen. «Dann reden wir mit Viktoria. Sie steht den Bandmitgliedern am nächsten.»

«Ausser Cheyenne.»

«Cheyenne ist mir zu wenig neutral, und Viktoria schätze ich als intelligente und gewissenhafte Frau ein.» Fede griff nach ihrem iPhone. «Zum Glück habe ich letzthin ihre Handynummer aus Cheyenne herausgekitzelt.» Fede wählte Viktoria an und wartete.

Offensichtlich war diese Aktion für Max' Ermessen zu schnell und zu spontan.

«Überleg dir noch mal, ob das richtig ist.» Er zauderte.

Viktoria meldete sich.

«Hi, ich bin's, Fede, die Detektivin, von der Cheyenne dir erzählt hat.»

«Ich hoffe, du hast keine weiteren schrecklichen Nachrichten, nach all dem, was passiert ist.» Obwohl Viktoria seit etlichen Jahren zurück aus den Staaten war, schwang, wenn sie sprach, ein amerikanischer Akzent mit.

«Wir wissen, dass der Tote Detektiv war.»

«Oh, das wusste ich nicht.»

«Hatte jemand in eurer Band Grund, einen Schnüffler anzuheuern? Oder verständlicher: Gab es bei euch seltsame Vorkommnisse, die eine nähere Betrachtung bedingt hätten ... durch einen Detektiv?»

Viktoria dachte hörbar nach. Sie seufzte ein paarmal. «Mit Ausnahme von Jack ist der Rest der Band sehr sittsam.» Sie lachte mit rauchiger Stimme.

Immer wieder kamen sie auf Jack Buchanan zurück. Cheyenne hatte Fede am gestrigen Abend spät angerufen und ihr das Treffen mit Buchanan geschildert. Erbaulich sei es nicht gewesen. Zumindest habe sie versucht, ihn zu überreden, ins Hotel Grischa zurückzukommen, um die Dinge zu regeln, die es zu klären galt. Wovon die Rede gewesen war, hatte Fede nicht herausgefunden. Doch immer mehr drängte sich der Verdacht auf, Buchanan könnte mit der Misere nicht bloss am Rand etwas zu tun haben, sondern bis zum Hals drinstecken.

«Sind eure Konzerte gestrichen?», fragte Fede, obwohl sie die Antwort bereits zu kennen glaubte.

«Wir improvisieren», sagte Viktoria. «Ich werde meine Solokarriere fortsetzen, ganz sicher während der Tage in Davos.» Wieder erklang ihr rauchiges Lachen. «Cheyenne unterstützt mich.»

«Meldest du dich, wenn Pete, Fränz und Mike aus der U-Haft entlassen werden?»

«Ich denke, das wird im Verlaufe des Tages sein. Wie ich sie einschätze, haben sie sich nichts zuschulden kommen lassen.» Eine Pause folgte, in der sie angestrengt nachdachte. «Ah, da kommt mir etwas in den Sinn. Ich weiss nicht, ob es wichtig ist. Gemäss Reservation hätte Jack das Appartement mit seinen drei Kollegen teilen müssen, hat sich dann aber für ein eigenes Zimmer entschieden.»

«Du meinst, man hat ihn nach wie vor in dieser Wohnung gewähnt?» Fede überlegte. «Dann ist der Detektiv vielleicht seinetwegen dorthin gegangen, weil er dachte, etwas zu finden, das wichtig ist. Bleiben die Fragen, was es war und wer ihn umgebracht hat.»

***

Durch das geöffnete Fenster flutete die Wärme ins Zimmer. Solea lag im Bett. Die Motivation, aufzustehen, fehlte ihr. Sie hatte während der Nacht kein Auge zugemacht. Am Morgen war sie in einen unruhigen, von Alpträumen geplagten Schlaf gefallen.

Sie hatte sich nicht getäuscht. Obwohl er dauernd in ihrem Kopf herumgeisterte, sich wie ein Gespenst anfühlte, war sie sich sicher gewesen, ihn dort vor der Rezeption gesehen zu haben. Als er ihr den Rücken zugewandt hatte, meinte sie trotzdem, diese Eigenart zu erkennen. Er hatte es sich schon früher zur Angewohnheit gemacht, die Hände unterhalb des Kreuzes zu verschränken und mit den Füssen auf und ab zu wippen, wenn er wartete.

Solea starrte zur Decke. Sie fixierte lange einen Punkt dort oben, vielleicht einen Käfer, der hochgekrabbelt war. Obwohl er sich physisch nicht bewegte, begann er sich zu drehen. Die ganze Decke kreiste immer schneller wie ein Karussell am Jahrmarkt. Es war ihr, als fiele sie zurück in ihre Jugend, zurück zum Tag, als man ihren Vater zu Grabe getragen hatte. Dann die Jahre danach ohne ihn. Mam, die den Verlustschmerz nie wirklich zugelassen hatte. So sehr hatte sie sich in die Arbeit gestürzt und dabei auch Solea kaum Gelegenheit gelassen zu trauern. Es war etwas Unfertiges, nicht Aufgearbeitetes. Wie die Theatergarderobe, deren letzte Änderungen sie nicht zu Ende geführt und im Nähzimmer hatte liegen lassen.

Valentin war in ihr Leben geplatzt, hatte ihrem Dasein wieder einen Sinn gegeben, nach alldem, was ihr widerfahren war. Sie hatte ihn geliebt, von Anfang an, und nie, *nie* hätte sie ihn losgelassen, wenn das Schicksal nicht so gnadenlos zugeschlagen hätte.

Gestern hatte er vor der Rezeption gestanden, ungeduldig wie immer und doch zurückhaltend. Er hatte sie angesehen, einen kleinen Moment, als das Wiedererkennen kam, ehe sie den Blick abwandte und Löcher in die Leere bohrte. Was er wohl gedacht hatte bei ihrem bedauerlichen Anblick?

Was suchte er hier?

Sie hatte ihn aus den Augen verloren. Sich bewusst vor ihm versteckt und alles getan, um ihm nicht über den Weg laufen zu müssen. Sie fühlte sich miserabel. Er bezahlte jeden Monat Alimente an sie, und ihr war es noch nie eingefallen, sich bei ihm zu bedanken.

Er musste sich während ihres Aufenthalts in Davos bei Mam gemeldet haben. Nur so ergab seine Anwesenheit einen Sinn.

Solea konnte sich endlich überwinden, das Bett zu verlassen. Behutsam tastete sie sich der Wand entlang bis zum Wohnteil. Sie suchte ihr iPhone, fand es in ihrer Handtasche. Mit zittrigen Fingern wählte sie Mams Nummer.

«Kindchen.» Das hatte sie länger nicht mehr gesagt. «Schön, von dir zu hören. Wie geht es dir?»

«Nett, wenn du mich mal danach fragst.»

«Ich hatte in letzter Zeit viel zu tun. Du weisst, im Sommer läuft es gut. Diese Blumen … sie sind eine Pracht. Zudem muss ich bereits die Samen der Herbstblumen ziehen.»

«Interessiert es dich nicht, ob ich Fortschritte mache?»

Cäcilia Favre liess ein paar Sekunden verstreichen. «Wir haben abgemacht, dass ich dich in Ruhe lasse.»

Solea musste ihr recht geben. Trotzdem hätte sie es sich gewünscht, Mam hätte sich nach ihrem Befinden erkundigt. Andererseits erholte sie sich gerade von den Strapazen, die ihr die Tochter täglich auferlegte. Wo wäre dies nicht besser gegangen als bei ihren Pflanzen. «Hier geschehen entsetzliche Dinge.»

«Was heisst das?»

Solea hatte Mams volle Aufmerksamkeit.

«Hast du's nicht gelesen? In der Boulevardzeitung erschien ein dreiseitiger Bericht darüber.»

«Ach das. Ich dachte, was denen alles einfällt, um Werbung zu machen.»

«Das war keine Werbung, Mam, das war bitterer Ernst. In der Zwischenzeit hat es einen Toten gegeben. Ich weiss nicht, wer er ist. Aber er wurde im Appartement gefunden, das sich die Buchanan Five teilen.»

«Glaubst du, es ist dieser Buchanan?»

Solea spürte Unruhe in sich. Sie hatte sich auf das Sofa gesetzt, weil sie kaum Kraft in den Beinen hatte, um aufrecht zu stehen. Mam hatte ihn nie beim Vornamen genannt. Für sie war er immer «dieser Buchanan» gewesen. «Vielleicht gibt es doch eine Gerechtigkeit», sagte Solea. «Aber deswegen rufe ich nicht an.»

«Nicht deswegen?» In Mams Stimme klang Enttäuschung mit.

«Valentin ist da.»

«Valentin?» Mam versuchte offenbar davon abzulenken, dass sie es wusste.

«Hast du etwas damit zu tun?»

«Ich ... ähm ... wie kommst du darauf?»

«Niemand sonst als du wusste, dass ich nach Davos fahre.»

«Dr. Schwegler?»

«Willst du damit sagen, dass sie ihr Arztgeheimnis verletzt hat?»

«Natürlich nicht.»

Schweigen.

«Mam, hat er dich angerufen?»

«Ich ... ja, er war vehement.»

Wenn jemand vehement war, dann bestimmt nicht Valentin. Solea sah ihn vor sich. Diesen sensiblen Mann. Einer, der es immer allen recht machen wollte. Der selbst in seinem Feind etwas Gutes sah. Ein positiv denkender Mensch, der sogar dem Schlechten Erbauliches abrang.

Valentin, den sie – Solea – zum Teufel geschickt hatte.

«Ich glaube, er liebt dich noch immer.»

Solea spürte Tränen aufsteigen. Ihr Hals verkrampfte sich, und das Sprechen fiel ihr schwer.

«Hat er … deswegen angerufen?» Sie musste sich gegen starke Emotionen wehren. Eine Flutwelle brach über sie herein. Einen Augenblick lang glaubte sie, ohnmächtig zu werden.

«Es ging um den Jahrestag. Er sagte, er habe vor elf Jahren seine grosse Liebe gefunden.»

Solea vergewisserte sich auf dem iPhone, welches Datum heute war. «Der sechzehnte Juli …» Die Bilder zogen wie auf einer Leinwand an ihr vorbei. Chur im Hochsommer und sie in diesem luftigen Kleid, welches sie nach einem Muster der Pariser Haute Couture geschneidert hatte. Sie hatte sich mit Valentin verabredet, obwohl sie sich kaum einen Tag kannten. Herrgott, war sie aufgeregt gewesen. Sie hatte unter Übelkeit gelitten, so hatten ihre Nerven geflattert. Vor dem Brunnen auf dem Arcas-Platz war Valentin vor ihr auf die Knie gegangen, inmitten schaulustiger Leute, und hatte sie gebeten, seine Frau zu werden. Wenn sie heute an diesem Brunnen vorbeiging, fragte sie sich oft, warum Valentin gerade diesen Platz ausgewählt hatte. In ihren Erinnerungen war der Brunnen eingebettet in ein Rosenmeer. Die seltsamen Steinköpfe sprühten Gold und Silber, und ihr Herz war ein einziges Inferno. Mit einem Mal schienen alle ihre Probleme aus der Welt geschafft, als hätte der heisse Wind sie mitgenommen und sie fortgetragen über die Häuserzeile, welche an die mittelalterliche Stadtmauer angebaut war. Später waren sie über den Plessurquai flaniert und hatten Zukunftspläne geschmiedet. Es hatte sich angefühlt, als wären sie ewig zusammen gewesen und füreinander bestimmt.

Valentin war ihr wie ein Engel vorgekommen, vom Himmel gesandt.

Solea sah auf ihre linke Hand. Noch immer trug sie den Ring mit dem Solitär. Mittlerweile hatte sie ihn an den Mittelfinger gesteckt. Sie hätte ihn sonst verloren.

«Ich konnte seinem Betteln nicht widerstehen.» Mam riss sie

aus ihren Gedanken. «Solea, ich möchte dich wieder glücklich sehen. Valentin hat zu dir gestanden … immer. Mach es ihm nicht schwerer, als es ist. Ihr habt *beide* euer Kind verloren.»

«Das sind auf einmal ganz andere Töne.» Solea schluckte leer. «Bist du sicher, dass er in guter Absicht hier ist?»

«Hast du ihn je mit einer bösen Absicht erlebt?»

«Nein, natürlich nicht.» Solea zog tief Atem ein. Mam musste es wissen. Sie hatte jahrelang während der Wochenenden unter dem gleichen Dach gewohnt. Für sie war Valentin der ideale Schwiegersohn gewesen, und sie hatte seine Heiratspläne sofort gutgeheissen. Für Hannah war sie eine liebenswürdige Grossmutter gewesen, hatte sie hauptsächlich an Samstagen und Sonntagen umsorgt, damit sich Solea und Valentin füreinander Zeit nehmen konnten. Nach Hannahs Tod hatte Mam Solea das Versprechen abgenommen, sich von Valentin zu distanzieren.

Hatten sie sich etwa heimlich getroffen? Aber hätte Mam demzufolge Dave Casutt engagiert? Oder hatte sie niemals damit gerechnet, Dave könnte sich in Solea verlieben?

Solea schämte sich. Sie war zu weit gegangen, hatte Dave Hoffnungen gemacht. Sie hatte sich nach ein wenig Zärtlichkeit gesehnt, nach jemandem, der sie in die Arme nimmt, wenn Mam es nicht konnte. Doch dies legitimierte sie nicht dafür, mit ihm zu spielen. Wenn er heute sauer auf sie war, verstand sie es.

Solea beendete das Gespräch, legte das iPhone nachdenklich auf den Tisch. Langsam ging sie ins Badezimmer. Sie würde sich für eine Begegnung mit Valentin vorbereiten.

***

Max hatte sich geschworen, mit Leutnant Ambühl nicht ins Gehege zu kommen. Alles, was er in Erfahrung bringen musste, lief über den Hoteldirektor ab. Gansner hatte ihm einmal mehr Carte blanche gegeben, wenn es darum ging, an Informationen für die weitere Recherche zu gelangen.

Sie sassen draussen auf der Terrasse. Vor sich eine Platte mit

Bündner Trockenfleisch und Davoser Bergkäse und einem «Mungga», einem der Monsteiner Spezialbiere. Fede hatte sich einen Hut aufgesetzt. Sie trug ein knöchellanges Kleid, welches wie ein Dirndl aussah – beige mit einer geblümten Schürze und einer weissen Bluse mit Puffärmeln. Max kam sie fremd vor. Wenn sie jetzt anfinge zu jodeln, hätte er sich mit ihrem Outfit besser angefreundet.

Trotz der Umstände hatte sie heute gute Laune. Max schrieb es dem Wetter zu. Die Wolken hatten sich aufgelöst und einem tiefblauen Himmel Platz gemacht. «Woher hast du das Kleid?»

«Ausverkauf.» Nach ihrer Antwort zu urteilen, wünschte sie nicht, näher darauf einzugehen.

Max hob die Brauen. «Was wissen wir?» Er stellte die Frage vor allem sich selbst. Er schnappte sich eine hauchzarte Scheibe Fleisch, rollte sie zusammen und schob sie in den Mund. Die salzige trockene Konsistenz schmeckte ihm.

Fede schlug ein mitgebrachtes Notizheft auf. «Ich habe mit Maria Dürr gesprochen.»

«Du hast was?» Max hätte sich beinahe verschluckt.

«Wir können nicht trödeln», rechtfertigte Fede ihren Schritt.

«Ich bin ganz deiner Meinung. Trotzdem müssen wir Rücksicht nehmen.»

«Hätte ich nicht telefoniert, wüssten wir nicht, dass Maria und Marcello *nicht* miteinander verwandt sind. Sie heissen nur zufällig gleich.»

«Aha. Dadurch hält sich ihre Trauer wohl in Grenzen.»

«Das habe ich nicht gesagt. Sie hat immerhin ihren Arbeitspartner verloren. Natürlich ist sie traurig, aber sie war in der Lage, meine Fragen zu beantworten.»

Max' Anspannung wich. «Wir können es uns nicht erlauben, uns unbeliebt zu machen», sagte er trotzdem. In seinem rechten Augenwinkel sah er Gansner an den Tisch kommen. Er wandte sich zu ihm um. «Gut, sind Sie hier. Bitte setzen Sie sich zu uns.» Max ahnte, dass er gerade etwas verpasste. Fede hatte Neuigkeiten, und er war daran, diese im Keim zu ersticken. Er hoffte, Gansner machte nicht allzu lange, und sagte: «Ich habe mir gerade überlegt, ob es Leute auf der aktuellen Gästeliste gibt, die in den letzten Tagen negativ aufgefallen sind.»

«Deswegen bin ich hier.» Gansner grüsste und setzte sich. Er sah Fede unverwandt an, die Käse auf ihrem Teller mundgerecht zerkleinerte. «Schmeckt's?» Er wartete eine Erwiderung nicht ab. «Nicht wegen komischer Gäste, aber wegen der Liste. Gestern hatten wir ein neues Arrivée, nachdem es wieder freie Zimmer gegeben hat.»

«Die der frühzeitig Abgereisten?»

«Ja, genau. Sie erinnern sich an Solea Morell?»

Fede warf Max einen alarmierten Blick zu.

«Wir haben bereits Bekanntschaft mit ihr gemacht.» Max verschwieg, unter welchen Umständen. «Sie ist gehbeeinträchtigt und deswegen mit ihrem Chauffeur hier.»

«Nun hat ihr Mann Valentin Morell bei uns eingecheckt.»

«Ihr Mann?» Ein Stück Käse, welches Fede sich gerade einverleiben wollte, blieb auf der Höhe ihres Kinns stehen. «Was will der hier?» Sie sah Max an.

«Sind Sie sicher?» Max zweifelte genauso.

«In Chur gibt es nur vier Personen, die den Namen Morell tragen. Bernhard Morell, der pensionierte Maschinenschlosser, seine Frau Brida sowie deren gemeinsamer Sohn Valentin, der die Schlosserei übernommen hat, und … dessen Frau Solea.»

Stimmt. Das hatte Fede auch schon herausgefunden. «Was schliessen Sie daraus?» Für Max war Gansners Aufregung nicht nachvollziehbar. Aber für Ärger war mit ziemlicher Sicherheit gesorgt. Vielleicht müsste Max sich näher mit Solea Morell befassen. Was war der Grund, weshalb sie mit ihrem Chauffeur in Davos war? Was hatte es mit dem Unfall vor zwei Jahren auf sich? War die Vermutung, dass Buchanan mit dem Tod des Mädchens etwas zu tun hatte, nicht aus der Luft gegriffen? War es möglich, dass Valentin Morell den Giftanschlag auf Billy Horse verübt hatte, in der Meinung, es sei Jack? Die Gedanken waren zu weit hergeholt. Als Horse vergiftet wurde, war Morell nicht in Davos gewesen.

Max schüttelte den Kopf.

«Was beschäftigt dich?» Fede hatte ihn die ganze Zeit angesehen.

«Ich bin mir sicher, der Giftanschlag auf Horse und der Mord an Dürr haben etwas mit diesem toten Kind zu tun.»

«Max, bleib auf dem Boden.» Fede war entrüstet. «Soweit ich informiert bin, war der Unfallfahrer ein neunzehnjähriger Mann. Und er heisst weder Bucher noch Buchanan, sondern Marlon Kleist. Seine Eltern stammen ursprünglich aus Dänemark, wurden vor ungefähr zwanzig Jahren in Davos ansässig … Also vergiss es.» Fede wandte sich an Gansner. «Weiss man, wie der Tote in diesen Abstellraum gekommen ist? Hat sich die Polizei dahingehend geäussert?»

«Ambühl und seine Leute ermitteln auf Hochtouren. Bislang ist mir nichts zu Ohren gekommen. Es kann sein, dass auch Sie dazu befragt werden.»

Genau das wollte Max verhindern. Es könnten heikle Fragen auftauchen. Andererseits war er bei der Davoser Polizei bereits erfasst, und sie wusste, was er beruflich machte. «Wir müssten mal in die 315.»

«Das geht nicht», sagte Gansner. «Die Wohnung ist versiegelt.»

«Besteht eine Möglichkeit, über die Nummer 316 dorthin zu gelangen?»

«315 verfügt über keinen Balkon.»

Max entsann sich der Anfänge als Privatdetektiv. Um heimlich zu fotografieren, hatte er sich öfter von einem Balkon zum andern hangeln müssen, an Fassaden hochklettern jedoch nie. Er folgerte, dass Dürr sowie der Täter die Wohnungstür benutzt hatten. Aber wie waren sie zur passenden elektronischen Zimmerkarte gekommen? Oder hatte man sie hereingebeten?

Wenn die Reinigungsequipe aktiv war, standen die jeweiligen Zimmer- und Suiten-Türen offen. Ob sich Dürr während eines unbeaufsichtigten Moments in die Wohnung geschlichen hatte? Das war bis anhin die plausibelste Überlegung. Falls er vom Täter verfolgt worden war, weil dieser seine Absichten erkannt hatte, wäre es auch für ihn einfach gewesen, unbemerkt in die Wohnung zu gelangen. Er hatte Dürr in die Abstellkammer gestossen, ihn niedergeschlagen, getötet und gewartet, bis das Housekeeping das Appartement verlassen hatte.

Max verlautbarte seinen Verdacht, worauf Fede ihn darin bestärkte, Gansner sich jedoch betupft fühlte.

«Sie wollen damit andeuten, dass Chatrinas Team unvorsichtig war?», fragte er, überlegte und sagte: «Entschuldigung, diese Frage hat auch die Polizei gestellt.» Er beruhigte sich etwas.

«Wir müssen herausfinden, wem Dürr auf den Fersen war.» Max sah Fede an. «Du wurdest vorher unterbrochen. Du hast also mit Maria Dürr gesprochen.» Er linste zu Gansner hinüber. «Sie ist die Berufspartnerin des Verstorbenen. Was also ist Sache?» Langsam verlor Max die Geduld. Wahrscheinlich lief gerade alles aus dem Ruder. Dennoch wollte er an dem Fall dranbleiben. «Wen hat Marcello Dürr hier im Hotel Grischa observiert? Hat es mit den Buchanan Five zu tun?»

«Dachte ich auch zuerst … Maria bestätigte diesen Verdacht nicht. Die Unterlagen, die sie bei Dürr gefunden hat, geben einen Hinweis auf einen Anwalt, der Dürr mit einer Observierung betraut hatte.»

«Ein Anwalt? Hat er einen Namen?»

Fede warf zuerst Gansner, dann Max einen verkniffenen Blick zu. «Du weisst genauso gut wie ich, dass sie mit diesen Informationen nicht herausrücken darf.»

Max stöhnte. Und er hatte geglaubt, Fede könnte ein wenig Licht ins Dunkel bringen.

«Du kennst mich.» Sie lächelte spitzbübisch. «Ich erklärte ihr, dass sie die Unterlagen so oder so übergeben müsse, wenn die Polizei darauf besteht.»

«Hat sie das nicht längst getan?»

«Ihr Büro untersucht?» Wieder dieses Grinsen. «Es scheint, als wären wir hier der Polizei wirklich einen Schritt voraus.»

«Klär uns auf.» Max' Nerven fühlten sich wie gespannte Seile an. «Wie heisst der Anwalt, und was wollte er von Dürr?»

In diesem Moment klingelte Max' iPhone. Er hatte es auf laut gestellt. Die Leute an den umliegenden Tischen starrten ihn an, als hätte er einen Ausschlag. Max meldete sich.

«Reto Pitschen am Apparat. Sind Sie an dem Film noch interessiert?»

Max erhob sich, wandte sich ab. «Selbstverständlich.»

«Ich fahre heute nach Davos. Werde am Abend erneut einem Jazzkonzert beiwohnen. Vorher hätte ich Zeit, Sie zu sehen.»

Max vereinbarte Zeit und Ort.

«Pulsa-Bar um halb fünf ist perfekt. Von dort aus kann ich nachher direkt nach Davos Dorf ins Turmhotel Victoria fahren. Auf den Auftritt der Dixie-Girls freue ich mich schon seit Wochen.»

Max verabschiedete sich und liess sein iPhone in der Hosentasche verschwinden. Fede schuldete ihm eine Antwort. «Der Name des Anwalts?»

«Dr. Claude Salzgeber.» Fede schlug eine Seite in ihrem Notizbuch auf, legte es so hin, dass auch Gansner darauf sehen konnte. «Dürrs Auftrag war es, diesen Mann hier zu bespitzeln.»

Als Fede den Namen nannte, zuckte Gansner zusammen. Max war es nicht entgangen. «Kennen Sie ihn?»

Anstelle einer Erwiderung wurde Gansner aschfahl. Der stolze Hoteldirektor sass da mit versteinertem Gesicht, starrte nur geradeaus, wahrscheinlich ins Leere. Denn dort, wo sein Blick haften blieb, existierte nichts als ein unbesetzter Stuhl.

SECHZEHN

Nach Hannahs Tod hatte sie so gut wie nicht mehr geschlafen. Die Nächte waren schwer gewesen, die Tage zwischen Dahindämmern und Schlafwandeln, mit dem Gefühl, sich am Leben halten zu müssen. Schon ihrer Mutter wegen. Sie hatte den Appetit verloren; essen war ein Zwang. Jeden Tag von Neuem kam sie ihrem eigenen Zerfall etwas näher.

Dazwischen die Stunden, in denen sie Mams Worte verinnerlichte, es gehe vorüber. Zeit heile Wunden. Dem war nicht so. Manchmal vernarbten sie, rissen bei jeder Gelegenheit wieder auf und bluteten heftiger als zuvor.

Kurz nach Hannahs Tod war der Priester zu ihnen nach Hause gekommen und hatte sie darüber aufgeklärt, was im Verlauf der folgenden Tage anstand. Solea hatte versucht, seine Worte in ihrem Kopf abzuspeichern, als hätte sie ein leeres Blatt Papier mit zusammenhangslosen Wörtern gefüllt. Später hatte sie die Entscheidungen Valentin und Mam überlassen. Warum hätte sie Fragen beantworten sollen, die sich um Erdbestattung oder Kremation, die Art von Blumen und darum, wo man sich für das Leichenmahl treffen würde, drehten? Nachts hatte sie Stimmen vernommen und leise Geigenklänge und sich vorgestellt, dass die Tür aufging und Hannah auf der Schwelle stand, so wie sie manchmal dort erschienen war, weil sie schlecht geträumt hatte.

Aber Hannah war nicht mehr gekommen. Nie mehr. Auch Valentin war nicht mehr aufgetaucht. Nach der Trauerfeier im engsten Familienkreis war er verschwunden.

Es war ihre Schuld. Sie allein hätte es in der Hand gehabt, damit sie zusammenblieben. Sie hätten sich gegenseitig stützen und dem Schicksal die Stirn bieten, gemeinsam die schlimmste aller ihrer Zeiten überwinden und daran reifen können. Ein einziger unüberlegter Satz hatte den letzten Hoffnungsschimmer zerstört.

Es war, als hätte sie sich damit selbst kasteit.

Nun stand sie auf wackeligen Beinen vor dem Spiegel im Badezimmer und betrachtete ihr Gesicht, auf dem sich die Spuren der Verbitterung ebenso eingemeisselt hatten wie diejenigen der Trauer. Solea griff nach der Puderdose und bedeckte die fleckigen Stellen. Sie betonte ihre eh schon grossen Augen mit Lidschatten und Eyeliner und bemalte ihre Lippen mit einem hellroten Stift.

Später zog sie ihr Couture-Kleid an, brauchte eine gefühlte Stunde dazu. Das, was sie sah, gefiel ihr nur bedingt. Es war unmöglich, aus einer gebrochenen Raupe einen strahlenden Schmetterling zu machen.

Als es klopfte, hatte sie sich darauf eingestellt, Valentin in die Augen sehen zu müssen. Sie hatte sich vorgenommen, nichts zu sagen und nur ihn sprechen zu lassen. *Er* hatte sie gesucht und nicht umgekehrt. Sollte sie sich in den Rollstuhl setzen? Ihm zeigen, in welch erbärmlichem Zustand sie war? Dass sich seit ihrer letzten Begegnung bei den Urnen-Nischen alles verändert hatte und ihre einstige Schönheit mit dem Wasser der Plessur weggeschwemmt worden war? Sie würde ihn erschrecken. Trotz ihrer Schminke würde er sie nicht wiedererkennen oder gerade deshalb nicht. Um sich die bemalten Augen und den Mund abzuwischen, reichte die Zeit nicht.

Es klopfte wieder. Solea nahm den Türgriff zur Hand, froh darüber, sich wenigstens daran halten zu können. Mit der anderen Hand stützte sie sich an der Garderobe ab.

«Solea!»

Überrascht waren beide.

«Du kannst gehen?»

Mit ihm hätte Solea rechnen müssen. Normalerweise holte Dave sie immer zum Frühstück ab. Gestern hatte sie ihm jedoch unmissverständlich zu verstehen gegeben, dass sie heute darauf verzichten wolle. Er hatte sich bereits Sorgen gemacht, weil sie gezwungen war, täglich mehrmals zu essen, wollte sie ihre Kräfte verbessern oder zumindest stabilisieren.

Solea setzte sich auf die Ablage bei der Garderobe.

Dave betrat die Suite. «Du hast dich schön gemacht?» Es war mehr eine Feststellung als eine Frage.

Solea sah ihm an, dass Unausgesprochenes auf seinen Lippen lag. «Ich erwarte Besuch.» Das war zwar gelogen, aber hielt sie davon ab, Dave weiter in ihrer Suite erdulden zu müssen.

«Darf ich wissen, wer?»

Gestern Abend hatte er in Erfahrung bringen wollen, wen sie an der Rezeption gesehen hatte. Sie hatte gesagt, sie habe sich getäuscht. Sie war Dave keine Erklärung schuldig. Nur war er nicht dumm. Ihn zu belügen, war ein Ding der Unmöglichkeit. Er hatte sie längst durchschaut. Für ihn musste sie mittlerweile wie ein offenes Buch sein.

«Du willst es mir nicht sagen?» Er betrat den Wohnbereich, setzte sich auf das Sofa.

Er nahm sich eindeutig einige Rechte heraus, weil er dort schon gesessen hatte. Er und sie in Harmonie. Sie hatte aus seiner Hand gegessen, im wahrsten Sinn des Wortes. «Hat es damit zu tun, wen du gestern gesehen hast?»

Im Kombinieren war er gut. Mit jedem Wort, das sie sagte, durchschaute er sie mehr.

Darum schwieg sie.

«Wollen wir heute ausfahren?», fragte er mit jenem Lächeln, das sie erst noch hatte schmelzen lassen.

Das wäre auch eine Option gewesen. Wegfahren. Irgendwohin. Vielleicht ins Dischmatal, dorthin, wo sich nicht einmal der Fuchs und der Hase Gute Nacht sagten. Oder nach Sertig zum «Bergführer», wo sie und Valentin früher oft eingekehrt waren. Eine Fahrt mit der Rhätischen Bahn von Davos nach Filisur wäre auch schön gewesen. Eine romantische Fahrt mit dem Krokodil.

Wie sollte sie Dave beibringen, dass er nicht in ihr Leben passte und sie seine Dienste am liebsten gekündigt hätte?

Warum hatte Mam bloss diese Idee gehabt und Dave ihr sich dermassen aufgedrängt?

Trotzdem: Sie konnte ihn nicht einfach vor die Tür stellen. Nicht, nachdem er ihr für kurze Zeit die Lebensfreude zurückgebracht hatte. War es nicht sein legitimes Recht gewesen, ihr seine Liebe zu gestehen? Vielleicht unter anderen Umständen, dachte sie, und der Verdacht, er könnte sich bloss ihres Vermögens wegen in sie verliebt haben, blieb nach wie vor bestehen.

Eine wie Solea konnte man nicht lieben. Punkt. Schluss.

Sie durfte Dave nicht länger im Ungewissen lassen. Er hatte ihren letzten Disput falsch aufgefasst und ebenso interpretiert. Ein kleiner Streit, weil Solea unpässlich gewesen war. Doch Daves Angriff hatte etwas in ihr zerstört.

«Ich gehe dann wohl», sagte er. «Wenn du mich brauchst, kannst du mich anrufen. Du kennst meine Nummer.»

Ihr fiel ein Stein vom Herz. Sie hatte bereits eine Szene erwartet. So schätzte sie ihn ein. Aber da kam nichts als blosse Resignation. Er presste die Lippen aufeinander, als er an ihr vorbei zur Tür ging. Möglich, dass er ein besänftigendes Wort von ihr erwartete. Er sagte nichts. Und sie schwieg ebenso.

War es die Ruhe vor dem Sturm?

Als Dave die Tür hinter sich zugezogen hatte, atmete Solea aus. Es entspannte sie nicht. Schon wieder hatte sie einen Mann vor den Kopf gestossen wie damals Valentin. Heute hatte sie die Gewissheit, warum. Es lag an ihr. An diesem zerschmetternden Gefühl, sich selbst nicht mehr lieben zu können.

Wieder klopfte es.

Diesmal war sie darauf vorbereitet. Sie erhob sich schwerfällig, ging langsam zur Tür. Öffnete sie.

Es brauchte keine Worte.

Valentin.

Er war sichtbar älter geworden. Das Schicksal hatte auch bei ihm untrügliche Spuren hinterlassen.

«Solea.» Er nannte sie «Liebes», wie früher in ihrer besten Zeit. «Wir müssen reden.»

***

Reto Pitschen war ein schlaksiger Mann um die dreissig, mit einer Frisur, die besser in die achtziger Jahre gepasst hätte. Möglicherweise versuchte er mit den Stirnfransen ein paar Pickel zu verstecken. Den Ausschlag auf der Nase vermochte er nicht zu kaschieren. Er trug eine Art Trainingstasche mit sich, in der er Foto- und Filmmaterial verstaut hatte. Als er sie öffnete, erschien zuoberst ein Fotoapparat.

«Hi, ich bin Reto.» Beim Hinsetzen schlug er Max ein.

«Hallo … Max.» Er zögerte, war es sich nicht gewohnt, von Jüngeren auf Anhieb geduzt zu werden. Hier spiegelte sich Milagros' Erziehung in all ihren Facetten wider. Wenn früher seine Schulkameraden auf der Wiese hinter dem Haus Fussball gespielt hatten, musste Max im Knigge lesen. «Was trinkst du?» Max hielt sich zurück, um nicht gleich auf den Film zu sprechen zu kommen.

Die Kellnerin stand bereits an ihrem Tisch. Die Männer bestellten Bier.

«Ich bin gespannt.» Max bibberte innerlich. Würde er heute etwas erfahren, was ihn in seiner Recherche weiterbrachte?

Pitschen liess sich Zeit. Er wartete, bis die Kellnerin mit den Getränken zurückkehrte, und verschwendete derweil ein paar Worte über den Sport in Davos. Er kam auf die Wakeboard-Anlage auf dem See zu sprechen und auf die Möglichkeit, dort zu surfen und zu segeln, auf die Downhill-Trails, das Spiel mit der Gefahr und dass er selbst das Risiko liebe, den Kitzel jedoch beim Klettern suche.

Max hörte nur halbherzig hin, vergass, dass er es mit einem Radiomoderator zu tun hatte, der auch die unbedeutenden Dinge thematisierte. «Was ist nun mit dem Film?»

Pitschen grinste vor sich hin, hob das Bierglas und prostete Max zu. «Ich habe es nicht für möglich gehalten. Hauptsächlich bin ich mit dem Mikro unterwegs und stets besorgt um eine gute Tonqualität. Manchmal übertrage ich live. Bis zu dem Augenblick, als Horse von der Bühne verschwand, war es auch der Fall. Danach übernahm meine Kollegin Seraina. Sie war im Hotel Victoria beim Konzert.» Pitschen nahm einen Schluck Bier. Er wischte sich den Schaum von den Lippen, beeilte sich offensichtlich nicht. «Ich bin ein angefressener Jazz- und Blues-Fan. Deshalb nehme ich an solche Anlässe immer auch die Kamera mit. Am letzten Samstag hatte ich Billy Horse voll erfasst. Auch nach seiner Pause. Ich hatte den Eindruck, dass es ihm nicht gut geht.»

«Genau das dachte ich auch», bemerkte Max.

«Als er von der Bühne stieg, zoomte ich nicht weiter auf ihn, sondern auf das Publikum. Ich machte eine verstörende Entdeckung ... aber sieh selbst.» Pitschen griff neben dem Fotoapparat vorbei und holte die Filmkamera aus der Tasche. Er drückte ein paar Knöpfe, bis das Display aufleuchtete.

Max sah wie gebannt darauf. Die Aufnahmen stammten von der Zeit vor der Pause, als Viktoria sang. «Kannst du vorspulen?»

«Ja klar.» Pitschen fuhr sich mit dem Finger an den Kopf. «Ich könnte sie noch tausendmal anhören. Was für eine Stimme!» Er spulte weiter, stoppte, vergewisserte sich, auf welcher Bildsequenz er gelandet war, spulte wieder bis kurz nach der Pause.

In der Nahaufnahme wurde sichtbar, wie es Billy Horse tatsächlich ergangen war. Auf seiner Stirn funkelten Schweissperlen. Er hatte seine Augen geschlossen, gab sich augenscheinlich ganz seiner Konzentration hin. Nach dem Ausklingen des letzten Tons auf dem Saxophon liess er das Instrument sinken. Es sah aus, als würde er es fallen lassen. Es war mucksmäuschenstill in der Garage, bis er sich verneigte. Dann strauchelte er unter dem Applaus von der Bühne und verschwand aus dem Bild.

Pitschen hatte die Kamera auf die Leute geschwenkt. Alle Augen waren auf Horse gerichtet. Sie folgten ihm wahrscheinlich bis zum Lieferanteneingang. Die Überraschung in ihren Gesichtern war nicht zu übersehen. Als die verbliebenen Musiker ein neues Stück anstimmten, lockerte sich die Anspannung.

Was zurückblieb, war das Gesicht eines beinahe unscheinbaren Mannes, der mit dem Beginn der musikalischen Fortsetzung die Garage verliess.

«Stopp!» Max prustete Luft aus. «Kennst du diesen?» Er zeigte auf den Mann auf dem nun eingefrorenen Bild.

«Hm ...»

«Warum hast du ausgerechnet ihn herangezoomt?»

«Weiss nicht.»

«Es muss doch einen Grund geben.» Max fuhr sich mit der Hand übers Kinn. «Ist es das, was du mir zeigen wolltest?»

«Also gut … eigentlich ja.»

«Wer ist er?»

«Ich habe ihn im Rahmen einer Spezialsendung interviewt.»

«Und?»

«Er ist einer der grössten Hochstapler in der Geschichte der Schweizer Hotellerie.»

***

Heute vermochte sie nicht richtig in die Gänge zu kommen. Obwohl Cheyenne vor dem Spiegel versucht hatte, mit jedweden Hilfsmitteln die Spuren ihres Alters zum Verschwinden zu bringen, war es ihr nicht gelungen. Sie fühlte sich wie eine Greisin. Die Aufregung der letzten Tage hatte sie an die Grenze des Erträglichen gebracht. In ihrem gesamten Leben hatte sie nie unmittelbar mit der Polizei zu tun gehabt. Und jetzt das: Pete, Fränz und Mike hatten die letzte Nacht in der Zelle verbracht. Jacky benahm sich wie ein Kindskopf, und Viktorias kontinuierliche Soloauftritte liessen vermuten, sie würde sich früher oder später von den Jungs trennen. Zugegeben, Viktoria hatte sich trotz ihrer sechsundsechzig Jahre gut gehalten. Sie war sich selbst treu geblieben, gab sich ganz ihrer Berufung hin. Sie trank selten, rauchte jedoch umso mehr. Trotzdem sah man ihr den Zigarettenkonsum nicht an. Man hörte ihn wohl an ihrer Stimme. Diese klang so sexy und verrucht, dass selbst Cheyenne, die mit vielen Wassern gewaschen war, jedes Mal dahinschmolz, wenn sie Viktoria singen hörte.

Jacky war endlich aus Bardills Haus ausgezogen. Obwohl das Hotel Grischa wegen diverser Départs über freie Zimmer verfügte, hatte Cheyenne ihn nicht überreden können, hierherzuziehen. Jackys Ausrede war mehr als fadenscheinig. Er trotzte wie ein störrischer Esel und war wütend, weil man seine Suite weitervermietet hatte. Er hatte sich daher entschieden, ins Hotel Schweizerhof zu ziehen, wo bereits seine Frau Linda abgestiegen war. Ob er vorhatte, sich mit ihr zu versöhnen? Jetzt, wo er älter und unausstehlicher geworden war? Hatte Chili ihm den Laufpass gegeben? Hatte er gemerkt, dass Linda ihm im Alter die bessere Stütze sein würde als dauernd wechselnde Liebschaften mit jungen Frauen?

Cheyenne vermutete jedoch einen anderen Grund. Es machte den Anschein, als hätte Jacky nie die Absicht gehabt, jemals wieder im Hotel Grischa zu logieren. Etwas musste vorgefallen sein, was ihn daran hinderte. Die Vergangenheit habe ihn eingeholt, hatte er letzthin gesagt. Was genau, hatte er nicht verraten. Cheyenne hoffte, ihm das Geheimnis zu entlocken, das er wie seinen Augapfel hütete. Es war das erste Mal, dass er mit einem Problem nicht zu ihr kam. Sie war deswegen enttäuscht und traurig. Es schien, als vertraute er ihr nicht mehr, oder er schämte sich dermassen wegen eines Vorfalls, den er ihr nicht offenbaren wollte.

Cheyenne sass in der Pulsa-Bar, die mittlerweile zu einem bequemen Treffpunkt geworden war. Sie mochte die verführerischen Getränke, die zur Auswahl standen, und schäkerte gern mit dem Barkeeper, den sie seiner langen Haare wegen anziehend fand.

Wunschdenken. Wieder überkam sie das heulende Elend. Ihren jahrelangen Bemühungen drohte der Boden wegzubrechen. Sie hatte ihr Leben für andere geopfert, ohne je einmal an sich selbst zu denken. Sie ging auf den dritten Lebensabschnitt zu, wo sich ihresgleichen pensionieren liessen, sich ein Hobby zulegten oder mit ihrem Partner auf Reisen gingen. Möglicherweise war für Cheyenne der Zug längst abgefahren, und sie würde plötzlich allein sein. Wäre gezwungen, sich eine Wohnung zu suchen und einsam und verlassen ihrem Ende entgegenzudarben.

Sie bestellte einen doppelten Whisky, für den Anfang. Gleich würde es ihr besser gehen.

Mit einer halben Stunde Verspätung traf Jacky endlich ein. Cheyenne hätte ihn fast nicht wiedererkannt.

«Wie siehst *du* denn aus?» Sie konnte sich seinem Anblick nicht entziehen.

Jacky grüsste sie leise und schwang sich auf den Barhocker. Er hatte eine Kappe auf, in der Art, wie sie sie nie an ihm gesehen hatte. In der Regel trug er eine Brixton-Mütze. Die stark verdunkelte Sonnenbrille behielt er an.

«Bist du inkognito hier?»

«Habe ein Augenleiden.» Jacky sah sich um, als hielte er vorsichtig Ausschau nach jemandem.

«Zu lange aus gewesen?» Cheyenne rutschte näher an ihn heran. «Wie geht's deinem Arm?»

«Welchem Arm?» Jacky verzog seinen Mund zu einem kaum merklichen Lächeln.

«Den hast du echt gut getarnt», stellte Cheyenne fest. Trotz der Hitze trug Jacky eine weite Jacke mit ebenso weiten Ärmeln, die in den achtziger Jahren einmal modern gewesen war. «Sag mal, meine ich es bloss oder darf man dich nicht erkennen?» Es kam ihr allerdings suspekt vor, da Jacky in der Regel darum bemüht war, dass man ihn erkannte und auf ihn zukam. Er verteilte gern Autogramme, manchmal auf die unmöglichsten Hautstellen, wenn ein Fan es von ihm wünschte. Meistens waren es Frauen, die bei ihm anstanden. Früher waren es einige mehr gewesen als heute. Doch die Groupies, die ihn seit Jahren begleiteten, tauchten immer wieder auf. Mittlerweile waren sie gegen die siebzig Jahre alt.

«Ich muss aufpassen», sagte Jacky.

«Sonst geht's dir gut?»

Er sagte eine Weile nichts. Cheyenne betrachtete ihn schweigend. Sie würde es aus ihm herauskitzeln. Es konnte nicht sein, dass sich Jacky ihr gegenüber plötzlich so verschlossen gab.

Sie klopfte auf den Bar-Tisch. «Es verträgt nichts mehr, glaub mir, absolut nichts. Ich bemühe mich um Normalität in unserer Band, und du benimmst dich wie der letzte Mohikaner.»

«Solea ist hier.»

Cheyenne brauchte eine Weile, bis Jackys Satz bei ihr angekommen war. «Bist … du … sicher?» Während sie die Frage stellte, dämmerte es ihr. «Die Frau im Rollstuhl.»

Jacky nickte.

«Mensch, ich habe mir gedacht, die kenne ich von irgendwoher. Sie … sie hat sich verändert.»

«Ich habe sie nur einmal gesehen. Bei unserer Ankunft. Dieses Gesicht geht mir nicht mehr aus dem Kopf. Ihre Augen … ich habe ihr Unrecht getan.»

Wie aus einem Reflex heraus bezog Cheyenne Stellung für Jacky. «Dieses Flittchen hat dich reingelegt, und das weisst du. Sie wollte dir deine Karriere zerstören.» Cheyenne spürte, dass diese Bemerkung wenig mit der Frau im Rollstuhl zu tun hatte. Der Wahrscheinlichkeit nach war Soleas Leben aus den Fugen geraten. Möglicherweise hatte sie eine schlimme Krankheit. Cheyenne schüttelte den Kopf. Jeder war für sich selbst verantwortlich. «Glaubst du, sie ist deswegen hier? Will sie sich an dir rächen? Aber warum erst jetzt? Wartet sie elf Jahre, um es dir heimzuzahlen?» Sie fuhr sich an die Stirn. «Jetzt geht mir ein Licht auf. *Sie* war es, die Billy vergiftet hat, in der Meinung, sie würde dein Instrument kontaminieren.»

«Dann müsste sie einen Helfer haben. Die Frau sitzt im Rollstuhl. Wie sollte sie auf die Bühne gelangen?» Jacky hinterliess den Eindruck, als würde er zusammensacken.

«Empfindest du etwa Reue?» Es gab Dinge, die Cheyenne schnell vergessen wollte.

«Es war deine Idee.»

«Sie hätte dich ausgenommen wie eine Weihnachtsgans, Jacky.» Cheyenne drehte sein Gesicht zu ihrem um. «Schau mich an und zieh diese verdammte Brille aus.»

Jacky steckte sie auf die Kappe. Sein Blick glich dem eines traurigen Bernhardiners. «Wolltest du mir etwas sagen?»

«Wir haben damals gemeinsam entschieden, was wir tun müssen.»

«Ich sehe es heute etwas anders.»

«Du warst damals nicht fähig, ohne mich die richtigen Schlüsse zu ziehen.»

«Ich hatte den Test in der Hand. Wenn Solea gewollt hätte, hätte sie mich fertigmachen können.»

«Genau das tat sie nicht.»

«Weil du ihr gedroht hast.»

«Ich musste dich beschützen. Es hatte mich eine Stange Geld und zig Telefongespräche gekostet, bis sie es kapierte.»

«Hast du es je einmal Linda erzählt?»

Cheyenne hob drei ihrer Finger an der linken Hand. «Ich schwöre, nein. So viel Feingefühl darfst du mir zutrauen. Ich wusste ja, dass sie keine Kinder bekommen konnte.»

«*Ich* hätte ein Kind.» Jacky wirkte betrübt.

«Solea hat es vielleicht abgetrieben.»

«Und wenn nicht?»

«Ich bin mir sogar sicher, sie hat es sich wegmachen lassen. Sonst hätte sie ihr Kind wohl mitgebracht. Nach Adam Riese wäre es heute zehn Jahre alt.»

***

Nach dem Treffen mit Reto Pitschen vereinbarte Max eine sofortige Besprechung mit Florian Gansner. Pitschen hatte den Filmausschnitt mit der dubiosen Person abgespeichert und auf Max' iPhone übermittelt.

Tristan Grossmann – der Name stand im Zusammenhang mit dem Anwalt Dr. Claude Salzgeber und dem Detektiv Marcello Dürr, der jetzt tot war.

Gansner winkte Max zu, als er das Foyer betrat. Er kam nicht direkt auf ihn zu, sondern begrüsste den einen und anderen Hotelgast.

Max blieb geduldig auf der Lounge sitzen. Er hätte das Gespräch mit dem Hoteldirektor auf der Hotelterrasse gern fortgesetzt. Doch dieser war plötzlich aufgesprungen, weil sein Smartphone surrte. Er hatte den Eindruck erweckt, dass ihm dieser Anruf gelegen kam.

«Es ist allerhand los im Moment», sagte Gansner, als er sich gegenüber Max niederliess. «In einer halben Stunde haben wir Kaderbesprechung. Allzu lange kann ich hier nicht verweilen. Sie haben Neuigkeiten?»

Max vermied es, ihn direkt auf Grossmann anzusprechen. Er

öffnete Outlook auf seinem iPhone und dort die Filmsequenz, die Pitschen ihm geschickt hatte. Er stoppte den Film, als der Fremde auf dem Display erschien. «Erinnern Sie sich an diesen Mann?»

Gansner besah sich den Filmausschnitt. «Möglich.»

«Ist er im Hotel Grischa abgestiegen?»

«Mit Sicherheit nicht.»

«Aber Sie kennen seinen Namen.»

Gansner zögerte, als wüsste er etwas, das er für sich behalten wollte. «Ich dachte, ich hätte ihn vom Hals.»

«Wer ist es?», fragte Max.

«Tristan Grossmann.»

«Eine ziemlich schräge Nummer in der Hotellerie und Gastronomie.»

«Er hat von sich reden gemacht.»

«Warum so bescheiden, Herr Gansner?»

«Wer hat ihn gefilmt?»

«Reto Pitschen vom Radio Grischa.»

«Was schliessen Sie daraus?»

«Sagen *Sie* es mir.» Max überkam das mulmige Gefühl, dieses Gespräch könnte in eine Sackgasse münden. Gansners Zurückhaltung kam ihm dennoch verdächtig vor.

«Ich sehe keinen Zusammenhang zu den aktuellen Ereignissen», wich Gansner erneut aus.

Max sah es anders. «Ihr Leben könnte in Gefahr sein.»

Sie liessen ein paar Sekunden verstreichen, in denen keiner etwas sagte. Im Empfangsbereich herrschte ein reges Kommen und Gehen. Max beobachtete eine Gruppe von Männern und Frauen, die von Michelle angewiesen wurde, sich in den ersten Stock zu begeben. Da die Leute Aktenkoffer mit sich trugen, ging Max davon aus, es könnte sich um Seminarteilnehmer handeln.

Den Haupteingang blockierten zwei Radfahrer im Partnerlook. Ungeduldige Gäste versuchten, sich an ihnen vorbeizudrängeln.

Endlich äusserte sich Gansner: «Das kann ich mir nicht vorstellen.»

Max gab sich nicht zufrieden. «Denken Sie nach. Hätte Grossmann einen Grund, Ihnen zu schaden?»

«Ich wüsste nicht, weshalb.»

«Der Giftanschlag auf Billy Horse, dann der Tote im Appartement … da muss doch was dran sein.»

«Sie sind ganz schön hartnäckig.» Gansner schniefte. «Ich kann Sie beruhigen. Vor zehn Minuten hat mich die Nachricht erreicht, dass Billy Horse *nicht* vergiftet wurde, zumindest nicht hier im Hotel. Das Saxophon war sauber.»

«Ach …» Mehr zu sagen war Max nicht imstande.

«Sie wissen, wie das ist. Jemand schnappt etwas Verdächtiges auf, füttert damit die Medien, und voilà … köchelt die Presse ihr eigenes Süppchen. Anstatt richtig zu recherchieren, übernimmt sie das, was sich in den Köpfen der Leute bereits eingenistet hat.»

«Mag sein.» Max wollte sich dennoch nicht damit begnügen. «Grossmann ist im Visier eines Anwalts. Er muss sich etwas zuschulden kommen gelassen haben, was ihm den Rechtsstaat auf die Pelle rücken liess. Marcello Dürr wurde auf Dr. Salzgebers Auftrag hin auf Grossmann angesetzt. Ich weiss, wie die Mühlen der Justiz drehen. Jede aussergewöhnliche Aktion muss gerechtfertigt sein. Ich werde herausfinden, was Grossmann angestellt hat … Wenn Sie es mir nicht verraten.»

«Ich überlege mir, was es sein könnte», sagte Gansner, und es klang ehrlich. «Tristan und ich absolvierten gleichzeitig die Hotelfachschule in Lausanne. Wir waren nie dicke Freunde, obwohl wir beide Bündner sind. Tristan war ein Enfant terrible. Er hielt sich selten an Regeln, war dauernd auf Konfrontationskurs mit den Professoren. Sein Vater bügelte seine rebellischen Aktionen immer wieder aus. Ich weiss nicht, ob da sogar Geld geflossen ist. Nach Grossmann seniors Wille musste Tristan auf Biegen und Brechen Hotelier werden.» Gansner machte eine Sprechpause. «Leider ging das komplett in die Hose.»

«Weil er wahrscheinlich nicht zum Hotelier geboren war», vermutete Max.

«Davon gehe ich aus.» Gansner räusperte sich. «Tja, es liegt mir aber nicht, mich dazu zu äussern.»

«Erzählen Sie weiter», forderte Max ihn auf. «Das, was hier gesprochen wird, bleibt unter uns. Wie gesagt, ich werde es auch ohne Sie herausfinden. Aber wenn Sie mich aufklären, kommen wir schneller ans Ziel.»

Demonstrativ sah Gansner auf die Uhr. «Tut mir leid. Ich muss mich auf den Weg zur Kadersitzung machen.» Er sagte nicht, er würde das Gespräch auf später verschieben, sondern erhob sich, strich sich seine Sommerhose glatt und verliess die Lounge.

Max lehnte sich zurück. Gansner war ein feiner Kerl. Nicht der Typ, der über andere herzog. Er hatte bei keiner Gelegenheit durchscheinen lassen, er würde sich vor jemandem fürchten. Was nun? Aus den futuristischen Lichtern über ihm vermochte er keine Antwort zu lesen. Max kam es vor, als stünde er wieder am Anfang.

***

«Warum bist du in Davos? Ich erinnere mich, wie du geschworen hast, nie mehr hierherzukommen.»

Valentin sass ihr gegenüber, stellte Fragen, die sie nicht beantworten wollte. Sie hatte ihn in die Suite gelassen, und es war ihr vorgekommen, als hätte sich zwischen ihnen niemals eine Kluft aufgetan. Gefühlte fünf Minuten hatten sie sich schweigend gegenübergestanden. Solea hatte die letzte Kraftreserve angezapft, um nicht vor ihrem Mann zusammenzubrechen. Später hatten sie sich umarmt. Kurz und heftig. Trotzdem hatte sich ihre Berührung so verletzlich angefühlt. Solea glaubte, zwei verlorene Jahre hinter sich zu haben. Sie hätte es nie zulassen sollen, dass Valentin sie verlässt. Warum hatte er sich nicht gewehrt? Damals, als sie ihm diese schlimme Sache an den Kopf geworfen hatte? Sie hätte einfach schweigen können.

«Ich muss mein Leben wieder auf die Reihe kriegen», sagte sie. «Meine Ärztin meint, ich müsse Vergangenes aufarbeiten. Wo könnte ich es besser als hier?»

Wenn Valentin sie ansah, vermochte sie, seine Liebe zu spüren. Er war immer ehrlich zu ihr gewesen.

«Ich hätte dich nie verlassen dürfen. Das ist mir in den letzten Monaten bewusst geworden. Ich war egoistisch und fühlte mich verletzt.»

«Es ist dein Recht, verletzt zu sein, nach alldem, was ich dir angetan habe … Aber», Solea konnte ein Schluchzen nicht unterdrücken, «Hannahs Tod … war ein grosser Schock. Ich dachte, ich würde durch ihren Tod bestraft. Verstehst du das? Ich durfte dich nicht festhalten.»

«Hannah war auch *meine* Tochter.» Valentin schluckte mehrmals leer. Solea sah ihm an, wie schwer es ihm fiel, weiterzusprechen. «Du hättest es für dich behalten können, dass dem nicht so ist.»

Solea versank ins Grübeln. *Hannah ist nicht dein Kind!*, hatte sie Valentin entgegengeschrien, in dem Raum vor dem Altar mit der Urne, als hätte sie mit diesem Geständnis den Tod ihrer Tochter ungeschehen machen können. Nach der Bestattung hatte sie Valentin fortgeschickt. Vor ihr hatte das Leben in Scherben gelegen. Das gesamte Konstrukt, das sie in neun Jahren aufgebaut hatte, war plötzlich zerschlagen. Damals hatte sie geglaubt, es würde keine Zukunft für sie geben. Am Ende ihrer Tage wollte sie allein sein.

Sie hatte weitergelebt, wenn auch als Trümmerteil ihrer verpfuschten Existenz. Abgeschottet von der Umwelt, weg von ihren Freunden. Die gab es nicht mehr. Ihr Landhaus in Chur war wie eine Festung. Sie hatte es nur verlassen, wenn sie zur Ärztin fahren musste oder sie manchmal an der Plessur spazieren ging. Mam war die Einzige gewesen, die ihre Villa betreten durfte.

In der Zwischenzeit musste Valentin aktiv geworden sein. Obwohl nie Namen gefallen waren, hatte er gewiss herausgefunden, wer sie damals hatte hängen lassen. Hatte Valentin sich auf eine Odyssee begeben, um das Unrecht an Solea zu rächen? Nein, daran glaubte sie nicht.

Er war hier, weil er Soleas Not gespürt hatte. Davon war sie überzeugt. Sie würde mit ihrer Vergangenheit selbst fertig werden müssen.

Einundzwanzig Jahre alt war sie gewesen, als sie Jack begegnet war. Draussen am Davosersee. Die Buchanan Five hatten dort ihren ersten Auftritt im Rahmen des «New Orleans Jazzfestival der Alpen» gehabt. Man hatte gesungen, getanzt und bis spät in die Nacht hinein getrunken, was das Zeug hergab. Da hatte er sie angemacht. Der gut aussehende Bandleader, dem man sein wahres Alter nicht ansah. Solea hatte sich von seinem Charme einlullen lassen. Endlich ein Mann – der Erste in ihrem Leben. Sie war keusch aufgewachsen. Mam hatte sie nur am Rand aufgeklärt. Soleas Freundinnen hatten längst ihre sexuellen Erfahrungen gesammelt und sich mit tollen Typen gebrüstet.

Jack war ihr wie ein Gott erschienen, in dieser Kombination aus Elvis Presley und Old Shatterhand. Zehn Tage lang war sie an seiner Seite gewesen. Nach jedem Auftritt hatten sie sich getroffen, fernab seiner Musikkollegen. Trotz der kühlen Sommernächte hatten sie sich draussen geliebt. Manchmal im Schatten eines Baumes oder in der Baumhütte eines Kinderspielplatzes. Der damals einundfünfzigjährige Jack Buchanan hatte sich für Kindereien hinreissen lassen, um sich mit ihr auszutoben. Schutz- und respektlos. Er hatte ihr erzählt, dass er und seine Frau sich Kinder gewünscht hätten und es nicht geklappt hätte. Solea hatte sich stark gefühlt und unbeschwert.

Drei Wochen später hatte sie einen positiven Schwangerschaftstest in der Hand gehalten. An Jack war sie nicht mehr herangekommen. Sie hatte ihm den Schwangerschaftstest geschickt, jedoch nichts von ihm gehört. Mehrere Telefongespräche hatte er abgeklemmt. Cheyenne Hug, die Mentorin der Band, hatte die Dinge geregelt und sie mit fünftausend Franken zum Schweigen gebracht.

Dann war Valentin in ihr Leben getreten und hatte ihr gleich einen Heiratsantrag gemacht. Solea hatte sich wie auf einer Wolke gefühlt. Ihr Leid hatte sich in pures Glück gewandelt. Als Hannah zur Welt kam, hatte es keine Fragen nach ihrem Erzeuger gegeben.

Nur Mam hatte gewusst, dass Soleas Tochter nicht von Valentin war. Müttern kann man letztendlich nichts verheimlichen.

«Weisst du», sagte Valentin. «Es ist mir, als hätte ich es geahnt.»

«Was?» Soleas Gedanken kehrten zurück in die Gegenwart.

«Hannahs musikalisches Talent. Von mir konnte sie es nicht geerbt haben. Unsere Familie ist unmusikalisch und du», Valentin lächelte zum ersten Mal, «hast auch kein Musikgehör.» Er brauchte einen Moment, um seine weiteren Worte zurechtzulegen. «Hannah ist die Tochter eines Mitglieds der Buchanan Five, nicht wahr? Deine Mutter wollte mit dem Namen nicht herausrücken. Als ich aber herausfand, dass die Band im Hotel Grischa logiert, zählte ich eins und eins zusammen.» Wieder pausierte er. «Warum hast du dich mir nicht anvertraut? Was ist in dich gefahren, mir ausgerechnet bei der Urnenbeisetzung *unseres* Mädchens an den Kopf zu werfen, Hannah sei nicht meine Tochter?»

Solea war zuerst unfähig, etwas zu erwidern. Sie liess Zeit verstreichen, sah aus dem Fenster, in diesen sonnigen Tag, und empfand ihn als Hohn. Das Elend brach erneut über sie herein. Dass sie sich damals wegen ihres Schmerzes an Valentin hatte rächen wollen, brachte sie nicht über die Lippen. Sie hatte ihn noch mehr leiden sehen wollen als sich selbst. Sie hatte ihre eigene Qual kaum ertragen, war für alles bereit gewesen, um Valentin bis an die Grenzen zu drangsalieren. Solea konnte dies unmöglich zugeben.

«Glaubst du, wir könnten es noch einmal miteinander versuchen?» Valentin nahm sie in die Arme.

Solea war zum Sprechen nicht fähig. Ob sie bereit war, Valentin wieder in ihr erbärmliches Leben zu lassen, wusste sie nicht. Bloss das warme Gefühl, welches sich ihrer bemächtigte, konnte sie nicht abstreiten.

SIEBZEHN

Max und Fede betraten den Frühstückssaal, welcher des frühen Morgens wegen kaum besucht war.

Sie entdeckten Billy Horse. Er sass allein an einem Tisch, hinten bei der Fensterfront zum Zen-Garten.

Max schritt auf ihn zu und grüsste ihn. «Wie ich sehe, wurden Sie aus dem Spital entlassen. Dürfen wir uns zu Ihnen setzen?»

Horse sah etwas blass aus, was Max dem Krankenhausaufenthalt zuschrieb, oder sein Körper kämpfte noch immer gegen einen Rest von Gift.

«Bitte, nehmen Sie Platz. Wie es scheint, gehören Sie wie ich zu den Frühaufstehern.»

Max und Fede setzten sich.

«Wer zu viel schläft, verpasst das halbe Leben.» Fede lachte laut, was Max unpassend fand.

Billy Horse hatte erst noch um sein Leben gekämpft. Er verdiente etwas mehr Respekt.

«Wie geht es Ihnen?», fragte Max. «Haben Sie alles gut überstanden?» Er bemerkte, wie Horses Blick über seinen Kopf hinwegglitt.

«Er hatte eine Lebensmittelvergiftung», ertönte es hinter Max' Rücken.

Er drehte sich nach der Stimme um. Cheyenne stand da in einem indigoblauen langen Kleid, in dem sie wie ein vergeistigtes Wesen wirkte. Sie hatte Augenringe, ihre Haut war fahl. Sie hatte sicher kaum geschlafen.

«Ist das wahr?», fragte Fede und deutete Cheyenne, sie möge sich neben ihr niederlassen.

Horse nickte mit verkniffenem Mund. «Ich bin nicht gleich daraufgekommen. Ich erinnere mich aber an das Sandwich, das ich in der Bahn nach Davos verspeist hatte. Ich hatte es mehrere Tage in einer Kühlbox aufbewahrt. Mir war, als schmeckten der Schinken und die Wurst darin seltsam, machte mir aber weiter keine Gedanken. Im Hotel eingetroffen, bestellte ich mir etwas zu essen, weil ich die latenten Bauchschmerzen als Hungergefühl empfand. Kurz vor meinem ersten Auftritt musste ich mich erbrechen, was ich der Aufregung zuschrieb. Mit den Buchanan Five zu spielen, erfordert eine gewisse Courage. Dann ging es mir einigermassen besser. Wenn ich musiziere, kann ich vergessen, bin ich abgelenkt, konzentriere mich nur auf mein Instrument … bis zur Pause und danach.» Horse holte tief Luft. «Inmitten von ‹Songbird› sah ich plötzlich alles verschwommen. Dann spürte ich eine extreme Mundtrockenheit, und mir schwindelte. Ich musste mich sehr anstrengen … Hinter dem Lieferanteneingang brach ich zusammen. Erst im Spital kam ich halbwegs zu mir. Zwei ganze Tage lag ich im Delirium respektive im Koma. Wäre ich gestorben, ich hätte es nicht einmal gemerkt.»

«Warum haben Sie mir das letzthin nicht erzählt?», fuhr Fede dazwischen.

«Mein Gedächtnis kam nur zögerlich zurück», sagte Horse. «Erst gestern erhielt ich zudem den Bescheid des Oberarztes. Gemäss toxikologischem Institut der Universität Zürich hatte ich mich mit verdorbenem Fleisch vergiftet. Ich hatte mich mit dem Erreger …» Er überlegte, griff in seine Hosentasche, holte eine Notiz hervor und faltete sie auseinander. «… Clostridium botulinum», las er, «infiziert. Zu meinem grossen Glück reagierten die Ärzte mit einem Gegenmittel, sonst sässe ich heute nicht hier.» Er hob seine Hände. «Noch immer leide ich unter Lähmungserscheinungen. Doch dank des schnellen Eingreifens mit Antibiotika habe ich die Chance, wieder ganz gesund zu werden.»

«Dann war die ganze Aufregung umsonst», meinte Cheyenne. «Die Polizei im Haus, die Befragungen der Gäste, des Hotelpersonals … für die Füchse.» Wie, um zu beweisen, wie schrecklich sie es fand, fächerte sie mit der Teegetränke-Karte vor ihrem Gesicht herum.

Mit ihrer unzimperlichen Bemerkung hatte sie nicht nur Max schockiert.

«Und das alles wegen Jacky», fuhr Cheyenne unbeirrt fort, «der behauptete, man habe nach seinem Leben getrachtet.»

«Eine Kettenreaktion unglücklicher Umstände», sagte Max lapidar. «Wir haben aber tatsächlich einen Toten.» Er konnte nicht nachvollziehen, weshalb es plötzlich danach aussah, man würde aufatmen können. Er rief die männliche Leiche im Appartement 315 in Erinnerung. «Bis anhin ist nicht klar, ob nicht doch die Buchanan Five im Fokus des Täters stehen.»

«Ich lasse nichts auf meine Jungs kommen.» Cheyenne gebärdete sich zusehends mühsamer. Vermutlich hatte sie ihren ersten Shot bereits intus. «Es ist ein Skandal, dass man sie überhaupt eine Nacht lang eingebuchtet hat. Ich werde gegen die Polizei vorgehen. Sie haben den Ruf meiner Band ruiniert.» Sie warf Max einen kritischen Blick zu. «Du bist doch Anwalt ... Ich werde auf dich zukommen.»

Fede wandte sich an Horse. Max sah ihr an, dass ihr etwas auf der Zunge lag. «Sie sagten, Sie seien mit dem Erreger Clostridium botulinum infiziert gewesen? Botulinumtoxin?»

«Botox», sagte Cheyenne.

«Genau. Es ist das Nervengift, welches in der Schönheitschirurgie verwendet wird. Es ruft Lähmungen hervor, führt bei einer Überdosis zu Herzversagen und Tod. Ein faltenloses Gesicht in deinem Alter», Fede sah Cheyenne an, «bedeutet nichts anderes als gelähmte Gesichtspartien.»

«Was willst du damit andeuten?»

«Dass deine Falten natürlicher aussehen.»

Max wusste auf Anhieb, weshalb sie Cheyenne diesen Seitenhieb verpasste. Es war Fedes persönliche Rache, weil Cheyenne sie älter gemacht hatte, als sie war.

Die Diskussion am Tisch entwickelte sich in eine Richtung, die Max nicht behagte. «Die Aufregung um die Buchanan Five hat eine Eigendynamik angenommen», sagte er. Er musste dies loswerden. «Falsche Berichte durch die Presse, ein Hochschaukeln dieser Desinformationen und die unersättliche Sensationslust der Leute haben das Ganze angeheizt.» Max brach abrupt ab. Es lag nicht in seinem Naturell, die Situation im Hotel zu beschönigen. Man hatte hier einen Toten zu beklagen, der wahrscheinlich zufällig in der Wohnung der Band gefunden worden war. Ihm war nicht klar, wie man den Verwesungsgeruch über Tage hatte ignorieren können.

«Wie weit ist eigentlich die Polizei?», fragte Cheyenne, nachdem sie bei der Bedienung eine Kanne heisses Wasser mit Ingwer und Zitrone bestellt hatte.

Die Polizei. Die hatte Max in den Hintergrund gerückt, obwohl sie ihre Präsenz im Hotel Grischa nicht verleugnete. Nur geschah alles gemässigter als vor zwei Tagen. Gut möglich, dass Gansner sich gewehrt hatte. Sein Betrieb musste aufrecht, die Gäste bei Laune gehalten werden. Ausfälle von Logements wegen des Mordes wurden von keiner Versicherung übernommen. Mord fiel nicht unter höhere Gewalt.

«Es ist an der Zeit, mich mit deinen Musikern zu unterhalten», sagte Max an Cheyenne gewandt.

Sie lachte auf. «Glaubst du, die werden dir auf irgendwelche Fragen Antworten geben, nachdem man sie wie reife Orangen ausgepresst hat?» Sie überlegte, legte dabei die Stirn in Falten. «Okay, war dumm von mir. Selbstverständlich werde ich sie überreden, dir Rede und Antwort zu stehen.» Sie schlürfte von dem heissen Zitronen-Ingwer-Gemisch, nachdem man ein Glas vor ihr auf den Tisch gestellt hatte. Der brennend scharfe Geruch nach Gingerol streifte Max' Nase. «Sie sind in zwei Doppelzimmern untergekommen. Dort werden sie bis morgen Sonntag bleiben. Du musst dich also beeilen. Es kann gut sein, dass sie heute Abend nochmals einen Auftritt haben. Aber dies wissen die Götter, um ehrlich zu sein. Die Organisatoren des Jazzfestivals haben uns bislang ausgeschlossen. Soll ich einen Termin mit ihnen vereinbaren?»

Max sah zu Fede hinüber. Sie verdrehte die Augen. «Machst du das?», fragte er.

«Was soll ich?»

«Mit ihnen reden.»

«Was tust du während dieser Zeit?»

«Ich werde mich um Tristan Grossmann kümmern.»

«Bist du sicher, dass das nicht besser ich übernehmen sollte?»
«Später vielleicht.»

***

Das Medieninteresse war verständlicherweise grösser als je zuvor. Nach dem gestrigen Statement der Polizei standen bereits am Vormittag zwei Journalisten vor dem Empfangstresen und bettelten um Informationen.

Gansner kam gerade aus der Kaffeepause zurück und erkannte den Reporter der Landschaftszeitung – Hip-Hop – sowie denjenigen des Boulevardblatts, dessen Namen er vergessen hatte.

Er wurde von beiden Herren gleich penetrant belagert.

«Es ist gerade ungünstig.» Gansner versuchte nicht, sich gegen ein Interview zu wehren. Er kannte diese Zeitungsfritzen, die sich ansonsten die Informationen über den Latrinenweg holen würden. Er wollte dies verhindern, jedoch nicht allzu viel Zeit für ein Gespräch investieren. «Aber ein paar Minuten habe ich für Sie.»

Hip-Hop wünschte, Gansner allein zu sprechen, worauf es sich der Typ von der Boulevardzeitung auf der Lounge bequem machte, sich ein Getränk und Snacks bestellte – auf Kosten des Hotels.

«Kommen Sie, wir können in mein Büro gehen.» Gansner führte Hip-Hop auf die Rückseite der Rezeption, vorbei an seinen Mitarbeitern, die im Backoffice arbeiteten. «Setzen Sie sich.»

Hip-Hops bürgerlicher Name war Gansner nicht bekannt. Er wusste nur, dass der etwa dreissigjährige Davoser Schreiberling ein leidenschaftlicher Tänzer war, der sich zu afroamerikanischer Funk- und Soulmusik bewegte, dies auch an öffentlichen Auftritten. Gansner konnte sich seine Beweglichkeit durchwegs vorstellen. Wenn er ging, verriet sein Schritt, welchen Rhythmus er im Blut hatte. Dass er sogar einige Stunts und Drehungen beherrschte, war allgemein bekannt.

«Darf ich das Mikro installieren?»

«Meinetwegen.» Gansner schob einige Unterlagen von der

Mitte des Pults an den Rand und sah Hip-Hop zu, wie er ein altertümliches Diktiergerät hinlegte. Dieses Bild wollte nicht in seinen Kopf. Es widersprach dem lässigen Mann, der vor ihm sass, mit den gelierten Haaren und dem Piercing in der rechten Nasenwand.

«Auf Umwegen habe ich den Namen des Toten herausgefunden und wer er ist», begann Hip-Hop. Kurz blieb sein Blick auf dem Foto neben Gansners Computer haften. «Ihre Frau und die Kinder?»

Ein netter Versuch, ihn zu beeinflussen. Gansner hatte sich vorgenommen, nur das Allernötigste preiszugeben. Hätte er das Interview verweigert, hätte sich Hip-Hop wer weiss was zusammengereimt.

«Vor zwei Jahren aufgenommen.» Gansner hätte es nicht erwähnen müssen, Hip-Hop nahm keine Notiz mehr davon.

«Marcello Dürr war Privatdetektiv. Haben Sie eine Ahnung, was er im Hotel Grischa wollte?»

«Nein, das ist mir nicht bekannt.»

«Er wurde im Appartement gefunden, in dem die Buchanan Five logieren, ist das richtig?»

Gansner drehte an seinem Ehering herum. Bereits die Frage bewies, dass Hip-Hop die Antwort kannte. «Das ist richtig. Man fand ihn in deren Kofferabstellraum.»

«Haben die Buchanan Five etwas damit zu tun?»

«Das kann Ihnen die Polizei sicher beantworten.»

Hip-Hop musterte ihn. «Bestünde die Möglichkeit, dass der Tote in Ihrem Hotel ein persönlicher Angriff auf Sie war?»

Diese Frage hatte Gansner sich zigfach gestellt, weil von Wirth ihn auf die Idee gebracht hatte. In der letzten Nacht hatte er sich den Kopf darüber zermartert, nachdem er erfahren hatte, hinter wem Marcello Dürr her war. Dessen Anwesenheit konnte er sich nur dadurch erklären, dass sich Tristan Grossmann im Hotel befand oder befunden hatte. Dies bewies auch der Film von Reto Pitschen von Radio Grischa. Warum Pitschen ausgerechnet Grossmann ins Visier genommen hatte, war ihm allerdings suspekt. So, wie es aussah, hatte er ihn eher für den Giftanschlag auf Billy Horse verantwortlich gemacht. Seit jedoch der Grund für Horses Vergiftung bekannt war, gab es keinen Zusammenhang mehr. Marcello Dürrs Tod hatte weder mit Jack Buchanan noch mit dessen Ersatz Billy Horse etwas zu tun.

Oder doch?

Etwas stimmte in diesem Jahr mit den Buchanan Five nicht. Ob der Bandleader plötzlich sein wahres Gesicht zeigte? Was war vorgefallen, dass sich Jack Buchanan vor der Welt versteckte? Schwelte etwas hinter der Kulisse? Begann die Fassade zu bröckeln? Am letzten Samstagabend waren verschiedene Gäste auf Gansner zugekommen, weil sie wissen wollten, wo ihr Göttermusiker steckte. Er hatte ihnen keine Auskunft geben können und sie auf Cheyenne verwiesen.

Dann gab es diese andere Geschichte. Auf einmal kam ein Mann aus der Versenkung und sorgte für Furore.

Gansner hatte Grossmann aus den Augen verloren. Hin und wieder war er in der Presse aufgetaucht, weil er sich mit neuen Ideen in der Gastronomie und Hotellerie brüstete und glaubte, frischen Wind hineinbringen zu können. Ausgerechnet er. Etwas Lukratives auf die Beine zu stellen, war ihm nie gelungen. In seiner Laufbahn als Hotelier hatte er diverse Projekte an die Wand gefahren. Zuletzt ein Viersternehaus in Sankt Moritz, das er vor zwei Jahren übernommen hatte. Innerhalb eines Jahres war er bankrott.

Nun war ein Anwalt hinter ihm her und durch ihn ein Privatdetektiv, der Grossmanns Spur bis nach Davos verfolgt haben musste. Wahrscheinlich hierher. Dass Grossmann Schulden hatte, war bloss die Spitze des Eisbergs. Gansner vermutete, dass man auch deswegen nach ihm fahndete.

War Grossmann auf der Flucht? Aber warum gab es einen Toten? Ausgerechnet im Hotel Grischa?

«Hallo?» Hip-Hop wedelte mit seiner rechten Hand vor Gansners Gesicht herum. «Haben Sie mich verstanden?»

«Ich kann es mir nicht vorstellen. Warum sollte es ein Angriff auf mich sein?» Gansner mochte nicht, wohin das Gespräch führte. Er musste aufpassen, was er sagte. Er kannte die Journalisten, die einem die Worte im Mund umdrehten, bis sie in deren Weltbild passten. Jahrelang war er nicht in den Medien erschienen. Über die vielen Anlässe hatte die Presse kaum ein Wort verloren. Höchstens in den Feld-, Wald- und Wiesenblättern war das Hotel erwähnt worden, wobei jedoch nie die Qualität publik gemacht wurde, wie es sie anbot.

Und plötzlich stand die Welt kopf. Der vermeintliche Giftanschlag auf Billy Horse war wie ein Vorspann für eine grössere Sache gewesen. Nach dem vereitelten Mord hatte es einen richtigen gegeben. Die Zeitungen hatten es unterlassen, den ersten Anschlag als Falschmeldung zu korrigieren. Eine Fleischvergiftung und obendrein selbst verschuldet war kein Thema, das man verfolgen musste. Zudem war Billy Horse zu wenig bekannt.

Im Gegenteil: Es wurde munter darauf aufgebaut. Auf einmal galt das Hotel Grischa als verteufelt, vom Unglück überrollt. Die blutroten Fassaden waren zu einer Bühne des Horrors verkommen. Man hatte Bilder von Toten aus dem Fundus der Stockbilder geholt, sie verfremdet und den ketzerischen Meldungen ein Gesicht verliehen, gar ein fratzenhaftes.

Gansner fragte sich, warum nicht bloss der Typ von der Landschaftszeitung, auch der von der Boulevardpresse hier war, wenn die doch alles besser wussten. Gansner hatte die Zeitung gesehen. Seit den letzten blutigen Schlagzeilen hatte sie sich in der übertriebenen Berichterstattung noch gesteigert. Gansner würde ihn unter einer fadenscheinigen Erklärung wegschicken. Oder ihn erst gar nicht sprechen.

Er warf einen Blick auf das Bild im versilberten Rahmen. Seine Frau Selina und die drei Töchter Philomena, Moena und Bettina lächelten ihm zu. Es war ihm wichtig, sie regelmässig zu sehen, auch wenn die Tage im Hotel lang waren und die Probleme manchmal überhandnahmen. Für seine junge Familie wollte er sich immer Zeit nehmen. In den letzten Tagen war es jedoch schwierig gewesen. Morgens war er früh ins Hotel gekommen, abends hatte er es oft als Letzter verlassen. Dazwischen hatte er sich kaum eine ruhige Minute gegönnt.

Die Ereignisse im Hotel stellten seine Nerven auf eine Zerreissprobe. Nein, er hätte jetzt nicht hier sitzen dürfen. Es gab Wichtigeres, als Hip-Hops Fragen zu beantworten. Es war falsch, was er tat, zumal der Fall Marcello Dürr nicht gelöst war.

«Hören Sie», sagte er. «Mir sind die Hände gebunden.»

«Sie haben wohl eher einen Maulkorb verpasst bekommen.» Hip-Hop zeigte auf das Diktiergerät. «Ich habe gedacht, Sie würden mir von Ihrer Entdeckung berichten, was Sie beim Anblick des Toten empfunden haben, wie Ihre Mitarbeiter damit umgehen, wenn Mord im Spiel ist. Noch können Sie sich rechtfertigen. Sie haben die Chance. Packen Sie sie. Den Leser interessierten Ihre Gefühle im Augenblick des Schocks.»

Gansner, der während des Gesprächs immer tiefer in den Bürostuhl gesunken war, richtete sich abrupt auf. Es ging immer um Negativmeldungen. Gansner vermochte dennoch nicht zu glauben, dass Angst Antrieb sein konnte. Sie lähmte eher.

«In Ihrem Hotel wurde jemand brutal ermordet.» Es schien, als wollte Hip-Hop ihm eine lange Erklärung ersparen. Er wiederholte das letzte Wort und dehnte es, indem er jeden einzelnen Buchstaben betonte.

Gansner setzte ein Lächeln auf. «Schreiben Sie, dass wir seit einer Woche eine super Stimmung im Hotel und viele auswertige Gäste den Weg nach Davos gefunden haben, um unseren bestens organisierten Jazztagen Folge zu leisten. Schreiben Sie, dass das Hotel Grischa in diesem Jahr das zehnjährige Jubiläum feiert und wir uns in den letzten zehn Jahren nie etwas haben zuschulden kommen lassen und uns jedes Jahr von Neuem darum bemüht haben, namhafte Künstler in den Bereichen Musik, Fotografie, Malerei und Literatur einzuladen, um mit ihnen interessante Events zu gestalten. Schreiben Sie … ach», Gansner winkte ab. «Leider floss an diesen Anlässen kein Blut.»

Mit der Landschaftszeitung befand sich Gansner nicht gerade auf Kriegsfuss, aber auch nicht in einem freundschaftlichen Einvernehmen. Nachdem der Vorgänger von Hip-Hop ihm vor Jahren an den Kopf geworfen hatte, er habe zu wenige Werbeaufträge vom Hotel, herrschte Eiszeit zwischen ihm und dem Chefredaktor. Gansner wusste, warum er stets umgangen wurde.

Hip-Hop war mit jedem weiteren Satz blasser geworden. «Unsere Leser wollen das Drama», stotterte er.

«Schon klar. Aber für die Dramen ist der Boulevard zuständig.» Gansner erhob sich. «Somit wäre Ihre Privataudienz beendet.»

***

Es gibt Ereignisse im Leben, die kommen ohne Vorwarnung.

Als Max den Lift verliess und den Empfangsbereich betrat, schoss dieser Gedanke durch seinen Kopf. Nicht, dass er an etwas Vergangenes dachte – nein, es war so real wie das Kunstblumenarrangement neben der Treppe, die Praktikantin mit dem Putzeimer und der Barkeeper, der ein Tablett mit Getränken in den ersten Stock brachte. In diesem Augenblick war es, als friere diese Szenerie ein.

Max hatte gestoppt, traute seinen Augen nicht: An der Rezeption stand niemand anders als seine Mutter Milagros.

Sie hatte ihn bis anhin nicht entdeckt. Aber es würde spätestens in ein paar Sekunden der Fall sein. Die Zeit reichte nicht aus, um sich zu verstecken. Dazu war Max bereits zu weit entfernt von jeglichen Nischen, die ihm Schutz geboten hätten. Milagros hatte die besondere Gabe, ihren Sohn zu bemerken, als hätte sie telepathische Fähigkeiten.

Ihre Blicke trafen sich.

«Maximilian!» Da war sie schon. Ihre Begrüssung in einer Lautstärke, welche jeden Hotelgast auf sie aufmerksam machte. Und noch einmal: «Maximilian», als hätte der erste Ausruf seines Namens den Zweck verfehlt.

«Was zum Henker machst du da?» Mit ihr hatte Max zuletzt gerechnet.

Milagros war in den letzten zehn Monaten so mit sich und dem Umzug an den Brienzersee beschäftigt gewesen, derweil Max sie kaum zu Gesicht bekam. Sie hatte wider Erwarten das Appartement auf dem Bürgenstock verkauft und war in ihr neues Domizil im Berner Oberland gezogen.

«Ach, ich kenne Davos nicht. Ich dachte, ich könnte hier mal ein paar Tage verbringen. Die Zeitungen haben mich darauf gebracht.» Sie klatschte in die Hände. «Was für eine Werbung.»

Max ahnte, dass weder die zentrale Lage noch die vorzügliche Küche oder der blaue Himmel der Grund für ihre Anwesenheit waren. Die Schlagzeilen hatten Milagros ins Landwassertal gelotst. Die Aussicht auf die Lösung eines Falles. Gut möglich, dass sie die Vorgänge aus der Ferne beobachtet hatte.

«Ich habe soeben eingecheckt.» Milagros hatte sich perfekt zurechtgemacht. Wie es sich bei ihr gehörte, trug sie ein der Saison angepasstes helles Kostüm und einen Hut, damit jedermann vermochte, sie wahrzunehmen. «Mir war langweilig», gab sie zu.

«Vermisst du die Aussicht auf den Vierwaldstättersee?» Max nahm sie beim Arm. «Ich bringe den Koffer in dein Zimmer.» Er wollte verhindern, dass sie jemanden von der Rezeption als Gepäckträger verknurrte.

«Im Unterland ist es mir eindeutig zu heiss», wich Milagros der Frage aus. «Zudem habe ich dich und Federica vermisst.»

Bis sie den Lift betreten hatten, schwieg sie.

«Du, sag mal, hat es wirklich einen Toten gegeben?»

«Daher weht der Wind.» Sie fuhren auf die vierte Etage.

«Ich hatte einen solchen Schrecken. Als ich vernahm, dass ein Privatdetektiv in Davos umgebracht worden sei, dachte ich mir …»

So gross konnte der Schrecken nicht sein, ging Max durch den Kopf. «Du hättest mich anrufen können.»

«Genau da liegt das Problem. Seit du in Davos Ferien machst, höre ich nichts mehr von dir. Früher hast du mich fast täglich darüber informiert, was du tust.»

«Jetzt übertreibst du. Einmal pro Woche war abgemacht, was ich stets eingehalten habe.»

Milagros sah aus, als rechnete sie nach. «Am letzten Samstag hast du mich zum letzten Mal angerufen.»

«Genau, und da war ich bereits in Davos. Wir haben eine Woche später. Der Tag ist noch nicht zu Ende. Ein Anruf erübrigt sich wohl. Jetzt bist du da.» Max empfand alles andere als Euphorie. Wenn Milagros sich in sein Leben einmischte, führte sie etwas im Schild. Ob sie einen neuen Auftrag für ihn hatte? Zumindest waren solche Aufträge in der Vergangenheit einträglich gewesen, wenn auch anstrengend. Falls es so gewesen wäre, hätte sie ihm das am Telefon sagen können. Was wollte sie hier? Davos kannte sie nicht. Wenn Max mit Vater zum Skifahren hierhergekommen war, war Milagros zu Hause geblieben und hatte mit ihren Freundinnen Backgammon gespielt. Sie verabscheute den Schnee.

Als sie den Lift verliessen, lächelte sie vor sich hin. «Kannst du mich über deine Ermittlungen instruieren?»

«Ich mache Urlaub.»

«Oh, ich würde dich schlecht kennen, wenn dem so wäre.» Milagros ging zügigen Schrittes auf die Tür mit der Nummer 418 zu. Sie fuhr mit der Schlüsselkarte über die Entriegelung, stiess die Tür auf und trat ein. «Es war nicht hier, oder?»

«Was meinst du?»

«Wurde der Tote in dieser Suite gefunden?»

«Und wenn es so wäre?»

Milagros blieb unschlüssig stehen.

«Ich kann dich beruhigen, nein.» Max stellte den Koffer in die Garderobe. «Wie lange gedenkst du zu bleiben?» Er konnte sich nicht vorstellen, Milagros während seiner zweiten Ferienwoche am Hals zu haben. Er hatte kein Bedürfnis, in die Rolle des Reiseleiters zu schlüpfen und sie durch die Fraktionsgemeinden zu führen. Und schon gar nicht hatte er vor, mit ihr in die Seitentäler zu fahren. Sie könnte, wenn möglich, auf die Idee kommen, ein Maiensäss zu mieten.

«Bis der Fall gelöst ist.»

«Das ist Sache der Polizei.»

«Was du nicht sagst. Ich kenne meinen Sohn. Und ich kenne Federica. Wo ist sie überhaupt?»

«Sie trödelt rum.» Max vermied es, Milagros Fedes Befragung mit den Buchanan Five zu verraten. «Und du? Hast du schon gegessen?»

«Ich habe den Hunger auf den Abend verschoben. An der Rezeption haben sie mir gesagt, es gäbe im Hotel fünf Restaurants. Ich würde euch gern in eines von ihnen einladen. Auswählen könnt ihr selbst.»

Kaum da, übernahm Milagros die Leitung. Max konnte sich auf etwas gefasst machen. «Im Sommer sind das Japanrestaurant ‹Leonto› und das ‹Monta Grillrestaurant› geschlossen.»

«Oh, wie schade, mich gelüstet nach Sushi.»

«Kannst du im Pulsa-Restaurant ebenso bestellen … von wegen, wir dürften wählen.»

Milagros setzte sich auf das braune Sofa und legte den Hut auf den Tisch. «So, und jetzt wollen wir vorwärtsmachen. Erzähl mir, was im Hotel Grischa tatsächlich passiert ist. Lese ich das Boulevardblatt, kommt es mir so vor, als hätten wir es mit der Sendung ‹Aktenzeichen XY› zu tun. Die Bilder sind gestellt.»

Max musste sich zusammenreissen, um nicht laut zu stöhnen. Was hatte er sich mit Milagros' Anwesenheit bloss eingehandelt. Sie war dreiundsechzig und finanziell bestens abgesichert. Sie hätte sich zurücklehnen und es sich gut gehen lassen können. Anstatt dessen buchte sie eine Suite im Hotel Grischa und gab Max zu verstehen, weshalb sie nach Davos gefahren war, um ihm bei den Ermittlungen zu helfen. «Im Hotel gibt's auch eine Kosmetik.»

Diese Aussage geriet ihr offenbar in den falschen Hals. «War das ein zarter Wink?»

Max' iPhone summte. Es erübrigte eine Antwort, die inkorrekt gewesen wäre. Manchmal war Schweigen tatsächlich Gold. Er holte das Telefon aus der Gesässtasche, sah auf das Display.

«Fede.»

«Wo bist du?»

Max wandte sich von Milagros ab. «Rate mal, wer hier ist.»

«Wenn du *so* fragst, tippe ich auf Milagros.»

«Besorg uns eine Flasche Louis Roederer.»

«Den Cristal?»

«Mit drei Burgundergläsern, dann komm in die Suite 418.»

ACHTZEHN

Fede balancierte ein Tablett mit einem Eiskübel und drei Gläsern über den Korridor. Sie hatte es sich nicht nehmen lassen, den Service des Barkeepers auszuführen. Ein bisschen Spass musste sein.

Sie klopfte an der Tür zur Suite 418. Max öffnete. Fede trat ein, erblickte Milagros in Sommerlaune und stellte das Tablett auf den Tisch. «Nun wäre das Detektiv-Trio komplett», scherzte sie und erntete von Milagros ein paar Pluspunkte.

Fede musste Max bloss ansehen, um seinen Ärger über Milagros' Anwesenheit nachzuvollziehen. Nur sah sie es selbst nicht so eng. Milagros' Gegenwart war unterhaltsam. Max' Mutter sorgte zwar oft für Furore, sie hatte jedoch immer logische Argumente, wenn es darum ging, ein Rätsel zu lösen. Offenbar war es der Grund, weshalb sie im Hotel Grischa eine Suite bezogen hatte. Fede hatte damit gerechnet. Wie sie Milagros einschätzte, hatte sie die Ereignisse in Davos aus der Distanz verfolgt und ihre eigenen Schlüsse daraus gezogen. Nun war sie da, um ihr und Max ihre Hilfe anzubieten. Fede hatte drei Jahre Zeit gehabt, Milagros' Charakter zu studieren. Sie war eine Frau, die das Leben und alles, was es ihr an Annehmlichkeiten bot, genoss. Sie verheimlichte nicht, dass sie viel Geld besass und es verschwenderisch ausgab. Im Grunde genommen war sie genauso exzessiv wie Fede, bloss in unterschiedlichen Belangen. Vielleicht verstanden sie sich deswegen so gut. Mit ihrem oft kleinkarierten Denken täuschte sie darüber hinweg, dass viel mehr in ihr steckte, als mancher erahnte. Sich naiv zu stellen, galt als Tarnung für ihre verborgene Spitzfindigkeit. Milagros wusste genau, wie man den Feind um den kleinen Finger wickelte, damit dieser es nicht merkte. Manch einer war ihr ins Messer gelaufen. Nicht immer waren ihre Aktionen nachahmenswert, doch beständig führten sie zu einem brauchbaren Resultat.

«Hast du mit Pete, Fränz und Mike sprechen können?» Max riss sie aus ihren Gedanken.

«Ich muss dich enttäuschen. Sie waren anderweitig beschäftigt. Sie hatten anscheinend eine Krisensitzung mit dem Organisationskomitee des Jazzfestivals. Der Leichenfund in ihrer Suite hat einen möglichen Ausschluss nach sich gezogen. Wie die Debatte ausgefallen ist, davon habe ich bislang keine Kenntnis.»

Milagros' Blick wechselte zwischen Max und Fede hin und her.

«Brütest du gerade etwas aus?», fragte Fede und schenkte den mitgebrachten Champagner in die Gläser ein. Sie sah Milagros an.

«Gibt es Verdächtige? Und wenn ja, warum?»

Fede klärte sie über den Verlauf der Ereignisse auf und liess dabei Buchanans selbst verschuldeten Unfall sowie Horses Vergiftung nicht aus.

«Die Band steht unter einem schlechten Stern.»

Milagros' Fazit in einem Satz gesagt. Fede verkniff sich ein Grinsen.

«Hast du das Monatshoroskop studiert?», fragte Max prompt.

Milagros ging nicht darauf ein. «Seid ihr sicher, dass die Buchanan Five nichts mit dem Toten zu tun haben?»

«Warum hätten sie die Leiche, wenn dem so wäre, in ihrer eigenen Abstellkammer unterbringen sollen?», fragte Max. «Das ist nicht logisch.»

«Es wäre das bestmögliche Alibi» erwiderte Milagros und nach einem Zögern: «Andererseits muss jemand ziemlich kaltblütig sein, um so etwas zu tun. Habt ihr jemanden in Verdacht?»

«Einen gescheiterten Hotelier.» Max hob das Glas, als wollte er auf seine Vermutung anstossen. «Per Zufall wurde er am letzten Samstag gesehen, während die Buchanan Five ihren Auftritt in der Garage hatten. Wir haben Kenntnis, dass der Tote von der Staatsanwaltschaft beauftragt wurde, ihn zu observieren. Mit dem, was wir in der Zwischenzeit herausgefunden haben, könnte er seinem Verfolger begegnet sein und ihn daraufhin unschädlich gemacht haben.»

«Und wo befindet sich der Hotelier jetzt?»

«Man fahndet nach ihm.»

«Was hat er sich zuschulden kommen lassen?»

Fede hatte das Bedürfnis, ins Gespräch einzugreifen. «Natürlich sind dies blosse Vermutungen. Tristan Grossmann ist ein ehemaliger Studienkollege des Hoteldirektors. Ein Versager auf allen Ebenen. Wir befürchten, er könnte das Jazzfestival dazu benutzt haben, Gansners Ruf zu schädigen.»

«Ihr glaubt also an einen Racheakt?»

«Wohl eher an einen Akt der Eifersucht», sagte Max. «Grossmann hatte sich als Mitstreiter vor zehn Jahren als Direktor für das Hotel Grischa beworben. Die Wahl fiel auf Gansner.»

«Reicht das für einen Mord?»

«Wenn ich mir Grossmanns Vita ansehe, schon.» Fede hatte in der Zeit, in der sie die Buchanan Five hätte treffen sollen, Berichte und Informationen über Grossmann herausgesucht. «Er gilt als Choleriker, ist unausgeglichen, jähzornig und neigt zu Wutanfällen. Die Presse hat ihm vor acht Jahren eine halbe Seite gewidmet, als er von seiner heute geschiedenen Frau angezeigt wurde. Grossmann hatte sie krankenhausreif geschlagen und wurde daraufhin zu sechs Monaten Haft unbedingt verurteilt. Anscheinend ist bis heute niemand vor ihm sicher. Trotz seines Vergehens hat er sich nie als renitent angesehen. Er behauptet, man wolle ihm übel mitspielen. Nachdem er das Gefängnis verlassen hatte, schmeichelte er sich bei verschiedenen Hotelketten ein und überzeugte die Zuständigen von seiner Schaffenskraft. Leider hatte er diese nie unter Beweis stellen können, weil er grundsätzlich ein fauler Hund ist.»

«Ein Blender.» Milagros nippte endlich vom Champagner, was in Fede die Frage aufwarf, ob sie sich im Alkoholkonsum gemässigt hatte.

«Eher ein Psychopath», fand dagegen Max.

«Existiert ein Bild von ihm?», fragte Milagros.

Fede hatte ein Porträt von ihm über das Internet heruntergeladen. Sie präsentierte es auf ihrem iPhone. «Das ist er. Tristan Grossmann, Jahrgang 1976.»

Milagros starrte lange darauf. Fede hoffte, sie würde ihn kennen. Sie, die in den besten Kreisen verkehrte, die alles über Leute erfuhr, was Rang und Namen hatte, die die Ohren stets offen hielt, wenn hinter vorgehaltener Hand über die Gesellschaft getratscht wurde.

«Tristan Grossmann», sagte sie, «noch nie gesehen. Der Name sagt mir nichts.» Sie zögerte. «Kannst du mir das Bild schicken?»

«Was willst du damit?»

«Das, was eine versierte Detektivin tut.»

«Sei vorsichtig. Das Interesse der Polizei an ihm ist gross.» Max war augenscheinlich nicht wohl bei ihrem Vorhaben.

«Ich habe meine eigene Strategie, das solltest du wissen.»

***

Die Dämmerung legte sich über die Landschaft wie ein urzeitlicher Vogel, der seine Schwingen ausbreitet. Cheyenne mochte die blaue Stunde. Sie hatte etwas Sakrales in sich, etwas Göttliches, welches sie an diesem Abend ganz stark spürte. Die Konturen der Ischalp zeichneten sich scharf vor dem lila Himmel ab. Rot glühende Wolken, von den allerletzten Sonnenstrahlen gekitzelt, zogen wie Zuckerwatte vorüber und lösten sich im Nichts auf.

Cheyenne sass auf der kleinen Sommerterrasse neben der Talstrasse, vor sich das schwere Glas ihres Zaubertranks, auf den sie nicht verzichten wollte. Schliesslich hatte sie heute etwas zu feiern.

Das Organisationskomitee des Jazzfestivals hatte beschlossen, die Buchanan Five trotz U-Haft von dreien ihrer Mitglieder auftreten zu lassen. Sie hatte sich mit Jacky verabredet, um ihn für eine stille Teilnahme an der Matinee im Hotel Grischa zu überzeugen. Cheyenne war es den Fans schuldig.

Es war der letzte Abend in Davos, bevor es morgen zur nächsten Destination ging. Eine Hochzeit in der Toskana, die am Dienstag beginnen und am Samstag darauf enden würde. Die Buchanan Five waren für zwei Abende gebucht. Die Zeit darum herum stand ihnen zur freien Verfügung.

Es kam selten vor, dass Cheyenne ein solches Arrangement

bekam. Diesmal hatten ihr die über Jahre aufgebauten Beziehungen zu reichen Schweizer Unternehmern geholfen. Sie durfte sich auf ein Zimmer auf einem Weingut in der Nähe von San Gimignano freuen. Sie hoffte, Jackys Ausfall würde ihr keinen Strich durch die Rechnung machen. Die Antwort von Billy, ob er sie nach Italien begleitete, stand noch aus.

Mit Linda war sie so verblieben, dass sie wieder nach Hause fuhr. Die Sache mit dem Schlagen, die Linda unbedingt hatte loswerden wollen, hatte Cheyenne an deren Verstand zweifeln lassen. Es machte den Anschein, als müsste sie sich für ihre Kinderlosigkeit rechtfertigen und hatte dazu diese Geschichte erfunden. Gemäss ihrer Bemerkung hatte sie jedoch nie erfahren, dass Jacky der leibliche Vater eines Kindes war. Linda glaubte noch immer, der unerfüllte Kinderwunsch habe an Jacky gelegen.

Cheyenne verlangte nicht mehr, als dass ihre Band endlich zur Ruhe kam. Die Vorkommnisse in Davos hatten sie alle gebeutelt. Sie musste dies entweder als negative Erfahrung ablegen oder einfach darüberstehen. Wenn sie zurückdachte und daran, was sie in ihrer Laufbahn alles erlebt hatten, würde es ihr nicht schwerfallen. Sie wünschte sich lediglich, ihre Karriere würde nicht böse enden.

«Darf ich stören?»

Cheyenne sah auf. «Warum so scheu? Jacky, schön, bist du gekommen.»

Er schwang sich ihr gegenüber auf den Stuhl. «War keine gute Idee, bei Linda zu übernachten.»

«Sie hat dich in ihr Bett gelassen?»

«Wir sind verheiratet.»

«Du machst Witze. Wahrscheinlich kannst du an einer Hand abzählen, wie viele Male du in den letzten vierzig Jahren mit ihr im Bett warst.»

«An *zwei* Händen.» Jacky zog seine Brixton-Mütze in die Stirn, grinste vor sich hin.

Allmählich kam er dem Bild näher, das Cheyenne an ihm so typisch fand. Er hatte sich sichtbar Mühe gegeben, das verlauste Aussehen der letzten Tage zu beseitigen. Er trug seinen eingegipsten Arm in der Schlinge, darüber ein Leinen-Sakko.

«Wie geht's deinem Arm?», fragte Cheyenne.

«Körpersprache in Reinkultur. Bruch gleich Umbruch. Ich glaube, wenn ich meinem Unfall etwas Positives abgewinnen kann, geht es mir besser. Ich bin froh, ist Billy über den Berg. Ich habe ihn kurz getroffen. Er sagte mir, er würde morgen für mich spielen.»

«Und du wirst hoffentlich neben der Bühne sitzen. Wenn nicht für mich, dann wenigstens für deine Fans.»

«Ich tue alles, was du verlangst.» Jacky sah nachdenklich vor sich hin. «Heute Abend habe ich ein Gespräch mit –»

«Mit wem?» Cheyenne fuhr ihm ins Wort. Jackys Haltung machte ihr Sorgen. Sie erlebte ihn selten so nachgiebig und weich. Eigentlich nie.

«Mit Solea. Ich muss zwar den inneren Schweinehund überwinden, aber ich glaube, es ist an der Zeit, dass ich zu meinem Kind stehe.»

«Wenn es denn existiert.» Diese Geschichte hatte damals lange Schatten geworfen. Cheyenne hatte zum Glück rechtzeitig reagiert und Jackys Fehltritt ausbügeln können. Auf ihre Art. Es gefiel ihr nicht, wenn alte Geschichten hervorgeholt wurden.

«Solea befindet sich im Hotel Grischa. Sie ist noch nicht abgereist. Ich habe an der Rezeption ein Schreiben an sie hinterlassen.»

«Du bist mutig.» Cheyenne hatte Mühe mit dieser Hundertachtziggradkehrtwendung. Warum hätte Jacky seine Überzeugung so radikal ändern sollen? Lag es an seinem Unfall? «Wie kannst du nur so deppert sein? Verträgst du die Alpenluft nicht?»

Jacky ging nicht darauf ein, was Cheyenne wütend machte. «Ich dachte, wir hätten diese Angelegenheit abgehakt. Kann es sein, dass du mit dem Alter moralischer wirst?»

«Ich hatte viel Zeit zum Nachdenken. Damals war ich unreif und kindisch.»

Cheyenne schlug mit der flachen Hand auf ihre Stirn. «Sag bloss nicht, dass du über Nacht deine Infantilität verloren hast.

Nein, Jacky, so geht das nicht! Wir waren uns damals einig, dass wir das Problem mit einer», sie hob ihre Hände und zeichnete Anführungs- und Schlusszeichen in die Luft, «Finanzspritze lösen.»

Jacky schwieg. Es war für beide das Beste. Cheyenne wäre ihm sonst an die Gurgel gesprungen, wenn er sich gegen sie gestellt hätte. Sie sah zum Himmel, der die Farbe Dunkelviolett angenommen hatte. Ein erster kühler Nachtwind machte sich bemerkbar. Vom Bahnhof her wehte der Geruch nach Eisen.

«Wir sollten reingehen», sagte Jacky.

«Ich bleibe draussen.» Cheyenne wandte sich demonstrativ ab. Es fröstelte sie, aber sie wollte es nicht zugeben. Der Whisky hatte sie nicht zu wärmen vermocht, und Nachschub hatte sie bislang keinen bestellt. Den Gefallen, müde zu sein, wollte sie Jacky nicht machen. Sie dachte zurück an die Abende vor einem letzten Auftritt, bevor es zu den nächsten Konzerten ging. Sie hatten immer gefeiert, zusammen mit den Fans, bis drei oder vier Uhr morgens. Heute zeichnete sich nichts dergleichen ab.

Hinter dem Garagentor wummerte die Musik einiger junger Jazzmusiker, die sich zu einer Jamsession eingefunden hatten. Cheyenne hatte gesehen, wie sie mit ihren Instrumenten das Hotel betraten. Lässige Typen, welche eine Traube von Mädchen hinter sich hergezogen hatten. Die Jugend stand in den Startlöchern, kam mit neuen fetzigen Stücken daher, war stark im Improvisieren und riss die junge Generation in einen Freudentaumel.

Cheyenne hatte es versäumt, sich über die jungen Wilden zu informieren. Zu sehr war sie über die Jahre mit ihrer Band beschäftigt gewesen. Und nun? Waren Jackys Unfall, Billys Pech und die Tatsache, dass ausgerechnet im Appartement 315 eine Leiche gefunden worden war, Zeichen? Untrügliche Hinweise des Himmels, dass der Gipfel der Erfolgsleiter von ihr und ihrer Band vor langer Zeit erreicht worden war und es seither stetig runterging? Wer einmal oben gestanden hatte, wusste, wie es sich anfühlt. Nach dem Aufstieg kam unweigerlich der Fall. Vielleicht sogar ins Bodenlose. Cheyenne hatte es verpasst, auf dem Höhepunkt ihrer Karriere einen Gang runterzuschalten. Sie hatte stets noch mehr gewollt. Hatte deswegen alles in Kauf genommen, auch das Ausblenden ihrer eigenen Bedürfnisse.

Sie musste sich damit abfinden, dass die goldenen Jahre der Buchanan Five Vergangenheit waren. An ihrer Stelle würde der Nachwuchs auf das Podium steigen und sich feiern lassen. Jazz hatte auch bei den jungen Leuten Potenzial. Wie damals Louis Armstrong, Miles Davis oder Charlie Parker die Buchanan Five beeinflusst hatten und Vorbild gewesen waren, würde die scheidende Band Antrieb für neue Stilrichtungen im Jazz sein. Über neuntausend Auftritte, sechs Schallplatten und zig heruntergeladene Musikstücke innerhalb von vierzig Jahren waren ein grosser Erfolg, den kaum eine Schweizer Jazzband erreicht hatte.

«Darauf trinke ich jetzt einen», sagte Cheyenne zu sich selbst und sah einem verliebten Paar nach, welches auf den Hoteleingang zusteuerte.

***

Solea faltete den Brief auseinander. Sie befand sich allein in der Suite, nachdem sie zusammen mit Valentin und Dave diniert hatte. Wider ihre Befürchtungen hatten sie einen angenehmen Abend verbracht, über Gott und die Welt gesprochen und auch Hannahs Tod thematisiert, so, als wäre nicht bloss Dave, sondern auch Solea und Valentin Betrachter von aussen gewesen. Solea ahnte, dass Valentin wie sie einen Schutzpanzer um sich herum aufgebaut hatte. Sie war erstaunt gewesen, wie gut sich Valentin und Dave verstanden. Sie hatten Gemeinsamkeiten, was ihre Sensibilität betraf.

Die Unterschrift las sie zuerst. Jack. Darüber war von Hand geschrieben, was Solea eigentlich am Ende ihrer Affäre erwartet hätte – eine Entschuldigung. Es tue ihm leid, stand schwarz auf weiss, dass er sich wie ein Feigling benommen habe. Er hoffe, dass sie ihm verzeihe und sein «Unglück» nicht weiter reichende Konsequenzen mit sich gezogen habe.

War es möglich, dass Jack keine Ahnung hatte? Bezweifelte er, dass sie ihr gemeinsames Kind zur Welt gebracht hatte? Dachte er, sie habe es abgetrieben?

Hannah als Konsequenz zu betrachten, bewies Jacks Unwissen. Nein, so schätzte sie ihn nicht ein. Hätte er erfahren, dass er Vater sein würde, er hätte anders reagiert. Anstatt mit ihr zu reden, hatte er Cheyenne vorgeschoben. Die Mentorin der Band hatte entschieden. Jack hatte sich ihr gefügt.

Solea hatte ihre Tochter von Anfang an geliebt, obwohl der Beginn ihrer Schwangerschaft von Hoffnungslosigkeit erfüllt gewesen war. Fünftausend Franken als Genugtuung und damit sie den Mund hielt. Fünftausend Franken für einen Mord. Ja, so hatte sie damals gedacht. Ein Abort kam einem Mord gleich. Das hatte schon Mam gesagt.

Die Lösung war in Valentins Gestalt gekommen.

Solea hatte sich einsuggeriert, dass Valentin der biologische Vater war. An diesem Gefühl hatte sie sich festgehalten wie eine Ertrinkende am Strohhalm.

Sie sah auf die Uhr. Es war schon spät. Jack hatte sie gebeten, sich mit ihm in der Pulsa-Bar zu treffen. Sie würde ihn an seinem einbandagierten Arm erkennen.

Deshalb hatte sie ihn nie gesehen. Am Eröffnungskonzert in der Hotelgarage hatte ein Fremder Saxophon gespielt. Jack, den sie erwartet hatte, war nicht dort gewesen. Solea hatte sich für eine kurze Zeit entspannt. Ihr Vorhaben, mitten im Konzert ein Drama zu veranstalten und vor der ganzen Welt hinauszuschreien, was Jack ihr angetan habe, hatte sie nicht in die Tat umsetzen müssen.

Jetzt war sie zur Vernunft gekommen. Jack vor der Wahrheit zu verschonen, hielt sie dennoch für keine gute Idee. Er sollte es erfahren. Sie wollte dem Mann ins Gesicht sehen und darauf nach Ähnlichkeiten mit Hannah suchen. Hannah war die Verbindung zu diesem Musiker, den sie einmal verehrt und begehrt, der sie aber wie Freiwild behandelt hatte.

Hannah war tot. Solea klammerte sich an dem Gedanken fest, ein Treffen mit Jack könnte ihr ein Stück vom Leben ihres Kindes zurückgeben.

Sie legte den Brief auf die Ablage neben der Garderobe. Sie öffnete die Tür, steckte die Schlüsselkarte ein und fuhr im Rollstuhl auf den Korridor. Das gedimmte Licht warf gespenstische Schatten. Solea sah nach links, wo weitere Zimmer lagen, als sie rechts von sich, um die Ecke, das Öffnen der Lifttür vernahm. Das schnappende Geräusch jagte ihr den Schauer über den Rücken. Jemand musste mit Gewalt an die Schiebetür gestossen sein. Dann wurde es still. Solea war angespannt, konnte es nicht verleugnen. Vielleicht hätte sie das Gespräch mit Jack auf morgen verschieben sollen. Bald war Mitternacht. Kein guter Zeitpunkt, um ein verwundetes Herz auszuschütten. Nicht einem Mann, den sie in ihrem ganzen Leben bloss eine Woche lang real erlebt hatte.

Sie fuhr nicht weiter. Durch das schmale Fenster in Richtung Bahnhofstrasse fiel ein wenig Licht von den Strassenlampen, erhellte den Korridor unwesentlich mehr. Sie vernahm Schritte in dieser sonst absoluten Stille.

Solea lauschte. Sie getraute sich nicht einmal zu atmen. Alles, was in den letzten Stunden durch ihren Kopf gegangen war, bündelte sich zu einem einzigen Punkt, der vor ihr lag, dort bei der Ecke, dem Knick im Korridor. Sie hatte sich schon als Kind nachts in fremden Häusern gefürchtet. Sie würde hilflos hier im sechsten Stock allem Übel ausgeliefert sein. Die Hotelgäste befanden sich an den unzähligen Jazzkonzerten in Davos und Klosters.

Ein Schemen bewegte sich auf sie zu. Sie hätte Valentin bitten sollen, bei ihr zu bleiben. Sie war hilflos, hatte Angst.

«Hallo?»

Sie zuckte zusammen. Sie erinnerte sich nicht an diese Stimme.

«Bist du Solea?»

Sie hatte ihn nicht so alt in Erinnerung. Vielleicht war es das spärliche Licht, welches tiefe Furchen auf sein Gesicht malte. Was elf Jahre aus einem Menschen machen konnten!

«Hallo … dann … dann bist du Jack.» Sie schämte sich für ihre zitternde Stimme.

Er hob seinen Arm. «Ich dachte, ich komme dich abholen.»

Er wusste also, wo ihre Suite lag. Wer hatte es ihm verraten?

«Ich wäre pünktlich unten gewesen», sagte sie tonlos.

«Können wir in dein Zimmer gehen? Ich glaube, das, was wir miteinander zu besprechen haben, gehört nicht an die Bar.» Er griff wie selbstverständlich an den Rollstuhl. «Zimmer 618, wenn ich mich nicht irre.»

«Woher kennst du meine Nummer?» Um sich zu wehren, war es zu spät.

Jack schob sie voran, ohne ihre Frage zu beantworten, stoppte vor der 618. Solea hielt inne. Die Furcht nahm überhand. Trotzdem öffnete sie die Tür mit der Schlüsselkarte. Es war wie ein Reflex. In diesen Sekunden jagten tausend Bilder durch ihren Kopf. Was, wenn er der Mörder war? Vielleicht hatte er den Mann im Hotel umgebracht und würde keine Skrupel haben, auch sie zu töten. Wie war der Fremde gestorben? Durch einen Schlag auf den Hinterkopf? Sie fröstelte. Die Verweigerung zu essen hatte ihr nicht den Tod gebracht, nicht der Gram im Angesicht ihres toten Kindes. Sie würde hier sterben, in einer Suite in den Bergen. Niedergeschlagen von einem Mann, den sie einmal begehrt hatte. Der Ursprung ihres Kindes.

Jack fuhr sie in den Wohnbereich. Als er die Tür hinter sich ins Schloss fallen liess, klopfte Soleas Herz so schnell, dass sie befürchtete, den Verstand zu verlieren. Sie würde sich nicht einmal wehren können und kam sich gedemütigt vor wie lange nicht mehr.

War sie das nächste Opfer?

Reden half manchmal, das hatte sie schon in Fernsehkrimis gesehen.

Jack sah sich um. Über sein gefurchtes Gesicht huschte ein Lächeln. Er entdeckte seinen Brief auf der Ablage, nahm ihn auf und fixierte Solea mit einem Blick, der ihr erneut Angst einflösste.

«Ich meine es so, wie ich geschrieben habe.» Jack setzte sich endlich auf das braune Sofa.

Sie waren sich auf Augenhöhe. Solea beruhigte sich etwas. Sie sah ihm an, wie er um Worte rang.

«Ich sehe, dass du», begann er, «dass es dir nicht besonders gut geht. Hat es noch immer mit mir zu tun?»

So also sah er sich. Solea schwieg.

«Sorry … es ist schwierig für mich. Ich hoffe, ich trage daran keine Schuld.»

Woran dachte er? Sie musste es ihm sagen. Vielleicht gäbe es endlich Genugtuung für sie. «Vor gut zwei Jahren hat jemand unsere gemeinsame Tochter überfahren und getötet.» Sie vermied es, den Unfallfahrer beim Namen zu nennen. Vielleicht war Hannah trotz allem einfach auf die Strasse gerannt. «Sie konnte wunderbar Geige spielen.»

Solea hätte erwartet, dass Jack aufsprang, ihr drohte, weil sie die Existenz seines Kindes vor ihm verschwiegen hatte. Doch wusste er wahrscheinlich wie sie, dass Cheyenne dies verhindert hätte.

«Wir hatten eine Tochter? *Ich* hatte … eine Tochter? Und ich dachte, ich könne keine Kinder bekommen.» Als Jack sich erhob, war er ein alter Mann. Gealtert in diesem Wohnzimmer, in das die Nacht von aussen drang. Es schien, als würde sie das letzte Licht verschlingen. Innerhalb weniger Sekunden brach Jack zusammen, fiel auf das Sofa zurück. Er bedeckte sein Gesicht mit beiden Händen.

Solea vernahm ein leises Schluchzen. «Sie hatte dein musikalisches Talent», sagte sie, konnte es nicht lassen, ihn mit fiktiven spitzen Nadeln psychisch zu malträtieren. Es war, als müsste sie den Gram der letzten zwei Jahre über den Erzeuger ihres Kindes schütten. «Sie hatte einen wunderbaren Vater, der mein Ehemann ist.» Sie machte weiter. «Er hat mit ihr gespielt, ihr bei den Hausaufgaben geholfen.» Immer weiter. «Sie hat ihn Ätti genannt.»

NEUNZEHN

Als Max vom Frühstück zurückkam, vernahm er lautes Schimpfen auf seiner Etage. Er hatte keine Ahnung, woher es stammte. Alice reinigte den Türrahmen mit einem feuchten Lappen, sah nicht auf, so war sie in ihre Arbeit vertieft. Die Tür stand offen.

«Guten Morgen», sagte Max. «Darf ich mal auf den Balkon gehen?»

Alice wandte sich zu ihm um. Es dauerte eine Weile, bis sie ihn erkannte. «Herr von Wirth. Selbstverständlich. Es ist laut hier, nicht wahr? Das geht seit zehn Minuten so.» Augenscheinlich hatte sie sich vom Schock erholt, den der Tote ausgelöst hatte.

Max betrat das Zimmer, ging schnurstracks auf den Balkon. In den heiteren Tag passten diese Stimmen nicht. Max beugte sich über die Brüstung, sah nach oben. Ein Mann und eine Frau stritten sich auf der anderen Seite des Hotels. Erkennen konnte er sie aus diesem Blickwinkel nicht.

Es kam ihm vor, als hätten einige Hotelgäste das Bedürfnis, ihrer Frustration Luft zu machen. Ein Leichenfund an ihrem Ferienort war nicht jedermanns Sache. Bereits im Speisesaal hatte sich ein Paar gestritten. Ein mit Rührei und Schinken belegter Teller hatte die männliche Hälfte von ihm nur knapp verfehlt. Milagros war gleich zur Stelle gewesen und hatte versucht, die beiden Streitenden auseinanderzuzerren, um Schlimmeres zu verhindern. Zuletzt hatte Milagros auch etwas abbekommen. Eine fürchterliche Tirade von unflätigen Wörtern, die Max schnell vergessen wollte.

Sein Nacken schmerzte vom Hochschauen. Es war unmöglich, aus dieser Perspektive etwas zu sehen. Er ging zurück ins Zimmer. Alice hatte das Kabel des Staubsaugers ausgerollt.

«Verraten Sie mir, wer im gegenüberliegenden Trakt auf einem der oberen Stockwerke logiert? Schätzungsweise im fünften Stock.»

Alice unterbrach ihre Arbeit. «Ich kann nachsehen.» Sie griff in die Tasche ihrer Arbeitsschürze und entnahm ihr eine Liste. Sie überflog die Nummern und Namen. «Viktoria Konstantin. Ich erkenne ihre Stimme.»

Es hätte Max egal sein können. In den letzten Tagen hatte er Zeit gehabt, die Charaktere der Musiker ein wenig zu studieren. Er hatte unter ihnen eine permanent vorhandene Spannung gespürt. Er schrieb sie den besonderen Umständen zu. Die Untersuchungshaft, ob gerechtfertigt oder nicht, strapazierte die Nerven aller Beteiligter. Die Band drohte auseinanderzufallen. Cheyenne, die für Ruhe hätte sorgen können, war noch nicht in Erscheinung getreten. In der Regel war sie eine der Letzten, die zum Frühstück ging.

Max schritt zum Lift. Vielleicht würde es ihm gelingen, endlich mit Pete, Fränz und Mike zu sprechen. Sie hatten sicher etwas auf dem Polizeiposten aufgeschnappt, was für die weiteren Privatermittlungen von Nutzen war. Er musste den Hoteltrakt wechseln. Er fuhr hinunter auf die Höhe der Pulsa-Bar. Rechts von ihm lag das Fumoir, mit schweren englischen Möbeln eingerichtet. Dunst lag im Raum, durch den das Tageslicht wie gesiebt wirkte. Nach dem Eingang zum grossen Speisesaal gelangte Max zur Rezeption. Wie immer an diesen Tagen herrschte Geschäftigkeit. Max winkte Nanina zu, die kurz aufsah, lächelte und sich weiter ihrem Gast widmete. Er bestieg den Lift, der ihn in die fünfte Etage fuhr.

Den Streit hinter der Tür zu Viktorias Zimmer vernahm er bereits weit vorn, kaum hatte er die Kabine verlassen. Er zögerte nicht, ging ausholenden Schrittes zur Zimmertür, hinter der er die Stimmen vernahm. Die Lautstärke überschritt bei Weitem den Klang einer Bassgitarre. Kurz wähnte er sich an einer Theaterprobe, in der die Stimmen auf ihren Klang getestet wurden.

Max klopfte. Sofort wurde die Tür aufgerissen.

«Ach, du bist es!» Mike baute sich mit hochrotem Kopf vor ihm auf, das Hemd war aus seiner Hose gerissen, und die drei oberen Knöpfe standen offen. Er trug Jeans, und das hellgrüne Hemd war ein eigentümlicher Kontrast zur Gesichtsfarbe.

Max hatte ihn noch nie dermassen aufgelöst erlebt. «Kann ich helfen?» Er äugte durch den Raum. Im Gegenlicht erkannte er Viktoria und staunte einmal mehr, wie drahtig sie war. Sechsundsechzig Jahre alt und sie sah aus wie eine gut trainierte Mittvierzigerin. Ihre Bizepse schienen hart durch. Das ärmellose Shirt betonte ihre schlanke Figur. Im Gegensatz zu Mike war sie perfekt gestylt.

«Gab es Reklamationen?» Viktoria rauchte. «Tja, manchmal fliegen die Fetzen.» Sie lachte rau. «Es ist nicht das erste Mal.» Sie warf Mike einen zynischen Blick zu.

Diese Augen, von langen Wimpern umgeben, schwarz wie die Nacht und geformt wie die der Maria Callas. Die Nase schmal und lang und ein perfekter Mund. Trotz ihrer kurz geschnittenen Haare strahlte sie pure Weiblichkeit aus.

«Kann ich dich sprechen?» Max drehte sich zu Mike um.

Sein Gesicht hatte mittlerweile eine normale Farbe angenommen. Er trug seinen Bart kurz. Um die Haare hatte er ein Band geschlungen. Offenbar sein Markenzeichen, wenn er nicht gerade einen Hut aufhatte. Er war unwesentlich jünger als Viktoria. Max erinnerte sich an Cheyennes Erzählungen, dass Mike und Viktoria in den Staaten gelebt hatten, bevor sie die Band gründeten. Dennoch seien sie nie wirklich ein Paar gewesen. Die Musik hatte sie zusammengeschweisst, sie in einer Art Zweckgemeinschaft verbunden. Sie lebten für ihre Leidenschaft – für den Jazz.

«Worum geht es? Doch nicht etwa um diesen Toten.»

«Doch, genau um den. Wenn du willst, können wir runter in die Pulsa-Bar.»

«Ich habe nichts zu verbergen, zuallerletzt vor Viktoria.»

«Okay.» Es konnte nicht schaden, wenn Viktoria zuhörte.

Mike lud ihn zum Sitzen ein, derweil Viktoria auf dem Balkon weiterrauchte. Kaum war die eine Zigarette im Ascher zerdrückt, zündete sie eine neue an.

«Wohnst du jetzt bei ihr?»

Mike sah zu Viktoria und grinste. «Sie will nicht.»

«Mit welcher Begründung hat man euch festgenommen?»

«Das fragst gerade *du*?» Mike lachte und entblösste ein Gebiss, welches an der oberen linken Schaufel eine Lücke aufwies.

Max hätte gern erfahren, woher er diesen Makel hatte, unterliess es jedoch, danach zu fragen.

«Unsere Verhaftung war die logische Folgerung des makabren Funds in unserer Wohnung», sagte Mike.

«Habt ihr nie etwas gerochen?»

«Ich kann es mir nicht erklären. Wenn wir von den Konzerten zurückkehrten, waren wir jeweils hagelvoll. Dann kochte Fränz … entweder Spaghetti oder Käserösti, und wir tranken weiter. Das Fenster im Wohnzimmer stand Tag und Nacht offen. Vielleicht bemerkten wir deshalb nichts.»

«War ausser du, Pete und Fränz jemand anderer in der Wohnung?»

«Das haben die Bullen auch gefragt. Nein, es war niemand sonst da. Nicht mal ein Groupie.» Er klang enttäuscht. «Ausser sie hätte sich reingeschlichen. Aber das hätte ich nachts gemerkt.» Er lachte über seinen eigenen Scherz.

«Wenn wir gerade bei den Fragen sind, was wollte die Polizei sonst noch erfahren?»

«Alles», sagte Mike. «Bis Mitternacht wurden wir abwechselnd verhört. Die kennen jetzt unsere Lebensläufe, die Familien, die Verbindungen zu weiss ich was. Zum Glück ist keiner von uns in einem Vorstrafenregister registriert. Wir sind sauber wie die Jungfrau. Man nahm uns die Fingerabdrücke, wir hatten ein Fotoshooting … so Verbrecherfotos … von links, rechts und von vorn.» Mike liess eine Lachsalve los, konnte sich kaum mehr erholen. «War echt schräg. Stell dir vor, ich wurde noch nie eingebuchtet, nicht mal für eine halbe Nacht.»

«Doch», tönte es vom Balkon her. «Erinnerst du dich an Montreux? Da hat man dich in eine Ausnüchterungszelle gesteckt.» Viktoria schnippte den Zigarettenstummel über die Balkonbrüstung und betrat das Zimmer. «Cheyenne hat dich dort rausgeholt, sonst sässest du heute noch fest.»

«Sie hat einen morbiden Humor.» Mike nickte Richtung Viktoria.

Für Max unverständlich, weshalb sie sich vor einer Viertelstunde fast zerfleischt hatten. «Seid ihr ein Paar?» Er stellte sich naiv.

«Nein!», kam es von Viktoria wie aus dem Kanonenrohr geschossen.

«Ich bin ihr Beschützer», sagte dagegen Mike und warf seiner Partnerin einen kritischen Blick zu. «Manchmal ist sie zu übermütig. Dann braucht es mich.»

«Ihr spielt mehr als vierzig Jahre in der gleichen Band. Wie lässt sich das mit dem Privatleben vereinbaren?»

«Wir haben kein Privatleben.» Viktoria griff nach der Zigarette, die lose auf dem Fenstersims lag. «Aber es geht ganz gut ohne. Wir machen täglich Musik.»

«Sie singt auch in der Badewanne.» Mike pfiff durch die Zahnlücke.

«Er übertreibt. Er hat mich noch nie in der Badewanne gesehen.» Viktoria blieb ernst, wusste wahrscheinlich um die Wirkung ihres Gesichts, das wie gemeisselt aussah.

Max vermochte nicht, es zu glauben. Viktoria und Mike waren mehr als ihr halbes Leben zusammen, und da war nichts zwischen ihnen als reine Freundschaft? Er fand es voll schräg. «Gibt es einen Geliebten?» Er sah Viktoria eindringlich an.

«Was hat es damit zu tun, dass du einen Mörder suchst?» Mike verschränkte die Arme. «Oder suchst du den nicht? Dann weiss ich nicht, weshalb du uns ausfragst. Ich glaube, es ist besser, du gehst wieder.» Er sah auf das Display seines iPhones. «In einer halben Stunde müssen wir in der Garage sein … Abschlusskonzert. Abschied. Fertig Grischa. Amen.»

«Spielt Billy Horse mit?»

«Er ist bemerkenswert», äusserte sich Viktoria. «Ein zäher Kerl. Aber auch bei ihm nehmen die Auftritte ab. Die Jungen rücken nach. Das ist der Lauf der Dinge und des Lebens.»

Max konnte es nicht nachvollziehen. Bei allen andern, aber nicht bei Viktoria.

«Kommst du zur Dernière?», fragte Mike.

«Mal sehen.» Max hatte hier nichts mehr verloren. Das war

nicht seine Welt. Draussen vor der Tür roch er an seinen Kleidern. Sie stanken nach Rauch.

***

«Die Polizei macht wieder Stress.» Gansner blieb beim Durchgang zwischen Rezeption und Backoffice stehen.

Neben ihm stand Emma, die Eventmanagerin. «Werden wir jetzt überwacht?»

«Ambühl glaubt, der Mörder könnte sich noch immer im Hotel aufhalten. Langsam, aber sicher wird mir die ganze Angelegenheit zu bunt. Warum ist er dermassen auf das Grischa fixiert?»

«Er sorgt sich sicher deinetwegen. Vielleicht solltest du nach Hause fahren und bei deiner Familie bleiben.»

«Was willst du damit andeuten?»

Emma wandte sich von ihm ab. «Wir machen uns alle Sorgen … die ganze Belegschaft.»

Gansner drehte Emma zu sich herum. «Es wird alles gut.» Es war das Letzte, wenn Emma die Nerven verlor. Sie war wie ein Fels in der Brandung. Nichts vermochte sie zu erschüttern. Wenn andere hyperventilierten, behielt sie einen klaren Kopf. Im Normalfall.

«Wie denn? Ich habe mich gestern lange mit Anna unterhalten. Sie hat alle Hände voll zu tun, um unsere Mitarbeiter zu beruhigen. Nicht jeder, der hier arbeitet, hat genug starke Nerven. Es ist ein verdammt schlechtes Gefühl, wenn ein Mörder im Hotel umgeht und die Polizei diesen Verdacht zusätzlich schürt. Wie weit ist eigentlich dieser von Wirth? Ich dachte, er würde uns helfen. Hat er diesen Grossmann unter die Lupe genommen?»

«Es wird noch immer nach ihm gefahndet.» Gansner holte sein Smartphone hervor. Er zeigte Emma ein Foto. «Hast du diesen Mann schon einmal gesehen?»

«Wer ist das?»

«Das ist eben Tristan Grossmann. Pitschen vom Radio Grischa hat ihn gestern vor einer Woche gefilmt. Anscheinend hat er sich verdächtig benommen.»

«Ich habe an besagtem Abend in der Garage bedient, aber dieser Mann ist mir nicht vor die Augen getreten. War auch schwierig, sich Gesichter zu merken, bei dem Andrang. Hat er etwas mit dir zu tun?» Emma entfernte sich von der Rezeption, ohne eine Antwort abzuwarten.

Es war offensichtlich, dass sie ihm auswich und ihre Fragen allein dem Anstand ihm gegenüber geschuldet waren. Gansner holte sie ein. «Als ich das Hotel Grischa übernommen und eröffnet hatte, war er mein grösster Widersacher. Diese Niederlage hat er wohl nie verkraftet.»

«Und nun taucht er plötzlich im Grischa auf.»

«Er und dieser Detektiv.»

«Und der ist jetzt tot.» Emma blieb stehen. «Wie kommst du darauf, dieser Grossmann könnte ihn umgebracht haben?»

«Ich weiss ehrlich nicht, was ich glauben soll.» Gansner kam alles surreal vor. Anstatt Feststimmung herrschte Bedrücktheit unter den Angestellten. Er musste etwas ändern. Ambühl hatte ein paar Leute hergeschickt, welche die Garage bewachten und die Gäste im Auge behielten.

«Ich muss checken, ob alles funktioniert.» Emma drehte sich um. Gansner spürte, wie nervös sie war. «In fünf Minuten beginnen die Buchanan Five mit dem Abschlusskonzert. Wir sind uns alle nicht sicher, ob es glimpflich über die Bühne geht. Kommst du mit?»

«Natürlich, ich hatte es vor.»

Die Tür zur Garage war angelehnt. Aus der Halle drang ein Stimmengewirr, Gläserklirren und die schrill-hellen Töne von Hi-Hat-Schlägen. Der Drummer musste bereits auf der Bühne sein.

Nichts hier erinnerte an die schrecklichen Vorfälle der letzten Tage. Die Stimmung war aufgeheizt. Dank der Servicemitarbeiter, die Tabletts mit Bier, Wein und Champagner aus der Bar trugen, floss bereits reichlich Alkohol.

***

Milagros mochte Jazz nicht. Wenn sie Musik hörte, dann war es klassische. Vor Kaspars Tod hatte sie mit ihm zusammen jedes zweite Wochenende ein klassisches Konzert oder eine Oper besucht. Später auch Konzerte mit Filmmusik, wo sie ihren Lebensabschnittspartner Ralph Estermann kennengelernt hatte. Nach einer von ihr bezahlten Weltreise hatte er ihr den Laufpass gegeben. Sozusagen. Zwanzig Jahre jünger war er gewesen. Sie hatte damit rechnen müssen, dass es zu Ende gehen würde, hatte die Beziehung zu ihm dennoch bis zum Letzten ausgekostet.

Eine andere Ära war angebrochen. In einem Jahr ging sie in Rente. Ein hartes Wort, weil sie keine Ahnung hatte, nach welcher Arbeit sie sich würde pensionieren lassen. Sie hatte nichts gelernt und doch alles. Kaspar, der damals geschäftlich in Spanien unterwegs gewesen war, hatte sich Hals über Kopf in sie verliebt. Sie hatte seine Liebe als Sprungbrett in eine bessere Welt gesehen und seinen Heiratsantrag, ohne mit der Wimper zu zucken, angenommen. Kaspar hatte nie auf das Geld achten müssen. Er hatte reiche Eltern gehabt und selbst gut verdient. Milagros war von ihm verwöhnt worden. Sie hatte alles von ihm bekommen, was das Herz begehrte. Die Jahre nach Maximilians Geburt war sie Vollzeitmutter gewesen, die Abkapselung hatte bis heute nicht stattgefunden. Als Spanierin sah sie keinen Grund.

Milagros hatte sich möglichst weit weg von der Bühne hingesetzt, mit dem obligaten Champagner im Burgunderglas – Fedes verrückte Idee, dass der Geschmack des Schaumweins in einem bauchigen Glas besser zur Geltung käme. Seit einer halben Stunde hatte sie den jazzigen Klängen gelauscht, froh darüber, war endlich Pause.

Sie blieb sitzen. Aus dem Grund, weil ihr jemand hätte den Platz streitig machen können. Sie brauchte einen Fluchtweg. Sich der hinausströmenden Masse anzuschliessen, war keine Option. Ihr Blick wanderte zu den Buchanan Five, die die Garage über den Lieferanteneingang verliessen. Sie gingen hintereinander wie auf einer Hühnerleiter. Zuletzt ihre Managerin.

Einige Zuhörer waren auf ihren Plätzen geblieben. Milagros beobachtete eine Frau im Rollstuhl, die sich mit zwei Männern unterhielt. Nicht weit davon entfernt sass ein Mann mit eingegipstem Arm, der dauernd zu der Dreiergruppe starrte. In der Nähe des Garagentors standen alte Frauen mit einem Transparent. Milagros vermochte nicht, den Text darauf zu entziffern. Die Buchstaben verschwanden im zerknitterten Tuch.

Dann gab es diesen Mann, der allein sass, vor einem Humpen Bier. Milagros sah ihn an, bis sich ihre Blicke trafen. Sie hatte das Gefühl, ihn schon einmal gesehen zu haben. Die Erinnerung kam, kaum hatte er sich abgewandt. Sie holte ihr iPhone aus der Tasche, tippte auf die Foto-App und das letzte Bild an, welches Maximilian ihr übermittelt hatte.

Das war doch …

Er war es: Tristan Grossmann, der zur Fahndung ausgeschrieben war.

Warum war er hier? Milagros verliess die Festbank. Sie tat so, als suchte sie jemanden. Sie behielt den Mann im Augenwinkel. Er starrte sie offensichtlich an. Zeit, an seinen Tisch zu gehen.

Bei den Eingängen standen Polizisten in Uniform. Anscheinend hatten sie den Gesuchten noch nicht entdeckt, was Milagros verwunderte. Eine Fahndung sei raus, hatte Maximilian gesagt. Vielleicht war seine Vermutung aus der Luft gegriffen.

«Guten Tag, darf ich mich zu Ihnen setzen?»

«Ja, bitte, auch allein?» Er musterte sie.

Sie tat es ihm gleich. Sie schätzte ihn auf Mitte vierzig. Er war wohlbeleibt, trug für sein Alter eine beachtliche Wampe vor sich her. Obwohl er sie anlachte, glaubte sie, auf seinem Gesicht einen vergrämten Zug zu entdecken.

«Mögen Sie Jazz?», fragte sie.

«Ich sässe sonst nicht hier.» Er gab sich reserviert. War sich bestimmt nicht gewohnt, von einer über Sechzigjährigen angebaggert zu werden.

«Ich mag diese Art von Musik nicht.»

Sein Interesse war geweckt. «Warum sind Sie dann hier?»

«Ich wusste nicht, wie ich mir den angefangenen Vormittag um die Ohren schlagen soll. Logieren Sie im Hotel?»

«Nein, war alles ausgebucht, als ich hier ankam. Ich wohne

auf der Schatzalp. Komme jeden Tag mit der Bahn runter.» Er nahm einen Schluck aus dem halb leeren Bierhumpen, strich sich wie automatisch Schaum von den Lippen, der nicht vorhanden war. «Und Sie so?»

Milagros setzte sich ihm gegenüber hin. «Ich warte auf einen Bekannten.» Erste Lektion: Erwecke die Neugier des Gegenübers. «Marcello wird sicher gleich eintreffen.» Sie versuchte, auf der Stirn des Mannes zu lesen. Er hatte nur kurz die Augenbrauen gehoben. «Oh, bevor ich es vergesse: Mein Name ist Milagros.»

«Tristan.» Er hob den Humpen, winkte danach eine Kellnerin an seine Seite, bestellte ein neues Bier und bot Milagros dasselbe an.

«Danke, ich trinke kein Bier.» Milagros überlegte, wie sie Tristan aus der Reserve locken wollte. Er war der gesuchte Grossmann, und dies schien ihn nicht zu stören, oder er hatte keine Ahnung davon, dass er von der Polizei gesucht wurde. Klar, wer vermutete ihn in Davos?

War er ein Mörder?

Milagros attestierte sich eine gute Menschenkenntnis. Dass Grossmann mehr scheinen wollte, als er war, spürte sie. Die verächtlich nach unten gezogenen Mundwinkel und die halb geöffneten Augen bewiesen es. Eine Physiognomie, die einiges verriet und trotzdem nicht alles.

«Mein Bekannter ist Detektiv», sagte sie wie beiläufig.

«Aha.» Grossmann starrte auf den leeren Humpen.

«Er ist an einem kniffligen Fall dran.»

Grossmanns Kommentar beschränkte sich auf «interessant». So kam sie nicht weiter. Das war alles, was Maximilian ihr erzählt hatte. Wenn sie Marcellos Familienname erwähnte, konnte sie davon ausgehen, dass Grossmann sie durchschaute. So blöd war er nicht. Sollte sie ihn auf den Toten ansprechen? Ihn herausfordern? Bislang hatte die Polizei nicht bekannt gegeben, wie Marcello Dürr umgekommen war. Nach wie vor wurde in den Medien darüber spekuliert.

War Grossmann so kaltblütig? Ein abgebrühter Krimineller

im Gewand des lächelnden Herrn, der gern Bier trank und Jazz mochte? Milagros spürte, wie wenig Interesse er an ihr zeigte. Er versank ins Grübeln, als ahnte er, was sie vorhatte.

Allmählich kehrten die Gäste, welche in der Pause die Garage verlassen hatten, zurück. Bänke wurden gerückt, Stühle verschoben. Über die Köpfe der Anwesenden wurden Tabletts mit Getränken getragen.

Plötzlich standen die zwei uniformierten Polizisten an ihrem Tisch, bevor Grossmann sein Bier bekam.

Einer von ihnen wies sich aus. «Tristan Grossmann?», fragte er.

Milagros rutschte zur Seite. Die Szene war filmreif.

«Ja», knurrte der Angesprochene.

«Sie sind verhaftet. Ihnen wird vorgeworfen, Marcello Dürr erschlagen und getötet zu haben. Alles, was Sie sagen, kann gegen Sie verwendet werden. Sie haben das Recht zu schweigen.»

Milagros empfand die Situation wie eine Faust in die Eingeweide. Sie konnte nicht glauben, was sie sah und hörte. Wie war es möglich, dass die Davoser Polizei vor aller Augen dermassen vorging?

Grossmann erhob sich schwerfällig. Er streckte die Arme nach hinten, als wäre es nicht das erste Mal, sich von der Polizei festnehmen zu lassen. Einer der Polizisten legte ihm Handschellen um. Das klickende Geräusch liess die Leute im Umkreis verstummen.

Grossmann warf Milagros einen Blick zu, in dem sie Bösartigkeit zu lesen glaubte. «Du elendes Miststück!», zischte er. «Das war eine Falle, oder?»

Er wurde abgeführt, unter den Stielaugen der Gäste. Als die Buchanan Five zurückkehrten, fühlte sich Milagros wie eine Verräterin.

Wenig später tauchte Maximilian auf.

Milagros hatte den Zwischenfall noch nicht verdaut. «Hast *du* die Polizei gerufen?»

«Danke», sagte Maximilian. «Du hast die Ordnungshüter direkt zu Grossmann geführt.»

«Ihr habt den Falschen.» Milagros war wütend. «Ich hätte ihn zum Reden gebracht. Aber dazu braucht man Zeit. Und was macht mein lieber Sohnemann? Er überfällt uns wie der Elefant den Porzellanladen.»

«Reg dich nicht auf.»

«Warum hätte er ausgerechnet ins Hotel Grischa zurückkehren sollen, wenn er getötet hat?» Milagros beglich ihre Rechnung für die Konsumationen am anderen Tisch.

«Ein sicheres Alibi.»

«So tickt der nicht.»

«Er ist Gansners Erzfeind», ereiferte sich Maximilian.

«Schau dir die zwei Männer an», sagte Milagros. «Grossmann kann einem Gansner nicht das Wasser reichen. Eine wie mich musst du nicht belehren. Ich kenne mich mit Menschen aus. Wetten wir, Grossmann ist nicht der gesuchte Täter?»

«In solchen Situationen wette ich nicht.»

***

Fede sass vor dem Pult am Laptop und besah sich die verschiedenen Möglichkeiten, wie sie und Max die zweite Hälfte ihrer Ferien ausfüllen könnten. Die Jazztage waren heute zu Ende. Die Buchanan Five würden abreisen und einen schalen Geschmack zurücklassen.

Max hatte ihr vor zwei Minuten eine WhatsApp-Nachricht gesandt. Man habe Grossmann abgeführt. Somit sei – Milagros sei Dank – der Fall gelöst.

Auf dem Bildschirm erschien das Landwasserviadukt mit den sechs Bögen, eines der Highlights der Geschichte der Rhätischen Bahn. Es gab eine Route für Radfahrer nach Filisur zur «Schmelzi», von wo aus man die Brücke gut sehen konnte.

Fede lehnte sich zurück. Grossmann war also der Mörder. Wo lag das Motiv? Tötet man einen Detektiv, von dem man verfolgt wird? Ausgerechnet im Appartement der Buchanan Five? Es ergab keinen Sinn.

Eine Bike-Tour auf den Scalettapass wäre auch eine Idee.

Der Pass verband das Dischmatal mit dem Val Susauna im Engadin. Zweitausendsechshundert Meter über Meer. Ein Klacks für zwei nicht sehr sportliche Menschen wie Fede und Max. Sie lächelte vor sich hin. Schlimmstenfalls könnten sie ein E-Bike mieten.

Es klopfte. Fede erhob sich, ging zur Tür und öffnete. «Milagros!» Wirklich erstaunt war sie nicht, Max' Mutter zu sehen. «Max hat mir soeben mitgeteilt, was geschehen ist.»

Milagros drängte ins Zimmer. «In vierundzwanzig Stunden wird man Grossmann freilassen, weil er unschuldig ist.» Sie sah auf den Bildschirm. «Planst du den Rest der Ferien?»

Wenn es nach Milagros ging, würden sie die Bike-Touren streichen müssen. Eine Woche würde sie im Hotel Grischa logieren, hatte sie durchblicken lassen. Fede wusste nicht, ob sie sich freuen oder ärgern wollte. Sie hatte Milagros seit einer Ewigkeit nicht gesehen. Mit dem Wohnungsverkauf auf dem Bürgenstock und dem Umzug in den «Schwansteinpark» am Brienzersee sei sie ausgelastet gewesen, wusste Fede von Max.

«Um auf Grossmann zurückzukommen», sagte Fede, «ich glaube auch nicht an seine Schuld.» Sie wollte verhindern, dass Milagros in puncto Ferien den Tarif durchgab. Max war bestimmt nicht dafür, wenn sie die nächsten sieben Tage zu dritt unterwegs waren. Im Gegensatz zu Milagros richteten sie ihre Freizeit anders aus – auf jeden Fall aktiver.

«Maximilian hat die Polizei mobilisiert, als ich mich mit Grossmann mitten im Gespräch befand. Ich hätte viel mehr aus ihm herausbekommen. Aber nein, es musste wieder einmal schnell und unüberlegt gehandelt werden.»

«Das war bestimmt nicht Max' Verschulden», hielt Fede dagegen. Sie konnte sich in etwa vorstellen, welche Aufmerksamkeit Milagros auf sich und somit auf Grossmann gezogen hatte. Allein auf ihr Outfit musste jedermann reagiert haben. Milagros hatte sich der Veranstaltung angepasst in eine Jeans gezwängt. Dazu trug sie eine weisse Seidenbluse und trotz der Sommerhitze eine schwarze Lederjacke, die wahrscheinlich ein Vermögen gekostet hatte. «Ist dir nicht warm?»

Milagros schlüpfte kommentarlos aus der Jacke. Der mit Strasssteinen verzierte Gürtel fiel Fede erst jetzt auf.

«Hast du dir diesen Privatdetektiv mal näher angesehen?», fragte Milagros und zog, was Fede nicht entging, den Bauch ein.

Natürlich hatte Fede nicht alles verlautbart, was Maria Dürr ihr am Telefon mitgeteilt hatte. Zum Beispiel die Tatsache, welch schwieriger Mensch Dürr gewesen sei, der die Regeln der Detektei oft missachtet habe. Er sei ein Voyeur gewesen, einer, der sich um Aufträge riss, in denen er Frauen bespitzeln durfte. Allein diese Aussage widersprach dem Bild, welches man sich gerade von ihm machte. «Salzgebers Auftrag an Dürr mag zwar eine Verfolgung rechtfertigen. Ich glaube aber, Dürr könnte eines andern Grundes wegen in Davos gewesen sein.»

«Ein Bauchgefühl?» Milagros krempelte die Blusenärmel um. Sie sah aus, als wäre sie zu allem bereit.

«Eine logische Überlegung.» Fede erhob sich, schritt zum Fenster, lehnte sich über den Sims und schaute hinaus. Der Bahnhof wurde bevölkert von an- und abreisenden Gästen. Unter ihnen befanden sich einige Musiker, die Fede an ihren seltsam geformten Gepäckstücken erkannte. Die letzte Jazzformation war noch unterwegs am Schwarzsee in Davos Laret. Das Konzert war mit einer Wanderung verbunden. Es gab Aufführungen im Heimatmuseum und auf der Schatzalp sowie eine Beach-Party im Hallenbad «Eau-là-là». Das Wetter hatte mit einer Ausnahme mitgemacht. War zu hoffen, dass es in der nächsten Woche anhielt. Wenn in den Bergen Dauerregen angesagt war, fielen die Temperaturen gleich in den Keller. Darauf wollte Fede verzichten.

Sie drehte sich zu Milagros um. «Wollen wir Marcello Dürrs Vita näher betrachten?»

«Man sollte Tote ruhen lassen», sagte Milagros mit ernster Miene.

Einen Moment glaubte Fede ihrer Überlegung.

«Scherz.» Milagros zog den Salontisch näher zum Pult heran und setzte sich darauf. «Los, machen wir vorwärts, bevor es

Maximilian einfallen sollte, uns in unserem Vorhaben zu stören.»

Hatte Milagros vor, sie gegen Max aufzuwiegeln? Fede schüttelte den Kopf und liess sich auf dem Stuhl nieder. In der Suchmaschine gab sie den Namen «Marcello Dürr» ein. Wie letzthin erschien gleich zuoberst seine Detektei. Er warb für ähnliche Angebote wie Max. Dazu kam der Hinweis auf Werkspionage «undercover». Möglicherweise hatte sich Dürr für solche heiklen Missionen verkleidet, war in passende Rollen geschlüpft. Fede tippte die Bildsuche an. Von Marcello Dürr existierten wenige Bilder, aber jene, die es gab, waren aussagekräftig. Auf dem Foto, das ihn im Zusammenhang mit seiner Detektei zeigte, sah er wie geschniegelt aus. Dunkler Anzug, Hemd, Gilet und Krawatte und darüber einen Mantel. Aufgenommen im Winter. Er glich Robert Downey junior, der den filmischen Sherlock Holmes verkörperte. Sogar der schmale Schnauz fehlte nicht. Ob Dürr sich absichtlich auf diese Art hatte präsentieren wollen, wusste Fede nicht. Vielleicht lag ihm die Kostümierung grundsätzlich. Ein weiteres Foto zeigte ihn als Hofnarr an einem Fasnachtsball, was Fedes Vermutung stützte. Sie fragte sich, wie er ausgesehen haben mochte, wenn er als normaler Mensch unterwegs gewesen war.

Er wäre im Dezember neunundvierzig Jahre alt geworden, geboren im Tierkreiszeichen des Schützen. Seine berufliche Laufbahn war unspektakulär. Nach der Ausbildung zum Comestibles-Verkäufer hatte er mehrere Jahre in einer Warenhauskette gearbeitet, sich dort zum Detektiv ausbilden lassen und sich vor acht Jahren selbstständig gemacht. Maria Dürr war die letzte von neun Mitarbeiterinnen, die er seit Beginn angestellt hatte. Maria war bislang am längsten bei ihm geblieben. Im Gegensatz zu Max' Homepage war auf Dürrs keine Auflistung der gelösten Fälle zu sehen. Er hatte, wie es schien, unter dem Radar gearbeitet. Daher war jede weitere Information über ihn eine Goldgrube. Doch Fede musste lang danach suchen. Sie scrollte nach unten, ging auf weitere Seiten, klickte Stellen an, die etwas über Dürrs Leben verrieten. Auf der zweitletzten Seite endlich ein Lichtblick. Eine unscheinbare Polizeinotiz weckte Fedes Aufmerksamkeit.

«Was ist das?», fragte Milagros, die Fedes Arbeit konzentriert beobachtet hatte.

Fede schob den Stuhl, auf dem sie sass, etwas zur Seite, damit Milagros näher rücken konnte. «Schau selbst.» Nicht die Informationen der Polizei stachen ihr ins Auge, vielmehr wie das Boulevardblatt diese ausgeschlachtet hatte.

«Er hatte eine Anzeige wegen Belästigung am Hals.»

«War er ein Stalker?» Milagros beugte sich über die Tastatur des Laptops. «Meine Augen sind nicht mehr das, was sie einmal waren. Sorry, meine Korrekturbrille liegt in meiner Suite.»

«Dort nützt sie wenig.»

«Ach, ich bin zu eitel für solche Gläser.»

«Du könntest Linsen tragen.»

«Meine Augen eignen sich nicht dazu.»

Fede fuhr mit dem Cursor auf den zweiten Abschnitt eines Textes. «Hier steht, eine junge Frau habe ihn angezeigt. Sabine R. Wenn wir herausfinden, wie Sabine mit Nachnamen heisst, könnten wir mit ihr Kontakt aufnehmen.»

«Heute ist Sonntag.»

«Die Angestellten der Boulevardzeitung arbeiten rund um die Uhr. Wenn wir es geschickt anstellen, sind wir schnell mit einem Redaktor oder einer Redaktorin verbunden. Stichwort ‹Davos› würde bereits genügen. Die warten doch alle darauf, dass noch mehr News an die Pressestellen gelangen. In den Monaten Juli und August müssen sie die Löcher füllen und sind froh um jede Mitteilung.»

«Wenn du meinst.» Milagros setzte sich wieder gerade hin. «Von welchem Jahr stammt der Eintrag?»

Fede suchte nach dem Datum, fand es im Impressum. «Vom siebenundzwanzigsten April 2016.» Sie durchforstete das Pult nach ihrem iPhone, erinnerte sich, dass sie erst noch Max' Nachricht gelesen hatte, erhob sich und ging ins Badezimmer. Sie hatte die Telefonnummer von einem der Mitarbeiter der Boulevardzeitung abgespeichert. Vor fünf Jahren hatte er sie über ihren Job bei der IT-Firma in Freienbach befragt. Ob er bei der Zeitung noch angestellt war, wusste Fede nicht. Sie wählte die Nummer. Es läutete. Niemand nahm ab. Als die Combox sich einschaltete, bat Fede, man möge sich bei ihr melden.

ZWANZIG

«Erzähl mir von Mike.» Max hatte Cheyenne zur Seite genommen. Seit zehn Minuten gehörte das diesjährige Davoser Jazzfestival im Hotel Grischa der Vergangenheit an.

«Warum interessiert er dich?»

«Unter uns gesagt, mir gefällt nicht, wie er mit Viktoria umgeht.»

Cheyenne bekam einen Lachanfall, was zu ihrer momentanen Gemütslage nicht passte. Während des Konzerts nach der Pause hatte sie einen griesgrämigen Eindruck gemacht. Aus irgendeinem Grund hatte sie nur Tee getrunken. Die Whiskys hatten gefehlt, was Cheyenne augenscheinlich in den Abgrund gerissen hatte. Ob sie dem Ende der Tage nachtrauerte, fand Max nicht heraus.

«Kannst du's mir erklären?»

Cheyenne fuhr sich mit beiden Händen über die Augen. Es war nicht sicher, ob sie Tränen des Dramas oder der Fröhlichkeit wegwischte. «Sie sind wie Hund und Katze, dann wieder wie Pech und Schwefel.»

«Ich habe den Eindruck, Mike mag Viktoria mehr als sie ihn.»

«Da liegst du richtig.»

«Hat sie einen Freund?»

«Wenn man ihr glauben soll, in jedem Land, das wir bisher besucht haben, einen.» Sie lächelte mit den Mundwinkeln nach unten. «Ob sie diese Affären oder Beziehungen heute noch pflegt, wissen die Götter.» Cheyenne sagte dies, ohne dass Max spürte, sie wäre ihrer Kollegin diese Freizügigkeit neidig. «Auch eine wie Viktoria unterliegt dem Gesetz des Altwerdens. Aber Viktoria ist sehr freiheitsliebend –»

«Ohne Privatleben», unterbrach Max sie.

«Wer sagt das?»

«Sie selbst.»

«Sie übertreibt gern. Das darf man nicht ernst nehmen. Sicher hat sie ein Privatleben. Sie ist die Einzige in der Band, die eine Wohnung besitzt, im Gegensatz zu den andern, die von Hotel zu Hotel ziehen und ansonsten bei Bekannten unterkommen.»

«Du auch?» Max konnte es sich nicht vorstellen.

«Ja, ich auch. Man gewöhnt sich daran. Ich lebe quasi aus zwei Koffern.»

Wahrscheinlich hatte Cheyenne in den letzten Jahren ihre Garderobe kaum ausgetauscht. Dies erklärte ihre zum Teil altmodische Bekleidung.

«Hast du nicht manchmal Sehnsucht nach einer Bleibe?», fragte Max.

«Sicher habe ich die, wie auch die Sehnsucht, von jemandem in die Arme genommen zu werden.»

«Hattest du nie eine Beziehung?»

«Dazu fehlten mir die Zeit und der richtige Mann. Wer will schon eine Frau, die überall und nirgends zu Hause ist. Wir sind Nomaden oder, besser ausgedrückt, Weltbürger. Wir ziehen rund um den Globus, bleiben nicht immer, wo es uns gefällt … na ja, meistens schon.» Sie machte eine nachhaltige Pause. «In ein paar Jahren werde ich hoffentlich auch zur Ruhe kommen. Dann werde ich mich irgendwo niederlassen, wo ich Schallplatten hören und mich an die gute alte Zeit zurückbesinnen kann. Sorry, ich bin vom Thema abgekommen. Was hast du mich gefragt?»

«Wie steht es um Mike?»

«Er kommt mir wie der ewig Unbefriedigte vor. Sicher hatte er auch Affären. Willige Frauen gibt es überall genug. Ich habe mir nie erklären können, weshalb sie so auf Musiker stehen. Vielleicht bewirkt die Musik einen Hormonschub.» Wieder lachte sie. Gekünstelt, wie Max fand.

«Ich denke», fuhr Cheyenne fort, «er wartet noch immer auf die grosse Liebe.»

«Und die sieht er in Viktoria?»

«Möglich.» Cheyenne gab sich bedeckt. «Warum meinst du?»

«So, wie er sie ansieht … so, wie sie streiten. Da steckt Leidenschaft dahinter.»

«Mensch, Max, was du nicht alles siehst. Musiker muss man verstehen. Es sind Künstler. Die ticken anders als das ‹normale› Volk. Sie sind sensibel, leidenschaftlich, du hast recht. Manchmal muss man sie mit Samthandschuhen anfassen, dann wiederum mit der Peitsche antreiben. Ja, sie brauchen jemanden, der ihnen den Mist fernhält. Mit Kleinigkeiten geben sie sich nicht ab. Sie haben ihre Bestimmung. Für die leben sie. Lass dich nie mit einem Künstler ein, du würdest das blaue Wunder erleben.»

Das erlebe ich auch mit Fede, ging Max durch den Kopf.

«Pete und Fränz», sagte er, «kann ich nicht richtig fassen.»

«Die Normalsten von meinen Jungs. Sie haben ihr Leben gelebt, etwas moderater als Jacky und Mike. Sie sind die Stillen unter ihnen. Sie haben nie gross von sich reden gemacht. Ich glaube, sie haben ihre Geheimnisse. Ich akzeptiere sie, genauso wie sie mich billigen. Mit ihnen gibt es selten Diskussionen. Fränz ist unser Komponist. Die meisten Stücke, die wir nicht fremd einkaufen, stammen von ihm. Ich konnte Lizenzen vergeben. Seine Kompositionen werden in Hollywood gespielt, einige sogar in Filmen.» Cheyenne sah auf ihre Armbanduhr. «Die Zeit rückt voran. Ich sollte meine Sachen packen, bevor es losgeht.»

Max hatte von diesem Gespräch mehr erwartet. Wie es schien, war das Ende der Jazztage ein Cut in Cheyennes Leben. Das Finale einer Geschichte, die sich nicht wiederholte, auch wenn die Aussicht auf eine Einladung für das nächste Jahr bestand. «Fährst *du* den Bus?»

«Ja, das ist mein Job. Meine Leute schlafen während der Fahrt. Heute muss ich fit sein. *No love, no drugs, no drinks.*» Sie verzog ihren Mund zu einem frechen Grinsen. «Rund acht Stunden Fahrzeit liegen vor mir. Durch den San Bernardino Richtung Chiasso, über die Grenze und auf der Autobahn bis Florenz, dann über Land nach San Gimignano. Dort, wo wir logieren, gibt es einen Swimmingpool. Auf den freue ich mich.»

***

Der Journalist liess nicht lange auf sich warten. Fede hatte recht gehabt mit ihrer Einschätzung: Der Mann war neugierig. Er hiess Carlo Tettamanti und war hauptsächlich im Italienisch sprechenden Teil der Schweiz unterwegs. Warum er sich damals mit Sabine R. auseinandergesetzt hatte, war für Fede nicht relevant. Wichtig für sie war, den Nachnamen zu erfahren und wo sich die Frau aufhielt. Doch einer ausführlichen Mitteilung war sie nicht abgeneigt. Sie stellte sich vor und beschrieb ihr Anliegen.

«Das ist fünf Jahre her», sagte Tettamanti, nachdem er seiner Enttäuschung Luft gemacht hatte. Er hatte wohl etwas anderes erwartet.

«Existieren keine Unterlagen aus dieser Zeit?»

«Doch, sie sind archiviert. Aber das würde Tage dauern, bis ich alles durchgesehen habe.»

«Archiviert? Im Keller oder so? Das ist ein Witz, oder?» Fede blies Luft aus. «Ich verlange von Ihnen lediglich die Hintergründe über den Artikel vom siebenundzwanzigsten April 2016. Es ging darum, dass Sabine R. den Detektiv Marcello Dürr angezeigt hatte. Leider steht dort nichts über den Grund.»

«Marcello Dürr … ja, sagt mir etwas. Er ist Detektiv?»

«Er *war* Detektiv. Er wurde umgebracht.»

«Der Fall in Davos.» Langsam erwachte Tettamanti. «Ich habe nicht über diesen Fall geschrieben. Aber ich erinnere mich.»

«Ist ja auch nicht lange her.» Fede verlor allmählich die Geduld. «Wann kann ich mit dem Bericht rechnen?»

«Warten Sie mal. Ich glaube, mein Kollege hat bereits Informationen über Dürr herausgesucht.»

«Also hatte er Leichen im Keller.»

«Wie gesagt, dies gehört nicht in mein Ressort.»

Fede tigerte im Zimmer herum. Milagros war gegangen und Max noch nicht zurückgekehrt. Durch das iPhone hörte sie es rascheln, entfernt Stimmen. Es dauerte gefühlte hundert Minuten, bis Tettamanti sich wieder meldete.

«Ich habe da etwas.» Er liess weitere Sekunden verstreichen. «Sabine R. heisst mit Nachnamen Rigassi. Die Anzeige gegen Dürr erfolgte wegen kontinuierlichen Stalkens. Die Polizei konnte leider nichts gegen ihn unternehmen. Gemäss Staatsanwaltschaft hatte das Delikt zu wenig Gewicht. Er hätte sie wahrscheinlich zum Krüppel schlagen müssen, um ihn einbuchten zu können.»

Das war schon mal ein interessanter Ansatz. «Haben Sie mit Sabine Rigassi gesprochen?»

«Allmählich dämmert es bei mir. Ich erinnere mich an eine Frau, die mit den Nerven völlig fertig war. Sie zeigte mir Briefe von diesem Dürr und alle die Dinge, die er ihr geschickt hatte. Strapse waren das Harmloseste, was sie von ihm bekam.»

«Haben Sie mit Dürr Kontakt aufgenommen?»

«Mir waren damals die Hände gebunden … wegen des laufenden Verfahrens. Aber ich recherchierte natürlich durch die Hintertür und erfuhr, dass seine Angestellten, alles junge Frauen zwischen zwanzig und dreissig, es bei ihm nie länger als ein paar Monate ausgehalten hatten. Auch sie wurden von ihm belästigt. Laut Aussagen zweier Betroffener war Dürr auch in der Promiszene kein Unbekannter. Ich fand eine junge Autorin, bei der er jedoch vergebens versucht hatte, sie zu plagen.» Tettamanti machte eine Pause. «Er war ein krankes Schwein …»

Fede war beruhigt, dass eine Ergänzung am Satzende ausblieb. Solche Typen wie Dürr beschworen auch nach deren Tod kein Mitleid herauf, sofern sie zu Lebzeiten so fies gewesen waren, wie Tettamanti gerade geschildert hatte. Fede wollte sich dennoch erst ein Urteil bilden, wenn die Beweise vorlagen. «Teilen Sie mir die Adresse von Sabine Rigassi mit?»

«So einfach ist das nicht.»

«Hören Sie, das weiss ich. Aber ich bin Privatdetektivin, wie anfangs erwähnt. Ich brauche Ihre Hilfe.»

«Was schaut dabei für mich heraus?»

Fede blieb kurz der Atem weg. Warum wurde immer eine Gegenleistung verlangt? Warum vermochte man nicht ein einziges Mal, unvoreingenommen jemanden zu unterstützen? Es nervte sie. «Falls meine Ermittlungen positiv ausfallen und sich die Puzzleteile zusammenfügen, werden Sie der Erste sein, den ich benachrichtige.» Das klang zwar plump und unüberlegt, doch Tettamanti ging darauf ein. Er verriet ihr Sabine Rigassis Adresse. «Damals zog sie wieder zu ihren Eltern», sagte er.

Fede notierte die Adresse auf einem Papierschnipsel, den sie von einem Prospekt abgerissen hatte.

Fünf Minuten später hatte sie bereits Pino Rigassi am Telefon.

«Guten Tag, bitte entschuldigen Sie die Störung. Mein Name ist Federica Hardegger. Ich bin Privatdetektivin und würde gern mit Ihrer Tochter Sabine sprechen.»

«Es ist Sonntag.»

«Ja, der Tag des Herrn.» Fede hätte sich für diese Bemerkung ohrfeigen können. Doch der Satz zeigte Wirkung.

«Was wollen Sie von Sabine?»

«Sie wurde vor fünf Jahren gestalkt, ist das richtig?»

«Sie sind an der falschen Adresse.»

«Warten Sie, bitte legen Sie nicht auf. Es geht um einen ähnlichen Vorfall. Wenn wir die beiden Ereignisse vergleichen könnten, hätte Ihre Tochter eine Chance, den Fall neu aufzurollen.» Hätte Fede sich in diesem Moment in einem Spiegel betrachtet, sie hätte wahrscheinlich ein rotes Gesicht gesehen. Zudem spekulierte sie. Sie wusste bislang nicht, ob es Verbindungen zu Davos gab.

«Es war nie wirklich ein Fall», sagte Rigassi barsch. «Ich frage mich, warum wir Gesetze haben, die dann nicht zum Zug kommen … Sabine steht gleich neben mir. Sie können mit ihr sprechen.» Es klang, als hätte der Vater seiner Tochter die Absolution erteilt.

Fede hörte es kratzen und schleifen.

«Hallo.» Eine Stimme ohne Resonanz. «Sabine am Apparat.»

Fede wiederholte, was sie Rigassi gesagt hatte. «Können Sie sprechen?», endete sie mit der Frage.

«Ja, ich … kann in mein Zimmer gehen.»

Fede vernahm wieder ein schleifendes Geräusch, dann eine Tür, wie sie ins Schloss fiel.

«Was wollen Sie von mir?»

«Vor fünf Jahren hat ein Mann mit Namen Marcello Dürr Sie belästigt.»

Schweigen auf der anderen Seite der Leitung. Fede hörte bloss ein hektisches Atmen.

«Sind Sie noch dran?»

«Entschuldigung … das ist lange her. Bin gerade etwas sprachlos. Woher kennen Sie den Namen, und wie bringen Sie diesen in Zusammenhang mit mir?»

«Ein Zeitungsartikel aus dieser Zeit. Dieser Dürr ist jetzt tot.»

Wieder Schweigen. Dann zaghaft: «Ich verstehe Ihren Anruf trotzdem nicht.»

Immerhin schien Sabine Rigassi über allem, was ihr damals angetan worden war, zu stehen. «Ich will alte Narben nicht aufreissen», sagte Fede vorsichtig.

«Tun Sie nicht. Und Ihre Nachricht lässt mich völlig kalt. Wenn Sie das Gegenteil glaubten, tut es mir leid.»

Fede stiess unbemerkt Luft aus. Sie war keine Psychologin, hatte wenig Ahnung, wie sie Sabine Rigassi dazu bringen würde, über die Belästigung zu sprechen. Sie wollte sich ein Bild von Dürr machen. Lerne das Opfer kennen, finde den Täter. *Hat er sich Ihnen angenähert?* Nein, das war die falsche Frage. «Wie hat es begonnen?»

«Hören Sie, ich erinnere mich nicht.»

«Gab es etwas, das ihn angemacht haben könnte?»

«Ich kann es mir nicht erklären, aber …»

«Aber?»

«Aber?» Lange kam nichts. «Ich führe wieder ein normales Leben wie vorher, bevor Dürr begann, mich zu terrorisieren. Seine psychischen Angriffe fühlten sich wie Nadeln an. Jeden Tag ein bisschen mehr. Jetzt ist es vorbei. Ich habe gelernt, mich zu wehren.»

Fede ahnte, Sabine würde sich in ihr Schneckenhaus zurückziehen, sollten die Fragen zu penetrant werden. «Wo haben Sie ihn kennengelernt?»

Sabine Rigassi zögerte. «Wir haben uns an einer Ausstellung zum ersten Mal gesehen. Ich bin Künstlerin und durfte in Flims Waldhaus meine Aquarelle und Acrylbilder präsentieren. Der erste Brief erreichte mich nach der Vernissage. Er schrieb darin, wie er mich vergöttere ...»

«Er sah Sie als seine Göttin?»

«Mehr möchte ich nicht dazu sagen», sagte Sabine Rigassi mit Nachdruck.

Fede bedankte und verabschiedete sich. Mehr brauchte es nicht. Da Max nach wie vor nicht zurück war, wählte Fede erneut eine Nummer. Diesmal diejenige von Maria Dürr.

Nach zweimal Klingeln nahm sie ab und freute sich offenbar, Fedes Stimme zu hören. «Die Polizei hat mich vor einer halben Stunde verlassen», sagte sie hektisch, als hätte sie darauf gewartet, diesen Satz loswerden zu können.

«Und hat alles mitgenommen?» Fede fuhr es in alle Knochen.

«Fast ... ja, ein paar Bilder an den Wänden sind als einzige übrig geblieben. Aber Ordner, alte Dokumente, Fotos und so weiter wurden abtransportiert.»

«Und das an einem Sonntag?»

«Ohne Rücksicht auf meine Trauer. Wir haben gut drei Jahre miteinander gearbeitet. Wenn er unterwegs war, erledigte ich für ihn die Buchhaltung, nahm Anrufe entgegen oder vor Ort neue Aufträge.»

«Hat er Sie belästigt?»

«Wie meinen Sie das?»

«Berührt, gemobbt, misshandelt? Hat er Ihnen Avancen gemacht?»

Maria Dürr lachte. «Sie haben wahrlich eine blühende Phantasie. Nein, nichts von allem. Ich bin zehn Jahre älter als er. Ich passe nicht in sein Beuteschema.»

Fede war enttäuscht. Wie es schien, war die Polizei ihnen jetzt einen Schritt voraus. War zu erwarten gewesen. Es brachte nichts, nach Flims zu fahren, um eine Akteneinsicht vorzunehmen. Einerseits war Fede froh, dass sie ihre Zeit anders nutzen konnte. Andererseits regte sie sich gerade sehr auf. «Gibt es wirklich nichts, das mir weiterhelfen könnte?»

«Ausser diese Bilder an der Wand», wiederholte Maria Dürr.

«Um welche Art von Bildern handelt es sich?»

«Frauenbilder. Marcello verehrte Frauen, die für ihn unerreichbar waren.»

«Könnten Sie diese Bilder einzeln fotografieren und mir per WhatsApp übermitteln?»

«Sie haben Wünsche. Ich kann sie gern von der Wand nehmen und sie Ihnen zuschicken.»

«Nein, fotografieren reicht völlig. Sind es viele?»

«Etwa ein Dutzend.»

***

Sie fühlte sich wie ein Huhn im Korb. Umringt von drei Hähnen. Solea hatte keine Ahnung, ob sie sich gegenseitig bekämpften und um ihre Gunst buhlten. Nie hätte sie gedacht, einmal so im Mittelpunkt zu stehen, wie sie das gerade tat. Nichts an ihr war schön, ihre Ausstrahlung hatte in den letzten zwei Jahren gelitten. Sie kam sich vor wie androgyn. Weder Frau noch Mann. Weder Fisch noch Vogel. Das Einzige, was sie spürte, waren die bohrenden Blicke auf ihr.

Dave war nach wie vor um sie besorgt. Er nahm seinen Job sehr ernst. Ob es an der Aussicht auf ein fettes Honorar lag, vermochte sie nicht mit Bestimmtheit zu sagen. Die Begegnung mit Valentin hakte er wahrscheinlich als Erfahrung ab. Eine Szene konnte er sich nicht erlauben, weil er sonst um seinen Leumund fürchten musste. Er sass jedoch neben ihr, am selben Tisch wie Valentin und Jack.

Soleas Gefühle für Valentin waren ambivalent. Sie hatte zu viel zerbrochen. Es waren ihre eigenen Scherben, die vor ihr lagen. Sie müsste sich selbst wiederfinden, Vergangenes entsorgen, bevor sie eine neue Beziehung mit ihrem Mann einging.

Und Jack? Er war der erste Mann, der in ihr ein Chaos der Gefühle entfacht hatte. Ausgerechnet er, der sie wie Abschaum behandelt hatte, bat sie darum, ihm zu verzeihen. Wie es schien, war er über seinen Schatten gesprungen und hatte sich gegen seine Mentorin durchgesetzt. Als wollte er sich etwas zurückerobern, was nie etwas für ihn bedeutet hatte.

Der biologische Vater ihres Kindes, ihr Ehemann und der Liebhaber – Solea gefiel diese Idee. Obwohl sie Dave bloss geküsst hatte, würde vielleicht mehr daraus, wenn sie es wollte.

Sie musste sich von diesen konfusen Gedanken lösen. Sie war ein Wrack, ein zerstörtes Rudiment eines einst glanzvollen Ganzen. Niemand würde sie je wieder wollen.

In diesem Hotel war ein Mord geschehen. Dies hatte eine Bedeutung. Man munkelte, ein Hotelier, der sich in Insolvenz befand, sei der Täter. Aufatmen wollte Solea trotzdem nicht. Vielleicht sass der Mörder an ihrem Tisch. Das Böse war durchwegs in der Lage, sich zu transformieren, sich ein lächelndes Gesicht zu eigen zu machen. Das Schaudern blieb aus. Was hatte Hannahs Verlust letztendlich mit ihr gemacht? Wo waren ihre Tränen geblieben? Sie hatte sie ausgewrungen, ohne wirklich geweint zu haben. Auch nach zwei Jahren hatte sich die Blockade nicht gelöst. Sich selbst zu zerstören war ein lebendiges Gefühl, das Einzige, was sie ans Leben erinnerte.

«Solea?» Valentin holte sie sanft in die Gegenwart zurück, während Dave und Jack sich über Pferdestärken unterhielten. «In welcher Welt befindest du dich?»

Dieser warme Blick. Diese Liebe, die daraus strömte, als wäre es ein immerwährender Fluss aus einem Tal von Tränen. Denn auch Valentin musste gelitten haben. Kein Verlust ging spurlos vorüber. Nicht dieser.

«Ich träume.» Die Wahrheit hätte er nicht ertragen. Sie war noch nicht bereit für ihn. Der Tod beherrschte sie zu sehr. An den Tod zu denken fühlte sich wie ein Kitzel an. Der Tote im Hotel wie ein elektrischer Stoss in ihrem Kopf. Sie hätte es sich selbst zugetraut, jemanden zu töten, um die Wucht von Hannahs Unfall zurückzuholen. Diese zersetzenden Wahrnehmungen im Augenblick des Sterbens. Bilder, die sich ihr eingebrannt hatten und mit der Zeit zu verschwinden drohten. Manchmal lechzte sie nach einer Wiederholung. Noch einmal den Moment zu erleben und was er in ihr angerichtet hatte. Manchmal waren diese Gedanken da, die sie hinuntersogen, wie eine Spirale in die Hölle. Und sie sah sich einen Körper töten, ein Gesicht, die Augen.

Sie würde in der Vollendung der Tat endlich loslassen und ihr Kind endgültig gehen lassen können.

***

Sie hatten beschlossen, einen Snack an der Bar einzunehmen. Aus unerfindlichen Gründen liess sich Cheyenne mit dem Auschecken Zeit. Max wurde nicht klug aus dieser Frau. Ihre Laune veränderte sich wie das Chamäleon seine Farben. Sie hatte sich umgezogen, trug jetzt einen schwarzen Rock in Netzoptik, dazu eine Bluse in einer düsteren Farbe, die Max nicht zu benennen vermochte. Er dachte an Schlamm. Sie sah zum Schreien komisch aus.

Die Leute, die sich in der Bar aufhielten, brummten wie ein Mückenschwarm. Um die Tische schwirrte das Servicepersonal, trug Tabletts mit Getränken und Teller mit Speisen, räumte leeres Geschirr ab. Eine klassische Hintergrundmusik bewies, dass es nebst Jazz andere Stilrichtungen gab und ein wenig Normalität ins Hotel Grischa eingekehrt war.

Das Licht war gedämpft. Die Sonnenstrahlen erreichten die Räume hier längst nicht mehr. Die Helligkeit von draussen brach vor den Fenstern, als hielte eine unsichtbare Hand sie zurück. Es war nicht diese Diskrepanz zwischen dem Sommer draussen und dem alpin-winterlichen Ambiente drinnen, was Max' Empfinden störte. Das Einzige, was die Harmonie beeinträchtigte, war Cheyenne mit ihrer merkwürdigen Ausstrahlung. Ihre rot flammenden Haare trug sie offen, obwohl sie die Festigkeit der Jugend längst verloren hatten. Beidseitig der Stirn hatten sie sich gelichtet.

«Was schaust du mich so an?» Cheyenne griff nach dem Glas mit heissem Wasser, Zitrone und Ingwer. Ihr neutralisierendes Getränk nach einem Überkonsum Alkohol, wie sie hatte verlauten lassen. Augenscheinlich versuchte sie stets, zwischen ihren ausufernden Extremen und dem Normalen eine Balance zu schaffen.

Die Antwort blieb Max ihr schuldig.

Unter dem Eingang zur Bar erschien Fede. Sie trug ihr iPhone vor sich und verdeutlichte mit dessen Anblick die Wichtigkeit ihres Auftritts. «Max, das musst du dir ansehen.» Sie grüsste Cheyenne beiläufig, als sässe diese nicht am selben Tisch, und schwang sich auf den freien Stuhl.

«Maria Dürr hat mir Bilder geschickt, die als einzige nach der Polizeirazzia in der Detektei zurückgeblieben sind. Sie hingen an der Wand, mit Stecknadeln angebracht.»

Max räusperte sich. Es war ihm nicht recht, dass Cheyenne Zeuge ihres Gesprächs wurde.

Fede merkte es. «Sie soll ruhig zuhören. Letztlich könnte es auch sie angehen.» Sie legte das iPhone vor Max' Nase. «Schau, die hier», sie zeigte auf das erste Bild, «ist Sabine Rigassi. Sie wurde von Dürr gestalkt.» Fede scrollte nach unten. «Die kennst du bestimmt auch. Sie ist eine bekannte Autorin, ebenfalls ein Opfer von Dürrs Begierde.»

Max wurde mit einer Abfolge von mehr als zwölf Frauenporträts überflutet. «Was willst du mir damit sagen? Dass Dürr eine Art Ahnengalerie erstellt hat?» Doch dann stutzte er. «Scroll zurück zum zweitletzten Bild.»

Die schlanke Gestalt, das ausdrucksstarke Gesicht, die schwarzen schräg gestellten Augen, der markant geformte Mund. «Viktoria!»

Cheyenne erhob sich behände, kam um den Tisch herum. «Was ist mit ihr?»

«Wusstest du, dass sie von Marcello Dürr gestalkt wurde?», fragte Fede.

«Nein, das ist mir neu. Ich ... weiss viel über meine Band. Es gibt aber Dinge, die bleiben auch vor mir verborgen. Viktoria wurde gestalkt? Das kann ich mir nicht vorstellen. Und was beweisen diese Bilder schon?»

«Weisst du, worum es geht?», fragte Fede giftig.

«Ich bin nicht blöd.» Cheyenne wirbelte herum. «Viktoria ist sechsundsechzig. In diesem Alter belästigt zu werden, scheint mir an den Haaren herbeigezogen.»

«Es muss nicht zwangsläufig eine sexuelle Absicht dahinterstecken», gab Max zu bedenken.

«Aha.» Cheyenne lief rot an. «Du glaubst, Frauen in meinem Alter sind zu asexuellen Wesen verdammt?»

«Habe ich etwas Falsches gesagt?» Max sah Fede an, die bloss mit den Achseln zuckte.

«Vergiss es!» Cheyenne schleuderte ihre Haare nach hinten. «Lassen wir Viktoria dazu Stellung nehmen. Ich werde nach ihr sehen.» Sie verliess die Bar.

«Ich habe keinen Durchblick mehr.» Max versuchte, klare Verbindungen zwischen Dürr, dem festgenommenen Grossmann und Viktoria herzustellen. «Dürr hatte den Auftrag, Grossmann auszuspionieren. Den wirklichen Grund kennen wir nicht. Gemäss Milagros war Grossmann wegen der Jazztage in Davos. Er wäre kaum im Hotel Grischa gewesen, hätte er Dürr auf dem Gewissen. Die Polizei sieht das anders. Sie verliess sich anscheinend auf das Video von Reto Pitschen. Er hat mich dahingehend informiert, dass er den Film habe aushändigen müssen. Man habe ihn beim Filmen gesehen, und er sei verpfiffen worden. Heute geht nichts am Auge eines Denunzianten vorbei.»

«Das Video allein kann kaum Beweis sein», bemerkte Fede. «Pitschen hatte Grossmann in Verdacht, er habe etwas mit dem Giftanschlag auf Billy Horse zu tun, der aber Gott sei Dank keiner war.»

«Es fehlte an der Richtigstellung. Aber da sind die Medien nie so schnell, wie wenn es darum geht, Schreckensnachrichten zu verbreiten.»

«Glaubst du, es war kein Zufall, dass man Dürr im Appartement 315 fand?»

«Das heisst, du verdächtigst jemanden von den Buchanan Five?»

«Das habe ich nicht gesagt. Es war ein lautes Denken. Sollte aber Viktoria etwas mit Dürr zu tun haben, müssten wir uns die Musiker eingehender anschauen.»

Die Kellnerin stand eine Zeit lang neben dem Tisch. Fede bemerkte sie erst jetzt, was Max ein Lächeln entlockte. Wenn Fede sich echauffierte, vergass sie alles um sich herum. «Möchten Sie etwas bestellen?»

«Das kann länger dauern, oder?» Fede wandte sich an Max. «Cheyenne und ich haben ein Club-Sandwich bestellt.»

«Okay, so eines nehme ich auch. Bitte ohne Zwiebeln. Und dazu hätte ich gern einen gespritzten Weissen.» Sie richtete ihre Aufmerksamkeit auf Max. «Angenommen, Dürr lauerte Viktoria auf und erwischt sie, könnte sie sich gewehrt haben.»

«Mit einem Gegenstand, der ihr dann gerade in die Hand gefallen war?»

«Sie schlägt ihn nieder, schlägt zu fest ... dumm gelaufen.»

«Und versteckt ihn im Appartement 315.» Max konnte Fedes Gedanken nicht folgen.

Fede sah neben ihm vorbei zum Eingang der Bar. «Wir können sie direkt fragen.»

Viktoria erschien in einem Sommerkleid, was Max den Atem raubte. Eierschalenfarbig, knielang und mit braunen Rosen darauf. Die Lady hatte Klasse, unbestritten. «Ihr wollt mich sprechen?»

Wie es tönte, hatte Cheyenne sie nicht eingeweiht. Blieb also alles an Max und Fede hängen. War es möglich, dass Cheyenne einen grösseren Respekt gegenüber Viktoria hatte, als bislang bekannt war?

«Setz dich.» Max bot ihr den Stuhl neben seinem an. «Möchtest du etwas essen?»

«Später vielleicht.» Viktoria setzte sich.

«Danke, dass du Zeit hast für uns», sagte Max.

«Ich habe den Koffer bereits gepackt. Ich darf das Zimmer behalten, bis wir abreisen. Wie lange ich Zeit habe, hängt von Cheyenne ab.» Sie warf ihrer Managerin einen Blick zu, aus dem Max nicht zu lesen vermochte, ob es ein freundlicher oder ein zynischer war. Ob zwischen den Frauen eine Art Hassliebe bestand, war nicht herauszuspüren. «Worum geht's?»

«Sagt dir der Name Marcello Dürr etwas?», fragte Max.

«Das ist der Name des Toten. In der Zeitung schreiben sie zwar nur von Marcello D. Aber wenn man im gleichen Hotel wohnt, in dem er ermordet wurde, bleiben Namen nicht lange geheim. Und Marcello ist in unseren Breitengraden ein unüblicher Name.»

«Er hätte ein Feriengast aus Italien sein können», warf Cheyenne ein.

«Er war *kein* Gast des Hotels Grischa», stellte Fede klar. «Kanntest du Dürr von irgendwoher?» Sie lauerte geradezu auf Viktorias Antwort.

«Ehrlich gesagt, nein.» Viktoria strich sich mit ihren schmalen Händen über das Rockteil des Kleides. Sie trug einen breiten Gürtel auf Taillenhöhe, der ihre schlanke Figur betonte. «Müsste ich ihn gekannt haben?»

Max präsentierte ihr das Porträt auf Fedes iPhone. «Dein Bild hing zusammen mit einem Dutzend anderer Frauenbilder in Dürrs Detektei. Kann es sein, dass du einmal seine Dienste in Anspruch genommen hast?»

«Nein.» Zwischen Viktorias Augen entstand eine scharfe Falte. «Warum wollt ihr mich mit diesem Mann in Verbindung bringen?»

Max sah ihr an, dass sie nicht die ganze Wahrheit sagte. «Wurdest du schon einmal gestalkt?»

Sie lachte nervös. «Eine solche Erfahrung macht wohl jede Frau im Showbiz. Mindestens einmal im Leben läuft dir eine solch kranke Kreatur über den Weg; wenn man bekannt ist», ergänzte sie.

«Wann war das?» Max gab sich mit ihrer Antwort nicht zufrieden.

«Wann war was?» Sie wollte offensichtlich Zeit gewinnen.

Fede wiederholte Max' Frage mit Nachdruck. Er befürchtete, sie könnte Viktoria gegenüber aggressiv werden, und versuchte zu beschwichtigen.

«Es wäre schön, wenn du dich erinnern könntest.»

«Wohinaus läuft das?» Wieder fuhr Viktoria über ihr Kleid, als wollte sie unsichtbare Falten entfernen.

Eine gefühlte Ewigkeit verstrich, in der niemand mehr etwas sagte.

Die Kellnerin war es, die das Schweigen brach. Sie kam mit den Getränken und den bestellten Sandwiches an den Tisch. Sie bemerkte Viktoria und fragte nach ihrem Bestellwunsch.

«Ein Glas Rotwein. Kann man hier rauchen?»

«Draussen vor dem Hotel oder in unserem Fumoir.»

Max fragte sich, wie Viktoria es schaffte, bei diesem Konsum an «Sargnägeln» so fit zu sein.

«Danke. Welchen Wein im Offenausschank können Sie mir empfehlen?»

«Den Zizerser Pinot Noir, den Confidencial Reserva, den Ripasso oder den El Bicho Raro.»

«Der Zweite … woher kommt er?»

«Aus Portugal, aus der Casa Santos Lima. Der ist gut.»

«Und weshalb?»

«Weil ich ihn selbst gern trinke.»

«Eine Frau, ein Wort.» Viktorias Zähne leuchteten wie Perlmutt, als sie lachte. «Den nehme ich.»

«Einen Zweier?»

«Für den Anfang reicht ein Deziliter.»

Max ergriff das Wort, als die Kellnerin sich vom Tisch entfernte. «Wann wurdest du zum letzten Mal gestalkt?»

«Du gehst davon aus, dass ich mehrmals von einem Spinner belästigt wurde?» Viktoria reckte ihren Hals. «Ein Typ schickte mir Blumen. Ich dachte mir nichts dabei. Ich bekomme regelmässig von meinen Fans Geschenke: Seidenschals, Seifen, Wein oder die Zigarettenmarke, die ich rauche. Blumen sind oft dabei. Und manchmal seitenlange Briefe. Um sie zu lesen, hatte und habe ich keine Zeit.»

Max konnte es nicht nachvollziehen. Man war doch neugierig, wollte wissen, wer einem schmeichelte. War Viktoria dermassen abgebrüht, dass es sie nicht mehr interessierte? Das würde an Arroganz grenzen, aber so schätzte Max sie nicht ein.

«Gab es einen Absender?», fragte Fede.

«Ich achtete mich nicht. Das erledigt in der Regel», Viktoria sah zu Cheyenne hinüber, die eine Salatgurke aus dem Club-Sandwich fischte, «unsere Managerin.»

«Ist das wahr?» Fede legte ihr belegtes Brot auf den Teller zurück. «Du fängst die Geschenke ab und bedankst dich womöglich bei den Fans?»

«Wir bedanken uns längst nicht mehr», sagte Cheyenne knapp.

«Dann hattest *du* mit Viktorias Stalker zu tun», stellte Fede sachlich fest.

«Ehrlich gesagt, werfe ich alle Geschenke in eine Box», wich Cheyenne aus. «Je nach Bedarf können sich meine Leute davon bedienen. So haben alle etwas davon.»

«Und die Briefe?»

«Diese lese ich in der Regel nach dem Zufallsprinzip.»

Max fing von Fede einen skeptischen Blick ein. Wahrscheinlich dachte sie dasselbe wie er. Hier wurde etwas vertuscht. Gut möglich, dass Cheyenne und Viktoria einander abgesprochen hatten, was sie zu erzählen gedachten oder was besser im stillen Kämmerlein bleiben musste. Vierzig Jahre, in denen die Buchanan Five gemeinsam auftraten, war eine lange Zeit. Sie hatten sich zu einem eingeschworenen Team entwickelt, eine Wand aufgebaut, welche sie vor den Widrigkeiten vom Rest der Welt abschirmte. Zwist im eigenen Umfeld war wie ein Kammerspiel. War der Damm durchlässig geworden? Gansner hatte verlautbart, die Band habe sich seit ihren letzten Konzerten in Davos verändert. Vielleicht kriselte es in ihrem Kern. Die internen Probleme zurückzuhalten, war ein Ding der Unmöglichkeit geworden. Aber wie würde es Max gelingen, diese angerissene Mauer ganz zu durchdringen?

Eine Weile herrschte wieder Schweigen. Jeder der hier Anwesenden war mit sich selbst und dem Club-Sandwich beschäftigt. Viktoria hatte den Tisch verlassen, um auf der Terrasse eine Zigarette zu rauchen. Max hätte darauf seine Mutter verwettet, hätte Viktoria es länger als eine Viertelstunde ohne Nikotin ausgehalten.

«Was wird hier gespielt?», fragte Max, als er sicher war, Cheyenne hätte ihren Hunger endlich gestillt.

Prompt kam die Antwort in Form einer Gegenfrage. «Wie soll ich das wissen?»

«Kann es sein, dass *du* Marcello Dürr kanntest?»

Cheyenne schnaubte. «Es ist bedenklich, wie schnell man in

etwas hineingezogen wird, das einen bloss am Rand tangiert. Mich interessiert, ob die Polizei sich genauso unbeholfen anstellt wie du, Max. Sie wird den Fall lösen. Es wird sich herausstellen, dass du auf dem Holzweg bist.»

«Du tust ihm unrecht.» Fede bezog offensichtlich Stellung. «Die Idee stammt von mir. Das Bild in Dürrs Büro hat mich erst auf Viktoria gebracht. Wir verfolgen eine Chronologie, und diese endet nun mal bei den Buchanan Five.»

«Da will uns augenscheinlich jemand etwas anhängen. Nehmt doch mal die jungen Wilden ins Visier. Die lauern geradezu, um uns vom Podest zu fegen.» Aus Cheyennes Stimme klang Verbitterung. «Lasst uns einfach in Ruhe.» Sie war im Begriff, sich zu erheben.

Max hielt sie zurück. Seine rechte Hand legte sich auf ihren linken Arm. Er spürte, wie sie sich entspannte. «Darum geht es doch. Falls es keine Verbindung gibt zu diesem Mord, liegt es an Fede und mir, dich und deine Band zu rehabilitieren. Es ist bereits zu viel Glas zerbrochen. Der Verdacht ist allgegenwärtig. Lass uns euch helfen.»

In Cheyennes Augen glitzerten Tränen. Sie fuhr darüber und verwischte das schwarze Kajal. Sie sah aus wie ein trauriger Clown. «Gut, ja, das bin ich meiner Band schuldig.»

EINUNDZWANZIG

Solea hatte es nicht gewagt, ohne Rollstuhl ins Foyer zu gehen. Sie hatte sich mit Valentin verabredet. Obwohl er gewünscht hatte, in ihrer Suite zu übernachten, war sie dagegen gewesen. Sie musste alles langsam angehen, wie auch das selbstständig Gehen. Immerhin schaffte sie es, vom Bett zum Badezimmer und von dort ins Wohnzimmer und auf den Balkon ohne fremde Hilfe.

In ihrem Innern tobte ein Sturm. Mehr noch ein Kampf zwischen den zerstörenden Bildern aus der Vergangenheit und den freundlicheren Aussichten in die Zukunft. Mit Valentins Erscheinen hatten sich die Schatten ein wenig verflüchtigt. Hatte sie Anrecht auf ein bisschen Glück? Wenn sie es zuliess, würde ihre Trauer um Hannah an Bedeutung verlieren.

Während sie darüber nachdachte, welcher Macht sie den Vorrang geben durfte, entdeckte sie Valentin. Er kam über die Treppe, und es war, als spulte ein Film rückwärts. Zurück nach Chur vor elf Jahren. Damals war alles heller gewesen, der endlose Sommer, der flammende Herbst und der glitzernde Winter. All das Schöne würde nie mehr wiederkehren.

Valentin hatte sich in Schale geworfen. Schon früher war es eine Seltenheit gewesen. Er war der Handwerker, der die herausgeputzten Schickimicki-Typen belächelt hatte, ganz zu Soleas Leidwesen, die sich gern chic anzog. Es war nicht wichtig gewesen. Wenn sie ihn jetzt sah, wurde ihr warm ums Herz. Er hatte sich ihretwegen Mühe gegeben.

Im Rollstuhl fühlte sie sich ihm unterlegen. Zwei, drei Kilogramm mehr auf der Waage und sie würde es sich zutrauen, neben ihrem Mann zu gehen. Seite an Seite als das Paar, das sie einst gewesen waren. Mit der Krönung der Liebe, einer falschen Krone letztlich. Hannah. Sie war das Kuckuckskind gewesen, aufgezogen von Valentin, dem Solea die Wahrheit verheimlicht hatte. Sie hätte die Wahrheit früher sagen müssen. Sie wäre es ihm schuldig gewesen.

Hannahs Tod war Strafe.

«Hallo, Liebes.» Valentin küsste sie auf die Wangen.

Solea roch sein Aftershave. Er hatte noch immer die gleiche Marke. Sie brauchte bloss ihre Augen zu schliessen, und die Wiese voller Sommerblumen breitete sich vor ihr aus. Hannah auf dem Rasen, inmitten dieser Sonnenwirbel. Valentin, der sie zärtlich kitzelte. Wie sie lachte und kreischte und nie genug bekam.

«Dave ist abgereist.» Solea unterdrückte den Impuls, Valentin zu umarmen. Sie stiess die Gefühle für ihn von sich. Wenn sie sie zuliess, würden sie sie wieder hinunterziehen. Eine unsentimentale Information würde der Bildgewalt Einhalt gebieten.

«Ich habe ihn, bevor er ging, gesehen. Ich hoffe, es macht dir nichts aus.»

«Du bist jetzt da.» Es hätte ein Anfang sein können. Solea seufzte. Davos, da, wo alles geendet hatte. Vielleicht würde es einen Neubeginn geben. Sie war jung. Vieles lag vor ihr – auch ein zweites Kind.

Nein, dachte sie, das wäre ein Betrug an Hannah.

«Wollen wir spazieren gehen?» Valentin schob den Rollstuhl, ohne ihre Antwort abzuwarten, in Richtung Hoteleingang.

Kaum hatten sie den Bereich verlassen, kreuzten sie den Weg mit Jack.

Brixton-Mütze, helle Hose mit Hosenträgern und das kragenlose Leinenhemd warfen ihn Jahre zurück. Wäre da nicht dieses zerfurchte Gesicht gewesen.

«Hoppla!», war alles, was er herausbrachte.

Er schien in Eile. Solea sah ihm nach. Er steuerte auf die Rezeption zu.

«Alles in Ordnung?» Valentin schob den Rollstuhl auf das Trottoir.

Jack verschwand, und es war gut so.

«Ja», sagte Solea. «Alles in Ordnung.» In diesem Moment wusste sie, wohin sie gehörte.

***

Wie es schien, hielt die Polizei an Grossmanns Schuld fest. Doch Max war sich sicher, dass es hinter den Kulissen der Staatsanwaltschaft anders aussah. Spuren wurden ausgewertet, Alibis überprüft, weitere Zeugen zugezogen. Wahrscheinlich war man im Besitz der ersten Resultate aus der Rechtsmedizin. Solche Daten gelangten nicht an die Öffentlichkeit.

Grossmanns Festnahme verhinderte vorerst, wie es den Eindruck machte, weitere akribische Recherchen im Hotel. Das Appartement 315 war freigegeben worden. Chatrina hatte für die Reinigung und Desinfizierung der Wohnung und insbesondere des Kofferabstellraums eine Firma bestellt, die sich mit Tatortsäuberungen auskannte. Ob man die 315 in diesem Sommer weiter an Gäste vermieten wollte, war nicht sicher. Max konnte es nachvollziehen. Milagros hätte bestimmt einen Priester zugezogen, um den sündigen Teil auszuräuchern.

Nach dem Lunch war Max ins Zimmer zurückgekehrt. Er wartete auf Fede, die mit Cheyenne ein paar Worte unter vier Augen sprechen wollte, bevor die Buchanan Five abreisten. Jack hatte sich bereits verabschiedet. Er war unterwegs nach Luzern zu seiner Frau Linda.

Max war nervös. Er spürte, wie die Zeit ihm davonrannte. Cheyennes Band würde heute nach Italien abreisen. Max hatte nicht vor, ihr bis in die Toskana zu folgen. Fede hätte sicher nichts dagegen gehabt, und Milagros wäre auf ihrer Seite gewesen.

Irgendetwas hatte Max übersehen. Die Lösung war sicher da, gab sich aber nicht zu erkennen. Er setzte sich ans Pult, nahm einen Block und den Schreibstift zur Hand und begann zu skizzieren. Er war sich im Klaren, dass Zusammenhänge existierten, die er nicht oder zu wenig ausgeleuchtet hatte. Die Verbindung zwischen den Buchanan Five und Solea Morell, zwischen Gansner und Grossmann, zwischen Grossmann und Dürr und diejenige zwischen Dürr und Viktoria. Irgendwo zwischendrin spielte Cheyenne eine Rolle. Zwar kannte sie Grossmann nicht, dafür aber Dürr. Es gab Verbindungslinien zu Solea Morell und zu Jack Buchanan.

Cheyenne war die Schlüsselfigur im grossen Ganzen. Und Cheyenne würde in spätestens einer Stunde Davos und Max' Einflussbereich verlassen.

Er musste es verhindern. Mit allen Mitteln. Wenn Cheyenne nicht fuhr, bliebe die ganze Truppe hier.

Wenig später kam Fede ins Zimmer. Sie lächelte, schien zufrieden. Max' Befürchtung, sie könnte seine Anwesenheit zum Anlass nehmen, ihn zu kritisieren, wurde nicht bestätigt. Trotz des andauernden schönen Wetters machte es ihr nichts aus, im Hotel zu bleiben.

«Cheyenne geht es nicht gut.» Ihr Grinsen blieb.

«Was heisst das?» Max hatte keine Ahnung, was diese Andeutung sollte.

«Sie ist sturzbetrunken.»

Max drehte den Stuhl, schlug das rechte über das linke Bein und verschränkte die Arme. «Sag nicht, dass du nachgeholfen hast.»

«Mit den Waffen einer Frau. Milagros ist nicht ganz unschuldig.» Fede zog ihre Mundwinkel Richtung Ohren. Die Lippen blieben geschlossen, die Brauen hoben sich.

«Ihr habt Cheyenne abgefüllt?»

«Wir haben mit ihr den Abschied gefeiert. Wir können nichts dafür, wenn sie zu harten Drinks greift.»

Max unterdrückte ein lautes Lachen. «Wo befindet sie sich jetzt?»

«In ihrem Zimmer.»

«Und Milagros?»

«Sie ist dabei, die Buchanan Five zum Bleiben zu überreden.»

«Jack ist abgereist.»

«Er ist abgereist? Ich habe ihn erst noch im Hotel gesehen.»

«Der ist nicht wichtig.»

Das war geradezu unheimlich. Max hatte sich den Kopf darüber zerbrochen, wie er die Abreise der Band verhindern konnte. Fede und Milagros dachten nicht darüber nach – sie handelten.

«Du hattest den gleichen Einfall wie ich», sagte Max, um sich einzubringen.

«Ich habe vorher abgeklärt, ob es im Hotel Grischa freie Zimmer hat. Herr Gansner versicherte mir, es seien auch Suiten frei. Ich konnte Cheyenne überzeugen, noch eine Nacht in Davos zu bleiben, und hoffe, dass wir dadurch nicht nur Zeit gewinnen, sondern auch den Fall lösen.»

***

«Was zum Kuckuck soll das?» Viktoria stand mitsamt Gepäck am Empfangstresen. Sie glaubte nicht, was sie soeben gehört hatte. Sie suchte fiebrig in ihrer übergrossen Tasche nach dem iPhone.

«Das tut mir sehr leid.» Nanina war es augenscheinlich nicht wohl in ihrer Haut. «Es ist Ihnen selbstverständlich freigestellt zu gehen. Ihr Zimmer ist jedoch bis morgen gebucht. Frau Hug hat es so veranlasst. Ihr persönlich geht es nicht gut.»

«Was heisst das, nicht gut?» Viktoria fand endlich ihr iPhone zwischen Zigarettenpäckchen, Portemonnaie, Zahnseide, Lippenstift, einem Kamm, diversen Notizen und einem Sammelsurium an unbrauchbaren Dingen. Sie müsste wieder mal die Tasche ausmisten.

Nanina war sichtbar überfordert. «Ich werde meine Chefin, Frau Flury, rufen.»

«Ja bitte, wenn Sie schon keine Kompetenzen haben.»

Die Empfangssekretärin verschwand in den dahinterliegenden Büroräumen. Viktoria wählte Petes Nummer. Er nahm ab, hörbar aufgebracht. Scheinbar war der Abbruch ihrer Abreise nicht nur ihr in den falschen Hals geraten. «Hast du eine Ahnung, was da abläuft?»

«Cheyenne ist krank. Ausgerechnet heute. Ich habe ihr schon oft geraten, mit dem Alkohol gemässigter umzugehen.»

«Das interessiert mich nicht. Wir müssen heute fahren.»

«Und wer, bitte schön, soll uns chauffieren?»

«Es ist doch nicht so schwer, einen Bus zu lenken. Ich würde es auf Anhieb tun, nur bin ich nicht im Besitz eines Führerausweises. Aber du … du könntest.» Für Viktoria war es eine Katastrophe. Sie hatte sich verabredet, freute sich seit Tagen darauf, ihren italienischen Lover zu treffen. Sie wollten am Morgen nach San Gimignano fahren und dort auf einer Piazza frühstücken, bevor sie auf die Hochzeitsgesellschaft stiessen.

«Ich traue mir das Lenken eines Busses nicht zu», sagte Pete.

«Dann frag Fränz. Oder muss ich ihn auch als Weichling betrachten?»

«Wie wär's mit Mike?»

«Das geht nicht. Er hat den Lappen weg.» Viktoria hatte es vermeiden wollen, Mike an Pete zu verraten. Vor zwei Monaten hatte man ihn mit überhöhter Geschwindigkeit innerorts geblitzt. Das Resultat: drei Monate Ausweisentzug und eine saftige Busse. «Seid ihr ins Zimmer zurückgekehrt?»

«Uns blieb nichts anderes übrig.»

Viktoria brach die Verbindung ab. Sie hatte es geahnt: Ihre Truppe wurde je älter, desto mühsamer und unflexibler. Ihnen fehlte das Feuer, das sie früher ausgezeichnet hatte. Sie waren müde geworden, schoben alles Cheyenne zu. Keine Eigeninitiative, nichts. Viktoria stampfte auf den Boden, als könnte sie damit den Frust versenken. Angewidert verliess sie die Rezeption. Sie brauchte jetzt eine Zigarette.

«Frau Konstantin?»

Viktoria wandte sich auf der Fussmatte um. Sie war im Begriff, ihre Kippe anzuzünden.

Michelle Flury kam auf sie zu. «Ist etwas nicht in Ordnung?»

Viktoria musste sich zusammenreissen. Weder Michelle noch Nanina konnten etwas dafür. Sie inhalierte den ersten Zug. Es fühlte sich wie Balsam an. «Ich … bitte entschuldigen Sie. Die ganze Angelegenheit und die daraus resultierende Hektik bringen mich durcheinander. Ich bin es mich nicht gewohnt, wenn etwas nicht so funktioniert, wie es sollte.»

«Sagen Sie uns, wenn wir Ihnen behilflich sein sollen. Brauchen Sie ein Taxi? Sollen wir Sie irgendwohin fahren? Nach Italien vielleicht?»

Viktoria blieben weitere Worte im Hals stecken. Welchen Eindruck machte sie? Dass sie im Geld schwamm? Klar, man hätte davon ausgehen können. Vierzig Jahre als Jazzmusikerin unterwegs zu sein, machte schon mal den Anschein, finanziell gut dazustehen. Wenn ihr das Geld bloss nicht so locker in der Tasche gelegen hätte. Sie gab den Zaster gern aus – für all ihre Lovers, teure Kleider, die Kosmetik, die Fitness. Gutes Aussehen kam nicht von ungefähr. Dafür musste Viktoria hart arbeiten. Schönheit in ihrem Alter forderte ihren Preis.

Und sie liebte ihre Freiheit. Zwischen ihren Auftritten in der Schweiz reiste sie gern mal da-, mal dorthin. Zu einem Champagner-Dinner an die Côte d'Azur oder zum Schnitzelwirt nach Wien. Ihr Leben war auf der Überholspur, seit Jahren ging das so. Das bedingte eine gute Organisation. Wenn sie nach ihren Ausflügen nach Hause kam und es nicht aushielt, allein zu sein, lud sie Mike zu sich ein. Manchmal reichten weder Zigaretten noch ein guter Film aus, ihr Gefühl der Einsamkeit zu überbrücken. Sie liebte das Gesellschaftliche genauso wie die heftigen Affären. Hauptsache, sie hatte jemanden um sich. Unverbindlich, ohne Verpflichtungen.

Sie löschte die abgebrannte Zigarette, warf sie auf den Boden und zertrat sie. Sie griff nach einer neuen. Während sie paffte, beruhigte sie sich. Weisse Rauchschwaden stiegen in den Himmel des späten Nachmittags.

«Frau Konstantin?»

Viktoria bemerkte, dass Michelle noch immer unter dem Eingang stand und von ihr eine Antwort erwartete.

«Danke, aber das ist nicht nötig.» Sie starrte zu der Fassade auf dem gegenüberliegenden Gebäude, welche die Schatten verschlangen. Wenn sie zeitig abgefahren wären, hätte sie bald in Lucianos starken Armen gelegen und sich von ihm massieren lassen. Er war ihr Jungbrunnen für eine Nacht, ihr Adonis, ihr kleines Geheimnis. Sie hatte schon immer ein Faible für junge Männer gehabt. Mit jedem weiteren Jahr, in dem sie mit den alternden Musikern unterwegs war, fiel es ihr schwerer, auf der gleichen Bühne zu stehen. Wenn Mike wegen beginnender Arthrose stöhnte oder Pete sich wegen zu hohen Blutdrucks beklagte, fühlte sich Viktoria deplatziert und vor allem in falscher Gesellschaft. Fränz hatte einen Bypass. Die Gesprächsthemen drehten sich immer mehr um die täglich neuen Gebrechen. Jack hatte sowieso eine Schraube locker, und Cheyenne gab sich Mühe, allen gerecht zu werden, was ihr nicht immer gelang.

***

«Wir müssen dem Täter eine Falle stellen.» Nur Milagros kam auf eine solch abstruse Idee.

«Wie willst du dies bewerkstelligen?» Max sass Fede und seiner Mutter gegenüber. Sie hatten einen letzten unbesetzten Tisch im Pulsa-Restaurant bekommen und verzehrten genüsslich eine Appenzeller Ente mit drei verschiedenen Beilagen.

«Zwölf Stunden sollten ausreichen, um meinen Plan umzusetzen.»

«Und wenn's in die Hose geht?» Fede klaubte hinter vorgehaltener Hand eine Fleischfaser aus den Zahnzwischenräumen.

«Dann haben wir es wenigstens versucht.»

«Verrätst du mir endlich dein Vorhaben?» Max bekundete Mühe mit dieser Geheimniskrämerei.

Sie wurden jäh von Florian Gansner unterbrochen. Er stand plötzlich neben dem Tisch und wünschte «einen guten Appetit». Max glaubte nicht, dass er deswegen hierhergekommen war. Seine Vermutung bestätigte sich.

«Die Polizei war da», sagte Gansner leise. «Ich habe gerade mit Dario Ambühl gesprochen. Es steht nun fest: Grossmann hat nichts mit dem Mord an Dürr zu tun. Er war wegen des Jazzfestivals hier, hatte ein Zimmer auf der Schatzalp und kam täglich mit der Bahn runter nach Davos.»

«Und das sagt er einfach so?» Max versuchte, es zu verstehen. Auch eine gute Freundschaft zwischen Gansner und Ambühl rechtfertigte nicht, polizeiliche Interna nach aussen zu tragen.

«Ab morgen wird hier wieder die Hölle los sein, das ganze Hotel auf den Kopf gestellt und nach weiteren Beweisen gesucht … deshalb hat er mich eingeweiht.»

«Die meisten Gäste, die für die Jazztage da waren, sind abgereist», bemerkte Fede.

«Das ist so», erwiderte Gansner. «Sie werden für allfällige Zeugenaussagen vorgeladen.»

Max sah auf das Fenster zu seiner Linken. Die Nacht hatte die Scheibe in einen Spiegel verwandelt. Zwischen den dunklen Möbeln hob sich Gansner im hellen Anzug hervor. «Möchten Sie sich zu uns setzen?», fragte Max.

«Danke, das war nicht meine Absicht. Ich dachte nur, es könnte Sie interessieren. Ich möchte Sie weiter nicht stören. Einen schönen Abend.» Gansner ging zum nächsten Tisch.

«Das heisst, wir müssen uns beeilen», sagte tonlos Milagros, die bis dahin schweigend weitergegessen hatte.

«Hast du einen Verdacht, wer der Täter sein könnte?», fragte Max. «Vermutest du ihn im Hotel?»

Milagros wischte sich den Mund ab. «Diese Ente ist hervorragend.»

«Und?»

«Ja.»

«Ach.» Fedes Schmunzeln entging Max nicht. «Ihr habt bereits etwas ausgetüftelt.»

«Carpe horam», sagte Fede.

«Das heisst carpe diem», korrigierte Max. «Nutze den Tag.»

«Wir nutzen die Stunde.» Milagros kicherte vor sich hin.

«Dann sollten wir uns mit dem Essen beeilen.» Max bereute es bereits. Er hatte sich auf das Dessert gefreut. Auf das Dreierlei Felchlin Schokolade.

Fede griff nach seinem Arm. «Du kannst in aller Ruhe weiteressen, so wie wir alle.»

Was hatten seine Frauen vor? Max war es nicht geheuer. Fede und Milagros warfen einander Blicke zu, die eine nonverbale Kommunikation vermuten liessen. «Ihr habt einen Plan ausgeheckt?»

«Sch… nicht so laut.» Milagros griff wieder nach Messer und Gabel und widmete sich dem letzten Drittel auf ihrem Teller.»

***

Viktoria galt nicht als ängstliche Frau. Sie war bereits allein durch das tiefste Harlem geschritten, von dem es lange hiess, wie gefährlich es sei. Seit immer mehr wohlhabende Familien in den New Yorker Stadtteil gezogen waren, hatte er am Unheilvollen verloren. Die Gangs waren dort längst weg. Bilder zogen vor Viktorias geistigem Auge durch. Sie entsann sich der Zeit in den Staaten, insbesondere an Harlem, das für seine afroamerikanische Tradition bekannt war und für die gemütlichen Jazzclubs, in denen sie aufgetreten war. Dort hatte sie sich immer wohlgefühlt, als wäre sie eine von ihnen. Sie hatte die aufgeheizten Nächte ausgekostet und am Tag die Sandsteinhäuser aus dem neunzehnten Jahrhundert fotografiert.

Nachdem sie den Lift auf ihrer Etage verlassen hatte, glaubte sie, von irgendwoher Schritte zu vernehmen. Sie hielt inne und lauschte. Die Korridore im Hotel waren wenig beleuchtet. Das alpenländische Flair der Zimmer setzte sich vor deren Türen fort. Gedämpftes Licht erinnerte an die Lodges von Colorado Springs. Auch dort hatte sie gesungen, in Begleitung der Buchanan Five.

Ein schleifendes Geräusch liess sie dennoch erschauern. Sie setzte ihren Gang fort. An Türen vorbei, an einem Wäschewagen. Sie schnappte sich ein frisches Handtuch.

Dann sah sie ihn. Er lehnte am Fenster, das gegen die Bahnhofstrasse lag.

«Schon Feierabend?» Auf seiner Höhe blieb sie stehen. Sie hatte oft mit ihm Worte gewechselt, unten an der Pulsa-Bar, wenn sie ihr obligates Ginger Ale mit Zitronenschnitzen trank. Sie kannte nicht mal seinen Namen. Er war kleiner als sie, ebenso schlank und hatte seine halblangen Haare mit einem Stoffband im Nacken zusammengebunden.

«Für Sie würde ich sogar meine Arbeit schwänzen.» Er trat aus dem Schatten, verschränkte die Arme. Keine dreissig war er, mit einem Gesicht, das sie an den jungen Nicolas Cage erinnerte.

Sie wollte weitergehen. Er masste sich an, sie am Arm festzuhalten. «Ich bewundere Sie schon lange. Habe sämtliche gefundenen Bilder von Ihnen in meinem Schlafzimmer aufgehängt.

Jedes Jazzstück von Ihnen auf mein iPhone heruntergeladen, mir eine Sammlung alter Schallplatten zugelegt, auf denen Sie zu hören sind … Für eine Strähne Ihrer Haare würde ich meilenweit laufen.»

Viktoria stiess seinen Arm weg und griff sich instinktiv an ihren Kopf. «Ich glaube, Sie haben sich in der Etage geirrt.»

«Viktoria, Viktoria.» Er hob seinen Finger. «Sie sind mir eine …» Er versperrte ihr den Weg. «Zeit für ein Schäferstündchen?»

Sie blieb ruhig. Sie kannte solche Typen. Ihre anfängliche Schwärmerei für das Objekt der Begierde entwickelte sich im schlimmsten Fall zu einer gefährlichen Belästigung. In ihrer Laufbahn als Musikerin waren ihr regelmässig solche Männer über den Weg gelaufen. Ihre Angriffe waren stets psychischer Natur gewesen. Nie war einer handgreiflich geworden. Sie hatten ihre Gegenwart mit ihrer unmittelbaren Nähe gezeigt, ihr Geschenke überbringen lassen, die an Widerlichkeit nicht zu überbieten waren. Das Schlimmste waren die Anrufe zu jeder Tages- und Nachtzeit, ihre verstörenden Liebesbezeugungen und stöhnenden Stimmen.

Sie hatte genug davon und wunderte sich, dass ihr das bereits zum zweiten Mal in diesem Hotel passierte. Sie versuchte, ihn abzuwimmeln. Sollte er sie wiederholt anfassen, würde sie ihn mit gezielten Schlägen schachmatt setzen. Sie hatte Kampfsport trainiert, war gerüstet gegen körperliche Übergriffe. Für den Fall aller Fälle. Sie hoffte, es nicht anwenden zu müssen. Die meisten standen nicht mehr auf. «Ich wünsche Ihnen eine Gute Nacht. Gehen Sie nach Hause, damit Sie morgen fit für die Arbeit sind.»

Er liess nicht locker, berührte sie aber nicht mehr, als hätte er ihre Gedanken gelesen. «Komm schon, die Nacht ist noch jung.»

Er passte nicht ins Klischee des typischen Anmachers. Die Männer, die sie bis anhin belästigt hatten, waren bei der Verteilung der Schönheit eher hintenangestanden. Die meisten unter ihnen hätten beim Casting gar eine Rolle in einem Gruselschocker bekommen. Sie waren die Würmer in der Pyramide der

Lebewesen. Mit diesen absurden Gedanken ging Viktoria auf die Höhe ihres Zimmers. Kaum hatte sie die Schlüsselkarte über die Türentriegelung gehalten, vernahm sie ein neues Geräusch. Ein Schnauben wenige Meter neben ihr. Sie warf einen Blick in die andere Richtung zum Fenster, wo noch immer der Mann von der Bar stand. Er sagte nichts mehr, schien sie bloss zu beobachten.

Inzwischen hatte sie die Tür aufgestossen. Vom Zimmer aus äugte sie auf die linke Seite, wo sich ein Schatten löste. Das Schnauben war lauter geworden. Dann sah sie eine Gestalt vorbeihuschen. Offenbar hatte sie es nicht auf sie abgesehen. Viktoria blockierte mit dem Fuss die Tür, die sie einen Spaltbreit offen hielt.

Später fiel die Tür ins Schloss. Viktoria drehte den Riegel um und lachte über ihre seltsame Reaktion.

Da klopfte es.

ZWEIUNDZWANZIG

Nachts schrak Max aus dem Schlaf. Er streckte den Arm aus und vergewisserte sich, ob Fede neben ihm lag. Sie schlief tief, was er an ihren regelmässigen Atemzügen hörte. Er ahnte, dass er schlecht geträumt hatte, und fragte sich, was ihn aufgeweckt und aus dieser verqueren Welt aus verkohlten Bäumen und verbrannter Erde gerissen hatte, kam nicht darauf, was es bedeutete.

Da hörte er es. Vor dem Hotel herrschte ein Tumult. Ungewöhnlich für diese Uhrzeit. Max vergewisserte sich auf seinem iPhone, wie spät es war. Ein Viertel nach drei Uhr. Er schlug die Bettdecke zurück, ging aus dem Bett zum Fenster und zog die Vorhänge zur Seite. Aufgrund der lauen Sommernacht standen die Fenster offen. Max sah über den Sims Richtung Bahnhof. Ein Ambulanz- und ein Polizeiwagen standen unten. Das Blaulicht fegte über die Fassaden im nahen Umkreis. Dunkle Gestalten bewegten sich im Kegel der Scheinwerfer.

Etwas musste vorgefallen sein. Max wunderte sich nicht. An diesem Juli schien der Wurm zu nagen.

«Was ist los?» Fede klang müde. «Max, warum bist du draussen? Kannst du nicht schlafen?» Sie stand auf einmal neben ihm.

«Der Krankenwagen ist da, die Polizei. Ich muss herausfinden, was passiert ist.»

«Oh Mann, da wird wieder einmal einer den Höhenkoller bekommen haben. Gehen wir wieder schlafen?»

Daran zu denken, war vermessen. «Ich hoffe nicht, dass Milagros etwas passiert ist. Ich meine, sie ist über sechzig.»

«Soll das ein Witz sein?» Fede schüttelte ihre Mähne. «Die ist fit wie ein Turnschuh.»

«Mir ist trotzdem nicht wohl.»

«Dann ruf sie an.»

«Und wenn sie schläft?»

«Ich verstehe deine Überlegungen nicht.» Fede ging zurück zum Bett, legte sich nieder und kuschelte sich wieder ins Duvet.

«Ich werde mal sanft an ihre Tür klopfen.» Max liess sich von seinem Vorhaben nicht abbringen. Er zog sich Hemd und Hose an, vergewisserte sich auf dem Spiegel, ob er nicht allzu verschlafen aussah, und verliess das Zimmer.

Im Korridor war es still. Die Lampen verbreiteten ein diffuses Licht. Max ging zum Lift, fuhr hinunter ins Erdgeschoss. Durch die Glaswand erkannte er Polizisten auf dem Platz vor dem Bahnhof. Wie es schien, riegelten sie die Strasse gerade weiträumig ab.

Der Lift stoppte, die Kabinentür ging auf. Max betrat den Korridor, der am Fumoir und dem Speisesaal vorbeiführte, und gelangte in den Empfangsbereich. Draussen vor dem Eingang schoben die Sanitäter eine Bahre in den Wagen. Die wenigen Anwesenden standen stumm und schauten. Es herrschte eine gespenstische Atmosphäre.

Hinter der Rezeption hielt sich der Nachtconcierge auf, sichtbar aufgeregt wippte er mit seinem Oberkörper. Max trat an seine Seite. «Was ist los?»

«Unser Barkeeper wurde krankenhausreif geschlagen», sagte der Concierge.

«Wie konnte das geschehen?»

«Ein Gast, der um halb drei ins Hotel zurückkehrte, hat ihn vor seiner Zimmertür gefunden und sofort den Notfall verständigt. Ich rief meinen Chef an.»

«Wo befindet sich Herr Gansner jetzt?»

«Er ist draussen beim Notfallarzt.»

Verflixt! Max konnte sich in etwa vorstellen, was in Gansners Kopf vorging. Er musste ihn sprechen. Obwohl einer der Polizeibeamten ihn ständig im Visier zu haben schien, verliess Max die Rezeption und betrat den Aussenbereich des Hotels. Ein kühler Wind war aufgekommen.

«Das hier ist kein Durchgang», wurde er von einem Uniformierten zurechtgewiesen. «Bitte gehen Sie zurück ins Hotel.»

«Lassen Sie es gut sein», tönte es aus dem Krankenwagen. «Er gehört zu mir.» Gansner verliess die Ambulanz. Er nahm Max beim Arm. «Kommen Sie.»

«Ihr Barkeeper?» Max nickte Richtung Wagen.

«Keine Ahnung, was er auf der fünften Etage wollte. Gestern war sein freier Tag. Es ist unmöglich, dass er einen Gast bediente.»

«Ist er schwer verletzt?»

«Ein Schlag auf den Hinterkopf. Es ist alles, was ich weiss.» Die Polizeibeamten sind bereits oben und sichern den Tatort.» Gansner verwarf die Hände. «Was passiert gerade in meinem Hotel? Zehn Jahre lang hatten wir keine solchen Vorkommnisse. Es ist geradezu unheimlich.»

Max erwiderte nichts darauf. Allmählich dämmerte es ihm. Der gestrige Abend, das Dinner im Pulsa-Restaurant, Milagros' Plan. Verdammt! Der Schuss war offensichtlich nach hinten losgegangen. Er musste seine Mutter aufwecken. So, wie er sie kannte, schlief sie den Schlaf des Gerechten, hatte von dem Lärm nichts gehört und wähnte sich in Sicherheit.

«Ich werde sehen, was ich tun kann.» Max begleitete Gansner in dessen Büro. «Aber lassen Sie mich zuerst etwas erledigen.»

Gansner wollte nicht in Erfahrung bringen, worum es ging. Er setzte sich resigniert auf seinen Bürostuhl. «Wenn das so weitergeht, kann ich mein Hotel schliessen.»

«Seien Sie nicht so negativ. Es wird sich alles aufklären.»

«Sie haben Humor. Ich sehe schwarz für den Rest der Saison.»

«Die Polizei wird ermitteln, bis der Täter gefunden ist», versuchte Max zu trösten.

«Der erneute Vorfall beweist, dass sich der Täter noch im Haus befindet.» Gansner seufzte ergriffen.

Max befürchtete es ebenfalls und hätte sich wegen Milagros die Haare raufen können. Er musste sie wecken. «Ich bin gleich zurück.» Er verliess das Büro, ging an der Rezeption vorbei, wo sich der Concierge mit einem Polizisten unterhielt. Max schlug den Weg Richtung Treppe ein. Er stieg nach oben. Der fünfte Stock war komplett abgeriegelt. Flatterbänder versperrten den Durchgang. Ein Polizist hielt Wache, musterte Max bloss, als dieser auf seiner Höhe ankam. Max versuchte, sich ein Bild zu erhaschen. Er sah nur den Korridor, eine geöffnete Tür, bei der eine Frau im Nachthemd stand. Sie schien sich zu wundern, sah vergeistigt aus. Max' Gruss erwiderte sie nicht.

«Sie können da nicht stehen bleiben.» Der Polizist stellte sich frontal vor ihm auf, zu allem bereit, sollte Max sich seinem Befehl widersetzen. An seiner Seite stand ein Taser weit ab, wie eine stumme Drohung.

Max stieg zur vierten Etage hinunter. Er hätte auch den Lift nehmen können. Wenigstens wusste er, wo sich die Tat ereignet hatte. Auf dem fünften Stock lag Viktorias Zimmer.

Später klopfte er an Milagros' Tür. Sie schien es nicht zu hören. Er polterte in der Folge ununterbrochen.

Endlich öffnete sie. «Brennt es irgendwo? Maximilian!»

Sie in diesem geblümten Babydoll zu sehen, hätte ihn unter normalen Umständen zum Lachen gebracht. Dass sie sich den Bademantel nicht übergeworfen hatte, zeigte, wie wenig sie mit einem nächtlichen Besuch gerechnet hatte.

Sie hielt die Tür weit auf. «Komm rein.»

«Wie es scheint, hast du es geschafft, eine erneute Aufregung im Hotel zu provozieren.»

«Ich habe keine Ahnung, wovon du sprichst.» Sie holte den Frotteemantel aus dem Badezimmer, zog ihn an und schlüpfte in die Badelatschen.

Max bemerkte ihre dunkelblau lackierten Zehennägel. «Du wolltest mich gestern partout nicht über dein Vorhaben aufklären.»

«Was man nicht weiss, macht einen nicht heiss.» Sie setzte ein verkrampftes Lächeln auf.

«Ich vermute, du bist zu weit gegangen.»

«Habe ich etwas verpasst?» Sie gab sich noch immer wie ein Unschuldslamm. Ihre verschränkten Arme verrieten ihre Abwehr. «Sag, was ist passiert?»

«Der Barkeeper wird in diesen Minuten ins Spital gefahren. Er wurde vor Kurzem ein Stockwerk höher zusammengeschlagen und am Kopf verletzt.»

«*Por mi Santa Madre de Dios* … das ist nicht möglich.»

«Hast du den armen Jungen als Lockvogel benutzt?»

«Er heisst Álvaro. Seine Eltern stammen aus Alicante. Seine Wurzeln liegen in Spanien. Das verbindet, verstehst du? Er ist in Davos geboren, hier aufgewachsen und zur Schule gegangen.»

«Willst du dich mit diesem Wissen um seine Identität reinwaschen?»

«Was sind denn das für Worte gegen deine Mutter?» Milagros empörte sich zusehends. Sie setzte sich auf das braune Sofa und fuhr sich mit den Fingern in ihr dunkles Haar.

«Diesmal bist du zu weit gegangen.»

Sie schluckte leer. «Hat er den Täter wiedererkannt?»

«Falls er Kopfverletzungen davongetragen hat, wird man ihn kaum dazu befragen können.»

«Dann weisst du, was du zu tun hast.»

«Was?» Max vermochte nicht, Milagros' Gefühllosigkeit nachzuvollziehen. Was war in sie gefahren, dass sie ihre Empathie für alles Lebendige ausblendete?

«Der Täter, der Dürr getötet hatte, hat wieder zugeschlagen», sagte sie. «Das ist offensichtlich.»

«Was hast du Álvaro versprochen, damit er bei diesem gefährlichen Spiel mitmacht?»

«Fede war eingeweiht.» Sie wich der Frage aus. «Ich habe sie über meinen Plan instruiert, den Namen des Jungen jedoch nicht verraten. Sie war Feuer und Flamme für mein Vorhaben.»

«Jetzt seid ihr von allen guten Geistern verlassen.»

«Hätten wir Cheyenne nicht bearbeitet, wären die Buchanan Five bereits über alle Berge. Cheyennes Time-out war bloss der Beginn für unsere weiteren Aktivitäten.» Milagros ereiferte sich. «Manchmal braucht es ein bisschen Nachhilfe.»

«Die tödlich hätte enden können.»

«Das ist mir erst jetzt bewusst.» Milagros sackte etwas in sich zusammen, ohne jedoch ihren ungebändigten Stolz zu verlieren.

«Worin bestand Álvaros Aufgabe?»

«Ich habe ihn damit beauftragt, Viktoria abzupassen und sie um den kleinen Finger zu wickeln.»

«Mit welcher Begründung?»

«Viktorias Bild in Dürrs Büro hat mich auf die Idee gebracht. Dürr hatte Viktoria gestalkt und wurde deshalb ...», sie überlegte, «aus dem Verkehr gezogen.»

«Es gab keine Grundlage.»

«Wenn dieses Bild nicht Beweis genug ist, weiss ich auch nicht weiter.»

«Du hättest nicht auf eigene Faust handeln dürfen. Angenommen, Álvaro stirbt an den Folgen der Verletzungen, muss ich dir nicht sagen, welche Konsequenzen dies für dich nach sich zöge. Auch ohne Todesfolge wirst du nicht bloss mit einem blauen Auge davonkommen. Du musst damit rechnen, dass Álvaro dich verrät, was sein gutes Recht ist.»

«Ich bete zu Gott, dass er durchkommt.» Milagros senkte den Blick. «Wenn er den Täter oder die Täterin wiedererkannt hat, kann er uns zu Dürrs Mörder führen. Du solltest ihn möglichst schnell sprechen.»

«Ich werde nichts tun. Dafür ist die Polizei zuständig. Sie wird auch dich befragen. Darauf kannst du Gift nehmen.»

Milagros hielt den Mund. Augenscheinlich war sie sich endlich im Klaren, was sie angerichtet hatte.

«Was habe ich bloss getan?», sagte sie nach einer langen Pause.

Das fragte sich Max auch. Milagros war übermütig geworden. Manchmal traute sie sich einfach zu viel zu und übersah dabei die Auswirkungen. Sie hatte in der Vergangenheit viel zur Auflösung eines Falles beitragen können, das hiess aber nicht, dass sie in der Gegenwart uneingeschränkte Befugnis für ihren Alleingang hatte. Sie war Laie und kein Profi.

«Wie kann ich mich aus diesem Schlamassel befreien?»

«Indem du deine Tage in Davos geniesst, wandern gehst oder eine Reise mit dem Zug machst. Aber halte dich in Zukunft aus solchen Sachen raus. Mir ist es ehrlich gesagt zuwider, deine schrägen Handlungen zurechtzubiegen.» Max regte sich über seine geschwollenen Worte auf. Er drehte sich um, ohne einen weiteren Satz zu verlieren, schritt zur Tür und öffnete sie. Was hatte er sich bloss eingebrockt?

Sich schlafen zu legen, war nach dieser Aufregung keine Option. Max war in sein Zimmer zurückgekehrt, wo er Fede wie in Narkose vorfand. Möglicherweise plagte sie das schlechte Gewissen. Sie musste erfahren haben, was geschehen war, und stellte sich jetzt tot.

Max legte sich trotzdem neben sie. Bis zum Frühstück musste er sich gedulden. Um nicht aufzufallen, durfte er nichts Unüberlegtes tun und musste am Tisch ganz beiläufig nach Álvaro fragen.

Er starrte an die Decke, die im erwachenden Tag heller wurde. Durch einen Spalt der zugezogenen Vorhänge schimmerte der frühe Morgen.

Álvaro war also auf Viktorias Etage gewesen. Gemäss Milagros hatte er sie angemacht. Was dabei herausgekommen war, stand in den Sternen. War er zu weit gegangen? Hatte er Viktoria an der Grenze zur Belästigung eingenommen? Oder die Grenzen überschritten? Die Antwort auf diese Fragen konnte nur Viktoria geben. Der Weg zu ihr war mit Flatterbändern gesperrt. Er hätte sie anrufen können, sah jedoch davon ab. Er musste vermeiden, dass man auf seinen Namen stiess und dadurch auf Milagros'.

Max wälzte sich im Bett von einer auf die andere Seite. Fede lag steif wie ein Holzscheit. Weder ein tiefes Atmen noch ein Seufzen war zu hören. Max fuhr ihr wiederholt mit der Hand über den Körper, griff nach ihrem Arm, um sich zu vergewissern, ob sie noch lebte. Er war sich sicher, sie lag wach, hatte wohl kein Bedürfnis, sich seiner Kritik auszusetzen. Ja, er hätte sie zurechtgewiesen. Was fiel ihr ein, zusammen mit Milagros etwas so Brandgefährliches auszuhecken? Fede musste gewusst haben, dass sie damit das Leben des Barkeepers aufs Spiel setzten.

Der Täter, der sich offenbar noch immer im Hotel aufhielt, hatte einen Menschen auf dem Gewissen. Wer einmal gemordet hatte, dem würde es beim zweiten Mal leichter fallen. Vielleicht hatte er Blut gerochen und lechzte weiterhin danach. Andererseits hatte er Dürr vielleicht nicht willentlich umgebracht. Möglicherweise hatte er ihm einen Denkzettel verpassen wollen. Ein Schlag auf den Kopf musste nicht unbedingt tödlich enden.

Wieder der Gedanke an Álvaro. Max wünschte sich, dass es ihm gut ging und er den Rest der Nacht überlebte. Milagros war ihm wohl etwas schuldig. Aber auf diese Idee würde sie von allein kommen.

Max fiel in einen unruhigen Schlaf, aus dem er immer wieder aufwachte. Um halb sieben hielt er es nicht mehr aus und verliess das Bett.

Er hatte kein Bedürfnis, mit Fede zu reden. Je länger er ihr dabei zusah, wie sie sich weiterhin schlafend stellte, umso weniger gelüstete es ihn, sie zärtlich zu umarmen. In diesem Moment kam sie ihm weit weg vor. Die Distanz zu ihr vergrösserte sich mit jeder Sekunde, in der er sie betrachtete, mehr. Sie war ihm so fremd wie vor drei Jahren, als sie wie ein Komet in sein Leben geschossen kam. Er hatte sich an dessen Schweif verbrannt.

Endlich blinzelte sie, streckte sich und gähnte so ungeniert, dass er ihr Halszäpfchen sah. Theatralik wie gewohnt. Es machte ihm nicht einmal etwas aus. Entweder liebte er sie, wie sie war, oder er musste mit dieser Beziehung Schluss machen. Wie oft hatte er vor dieser Entscheidung gestanden? Seine Zukunft sah anders aus als ihre. Das war er sich im letzten Jahr bewusst geworden. Sie war wie eine Katze, die sich nicht einfangen liess. Manchmal unberechenbar und lauernd.

«Guten Morgen, gut geschlafen?» Sie strahlte ihn an.

Er konnte dem nicht widerstehen und küsste sie auf den Mund. Sie roch nach Pfefferminze. Sie musste, während er schlief, die Zähne geputzt oder einen Kaugummi eingeschoben haben. «Warst du schon auf?»

«Als du geschlafen hast.» Sie stiess das Duvet von sich. Sie trug nichts als diese Tattoos. Ein Geflecht auf ihrem Körper, das sich mit jedem weiteren Sujet von der Ästhetik abwandte. Kein Hautfleck war unversehrt. In den letzten Monaten hatte sie sich praktisch jeden Winkel mit einem Tier, einer Figur oder einem Symbol zustechen lassen. Fede übertrieb. Masslos.

Max küsste den schwarz-gelben Salamander auf ihrem Bauch. Bei anderer Gelegenheit hätte sich daraus ein Liebesspiel entwickelt. Ein zärtliches Sich-Annähern. Max erschrak ob seiner Reaktion: Fede erregte ihn nicht. Nicht an diesem Morgen.

Vielleicht nie mehr.

Dass sie ihm in den Rücken gefallen war, war schwere Kost. Wenn Milagros an Dummheit grenzend überbordete, von Fede hatte er etwas anderes erwartet. Max ging ins Badezimmer und erledigte die Morgentoilette. Später zog er sich eine dunkle Sommerhose und ein frisches Hemd an. Er wollte mit Gansner sprechen. Vielleicht hatte der Direktor in der Zwischenzeit mehr erfahren.

Trotz Fedes Intervenierens verliess er das Zimmer. Auf dem Korridor vernahm er Stimmen, die von unten kamen. Allem Anschein nach war die Polizei präsent und daran, jede Ecke des Hotels zu untersuchen. Max fuhr ins Erdgeschoss. Kaum hatte er den Lift verlassen, nahm Gansner ihn in Beschlag, als hätte er auf sein Eintreffen gewartet.

«Gut, sind Sie da. Man hat Viktoria Konstantin festgenommen.»

«Viktoria!» Max brachte kein weiteres Wort heraus.

«Anscheinend hat Álvaro ihren Namen im Zusammenhang mit dem Angriff auf ihn genannt.» Gansner zog Max zur Pulsa-Bar, die bereits geöffnet hatte. Hinter dem Tresen hantierte Emma, die Eventmanagerin, und holte gewaschene Gläser aus dem Geschirrspüler. «Ich möchte nicht schwarzmalen, aber es sieht danach aus, als hätte sie unseren Mitarbeiter niedergeschlagen.»

«Viktoria», wiederholte Max, als könnte er mit der Nennung ihres Namens ihre Aktion ungeschehen machen. Es fiel ihm einerseits schwer, sich die Sängerin als Täterin vorzustellen. Andererseits war sie ein gebündeltes Energiepaket. Wie eine Gazelle mit einer enormen Sprungkraft.

«Max!» Die Stimme überschlug sich. «Max, hast du das gehört? Man hat Viktoria abgeführt.» Cheyenne war völlig aufgelöst. Sie hatte sogar vergessen, sich zu schminken. Sie sah wie ein Gespenst aus. «Max, das ist ein Irrtum. Ich kenne doch mein Mädchen.»

«Beruhige dich, noch ist nichts bewiesen.» Max bat Gansner um Entschuldigung und widmete sich ganz Cheyenne.

Sie zog ihn von Gansner weg. «Ich mache mir schreckliche Vorwürfe. Hätte ich mich gestern nicht dermassen betrunken, sässen wir heute unter italienischer Sonne mit einem Glas Vino rosso und Olivenbrötchen. Max, die Welt geht unter. Ich bin am Arsch.»

Sie in ihrem Schmerz zu sehen, auch wenn vieles davon gespielt war, brach ihm das Herz. «Wie kann ich dir helfen?» Diese Frage hätte er nicht zu stellen brauchen. Cheyenne würde sie nicht beantworten können, zu unbeherrscht war sie. Vielleicht benötigte sie einen Shot, um in die Gänge zu kommen. Doch sie darauf aufmerksam zu machen, wäre ihm wie Öl ins Feuer giessen vorgekommen.

«Max, du bist doch Anwalt. Bitte übernimm Viktorias Mandat.»

«Hast du mit ihr gesprochen?»

«Nein, wann denn? Dass sie verhaftet wurde, habe ich von Mike erfahren.»

«Man hat sie nicht verhaftet», beruhigte Max sie. «Nur festgenommen.»

«Als würde es einen Unterschied machen. Wir haben diese Woche zwei Auftritte in der Toskana. Ich kann es mir nicht erlauben, diese abzusagen. Zudem brauche ich Viktoria. Ohne ihre Stimme verliert die Band an Wert. Sie ist das Zugpferdchen der Buchanan Five. Nicht Jacky, obwohl er es immer noch glaubt. Eine Top-Stimme gewichtet mehr als ein Solospiel mit dem Saxophon.»

Max war nicht gleicher Meinung, behielt es jedoch für sich.

«Bitte, Max, steh mir bei.» Es klang wie ein Hilferuf. «Du musst beweisen, dass Viktoria unschuldig ist.»

«Wenn das so einfach wäre. Gemäss Gansner ist Álvaro niedergeschlagen worden. Seine Aussage belastet Viktoria. Ich muss das Gegenteil beweisen können.»

«Dann beweise es.»

***

Während des Frühstücks herrschte eine bedrückte Stimmung. Unter der Aufsicht eines uniformierten Polizisten sassen Max, Fede und Milagros am Tisch neben dem Zen-Garten. Der Polizeibeamte hatte jedoch den gesamten Speisesaal im Visier. Max fand es übertrieben. Es wollte keine richtige Konversation aufkommen. Fede stocherte in ihrer Müeslischale, und Milagros pulte Zwiebeln aus ihrem Omelett. Unter normalen Umständen hätte sie sich beim Servicepersonal beklagt und wahrscheinlich einen Aufstand gemacht wegen der Zwiebeln, die sie im Essen nun mal nicht mochte, jedoch, wie Max sich erinnerte, bestellt hatte. Er begnügte sich mit einem Latte macchiato. Der Appetit auf Brot und Butter war ihm vergangen.

Als Cheyenne mit Pete, Fränz und Mike den Raum betrat, richteten sich ausnahmslos alle Blicke auf sie. Es war, als hätte eine unsichtbare Macht sämtliche Energie aus den Musikern gezogen. Mit nach vorn geneigten Köpfen gingen sie zu ihrem Tisch und setzten sich schweigend.

Max beobachtete Milagros, die sich ihres Fehlers bewusst sein musste. Was wohl in ihrem Kopf vorging? Max hatte nicht vor, sie darauf anzusprechen. Um halb elf hatte er einen Termin mit Dario Ambühl, dem Leutnant der Graubündner Kantonspolizei. Max hatte sich gründlich überlegt, ob er Viktorias Verteidigung übernehmen wollte. Er war es Cheyenne und ihrer Band schuldig, nachdem Milagros sie mit ihrer leichtsinnigen Aktion an den Pranger gestellt hatte. Er schämte sich für seine Mutter.

DREIUNDZWANZIG

Viktoria sass da wie eine Wachsfigur. Starr, mit ausdruckslosem Gesicht. Die tiefschwarzen Augen versanken im dunklen Kajal. Trotz ihrer Festnahme war ihr Stolz nicht verschwunden. Es war, als würde sie den Tatsachen emotionslos entgegensehen.

Max nahm ihr gegenüber Platz und warf einen Blick aus dem Fenster. Auf dem Bahnhof war soeben die Rhätische Bahn eingefahren, eine rote Lok und rote Wagen, aus der Richtung von Davos Dorf. Die Idylle draussen wollte nicht ins Bild drinnen passen. «Hallo, Viktoria. Wie geht es dir?»

«Ist diese Frage ernst gemeint? Ich sitze seit heute Morgen früh in diesem Zimmer. Ich werde verdächtigt, jemanden spitalreif geschlagen zu haben … in einer Zeit, in der ich im Bett lag und schlief. Sie klärten mich über einen Artikel auf … ich glaube, es war hundert und ein paar Zerpflückte.» Sie kniff ihre Lippen zusammen.

«Das ist Artikel 158 nach Schweizerischer Strafprozessordnung. Du wurdest darauf hingewiesen, dass du berechtigt bist, eine Verteidigung zu bestellen oder eine amtliche Verteidigung zu beantragen. Ambühl sagte mir, dass du nach mir verlangt hast. Deswegen bin ich hier. Ich bin dein Rechtsvertreter.» Max legte eine Mappe ab, holte ein Zigarettenpäckchen daraus und schob es über den Tisch. Max hatte im Vorhinein abgeklärt, ob Rauchen gestattet war. Man hatte ein Auge zugedrückt.

Obwohl sie gewiss danach lechzte, liess Viktoria das Päckchen liegen. Ein leeres Schlucken war ihre einzige Reaktion. Ihre Beherrschung war für Max nicht nachvollziehbar, und er fragte sich, ob sie in der Verfassung für ein klärendes Gespräch war.

«Ich habe auch Feuer.» Er entnahm der Mappe ein knallgelbes Feuerzeug, welches er, zusammen mit den Zigaretten, im Kiosk nebenan gekauft hatte.

Viktoria sah ihn direkt an. «Hier darf man nicht rauchen.» Sie schob die Zigaretten zurück. «Vielleicht verrätst du mir, was meine Festnahme soll.»

«Ich habe vorhin mit Leutnant Ambühl gesprochen», sagte Max. «Álvaro Perez hat dich schwer belastet.»

«Ja, das hat man mir auch gesagt. Ich weiss jedoch nicht, wer Álvaro Perez ist.» Viktoria griff nun doch nach dem Zigarettenpäckchen, öffnete es und holte eine Zigarette daraus, ohne Max aus den Augen zu lassen.

«Der Barkeeper des Hotels Grischa. Du hast ihn bestimmt schon in der Pulsa-Bar gesehen. Der Mann mit dem Pferdeschwanz.» Max spürte Viktorias Zurückhaltung. Sie wusste genau, wie viel sie sagen durfte, ohne sich noch mehr zu belasten. Er musste ihr Vertrauen gewinnen.

Viktoria steckte die Zigarette zwischen ihre Lippen. Max gab ihr Feuer.

«Ich habe nichts damit zu tun.» Viktoria inhalierte, liess den Rauch eine Weile in der Lunge und stiess ihn darauf heftig aus. Ihr ebenmässiges Gesicht verschwand in einem weissen Nebel. Es war, als gäbe es sie nicht mehr. «Du musst mir glauben.»

«Du kannst mir alles erzählen. Deshalb bin ich hier. Nichts von dem, was hier besprochen wird, geht nach draussen. Aber um dich zu verteidigen, musst du mir die Wahrheit sagen.»

«Ich weiss nicht, warum du mich verteidigen solltest für etwas, das ich nicht getan habe.» Ihr amerikanischer Akzent kam stark zum Ausdruck.

Max vermutete, sie rolle das R extra. «Grundlos wird Perez dich nicht belastet haben. Wir wollen doch vermeiden, dass es zu einer Haft kommt. Die Anklage hast du bereits am Hals.»

«Das ist lächerlich.» Sie machte eine abrupte Pause. «Was hat er erzählt?»

«Leutnant Ambühl hat mich darüber informiert, dass Perez auf der Intensivstation liegt. Im Moment kann man ihn nicht befragen. Mit Ausnahme deines Namens und dass du ihn angegriffen hast, hat er nichts gesagt.»

«Das ist eine Lüge. Ich habe nichts damit zu tun.» Viktoria

blieb stoisch ruhig. Es schien, als wäre ihr inneres Feuer gelöscht, das während des Singens in ihr brodelte. Es existierte plötzlich eine andere Seite, eine kalte und beherrschte. Etwas Verstörendes in ihrem Blick.

Vielleicht bildete Max es sich bloss ein. «Ein Gast hat ihn vor seiner Tür gefunden, die neben deiner liegt.»

«So hat man mich informiert. Noch einmal: Es betrifft mich nicht.»

«Was ist in der letzten Nacht geschehen?» Max legte ein vorbereitetes Schreiben auf den Tisch. «Ich habe bereits unterschrieben.»

«Was ist das?»

«Eine schriftliche Vereinbarung, die festhält, dass ich deine Rechte vertrete.»

Sie wies es ab. «Ich brauche das nicht.»

«Viktoria, bitte, es sieht nicht gut aus für dich. Cheyenne hat mich damit beauftragt. Es geht letztlich auch um die Buchanan Five.»

«Ich glaubte immer an Gerechtigkeit. Jetzt wird sie mit Füssen getreten.»

«Du wirst sofort freigelassen, sollten die Haftgründe nicht bestehen. Erzähle mir von vergangener Nacht.» Max hoffte, dass Viktorias Vernunft obsiegte und ihr Stolz brach.

Auf ihrem Gesicht erschien ein Anflug von einem Lächeln. «Versprich mir, dass du es nicht ausschlachtest. Bis anhin konnte ich mit Vorfällen wie letzte Nacht gut umgehen.»

Also war doch etwas vorgefallen, was eine Festnahme rechtfertigte. Max äusserte sich nicht dazu. Er konnte ihren Gedanken nicht folgen, war aber erleichtert, als sie sich endlich kooperativ zeigte.

«Als ich ins Zimmer gehen wollte, begegnete ich einem jungen Mann. Ich hatte ihn schon hinter der Bar gesehen. Anscheinend ein Fan von mir, einer der ungemütlichen Sorte. Ich brauchte ein paar Minuten, um ihn abzuwimmeln. Daraufhin ging ich ins Zimmer.»

Schnörkellos und kühl, als liesse sie nichts an sich heran.

«Du hast ihn nicht berührt?»

«Es war umgekehrt. Er ergriff meinen Arm. Aber das tut nichts zur Sache. Ich fürchte mich nicht vor diesen Typen. In solchen Situationen stelle ich sie mir immer ohne Kleider vor. Sie verlieren so an Schrecken.»

Max verkniff sich ein Schmunzeln. Er glaubte ihr. Sie hatte in keinem Moment den Eindruck erweckt, eine furchtsame Frau zu sein. «Du bist also in dein Zimmer gegangen. Was hast du in der Folge gemacht?»

«Ich habe gelauscht, weil ich, bevor ich die Tür ins Schloss fallen liess, einen Schatten auf dem Korridor gesehen hatte.»

«Eine optische Täuschung?»

«Ich weiss nicht, ob optische Täuschungen schnauben.» Sie verzog ihren Mund zu einem kaum wahrnehmbaren Grinsen.

Max hob die Brauen. «Du hast ein Schnauben gehört?»

«Ja, aber auch das hat mich nicht erschreckt. Die Welt ist voller Geräusche, vor allem nachts. Später hat jemand an meine Tür geklopft.»

«Wollte er rein?»

«Ich habe nicht geöffnet. Ich war müde und freute mich auf eine letzte Zigarette auf dem Balkon.»

«Hast du nicht gefragt, wer draussen ist?» Max wusste nicht, ob er ihr glauben durfte. Bis jetzt stimmte Milagros' Aussage mit der von Viktoria überein. Perez hatte sie abgepasst. Trotzdem beherrschte Max dieses mulmige Gefühl. Viktoria schien offensichtlich etwas ausgelassen zu haben. «Hat er oder sie sich gemeldet? Sich zu erkennen gegeben?»

«Nein. Es hat mich nicht interessiert. Es gibt eine Zeit, in der ich für meine Fans und …», sie lächelte maliziös, «für meine Liebhaber da bin, und es gibt eine Zeit, die ich für mich allein beanspruche. Nachdem ich die Tür geschlossen hatte, widmete ich mich ganz mir selbst.»

Dachte sie so schwarz-weiss, wie sie das gerade eben gesagt hatte?

Sie war eine Künstlerin, exaltiert und unnahbar, als wäre sie nicht von dieser Welt. Wer so exzellent Klavier spielte und die

Stimme einer Göttin hatte, durfte sich alles erlauben. Auch Extravaganzen.

Max befürchtete, nicht weiterzukommen. Er brauchte Beweise oder Zeugen. Perez hätte alles bestätigen können, sofern Viktoria die Wahrheit sagte. Dass er gegen sie ausgesagt hatte, durfte Max nicht allzu stark gewichten. Perez hatte sich in einer Stresssituation befunden. Es war zu der Zeit dunkel im Korridor gewesen. Er musste sich geirrt haben. Vielleicht hatte er den Angreifer nicht gesehen. Das letzte Bild war präsent geblieben, hatte sich ihm eingeprägt – dasjenige von Viktoria.

«Hat dich jemand gesehen, als du dich mit Perez unterhalten hast?»

«Ich habe mich nicht mit ihm unterhalten.»

Max musste sich räuspern. «Gibt es Zeugen?»

«Vielleicht der, der geschnaubt hat.» Viktoria wollte nach einer weiteren Zigarette greifen, liess es dann sein. «Er könnte den Spanier niedergeschlagen haben.»

Max hatte es auch in Erwägung gezogen. Es war eine dritte Person anwesend gewesen. «Hast du ihn erkannt?»

«Nein. Ich ging ohne Absichten ins Zimmer. Hätte ich gewusst, dass ich zwei Stunden später aus dem Bett geholt würde, hätte ich hingesehen, glaube mir.»

Das schien logisch. War es derselbe gewesen, der Marcello Dürr auf dem Gewissen hatte? Die Logik fing an zu bröckeln. Max sah jedoch plötzlich einen Zusammenhang. «Hatte dich Dürr belästigt?» Max liess Viktoria Zeit zum Überlegen. Sie hatte es letzthin abgestritten, als Fede sie genau das gefragt hatte. «Marcello Dürr ist sein Name.»

«Wenn ich Ja sage, belaste ich mich noch mehr.»

«Ich bin dein Anwalt, schon vergessen?»

Viktoria erhob sich. Sie schritt zum Fenster und sah lange durch die Scheibe.

Max fand nicht heraus, was sie anstarrte, ob sie überhaupt etwas ansah oder bloss vor sich hin. Einmal mehr fiel ihm ihr erfrischendes Aussehen auf. Oder schummelte sie das Alter nach oben? Milagros zum Beispiel gab sich gern älter aus und fühlte sich geschmeichelt, wenn man ihr ihres jugendlichen Aussehens wegen Komplimente aussprach.

Nach ein paar Sekunden wandte sich Viktoria an Max und war augenscheinlich zu allem entschlossen. «Gut, ja, er hat mich belästigt. Nicht zum ersten Mal. Der Kerl verfolgte mich seit geraumer Zeit. Er mag ein Detektiv gewesen sein, der jemanden hier in Davos bespitzelte. So hätte es scheinen sollen. Im Grunde verfolgte er mich. Ich kann nicht aufzählen, was für Schweinereien er mir an meine private Adresse gesandt hatte. Ich habe bereits einen Wohnungsverkauf in Erwägung gezogen.»

«Hast du's der Polizei gemeldet?»

Viktoria lachte verächtlich. «Ha, die Polizei ... du weisst, wie das ist. Ein Stalker ist schwer zu fassen, weil er nicht tätlich im eigentlichen Sinn wird. Er kann dich psychisch fertigmachen, ja ... aber das reicht nicht, um ihn wegzusperren.»

«Dann hast du Selbstjustiz verübt.»

«Schätzt du mich so ein?» Viktoria zündete sich eine Zigarette an, setzte sich wieder.

Eine heikle Frage, die Max nicht sofort zu beantworten vermochte.

«Komm, sag schon.» Sie stiess heftig Rauch aus.

Max wandte den Blick nicht von ihr ab. Sie provozierte, das war offensichtlich. Sie sah ihn herausfordernd an. Ihre Mundwinkel zuckten leicht, als verkniffe sie sich ein Lächeln. Max war enttäuscht. Gerade von ihr hätte er etwas anderes erwartet. Viktoria war seines Erachtens eine intelligente Frau. Solche Spiele passten nicht zu ihr.

War es zu einem Handgemenge gekommen? Draussen auf dem Korridor? Aber hätte Viktoria den Detektiv niedergeschlagen, wie hätte sie ihn in den Abstellraum bringen sollen? Und warum gerade in das Appartement 315?

War sie eine Mörderin? Hatte sie sich selbst in einen Blutrausch getrieben? Zuerst Dürr, dann Perez?

Ihre Schale war Beherrschung. Kühl und distanziert. Max war überzeugt, dass ihr Inneres wallte wie ein Vulkan kurz vor dem Ausbruch. Es brauchte manchmal nicht viel, um sich in ein Monster zu verwandeln. Wo Licht, war auch Schatten. Die Grösse eines Eisbergs war unter der Meeresoberfläche nicht auszumachen. Glut konnte schwelen, ohne gesehen zu werden.

Tausendmal war nichts passiert ... Es war die eine Zahl darüber, die Viktoria in ein Ungeheuer verwandelt hatte. Irgendwann hielt es auch die stärkste Psyche nicht mehr aus, wenn sie malträtiert wurde.

«Max, du sagst nichts.» Viktoria riss ihn aus seinen Gedanken. Ihre rauchige Stimme war nur mehr ein Flüstern, als zweifelte sie, ihr Leben könnte jemals wieder normal werden. «Ich gelobe vor dem allmächtigen Herrn: Ich habe weder jemanden umgebracht noch jemanden niedergeschlagen.»

***

Fede, Milagros und Cheyenne sassen zusammen mit Florian Gansner im Foyer, als Max vom Polizeiposten zurückkehrte. Was nach einem Kaffeekränzchen aussah, stellte sich als Krisensitzung heraus. Max schnappte ein paar Sätze auf, die nichts Gutes verhiessen. Gansner regte sich offenkundig auf, und Milagros versuchte, sich zu rechtfertigen. Max kannte ihre Haltung, wenn sie sich im Recht wähnte.

«Endlich sind Sie da.» Gansner lud Max zum Sitzen ein. «Es ist mir äusserst unangenehm, aber ich habe mich mit Ihrer Frau Mutter überworfen. Und bevor Sie an meinem Anstand zweifeln, möchte ich etwas klarstellen.»

Max warf Milagros, dann Fede und Cheyenne einen Blick zu. Keine der Frauen erwiderte etwas. Es war unmöglich, abzuwägen, was sie dachten und wie er sich verhalten sollte.

«Das Gute vorweg», sagte Gansner. «Álvaro geht es besser. Er hat zwar eine heftige Gehirnerschütterung und muss sich schonen. Zur weiteren Beobachtung bleibt er bis morgen im Spital. Er wurde jedoch von der Intensivstation in ein Patientenzimmer verlegt ... das andere ... das gefällt mir gar nicht.» Gansner forderte Milagros auf, sich selbst zu seinen Vorwürfen zu äussern.

«Es ist ein Missverständnis.» Milagros zappelte auf dem Sofa hin und her. Dabei rutschte ihr der Rock über die Knie. Sie schob ihn zurecht. «Ich wollte bloss helfen.»

«Worum geht's?» Max hatte keine Ahnung, worüber gesprochen wurde.

«Eine Lüge ist es.» Cheyenne, die sich im Hintergrund gehalten hatte, zitterte vor Wut. Ihre Stimme blieb jedoch gemässigt. «Wenn man nicht mehr weiterweiss, bietet sich meine Band an, die Schuld auf sie zu schieben. Mehr noch ... Milagros bezichtigt –»

Fede legte ihr die Hand auf den Arm. «Bitte, lass uns anhören, was Milagros dazu zu sagen hat.»

«Vielleicht sollten wir in den Sitzungsraum», schlug Gansner vor. Er musste bemerkt haben, wie einige Hotelgäste vor der Sitzlandschaft stehen geblieben waren und ihrem Gespräch lauschten. Gansner erhob sich. «Bitte, folgen Sie mir auf die nächste Etage.»

«Was ist los?», fragte Max, als er Milagros einen Moment allein für sich hatte.

Sie drückte sich davor, ihm eine Antwort zu geben.

«Hast du dich wieder einmal in Dinge eingemischt, die dich nichts angehen?» Max rechnete mit dem Schlimmsten. Je älter seine Mutter wurde, umso weniger nahm sie Rücksicht auf andere.

Sie stiegen über die Treppe ein Stockwerk höher.

Gansner öffnete die Tür zum Seminarraum «Schiahorn». Noch stand auf den Tischen, die zu einem Block umgestellt worden waren, diverses schmutziges Geschirr. «Oh, da hat man etwas vergessen wegzuräumen», bemerkte Gansner und griff nach seinem Smartphone.

Während er sprach, schritt Cheyenne zwischen Tür und Fenster hin und her. Fede hatte sich gesetzt und schob gebrauchte Gläser in die Mitte des Tischblocks.

Max nahm Milagros' am Arm. «Klärst du mich bitte auf?»

«Lass mir Zeit, bis Herr Gansner bei uns ist. Ich wiederhole mich ungern.»

Es war eine Ausflucht, das wusste Max. Milagros wollte sich herausreden.

Gansner kam zum Tisch. «Jemand vom Housekeeping wird gleich aufräumen. Entschuldigen Sie die Unordnung. Die anderen Seminarräume sind belegt.»

Alle Augen waren auf Milagros gerichtet. Max forderte sie zum Sprechen auf.

Sie schluckte ein paarmal leer, bevor sie sich dazu aufraffen konnte. Etwas Gravierendes musste vorgefallen sein, was ihren Mut auf die Probe stellte. «Ich war mir der Konsequenzen nicht bewusst, als ich mich dazu entschloss –»

«Was?» Cheyenne stand beim Fenster, mit verschränkten Armen. «Ich will alles hören.»

«Jetzt sei doch nicht so ungeduldig», massregelte Fede sie.

Milagros schwieg. Es hatte geklopft, die Tür ging auf, und die Praktikantin Alice betrat den Raum. Sie trug ein Tablett zum Tisch, auf das sie das schmutzige Geschirr, Gläser und leere Wasserflaschen stellte. Sie wandte sich an Gansner. «Sorry, ich wusste nicht, dass das Zimmer besetzt wird. Auf der Liste war nichts erwähnt.»

«Das konnten Sie in der Tat nicht wissen», beruhigte Gansner sie. «Danke.»

Alice verliess den Seminarraum. Ein Duft nach Veilchen blieb von ihr zurück.

Weitere Sekunden verstrichen, bis Milagros den Faden wieder aufnahm. «Ich ahnte, wer Dürrs Mörder ist.»

«Kannst du hellsehen?», giftete Cheyenne.

«Das nicht, aber gut beobachten.»

«Muss wohl in der Familie liegen.» Cheyenne stiess sich vom Fenster ab.

«Es bringt doch nichts», sagte Max, «wenn wir uns gegenseitig befehden.» Er wollte Milagros' Seite beziehen, durfte sich aber nicht gegen Cheyenne stellen. «Bitte, kläre mich endlich auf.»

«Zur gleichen Zeit, als ich Álvaro auf Viktorias Etage schickte, liess ich jemandem eine Nachricht zukommen.»

«Jemandem.» Max verstand nicht, weshalb sie den Namen nicht nannte.

Milagros ging nicht darauf ein. «Ich richtete ihm aus, Viktoria würde wieder von einem Typen belästigt.»

«Du wusstest, wann Álvaro auf Viktoria stossen würde?» Max sandte zuerst Fede, dann Milagros einen kritischen Blick zu.

«Ich sass an der Bar, als Viktoria diese verliess. Ich ging davon aus, dass sie auf ihr Zimmer zurückkehrte. Álvaro befand sich seit dem späten Abend im Hotel, wahrscheinlich im Personalraum. Ich schickte ihm eine SMS und bat ihn, sich auf dem schnellsten Weg auf die fünfte Etage zu begeben. Dort sollte er Viktoria Avancen machen …»

«Was für ein hinterhältiger Plan.» Cheyenne fuhr mit dem Fuss heftig gegen ein Stuhlbein. «Du hast Viktoria in die Falle laufen lassen.»

«Wen hast du danach benachrichtigt?», fragte Max. Er rätselte nach wie vor, wen Milagros in Verdacht hatte.

Sie zog ihr iPhone aus der Handtasche – Versace, hell mit Goldbeschlag –, tippte eine App an und reichte das Gerät Max. «Das habe ich geschrieben.»

Max las: Viktoria ist in Gefahr. Ein Typ verfolgt sie.

«Ich fühlte mich verpflichtet, mein Wissen in die Tat umzusetzen», verlautbarte Milagros.

«Ahnung ist nicht gleich Wissen», empörte sich Cheyenne. «Du hast es sogar in Kauf genommen, dass ein Mensch dabei zu Schaden kommt.»

Max musste ihr recht geben. Welcher Teufel Milagros geritten hatte, konnte er nicht nachvollziehen. «Woher hast du die Nummer?»

Milagros schloss die Augen. «Von seiner Website.»

***

Mike packte innerhalb zweier Tage den Koffer zum zweiten Mal. Er mochte nicht, wenn die Kleider zusammengefaltet liegen blieben. Es war das Einzige, worauf er achtgab. Er hatte auch stets ein Bügeleisen dabei. Wer in der Welt herumreiste und in diversen Hotels abstieg wie er, musste sich selbst organisieren. Ansonsten war ihm egal, wie es um ihn herum aussah. Wenn er im Hotel logierte, überliess er es dem Housekeeping, seinen Dreck wegzuräumen.

Einen weiteren Koffer hatte er in einem Depot beim Bahnhof in Zürich eingestellt, einen anderen bei seinen hochbetagten Eltern, nebst einzelnen Möbelstücken, an denen er seit seiner Jugend hing. Ob er diese jemals in einer eigenen Wohnung aufstellen würde, war eine Frage, die er sich wiederholt stellte.

Er hatte immer davon geträumt, einmal sesshaft zu werden. Doch sein Wunsch hatte sich schon damals im Nebel aufgelöst, als er mit Viktoria von den Staaten zurückkehrte und mit Jack die Band gründete. Jack hatte den Tarif durchgegeben, der Rest der Buchanan Five nach dessen Geige getanzt. Als sie jung gewesen waren, hatte das Herumreisen auch für Mike eine grosse Faszination ausgeübt. Oft hatten sie an einem Abend nicht gewusst, wo sie in den darauffolgenden Nächten stranden würden. Manchmal hatte Cheyenne kurzfristig Auftritte ausgehandelt und von ihnen Toleranz und geistige Beweglichkeit verlangt.

Mike war zu einem Rastlosen geworden, bedingt durch die Umstände, ein Mensch ohne Wurzeln. Früher hatte es ihm Spass gemacht, vor allem, wenn er sah, wie glücklich Viktoria war. In seinen Augen war sie die geborene Jetsetterin. Sie war überall und nirgends zu Hause. Mike hatte sich ihr angepasst. Unterschwellig aber war das Bedürfnis allgegenwärtig gewesen, sich niederzulassen und eine Musikschule zu gründen, zusammen mit ihr.

Die Tür der Minibar quietschte etwas, als Mike ein Fläschchen Gin daraus holte. Er goss ihn in ein Glas und verdünnte ihn mit Wasser. Er war nervös. Die Abreise war seit gestern immer wieder hinausgezögert worden. Einmal hiess es, Cheyenne fühle sich unpässlich, dann wieder, Viktoria halte sich bei der Polizei auf.

Er wäre jetzt gern bei Viktoria gewesen, hätte viel darum gegeben, ihre Hand zu halten. Viktoria, die in den vierzig Jahren ihm gegenüber trotz ihrer Nähe unnahbar geblieben war. Dabei hatten sie sich, als sie sich kennenlernten, so gut verstanden, als wären sie füreinander bestimmt. Er liebte sie, auch wenn sie es nicht erwiderte. Mike hatte ein paar Bekanntschaften gehabt. Frauen, die sie auf einer Tournee begleitet hatten oder einen Sommer lang, bevor sie weiterzogen. Die Freundschaft zu Viktoria war ambivalent und mit jedem weiteren Jahr, das ins Land zog, schwieriger geworden. Je länger sie zusammen Musik machten, umso mehr wuchs die Idee, sie beschützen zu müssen. Wenn er nicht ihr Liebhaber sein konnte, so doch eine Art Bruder, ein Seelenverwandter, einer, der ihre harte Schale knackte und in ihren inneren weichen Kern vorstiess. Aber das sah sie natürlich nicht ein. Er hatte es sich zu seiner Aufgabe gemacht, stets ein Auge auf sie zu werfen. Sie war übermütig, kannte die Gefahren nicht. Wie oft war sie in den letzten Jahren allein durch ausgestorbene Gegenden gewandert, weil sie nur so zur Ruhe kommen konnte. Er hatte es nie verstanden. Sie habe keine Angst, sagte sie dann. Sie sei nicht Opfer, sie ziehe niemanden an, der ihr Böses wolle. Sie war an Naivität grenzend gutgläubig.

Deshalb brauchte es ihn.

Mike beschützte sie. Manchmal war er ihr gefolgt, auf den einsamen Strassen in den Südstaaten. Oder hatte Männer beobachtet, bei denen er vermutete, sie würden Viktoria auflauern. Er hatte Briefe an sie abgefangen, sie geöffnet und den Beweis in die Hände bekommen, dass die Welt dort draussen kalt und schrecklich war. Vor allem für alleinstehende Frauen.

Er lebte, um Viktoria vor dem Ungemach abzuschotten.

Sie hatten sich gestritten neulich, in ihrem Zimmer, auf dem Balkon. Es kam öfter vor, dass sie sich in die Haare gerieten. Sie beide hatten Temperament. Jeder schlachtete das Cholerische auf seine Weise aus. Mike erinnerte sich vage, was ausschlaggebend gewesen war. Viktoria hatte sich darüber aufgeregt, weil er sie auf dem Zimmer besuchte.

Wenn sie sang, schmolz er dahin wie Schokolade unter der Sonne. Sah sie ihn an, spürte er die Verbundenheit zu ihr. Er gab den Takt vor, sie richtete sich nach ihm. Immer.

Er griff nach seiner Armbanduhr, ein Präsent von Viktoria zu seinem sechzigsten Geburtstag. Sie hätte sie ihm kaum geschenkt, wenn er ihr gleichgültig gewesen wäre. Sie gehörten zusammen.

Jemand klopfte an die Zimmertür. Endlich würden sie wegfahren können. Nach Italien, ins Land seiner Träume. Auf den Auftritt an der Hochzeit freute er sich wie ein Kind. Zwischendurch würde er mit Viktoria zusammen sein. Mit ihr spazieren gehen durch endlose Häuserschluchten, die einen Teil des Mittelalters in sich trugen. Sie würden Ristretto trinken auf einem historischen Platz mit Ziehbrunnen. Später würde er einen weiteren Stein auf dem Weg zu seinem Glück wegräumen.

Irgendwann würde Viktoria es merken, dass sie zusammen alt werden wollten. Dass sie ohne ihn nicht leben konnte und er sie wie ein Engel im Hintergrund beschützte.

Mike öffnete die Tür.

Er hatte mit allem gerechnet, aber nicht mit ihnen.

«Dario Ambühl von der Graubündner Kantonspolizei und mein Kollege Flurin Spescha.»

Mike grüsste sie. Er hatte bereits mit ihnen zu tun gehabt, vor ein paar Tagen, als er wegen des Toten in ihrem Appartement verdächtigt wurde, involviert zu sein. Man hatte ihm, Pete und Fränz die Fingerabdrücke abgenommen. Sie waren mit den Spuren im Gepäckraum identisch gewesen.

Die Polizisten betraten das Zimmer.

Endstation, dachte Mike.

Er hatte einen Fehler begangen, als er dem Barkeeper auf Viktorias Etage folgte.

«Wir nehmen Sie fest wegen des Verdachts, Álvaro Perez niedergeschlagen und Marcello Dürr getötet zu haben. Es wurde ein Vorverfahren gegen Sie eingeleitet. Sie haben das Recht auf eine Verteidigung.»

Dürr, der Detektiv mit dem gierigen Blick. Der Sherlock Holmes, der Viktoria aufgelauert hatte, der ihr glühende Liebesbriefe schrieb. Mike hatte sie alle verbrannt. Dürr, der in der Sonntagnacht nach dem Konzert auf der Jatz vor der Wohnung 315 gestanden hatte, in der Meinung, Viktoria würde das Appartement mit den Männern teilen. Dürr, der leichtgläubig eingetreten war, nachdem Mike ihn zu sich gebeten hatte. Pete und Fränz waren an der Bar geblieben, zusammen mit Freunden, die sie von früher kannten.

Die Handschellen klickten. Mike wehrte sich nicht. «Ihr verwechselt mich», sagte er in einem letzten Versuch, sich aus der verworrenen Situation zu retten.

«Ich mache Sie darauf aufmerksam, dass Sie das Recht haben zu schweigen und die Mitwirkung verweigern können», sagte Ambühl.

Dürr, der dumme Hund. Er hatte sich sein Grab selbst geschaufelt. Hätte er sich bloss von Viktoria ferngehalten. Dürr, den Mike mit einem K.-o.-Schlag niedergestreckt, später mit dem Messinghaken des Cheminées getötet hatte. Der Messinghaken befand sich noch immer bei der Polizei. Sie hatten Fingerabdrücke von Pete, Fränz und Mike darauf gefunden. Sie hatten zwischendurch mal ein Feuer gemacht. Dürr, den Mike in den Kofferabstellraum hatte deponieren müssen, weil Pete und Fränz zurückgekehrt waren. Ihre Betrunkenheit hatte Fragen vermieden. Sie waren beide in ihr Zimmer verschwunden. Später hatte er sie schnarchen gehört. Ein Wegtransport der Leiche war zu heikel gewesen. So hatte er stets darauf geachtet, dass das Fenster im Wohnzimmer offen blieb, und nicht daran gedacht, dass genau dies die Fliegen anlockte.

Mike liess sich abführen. Ja, dachte er, somit wäre die Geschichte um die Buchanan Five zu Ende. Ohne Drummer würden sie nicht auftreten wollen. Cheyenne hatte ihm gesagt, wie wertvoll er für die Band sei.

***

Sie hatten sich im «Golden Dragon» verabredet. Viktoria befand sich wieder auf freiem Fuss. Sie schien es gelassen zu nehmen.

«Ich habe mich zu keiner Zeit verdächtig gemacht», sagte sie und nahm die Speisekarte entgegen, die ihr der Chefkellner hinhielt. «Ehrlich gesagt, habe ich nicht damit gerechnet, Mike könnte so etwas tun.»

Ihre lapidare Redeweise ernüchterte Max. War sie so kalt, wie sie sich gab?

Vor einer Viertelstunde hatte die Nachricht sie erreicht, dass man Mike abgeführt habe. Gansner hatte ihnen mitgeteilt, er sei geständig gewesen. Max wäre nie auf ihn gekommen. Nachdem Pete, Fränz und Mike nach der einen Nacht in Untersuchungshaft gewesen waren, war für ihn klar, dass niemand von den Buchanan Five etwas mit dem Mord zu tun hatte.

Er hatte sich getäuscht und sich vor allem von Mike blenden lassen. Er hatte ihm alles geglaubt, was er sagte. Mike war nicht nur ein begnadeter Schlagzeuger, auch ein hervorragender Schauspieler.

Milagros sah aus, als sonnte sie sich im Rampenlicht. Gansner hatte ihr verziehen, nachdem sie mehrmals wegen Perez ihr Bedauern ausgedrückt hatte. Sie wollte den jungen Barkeeper dafür entschädigen, weil sie ihn kopflos ins Unglück gestürzt hatte. Sie bestellte eine Flasche Louis Roederer Cristal, die sie zusammen mit Cheyenne, Viktoria und Fede trank. Max gönnte sich ein Bier. Obwohl der Fall für ihn als gelöst galt, wollte keine Freude aufkommen. Es war, als wäre ein Traum geplatzt. Von perfekten Musikern, einer Band, die nichts an sich rütteln liess. Wie hatte er sich bloss so täuschen können? Wieder einmal hatte er den Beweis, dass glänzende Fassaden nichts aussagten. Wer den Mut hatte, dahinterzusehen, dem öffneten sich Abgründe, die kein Normalsterblicher für möglich hielt.

Er blätterte in der Speisekarte. Es wollte sich kein richtiger Appetit einstellen. Mike hatte es sich zur Aufgabe gemacht, gegen Viktorias Stalker und jene Typen, die sie belästigten, vorzugehen. Aber hatte er nicht die genau gleichen Züge an sich? Er hatte, was Cheyenne erzählte, Viktoria über die Jahre in Beschlag genommen.

«Er sah sich als ihr Bodyguard», sagte sie und hob den Burgunderkelch. Das Staunen darüber, warum Milagros den Champagner unbedingt in einem Weinglas trinken wollte, hielt sich in Grenzen. Für Cheyenne war alles Abnormale normal. «Das war's dann, vermute ich. Die Davoser Jazztage waren unsere Dernière. Ja, einmal musste Schluss sein. Dass unsere Band so endet, hätte ich nicht für möglich gehalten.» Sie sandte Viktoria einen betrübten Blick zu. «Die Toskana fällt ins Wasser. Ohne Drummer geht nichts. Und so schnell werde ich keinen Ersatz finden.»

Viktoria lächelte vor sich hin. «Sehr bedauerlich. Aber ich persönlich werde nach Italien fahren. Ich kenne dort einen jungen Pianisten, der mich noch so gern begleiten wird.»

«Ich weiss», entgegnete Cheyenne mit belegter Stimme. «Luciano Varese, vierunddreissig Jahre alt. Er ist der Bruder der Braut, die am nächsten Freitag heiratet. Ich bin froh, gab es keine Probleme wegen des Vertrags. Es ist von Vorteil, wenn man gut vernetzt ist.»

«Wirst du dir jetzt eine Wohnung kaufen?», fragte Fede.

«Mal sehen, ob ich irgendwo Fuss fassen kann.»

«Wie gehen Pete und Fränz damit um?»

«Sie werden zusammenziehen. Sie sind seit Langem ein Paar. Ihren Lebensmittelpunkt werden sie nach Aarau verlegen, dorthin, wo sie herkommen. Bis zu ihrer Pensionierung werden sie ihrem Beruf nachgehen, vielleicht sogar mehr darin arbeiten als üblich. Um sie mache ich mir keine Sorgen.» Cheyenne legte die Speisekarte ab. «Ich habe mich für die China-Ente entschieden.»

«Eines möchte ich gern erfahren», warf Max ein. «Wer haftet bei der Auflösung der Band? Es gibt doch sicher einen Vertrag.»

Cheyenne hob die Schultern. «Wir hatten nie einen Vertrag. Wir vertrauten einander. Alles andere wäre nicht Buchanan-konform gewesen.»

Max sah zu Fede, die einen Arm um Milagros' Schultern gelegt hatte. Eine Geste, die ihm ein warmes Gefühl vermittelte. Er schenkte Fede ein Lächeln.

Sie erwiderte seinen Blick. «Was ist?»

«Ich glaube, ich werde unsere Detektei weiterführen.»

«Es spricht nichts dagegen.» Fede schmunzelte vielsagend. «Zudem habe ich noch immer vierzig Prozent freie Arbeitskapazität.»

Milagros hob das Glas. «Ich bin dabei.»

Glossar

Ätti – Vater

Alps Epic Trail – längster Singletrail der Schweiz

Bise – kalter Wind aus Nordnordost

Blue Square – Begriff beim Downhill-Biken für eine mittelschwere Strecke

Kondukteur – Schaffner

Maiensäss – Haus und Stall auf einer Alp, die vorübergehend im Frühjahr bewirtschaftet werden

Noise (englisch) – Lärm

Omelett – Eierkuchen

Schümli-Pflümli – heisser Kaffee mit einem Schuss Pflaumenschnaps und Schlagrahm

Sgraffito – Dekorationstechnik zum Bearbeiten von Wandflächen

Stange – ein Glas Bier vom Zapfhahn

Tremolo – bezeichnet die periodische Schwankung der Lautstärke, ein Beben, ein Zittern

Anmerkung und Dank

Davos ist einmal mehr Schauplatz für einen meiner Kriminalromane. Diesmal ist es nicht Allegra Cadisch, die ermittelt, sondern das Detektiv-Trio Max, Fede und Milagros.

Es freut mich sehr, dass ich das Hotel Grischa namentlich erwähnen und es als Kulisse für «Davosblues» benützen darf.

Bei dieser Gelegenheit bedanke ich mich herzlich bei der Besitzerfamilie Patricia und Maurice Parrée sowie beim Hoteldirektor Cyrill Ackermann. Sie haben mich während der Recherche unterstützt und mir Zutritt in alle Räume des Hotels gewährt. Dass ich vier Tage und Nächte in einer der schönsten Suiten wohnen durfte, sei hier speziell erwähnt.

Ein grosser Dank gebührt Graziella und Benoît, die mir Fragen zum Downhill-Biken beantwortet haben. Dies ersparte mir die verrückte Talfahrt mit dem Bike vom Jakobshorn ins Sertig.

Ich danke meinem Verleger Hejo Emons, seiner Familie und dem wunderbaren Verlagsteam. Die Zusammenarbeit ist seit vielen Jahren sehr angenehm.

Einmal mehr ein herzliches Dankeschön an meine Lektorin Irène Kost. Sie sieht einfach alles.

Und danke, danke, danke, Ihnen liebe Leserin, lieber Leser, für die Zeit, die Sie meinen Büchern widmen.

Die Erfolgsserie der Bestsellerautorin Silvia Götschi:

Alle Titel sind auch als eBook erhältlich.

Allegra-Cadisch-Reihe:

Jakobshorn
ISBN 978-3-95451-260-7

Mattawald
ISBN 978-3-95451-482-3

Bärentritt
ISBN 978-3-95451-777-0

Valérie-Lehmann-Reihe:

Herrengasse
ISBN 978-3-95451-713-8

Klausjäger
ISBN 978-3-95451-988-0

Muotathal
ISBN 978-3-7408-0053-6

Einsiedeln
ISBN 978-3-7408-0318-6

Itlimoos
ISBN 978-3-7408-0509-8

Lauerzersee
ISBN 978-3-7408-0784-9

Max-von-Wirth-Reihe:

Bürgenstock
ISBN 978-3-7408-0413-8

Engelberg
ISBN 978-3-7408-0625-5

Interlaken
ISBN 978-3-7408-0929-4

Weitere Kriminalromane:

Der Teufel von Uri
ISBN 978-3-7408-0179-3

111-Orte-Reihe:

**111 Orte im Kanton Schwyz,
die man gesehen haben muss**
ISBN 978-3-7408-0116-8

**111 Orte in Nidwalden,
die man gesehen haben muss**
ISBN 978-3-7408-0566-1